契诃夫文集

汝 龙／译

3

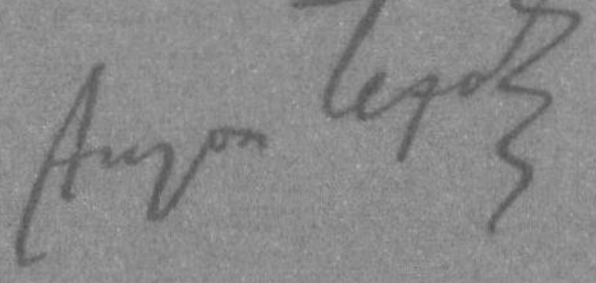

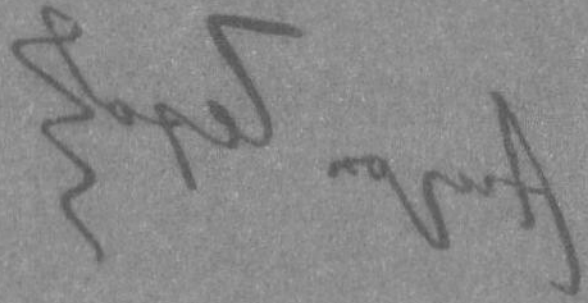

契诃夫像

目　次

一八八五年

游猎惨剧 …………………………………………… 3
节日的义务 ………………………………………… 207
上尉的军服 ………………………………………… 212
在首席贵族夫人家里 ……………………………… 220
活的年代表 ………………………………………… 225
公务批语 …………………………………………… 229
人同狗的谈话 ……………………………………… 231
在澡堂里 …………………………………………… 235
新进作家应遵守的规则 …………………………… 245
小人物 ……………………………………………… 250
节钱 ………………………………………………… 255
半斤八两 …………………………………………… 257
〔呈报〕 …………………………………………… 263
无望 ………………………………………………… 264
一团乱麻 …………………………………………… 269
生活是美好的！ …………………………………… 273
逛公园 ……………………………………………… 275
最后一个莫希干女人 ……………………………… 279

1

在旅馆房间里	286
外交家	290
吸血鬼之家	296
废除了！	301
达尔戈梅斯基轶事	308
钱夹	311
乌鸦	315
集锦	321
皮靴	323
我的"她"	329
神经	331
别墅的住客	336
谈鱼	339
步步高	343
监禁人者，人监禁之	345
我的妻子	351
有知识的蠢材	359
理想主义者的回忆	366
假病人	371
江鳕	376
在药房里	383
马姓	388
时运不济！	395
迷路人	401
猎人	407
必要的前奏	413
凶犯	415

在车厢里 …………………………………………… 421
青年人和爸爸 ………………………………………… 425
客人 ………………………………………………… 432
思想家 ……………………………………………… 438
马和胆怯的鹿 ………………………………………… 443
生意人 ……………………………………………… 448

题解 …………………………………………………… 450

一八八五年

游猎惨剧

真　　事

一八八〇年四月间的一天中午,看守人安德烈走进我的办公室,鬼鬼祟祟地报告我说,有个先生来到编辑部,坚持要跟编辑见面。

"他大概是个文官,老爷,"安德烈补充说,"帽子上有帽章嘛。……"

"请他改天再来,"我说,"今天我正忙。你就说,编辑只在星期六会客。"

"他前天就来过,要见您。他说他有要紧事。他不住地央告,差点哭了。他说他星期六没有空。……那么您愿意接见吗?"

我叹口气,放下钢笔,只好等候戴帽章的先生来见。初开笔的作者,以及凡是不了解编辑部内情,一听到"编辑部"三个字就诚惶诚恐的人,总要害得人恭候不少时间。他们听到编辑部一声"请",总要久久地嗽喉咙,擤鼻子,慢慢推开房门,至于走进门来就更慢了,因而花费不少时间。然而这个戴帽章的先生总算没叫我久等。安德烈刚刚走出去,还没来得及掩上房门,我就看见办公室里出现一个高身量、宽肩膀的男子,一手拿着纸包,一手拿着有帽章的帽子。

这个急于同我见面的人,在我这个中篇小说里占据很显要的地位。那就不得不描写一下他的外貌了。

我已经说过,他身量高,肩膀宽,体格结实,像是一匹干活的好马。他周身散发着健康有力的气息。他脸色红润,手掌很大,胸脯宽阔,肌肉饱满,头发浓密,不亚于健康的男孩。他年纪将近四十,装束优雅而入时,穿一身刚做好的新花呢衣服。他胸前佩着一条很粗的金表链,上面有许多表坠,小手指上戴着钻石戒指,像明亮的小星那样发光。但是有一点最要紧,而且对长篇小说或者中篇小说中一切稍稍正派的男主人公都极其重要,那就是他生得英俊非凡。我不是女人,也不是画家。我不大懂得男性美,然而戴帽章的先生的相貌却给我留下了印象。他那张肌肉发达的大脸永远留在我的记忆里了。您在那张脸上会看见真正的希腊式钩鼻子、薄嘴唇和一对优美的天蓝色眼睛,眼睛里闪着善良的光芒和另外那么一种眼神,那是很难找到适当名称的。小动物心中愁闷,或者感到痛苦,人就可以在它眼中见到"那种"眼神。那是一种恳求的、稚气的、默默隐忍着而毫无怨言的眼神。……狡猾的和极其聪明的人都不会有那样的眼睛。

他整个脸上老是流露出纯朴、开朗、憨厚的性格和真诚。……如果"脸是灵魂的镜子"不是一句假话,那么我跟戴帽章的先生相会的第一天,就能用我的人格担保他不会撒谎。我甚至敢打赌。

至于我会不会赌输,读者以后自会看到。

他的栗色头发和胡子浓密而柔软,好比丝绸。据说,柔软的须发是温柔缠绵、"丝一般的"灵魂的象征。……罪犯和性格凶恶顽固的人大多数生着刚硬的须发。至于这话究竟真不真,读者以后也会看到。……这个戴帽章的先生,不论是脸上的神色也罢,须发也罢,都不及他魁梧沉重的身体的动作那么轻柔温和。他的动作透露出教养、轻盈、优雅,而且,请原谅我的说法,甚至有点女人气。我这个男主人公用不着费多大气力就能掰弯马蹄铁,或者空手把沙丁鱼罐头盒捏扁,然而他的任何动作都没表现出他有这样的体力。他伸出手去抓住门把手或者拿起帽子,却像捉蝴蝶:又温柔又小心,伸出手指头去略微碰一下就行了。他的脚步不出声,他跟别人握手的时候,他的手是软绵绵的。你瞧着他,就会忘记他是歌利亚①那样的大力士,忘记他一只手所能举起的东西即使有五个像我们编辑部里安德烈那样的人也举不起来。瞧着他那轻巧的动作,谁也不会相信他力气大,身体重。连斯宾塞②都会说他是优雅的典范呢。

他走进我的办公室,忸怩不安。大概,我皱起眉头的不满神情伤了他那温柔敏感的天性吧。

"请您看在上帝分上,原谅我!"他用柔和悦耳的男中音开口说,"我在规定以外的时间闯进来见您,逼得您为我破了例。您这么忙!不过您要明白,事情是这样的,编辑先生:明天我有很要紧的事得动身到敖德萨去。……要是我有可能把这次旅行推迟到星期六,那么请您相信,我就不会要求您为我破例。我尊重规章制度,因为我喜欢秩序。……"

"他的话可真多呀!"我暗想,于是伸出手去拿钢笔,借此要他领会我没有闲工夫。(那时候来客太多,已经惹得我厌烦极了!)

"我只占用您一点点工夫!"我的男主人公用抱歉的口气继续说,"不过首先,请允许我介绍我自己。……我是法学候补博士伊凡·彼得罗维奇·卡梅谢夫,原先做过法院侦讯官。……我没有厕身写作界的光荣,然而我来见您,却纯粹出于作家才会有的目的。站在您面前的这个人,虽然已经年近四十,却有心开笔学习写作。迟干总比不干强。"

---

① 据《旧约·撒母耳记》载,歌利亚是非利士族巨人。
② 斯宾塞(1820—1903),英国哲学家和社会学家。

"很好。……我能为您效点什么劳吗?"

那个有心学习写作的人坐下,用恳求的眼睛瞧着地板,继续说:

"我给您带来一个短小的中篇小说,打算在您的报纸上发表。我要坦率地对您说,编辑先生:我写这个中篇小说倒不是贪图作家的荣誉,也不是为了舞文弄墨。……对这些好东西来说,我这年纪已经嫌老了。……我走上写作道路纯粹是出于经济上的打算。……我想挣几个钱。……我目前简直一点工作也没有。从前,您要知道,我在某县做过法院侦讯官,工作五年多,可是既没发财,也没保住廉洁。……"

卡梅谢夫用善良的眼睛瞟了我一眼,轻声笑起来。

"那是一种令人厌烦的工作。……你干啊干的,感到厌烦了,就丢开拉倒。目前我什么工作也没有,几乎没有饭吃。……如果您不嫌我的中篇小说没有价值,把它发表出来,那您就是对我做了件恩德不小的事。……您算是帮了我的忙。……报馆不是养老院,不是乞丐收容所。……这我知道,可是……请您发发善心吧。……"

"撒谎!"我暗想。

他那些表坠和小手指上的戒指,跟他为糊口而写作的说法对不上号。再者,卡梅谢夫的脸上掠过一道阴云,淡得几乎看不出来,然而却逃不过富于经验的眼睛,这是只有在难得说谎的人的脸上才能见到的。

"您的中篇小说是什么题材呢?"我问。

"题材。……该怎么跟您说好呢? 题材不是新的。……爱情啦,谋害人命啦。……不过您读了就会明白。……《摘自法院侦讯官的笔记》。……"

大概我皱起了眉头,因为卡梅谢夫开始发窘,眨巴眼睛,打个

哆嗦,很快地说:

"我的中篇小说是用一个退职的法院侦讯官的陈旧手法写出来的,不过……您会在其中找到实事和真情。……凡是其中所描写的事情,从头到尾都是我亲眼目睹的。……我不但是目击者,甚至是其中一个人物呢。"

"问题不在于真事。……所描写的东西不必非亲眼见过不可。……这并不重要。问题在于我们可怜的读者早已看厌加博里奥①和希克里亚烈夫斯基②了。那些神秘的谋杀案啦,暗探的神机妙算啦,审案的侦讯官的足智多谋啦,他们都看腻了。读者,当然,有各式各样,不过我讲的是我的报纸的读者。您的中篇小说叫什么名字?"

"《游猎惨剧》。"

"嗯。……这个名字不严肃,您知道。……再者,老实说,我这儿堆积的稿子已经那么多,新的东西即使有无可怀疑的价值,也简直不可能接受了。……"

"不过,劳驾,我的稿子您还是收下吧。……您说它不严肃,可是……没有看过是很难下断语的。……再者,莫非您不肯承认法院侦讯官也能写得严肃吗?"

这些话卡梅谢夫是结结巴巴说出口的,同时他把一支铅笔夹在手指头当中转来转去,眼睛瞧着脚底下。他讲完话,越发心慌意乱,开始眨巴眼睛。我可怜他了。

"好,您就把它放在这儿吧,"我说,"只是我不能应许我会很快看完您的中篇小说。您得等着。……"

"要等很久吗?"

---

① 加博里奥(1835—1873),法国作家,现代侦探小说创始人之一。
② 希克里亚烈夫斯基(1837—1883),俄国流行的犯罪小说作家。——俄文本编者注

"我不知道。……过这么两三个月再来吧。……"

"未免太久了。……可是我也不敢坚持。……就按您的意思办吧。……"

卡梅谢夫站起来,拿起帽子。

"多谢您接见我,"他说,"现在我回家去了,心里存着希望。要巴望三个月啊!不过我已经惹得您厌烦了。我荣幸地向您告辞!"

"对不起,我只想再问一句话,"我翻看他那本厚厚的、写满密密麻麻的小字的笔记簿说,"您在这儿是用第一人称写的。……那么您在这儿所写的侦讯官指的就是您自己吧?"

"是的,不过我换了一个姓。我在这个中篇小说里的地位有点不体面。……用我的真姓有所不便。……那么过三个月再来吗?"

"对,就这样吧,不能再提早了。……"

"再见!"

退职的侦讯官把作品放在我桌子上,彬彬有礼地一鞠躬,小心地抓住门把手,走出去。我拿起笔记簿,把它收在桌子抽屉里。

英俊的卡梅谢夫的中篇小说在我桌子抽屉里放了两个月。有一回我离开编辑部到乡间别墅去,想起那篇小说,就随身带去了。

我坐在火车上,翻开笔记簿,从半中腰读起。中间这部分我觉得很有趣。尽管我没有空闲,当天傍晚我仍然把中篇小说从头读起,一直读到用花体写成的"完"字。夜间我把中篇小说又读一遍,临到拂晓,我就在阳台上从这一边走到那一边,用手揉着鬓角,仿佛想把我脑子里一种新的、突然闯进来的、痛苦的思想擦掉似的。……那种思想确实令人痛苦,而且把人刺激得受不了。……我觉得我虽然不是侦讯官,尤其不是精通心理学的陪审员,可是我似乎发现了一个人的可怕的秘密,跟我毫不相干的秘密。……我在阳台上走来走去,极力说服自己不去相信自己的发现。……

卡梅谢夫的中篇小说没有在我的报纸上发表,那原因我要在本文结尾同读者谈话中加以说明。我跟读者还要再一次相见。然而目前,我却要同读者分别很久,请读者读一下卡梅谢夫的中篇小说吧。①

这个中篇小说并不特别出色。其中有许多地方太冗长,还有不少别扭的段落。……作者对耸人听闻的效果和强烈的句子有所偏爱。……看得出来他是生平第一次写东西,他的手还不习惯,没经过训练。……话虽如此,他的中篇小说读起来倒还不费力。它有情节,也有含意,最重要的是它别具一格,颇有特色,而且有一种通常称之为独出心裁②的东西。这篇作品甚至也有些文学价值。总还值得读一遍。……下面就是那个中篇小说。

游 猎 惨 剧

摘自法院侦讯官的笔记

第 一 章

"丈夫把老婆杀死了!哎呀,您多蠢啊!您倒是给我糖呀!"

喊叫声把我惊醒了。我伸个懒腰,感到四肢沉重,身体不舒服。……睡得胳膊和腿发麻是常有的事,可是这一次我却觉得好像周身上下,从头部一直到脚后跟,全都发麻了。空气闷热干燥,苍蝇和蚊子嗡嗡叫,在这种情况下睡午觉,非但不能提神,反而会使人感到周身疲软。我站起来,浑身无力,汗水淋漓,走到窗跟前。

---

① 契诃夫的这个作品最初发表在《每日新闻报》上,自1884年8月起,连载9个月才登完。

② 原文为拉丁语。

那是黄昏五点多钟。太阳仍然高挂天空,晒得热辣辣的,就跟三个钟头以前一样。还要过很长时间才会日落,天气才会凉下来呢。

"丈夫把老婆杀死了!"

"你别胡说,伊凡·杰米扬内奇!"我说,轻轻地弹了一下伊凡·杰米扬内奇的鼻子。"丈夫杀死老婆的事只有长篇小说里才会有,而且总是发生在热带,因为那儿沸腾着非洲人的激情,老兄。至于我们这儿,有了撬锁盗窃或者用别人的身份证假报户口之类的可怕案件,也就凑合了。"

"撬锁盗窃……"伊凡·杰米扬内奇瓮着钩鼻子含混地说。……"哎呀,您多蠢啊!"

"可这有什么办法呢,好朋友?我们这些凡夫俗子,脑筋都有限度,这能怪我们吗?不过,伊凡·杰米扬内奇,在这样的气温下,就是做个蠢人也不算罪过。你本来是个聪明家伙,不过天气既然这样热,恐怕你的脑子也发昏,糊涂了吧。"

我的鹦鹉不叫"鹦哥儿",也不叫别的鸟名,而叫伊凡·杰米扬内奇。它得到这个名字完全出于偶然。有一回,我的仆人波里卡尔普正收拾它的笼子,忽然发现一件事,要不是这个发现,我那只高贵的鸟至今还叫鹦哥儿呢。……原来那个懒汉忽然不知怎么一来,想起我那只鹦鹉的嘴很像我们村里小铺老板伊凡·杰米扬内奇的鼻子,从此以后,长鼻子老板的本名和父名就永远跟鹦鹉合在一起了。由波里卡尔普带头,全村的人也纷纷把我那只稀罕的鸟叫成伊凡·杰米扬内奇。由波里卡尔普一点化,鸟就变成人,小铺老板反倒失掉真姓名,直到他死,在村民们嘴里却被叫成"法院侦讯官的鹦鹉"了。

这个伊凡·杰米扬内奇,我是在前任侦讯官波斯彼洛夫的母亲手里买来的。波斯彼洛夫在我任职前不久就去世了。我不但买下鹦鹉,还连带买下他那些旧式橡木家具、破烂的厨房用具和亡人留下的全部什物。至今我的墙上还装点着他亲戚的照片,我的床头的墙上还挂着主人自己的照片。亡人是个青筋暴起的瘦子,留着棕红色唇髭,下嘴唇很厚,他嵌在褪色的胡桃木镜框里,每逢我躺在床上,总是瞪起眼睛,目不转睛地瞧着我。……墙上的照片我一张也没取下来。总而言之,我听任住宅保持当初我接受下来的原样。我太懒,没心顾到我个人的舒适。慢说是死人,即使是活人,只要乐意的话,也不妨挂在我的墙上①。

伊凡·杰米扬内奇跟我一样也觉得热。它把羽毛啄松,张开翅膀,大声喊出由我的前任波斯彼洛夫和波里卡尔普教会它的那些话。我午后闲着没事,就在鸟笼面前坐下,开始观察鹦鹉的动作。鹦鹉给炎热的天气和它羽毛里的虫子弄得苦恼不堪,极力想找出路而又找不到。……可怜的鸟显得很悲伤。……

"他老人家什么时候才睡醒?"不知谁的男低音从前堂传到我这儿来。……

"那要看情形!"波里卡尔普的嗓音回答说。……"有时候五点钟就醒了,有时候一直睡到第二天早晨才醒。……你知道,他反正闲着没事干。……"

"您是他老人家的跟班吧?"

"我是用人。行了,你别打搅我,闭上你的嘴。……你没看见我在看书吗?"

我往前堂看一眼。那边,我的波里卡尔普躺在一口大红箱子上,跟平时一样在看书。他用带着睡意,可是从不眨一下的眼睛盯住书,努动嘴唇,皱起眉头。看来,有外人在场,惹得他生气。那个人是农民。高身量,大胡子,站在箱子跟前,极力要跟波里卡尔普

---

① 我请求读者原谅这一类词句。这类句子在这个不幸的卡梅谢夫的中篇小说里是很多的。我之所以没有把它们删掉,只是因为我认为必须全文(原文为拉丁语)发表他的中篇小说,以利于表现作者的性格特征。——契诃夫注

谈话，却白费劲。我一走进前堂，农民就从箱子那儿跨出一步，像兵士一般挺起身子，垂手直立。波里卡尔普露出不满的脸色，眼睛没离开书，微微欠起身来。

"你有什么事？"我对农民说。

"我从伯爵那儿来，老爷。伯爵要我问候您，请您马上到他那儿去。……"

"莫非伯爵回来了？"我惊讶地说。

"是，老爷。……他老人家昨天晚上才到此地。……这是他老人家写给您的信。……"

"魔鬼又把他支使来了！"我的波里卡尔普说，"这两年夏天幸亏他不在，大家才算过几天安稳日子，如今他又要在县里搞得乌烟瘴气了。大家又免不掉出丑了。"

"闭嘴！谁也没有问你！"

"我也用不着别人问。……我自己就会说。您又要在他家喝得烂醉才回家，半路上不管身上穿着衣服，就跳下湖去洗澡了。……过后我得替你洗衣服！三天也洗不干净！"

"眼下伯爵在干什么？"我问农民说。

"他老人家打发我到您这儿来的时候，正坐下吃饭。……饭前他老人家去浴场钓过鱼。……您有什么话要我回复吗？"

我拆开信封，读到这样一封信：

> 我亲爱的列科克①！如果你还活着，健康，还没忘记你这个常醉的朋友，那你就一分钟也不要耽搁，穿上衣服，赶快坐车到我这儿来。我昨天夜里才到此地，可是已经烦闷得要死了。我眼巴巴地等着你来，急得不得了。我本来想自己坐车

---

① 法国作家加博里奥的长篇小说《侦缉队员列科克》中的男主人公，一个非常敏锐、机智的人物。——俄文本编者注

去找你，把你带到我的巢穴里来，然而天热，我的四肢懒得动弹。我一直呆坐不动，不住地扇扇子。哦，你近况如何？你那个极其聪明的伊凡·杰米扬内奇怎么样？你仍旧常同你的书呆子波里卡尔普吵嘴吗？你快点来谈一谈吧。

你的阿·卡

我不必瞧信的下款，只要一看粗大而难看的笔迹，就能认出我的朋友阿历克塞·卡尔涅耶夫伯爵那醉汉的歪歪扭扭的手笔。信写得短，装出有点俏皮而活泼的口气，这都证明我这个智力不足的朋友写好这封信以前，撕毁过许多张信纸。

信里没有复杂的句子，极力避免使用语法上容易出错的字。伯爵一口气写完信的时候，这两方面总是很少能做到的。

"您有什么话要我回复吗？"农民又问道。

我没有立刻回答这句问话，再者凡是道德纯洁的人处在我的地位都会迟疑不决。伯爵喜欢我，极其真诚地要跟我交朋友，可是我对他却没有什么近似友谊的感情，甚至并不喜欢他。因此，干干脆脆，一下子拒绝他的友谊，倒比到他那儿去假敷衍一阵更老实些。再者，到伯爵家里去，就无异于再一次钻进我的波里卡尔普称之为"猪圈"的那种生活里去，而两年前的那段生活，直到伯爵动身去彼得堡为止，损害过我健康的身体，弄得我昏头昏脑。那种放荡的、不正常的生活充满声色的刺激和酒后的疯狂，虽然没使得我的身体垮下来，然而却弄得我在全省出了名。……我变成一个风头十足的人物了。……

我的理智对我说出这许多赤裸裸的真理，不久以前的往事使我羞愧得满脸通红。我一想到我没有足够的勇气拒绝到伯爵的家里去，我的心就吓得发紧，然而我没犹豫很久。这场斗争前后至多不过一分钟。

"你替我问候伯爵，"我对来人说，"谢谢他惦记我。……你就

13

说我很忙……你就说我……"

我的舌头正准备好吐出坚决的"不"字,突然有一种沉重的感觉压住我的心。……一个年轻人,充满生命、力量和愿望,却听从命运的支配,流落在穷乡僻壤,满腔苦恼和寂寞。……

我不由得想起伯爵的花园以及他凉爽的温室里那些奇花异草,想起狭长荒芜的林荫道上的幽暗。……那些林荫道是我常去的地方,上边交织着老椴树的绿色树枝,搭成拱顶,遮蔽了阳光。……我熟悉林荫道,熟悉那些追求我的爱情而寻求幽暗去处的女人。……我不由得想起他豪华的客厅以及客厅里那些丝绒长沙发、沉重的窗帘、像绒毛那么软的地毯所冒出的舒适的懒散气息,年轻健康的动物都是极喜爱那种懒散的。……我还想起我酒后放纵不羁的狂气,我目空一切的骄傲,我对生活的轻蔑。于是我那睡得劳乏的魁梧身材又想活动一下了。……

"你就说我会去!"

农民鞠个躬,走出去了。

"我要早知道会这样,就不会把他放进来,魔鬼!"波里卡尔普抱怨说,很快而且毫无目的地翻着书页。

"你把书放下,去给左尔卡①装上鞍子!"我厉声说道,"快!"

"快。……当然,非快不可哟。……我马上就跑着去。……骑着马去办正事倒也罢了,可这是去掰断魔鬼的犄角②!"

这话是压低喉咙说出口的,然而又恰好能让我听见。听差低声说出放肆的话以后,就在我面前挺直身子站定,鄙夷地冷笑,静等我发一通脾气回报他,可是我装作没听见他的话。每逢我同波里卡尔普发生冲突,我的沉默就是最好和最犀利的武器。对他的

---

① 马的名字。
② 意谓"去胡闹"。

刻薄话充耳不闻,露出轻蔑态度,这就缴了他的械,使他彻底失败。沉默作为惩罚,比打后脑壳或者说一串骂人话有力得多。……等到波里卡尔普走到院子里去给左尔卡装鞍子,我就看一眼我害得他没法读下去的那本书。……那是大仲马①的可怕的长篇小说《基度山伯爵》。……我的这个受过文明洗礼的蠢货什么都读,从小酒馆的招牌起,直到奥古斯特·孔德②的著作,一概都读,而孔德的书原是放在我箱子里,跟其余我没读过而丢在一边的书摆在一起的。然而在一大堆印刷的和手抄的书本当中,他只称赞那些情节可怕而耸人听闻的长篇小说,其中必得有名门望族的"老爷",有毒药,有地道。至于其余的书,他一概斥之为"无聊"。关于他读书的事,我将来还会提到,目前我却要骑马出外了!过了一刻钟,我那左尔卡的蹄子已经在我们村子到伯爵庄园的道路上扬起滚滚烟尘。太阳正一步步走近它过夜的宿处,然而天气的闷热丝毫也没减退。……尽管我走的路是沿着一个大湖的湖岸,可是火热的空气还是停滞而干燥。……右边,我瞧见一大片水;左边,橡树林里春天的嫩叶爱抚着我的目光,然而我的脸上却扑来撒哈拉③的热空气。

"来一场暴风雨吧!"我暗想,巴望下一场畅快凉爽的大雨。……

湖在平静地熟睡。我的左尔卡沿着它飞奔,它却没发出一点声音迎接它,只有一只幼小的䴙䴘鸟不住地啼叫,打破了这停滞不动的庞然大物的坟墓般的寂静。太阳照着它犹如照着一面大镜子,在整个广阔的湖面上,从我这条路起一直到遥远的对岸,洒下了耀眼的光芒。依我昏花的眼睛看来,自然界的亮光似乎不是从太阳

---

① 大仲马(1802—1870),法国作家,著有许多长篇历史冒险小说。
② 奥古斯特·孔德(1798—1857),法国哲学家和社会学家。——俄文本编者注
③ 非洲西北部的大沙漠。

来的,却是从湖里来的。

溽暑甚至把湖里和碧绿的湖岸上极为丰富的生物都送进睡乡了。……鸟雀藏起来,鱼儿不再弄得水花四溅,旷野上的蟋蟀和螽斯安静地等着天气凉下来。四下里一片荒凉。只有我的左尔卡偶尔把我带进岸边密集成团的蚊子群里去。远处湖面上有三条黑色小船微微飘动,那是我们的渔民米海老人的船,他把整个湖面都承包下来了。

我走的不是直路,而是绕着圆湖走的。要走直路就只能坐船,走旱路却得兜大圈子,多走八俄里①左右。一路上我瞧着湖,眺望对岸的黏土湖岸,岸上有一条白色长带,是开了花的樱桃园,樱桃园后面矗立着伯爵家的谷仓,上面点缀着五颜六色的鸽子,另外还有伯爵教堂的白色小钟楼。黏土的湖岸边有个浴场,上面蒙着帆布,栏杆上晾着布单。所有这些我都看得见,在我眼里我跟我的朋友和伯爵相隔似乎不过一俄里而已,其实要走到伯爵庄园上,我的马还得奔驰十六俄里呢。

在路上,我想到我跟伯爵的奇怪关系。我很想弄清楚这种关系,调整它,然而,唉!这在我却是力所不及的难题。不管我怎么思考,怎么解答,我终于不得不做出结论:我对我自己理解得很差,而且总的说来,别人也是理解得很差的。那些认识我和伯爵的人,对我们的相互关系做出各式各样的解释。有些人见识短浅,目光看不到自己的鼻尖以外去,总喜欢振振有词地说,门第显赫的伯爵认为"贫贱寒微"的侦讯官是个可人意的食客和酒友。按他们的想法,我,本文的作者,巴结伯爵,奴颜婢膝,无非是要吃他饭桌上的残羹冷炙!那个财主在全县赫赫有名,既使人害怕又使人羡慕,依他们看来,他必是极其聪明,而且有自由主义思想,要不然就难

---

① 1俄里等于1.06公里。

于理解伯爵何以会折节下交,跟家无恒产的侦讯官交朋友,何以会表现地道的自由主义作风,尽管我用"你"称呼伯爵,他却不以为意。有些比较聪明的人把我们的亲密关系解释为我们"精神方面的兴趣"一致。我和伯爵是同年龄的人。我俩在同一个大学里毕业,我俩都是法学系学生,都学得很差:我还多少懂得一点,伯爵却已经把他以前学过的东西统统忘却,泡在酒里喝掉了。我俩都性格高傲,由于只有我们才知道的原因,像野蛮人似的同社交界隔绝。我俩都不在乎社会舆论(也就是本县的舆论)。我俩都不道德,都会落到坏下场。这就是把我们联系在一起的"精神方面的兴趣"。那些认识我们的人谈起我们的关系,除此以外再也没有别的话可说了。

当然,如果他们知道我的朋友性格多么软弱,温顺,随和,而我又多么桀骜不驯,他们说的就会不止于这些。倘使他们知道那个虚弱的人多么喜欢我,我却多么不喜欢他,他们就会有很多的话要说了!是他首先要跟我交朋友,是我首先对他称呼"你"的,可是两个人的口气多么不同啊!他在优美的感情涌上心头的时候拥抱我,胆怯地要求我的友谊。我呢,有一次却带着满腔的轻蔑和嫌恶对他说:

"你少说废话!"

他却把这个"你"看做友谊的表示,渐渐听惯,用真诚而友好的"你"来称呼我了。……

是啊,要是我当时叫我的左尔卡转过马头,回到波里卡尔普和伊凡·杰米扬内奇那边去,那倒好些,也正派些。

后来我不止一次地想过:假如这天傍晚我有足够的决心拨转马头往回走,假如我的左尔卡发了狂,驮着我远离可怕的大湖,我的两肩就会避免负担多少灾难,我就会给我熟识的人们带来多少好处啊!现在也就不会有那么多痛苦的回忆使我的头脑感到十分沉重，逼得我的手不时放下钢笔，抱住头了！不过我不想先提以后的事，特别是因为往后还有许多次要写到伤心事。现在谈一谈快活的事吧。……

我的左尔卡把我送进伯爵庄园的大门口。在大门口，它绊了一下，我脚下没踏着马镫，差点从马上摔下来。

"这可是不吉利的兆头，老爷！"一个农民对我喊道，他站在伯爵的一排长马房门口。

我相信人从马上摔下来可能摔断脖子，然而我不相信预兆。我把缰绳交给农民，用马鞭打掉我长靴上的灰尘，跑进正房。没有一个人迎接我。房间的门窗都敞开着，可是尽管这样，空气里却有难闻的怪味儿。那是长期没有人住的旧房的气味，其中搀混着最近从温室搬进房间来的温室花草那种好闻而又刺鼻的醉人气味。……大厅里，蒙着淡蓝色绸套子的长沙发上，放着两个揉皱的枕头。长沙发前面有张圆桌，我看见上面放着一个玻璃杯，里面有一点液体，散发出浓烈的里加香水的气味。所有这些都说明现在房子里有人住着，可是我走遍十一个房间，却连一个人影也没碰见。房子里一片荒凉，就跟大湖四周一样。……

在所谓"彩石精镶"的客厅里，有一扇大玻璃门通到花园里。我砰的一声推开那扇门，穿过大理石露台，走下台阶，往花园里走去。在那里，我顺着林荫道走出几步，遇见九十岁的老太婆娜斯达霞——以前做过伯爵的奶妈。这个身材矮小、满脸皱纹、头发脱落、目光尖刻的老婆子已经被死神忘掉。你看着她的脸，就会不由自主地想起仆人们给她起的诨名："猫头鹰"。……她见到我，就打个哆嗦，差点把她双手捧着的一大杯鲜奶油掉在地上。

"你好，猫头鹰！"我对她说。

她斜起眼睛瞧我，沉默地走过去。……我攀住她的肩膀。……

"别害怕,傻婆子。……伯爵在什么地方?"

老太婆指指自己的耳朵。

"你聋了?你聋多久了?"

老太婆尽管年事已高,听觉和视力却挺好,然而现在她认为有必要把她的听觉器官糟蹋一下。……我对她摇摇手指头,放她过去了。

我又走出几步,听见说话声,过不久就看见人了。前边的林荫道展宽,变成小广场,四周放着些铁腿的长椅,高高的白色洋槐树的树荫下放着一张桌子,上面摆着亮晃晃的茶炊。桌子四周有人说话。我悄悄穿过草地往小广场走去,藏在丁香花丛后面,用眼睛寻找伯爵。

我的朋友卡尔涅耶夫伯爵在桌旁一张折叠式框架椅上坐着喝茶。他身上穿着我两年前见他穿过的那件花花绿绿的家常长袍,头上戴着草帽。他脸上露出心事重重、聚精会神的样子,皱纹满面,因此不熟悉他的人就可能以为,当时正有一种重大的思想或者一件操心的事在折磨他。……我们阔别两年,伯爵在外貌上丝毫也没改变。他身子仍旧矮小,消瘦,单薄,样子萎靡不振,好比一只长脚秧鸡。他肩膀仍旧狭窄,像害着痨病似的,头也还是那么小,生着棕红色头发。小鼻子跟先前一样微微发红,脸颊跟两年前一样像破布似的耷拉下来。脸上没有一点英勇、坚强、雄赳赳的气概。……整个样儿软弱,冷淡,懒散。只有挂下来的大唇髭还显得威严。以前有人对我的朋友讲过,长的唇髭才同他的相貌相配。……他相信了,现在每天早晨都要量一量他苍白的嘴唇上的胡须长了多少。他留着那样的唇髭,倒颇像胡子很长,然而年纪很轻、身子很弱的小猫。

在桌旁跟伯爵坐在一起的,是个我不认得的胖子,大脑袋,头发剪短,眉毛很黑。那张脸又肥又亮,像熟透的甜瓜。他的唇髭比伯爵还长,额头却小,嘴唇抿紧,眼睛懒洋洋地瞧着天空。……他的脸胖得很,然而又硬得像晒干的皮革。脸型不像俄罗斯人。……胖子没穿上衣,也没穿坎肩,只穿着衬衫,有些地方浸透汗水而发黑。他喝的不是茶,而是矿泉水。

离桌子相当远,站着一个矮小壮实的人,有着又红又肥的后脑壳和招风耳。他是伯爵的管家乌尔别宁。由于伯爵大人驾到,他穿上一套新做的黑衣服,这时候却感到苦透了。他晒黑的红脸上淌下一道道汗水。有个农民同管家站在一起,就是给我送信去的那个人。直到这时候,我才发现那个农民缺一只眼睛。他站得笔直,不容许自己有一点点动作,活像一尊塑像,等着伯爵问话。

"论理,库兹玛,应该用你手里的那根鞭子把你打个稀巴烂才是,"管家用庄严而又平稳的男低音从容不迫地说,"怎么可以这么马马虎虎地执行主人的命令呢?你得请求他马上就来,而且问明白他什么时候才能到这儿。"

"是啊,是啊,是啊……"伯爵烦躁地说,"你应该样样都问明白!他说:'我会去!'可是要知道,这不够!我要他现在就来!一定得现在就来!你请他来,可是他没弄明白你的意思!"

"你为什么那样急于要他来?"胖子问伯爵说。

"我要见一见他!"

"就为这个?依我看,阿历克塞,要是你那个侦讯官今天坐在家里不来,他倒做对了。我现在不想跟客人周旋。"

我瞪大眼睛。这个带着主人派头的、颐指气使的"我"是什么意思?

"可是要知道,他不是客人!"我的朋友用恳求的声调说,"他不会妨碍你旅途之后休息的。你不必跟他拘礼,劳驾!……你会看出他是个什么样的人!你马上就会喜欢他,跟他交上朋友,亲爱的!"

我从紫丁香花丛后面走出来,往桌子那儿走去。伯爵看见我,认出来了,他那放光的脸上现出笑容。

"他来了!他来了!"他开口说,高兴得脸色发红,从桌旁跳起来,"你真是太好了!"

他跑到我跟前,跳起来,搂住我,他的硬唇髭好几次搔我的脸。他吻完我,就久久地握住我的手,瞅着我的眼睛。……

"你,谢尔盖,一点也没变!还是老样子!仍旧是美男子和大力士!多谢你看得起我,来了!"

我挣脱伯爵的怀抱,向我熟识的管家点头致意,在桌旁坐下。

"啊,好朋友!"伯爵心神不定,兴高采烈,接着说,"但愿你知道我见到你严肃的相貌有多么高兴!你不认识吧?让我来给你介绍一下:这位是我的好朋友卡艾坦·卡齐米罗维奇·普谢霍茨基!这一位呢,"他对胖子指着我说,"是我多年的好朋友谢尔盖·彼得罗维奇·齐诺维耶夫!本地的侦讯官。……"

黑眉毛的胖子微微欠起身子,伸出一只满是汗水的胖手,同我握手。

"很愉快……"他瞅着我,喃喃地说。……"很高兴。"

伯爵发泄过感情,平静下来,给我倒了一大杯红棕色的凉茶,把一盒饼干推到我手边来。

"你吃吧。……这是我路过莫斯科在艾奈姆商店买的。不过我生你的气了,谢尔盖,生很大的气,甚至打算骂你一顿呢!……不但这两年当中你没给我写过一个字,就连我写给你的信,你也不肯赏个脸回复一下!这可不够朋友啊!"

"我不善于写信,"我说,"何况我又没有时间写。而且请你说说看,我有什么可给你写的呢?"

"可写的事多着呢!"

"真的,没什么可写的。我只承认三种信:情书、贺信、公函。

21

头一种信我不会给你写,因为你不是女人,我也不爱你。第二种信你不需要。第三种信跟我们不相干,因为我和你从来也没有什么公事上的关系。"

"就算是这样吧,"伯爵同意道,他总是很快而且很乐意地同意一切,"不过仍然可以随便写一点啊。……其次……据彼得·叶果雷奇刚才说,这两年你一次也没来过这儿,倒好像你住在一千俄里开外,或者……嫌弃我这个家业似的。你本来可以到这儿住一住,打一打猎嘛。况且我不在此地,这儿出的事不会少!"

伯爵谈得很多,而且很久。他一旦开口讲起什么事,就唠唠叨叨,舌头停不下来,不管事情多么琐碎无聊,总是无休无止地讲下去。

他跟我的伊凡·杰米扬内奇一样,在饶舌方面不会疲倦。我简直受不了他这种本领。这一回,他的听差伊里亚打断了他的话。这个人又高又瘦,穿着污迹斑斑的旧号衣。他用银托盘给伯爵端来一小杯白酒和半杯清水。伯爵喝下白酒,又喝水,然后皱起眉峰,摇摇头。

"你还没丢掉这种随时喝酒的习惯!"我说。

"没丢掉,谢辽查①!"

"哦,那你至少也该丢掉皱眉和摇头的醉相!真讨厌。"

"我,好朋友,什么都要丢掉。……大夫已经不准我喝酒。我现在喝酒,也只是因为一下子戒酒于身体有害罢了。……这得一步一步地来。……"

我瞧着伯爵病态的、憔悴的脸,瞧着酒杯,瞧着穿黄皮鞋的听差。我瞧着黑眉毛的波兰人,不知什么缘故,我一开头就觉得他是个流氓和骗子。我还瞧了瞧挺直身子的独眼农民。我左看右看,

---

① 谢尔盖的爱称。

感到害怕而气闷。……我忽然想离开这种肮脏的空气,不过事先我要干脆对伯爵说穿我对他的无限冷淡。……一时间,我真想站起来走掉。……可是我没走。……妨碍我起身的(说来惭愧!)纯粹是生理上的懒惰。……

"也给我一点白酒吧!"我对伊里亚说。

长方形的阴影开始铺到林荫路上和我们的小广场上。……

远处的蛙鸣、乌鸦的聒噪、金莺的歌唱,在欢呼日落。春天的傍晚来了。……

"你叫乌尔别宁坐下吧,"我小声对伯爵说,"他像小孩子似的站在你面前。"

"啊,我自己却没想到!彼得·叶果雷奇,"伯爵对管家说,"请坐!您别老是站着!"

乌尔别宁坐下来,用感激的目光看我。他素来健康快活,这一次在我心目中却显得有病,烦闷。他的脸仿佛揉皱,带着睡意,眼睛懒洋洋而又不情愿地瞧着我们。……

"我们这儿有什么新闻吗,彼得·叶果雷奇?有什么好消息吗?"卡尔涅耶夫问他,"有什么……特别的事吗?"

"一切都是老样子,大人。……"

"有什么……新来的姑娘吗,彼得·叶果雷奇?"

注重道德的彼得·叶果雷奇脸红了。

"我不知道,大人。……我不注意这些事。"

"有,老爷,"一直沉默着的独眼农民库兹玛用男低音说,"而且还是些很不错的姑娘呢。"

"长得好看?"

"什么样的都有,老爷,配各种各样口味的都有。……有黑头发的,有黄头发的,什么样的都有。……"

"瞧你说的!……慢着,慢着。……我现在想起你来了。……你就是我过去的洛波烈洛①,秘书之类的人物。……你好像叫库兹玛吧?"

"是,老爷。……"

"我想起来了,想起来了。……那么现在你指的都是些什么姑娘呢?恐怕是些乡下女人吧?"

"大多数,当然,都是乡下女人,不过也有上流女人。……"

"你是在哪儿找着上流女人的?"伊里亚问,眯细眼睛看着库兹玛。

"复活节,邮递员的小姨子到邮递员家里来了。……她叫娜斯达霞·伊凡诺芙娜。……那个姑娘欢蹦乱跳的。我自己都想把她弄上手,可那得花钱。……她脸蛋红喷喷的,浑身上下处处都好。……还有比她更上流的。她就在等您,老爷。年纪轻轻,胖乎乎的,伶俐透了……是个美人儿!像那样的美人,老爷,您就是在彼得堡也见不到。……"

"她是什么人?"

"奥莲卡,守林人斯克沃尔佐夫的小女儿。"

乌尔别宁身子底下的那把椅子吱吱嘎嘎地响了起来。管家满脸涨得通红,两只手扶着桌子,慢慢地站起来,扭过脸去瞧独眼农民。他原先疲乏烦闷的神情,换成勃然大怒的神情了。……

"住嘴,大老粗!"他咆哮说,"你这独眼的败类!……你爱说什么都随你,可是不准你拉扯正派人!"

"我又没惹您,彼得·叶果雷奇。"库兹玛毫不慌张地说。

"我说的不是我自己,蠢材!不过……请您原谅我,大人,"管家对伯爵说,"请您原谅我发脾气。我想要求大人喝住这个您老

---

① 应是"列波烈洛",即西班牙传说中风流才子唐·璜的忠诚的仆人和亲信。——俄文本编者注

人家称之为洛波烈洛的人,不许他热心得过火,扯到理应受到尊敬的人!"

"我倒无所谓……"天真的伯爵含糊其词地说,"他并没说什么特别不中听的话呀。"

乌尔别宁却气愤和激动到极点,离开桌子,站到远处去,侧着身子对着我们。他把两只手交叉在胸前,眨巴眼睛,把通红的脸藏在树枝后面,沉思不语。

莫非这个人已经预感到,在不久的将来,他的道德感会遭到比这还要重一千倍的侮辱?

"我不懂他为什么生气!"伯爵对我小声说,"真是个怪人!人家并没说什么伤人的话嘛。"

经过两年戒酒生活以后,一杯白酒喝下肚,我就微微地醉了。我的脑子里,周身上下,都洋溢着轻松愉快的感觉。此外,我也开始感到薄暮的凉意,凉爽的空气逐步消除了白昼的燥热。……我提议走动一下。仆人们就从正房里给伯爵和他新的波兰籍朋友送来上衣,我们往前走去。乌尔别宁也跟在我们后面走着。

我们在伯爵的园子里散步。园子里郁郁葱葱,茂盛得惊人,因而值得专门描写一下。在植物学和经济学方面,而且在许多其他方面,它比我以前见过的一切花园都丰富,壮观。除了上述那些饶有诗意的林荫道以及它们的绿色拱顶以外,您会发现,凡是苛求的观赏家所能要求于园子的种种东西,这儿一概齐备。在这里,本国和外国的果树,从樱桃和李子起,到鹅蛋那么大的杏子止,形形色色,应有尽有。您每走一步都可以看见桑树、伏牛果树、法国贝加摩橘树,甚至齐墩果①树。……这儿还有人造的山洞,然而已经有点倒坍,生满青苔。这里有喷泉,还有池塘,专为蓄养金鱼和供观

---

① 俗称橄榄,但中国橄榄属另一科。

赏的鲤鱼用。还有山冈,凉亭,珍贵的温室。……这种由祖祖辈辈积累下来的罕见宝藏,这种由饱满的大玫瑰花、饶有诗意的山洞和没有尽头的林荫路合成的财富,却被野蛮地弃置不顾,听任野草丛生,盗贼砍伐,寒鸦在珍奇的树木上毫不客气地搭起难看的窠!这份产业的合法占有者正在我身边走着,然而目睹这种荒芜和不近人情的杂乱无章,他那张瘦削而饱足的脸上的肌肉却纹丝不动,倒好像他不是园子的主人似的。只有一次,他闲得没有事做,对管家说,要是在路上铺些沙土倒也不坏。他注意到路上缺少谁也不需要的沙土,却没注意到有些光秃的树木已经在隆冬季节冻死,也没注意到有些母牛在园子里散步。乌尔别宁回答他的话说,要照料这个园子就得用十几名工人,既然爵爷不在庄园上长住,为园子花钱就成了不必要的、白费工夫的奢侈。伯爵当然同意这个理由。

"再者,说实话,我也没有工夫!"乌尔别宁摇一摇手说,"夏天得在地里张罗,冬天要到城里去卖粮食。……这个园子就顾不上了!"

我们面前是主要的,也就是所谓的"大"林荫路。它的魅力就在于老椴树张开宽阔的树盖,道路两旁栽种着无数郁金香,五颜六色,一直绵延到道路尽头,远远看去,尽头有一块黄色斑点。那是砖砌的黄色凉亭,从前那里面有饮食部,有台球和地球,有中国玩具。我们信步往凉亭走去。……在凉亭门口,我们遇见一个活的生物,稍稍惊扰了我那些胆小的旅伴的神经。

"蛇!"伯爵忽然尖叫道,抓住我的胳膊,脸色发白,"你瞧!"

波兰人后退一步,站在那里动弹不得,摊开两只手,好像要拦住一个幽灵的去路似的。……那儿的石砌阶梯已经坍坏,最高那层台阶上躺着一条小蛇,是我们俄国所常见的蝮蛇。它见到我们,就抬起小头,扭动起来。……伯爵又尖叫一声,躲到我背后去。

"不用怕,大人!"乌尔别宁懒洋洋地说,举步走上头一层台阶。……

"可是万一它咬人呢?"

"它不会咬人。再者,顺便提一下,这种蛇咬人所造成的害处一般说来被人过于夸大了。以前有一次,我让老蛇咬过一口,可是您看得明白,我并没死。人的毒倒比蛇厉害得多呢!"乌尔别宁没忘记发一句议论,随后就叹了口气。

他说的果然不差。管家还没来得及走上两三层台阶,蛇就挺直身子,像闪电似的迅速溜进两块石板中间一条缝里去了。我们走进凉亭,又看见一个活的生物。有个中等身材的老人躺在旧台球桌上,桌子已经褪色,呢面也撕破了。老人穿着蓝色上衣和条纹布长裤,头戴马夫的小帽。他睡得酣畅平稳。他那脱了牙的嘴巴张开着,像是一个窟窿,有一只苍蝇在他嘴的四周逍遥自在地散步,然后爬到他的尖鼻子上去。老人瘦得像是骷髅,张开嘴,躺着不动,犹如一具死尸刚从停尸室里抬出来,供人解剖似的。

"弗兰茨!"乌尔别宁推一推他说,"弗兰茨!"

弗兰茨被人推了五六下以后,才闭上嘴,坐起来,可是对我们大家看了一眼,又躺下去了。过一会儿他的嘴又张开,响起了鼾声,由于鼾声而引起的轻微颤动又开始惊扰那只在他鼻子四周散步的苍蝇。

"他睡着了,没出息的蠢猪!"乌尔别宁叹口气说。

"他好像是我们的花匠特利赫尔吧?"伯爵问。

"就是他。……他天天都是这样。……白天睡得像是死人,夜里打牌。据说今天他打到早晨六点钟才歇手。……"

"他打什么牌?"

"打那种输赢很快的牌。……大半是打'斯土科尔卡'①。……"

---

① 一种狂热的纸牌赌博。

"哼,这样的先生干起活来是很差的。……他们简直是白拿工钱。"

"我对您说这话,大人,倒不是要告他的状,或者表示不满,"乌尔别宁忽然醒悟过来,说,"我是随便讲讲的。……我想表示惋惜:这么个能干人,却听任嗜好摆布。不过他是个勤恳的人,干得不错……倒不是白拿工钱的。"

我们又看一眼赌徒弗兰茨,然后从凉亭里走出来。我们从这儿往园子的旁门走去,门外就是田野了。

花园的旁门很少不在长篇小说里起重大作用。如果您自己没注意到这一点,就请您去问我的波里卡尔普,他这一辈子读过许多可怕的和不可怕的长篇小说,一定能对您肯定这个微不足道而又富于特征的事实。

我的长篇小说也不能避开旁门。不过我的旁门却跟其他的旁门不同:在我的笔下,从旁门进进出出的,大多是不幸的人,幸福的人几乎一个也没有,在别的长篇小说里情形却适得其反。最糟的是往后我要以侦讯官的身份,而不是以小说作家的身份把旁门描写一次。……在我这个旁门里进进出出的,犯人多于情人。

过了一刻钟,我们拄着手杖,登上在我们这儿叫做"石坟"的山顶。村子里传说在这堆石头下面埋着某鞑靼王的尸体,他生怕死后仇人会来凌辱他的遗骸,因而立下遗嘱,要在他身体上垒起石山。不过这个传说未必真实。……就石头的层次、相互位置、大小而论,都看不出这座山的产生有人手造成的痕迹。这座山孤零零地立在野外,活像一顶扣着的帽子。

我们登上山顶,看见整个湖面辽阔得迷人,美丽得无法形容。太阳不再照着湖,已经落下去,留下宽而长的红霞,为附近一带染上悦目的紫红色。我们脚下展现出伯爵的庄园以及它的正房、教堂、园子。远处,湖对岸,有个小村子,颜色灰白,就是命运驱使我暂时安身的地方。湖面跟先前一样平静无波。米海老人的几条小船互相分开,匆匆向岸边游来。

我那小村子旁边有个火车站,显得黑糊糊的:火车头在冒烟。在我们后面,也就是石坟的另一边,展开新的画面。石坟山脚下是大道,道旁耸起古老的杨树。这条路一直通到伯爵的树林里,那片树林延伸到地平线上。

我和伯爵站在山顶上。乌尔别宁和波兰人身体沉重,宁愿在山脚下大道上等我们。

"这是个什么人物?"我朝波兰人那边点一下头,问伯爵说,"你是在什么地方跟他交成朋友的?"

"他是个很可爱的先生,谢辽查,很可爱!"伯爵不安地说,"你很快就会跟他亲热起来的!"

"哼,未必吧。为什么他总是不开口讲话?"

"他生性不爱讲话!不过话说回来,他多么聪明!"

"他到底是个什么样的人呢?"

"我是在莫斯科同他相识的。他很可爱。以后你什么都会弄清楚的,目前你就不要问了。我们下山去吧?"

我们从石坟上下来,沿着大道往树林那边走去。天色明显地黑下来。树林里传来布谷鸟的咕咕声,有一只疲劳而且大概幼小的夜莺发出歌唱的颤音。

"喂,喂!"我们走近树林,听见一个孩子的清脆嗓音在喊叫,"来捉住我呀!"

从树林里跑出来一个小小的女孩,五岁上下,头发像亚麻那样白,穿着浅蓝色的连衣裙。她看见我们,就声音清脆地扬声大笑,蹦蹦跳跳,跑到乌尔别宁跟前,搂住他的膝头。乌尔别宁抱起她来,吻她的脸。

"我的女儿萨霞!"他说,"我来介绍一下。"

追着萨霞跑出树林来的,是个十五岁左右的中学生,乌尔别宁的儿子。他见到我们,犹豫不定地脱掉帽子,然后戴上,可是接着又脱掉了。一个穿一身红的人跟在他身后,悄悄地走过来。那个穿得一身红的人立刻把我们的注意力吸引过去了。

"好一个美人精!"伯爵叫道,抓住我的胳膊,"你看!多么可爱!这是谁家的姑娘?我一直不知道我的树林里住着这样的仙女呢!"

我看一眼乌尔别宁,想问姑娘的来历。说来奇怪,一直到这时候我才发现管家已经喝得大醉。他脸色红得像虾一样,身子摇晃一下,伸手抓住我的胳膊肘。

"谢尔盖·彼得罗维奇!"他凑着我的耳朵小声说,向我喷着酒气,"我请求您拦住伯爵,不要再谈那个姑娘。他出于习惯可能说些不该说的话,而她是个极正派的女人!"

那个"极正派的女人"是个十九岁的姑娘,小头上生着美丽的金发,浅蓝色的眼睛露出善良的神色,两肩上披着长发。她穿一件半儿童、半姑娘式样的猩红色连衣裙。她的腿像针那么匀称,脚上穿着红袜,蹬着几乎像孩子穿的小便鞋。我用欣赏的目光瞅着她,她就卖弄风情地缩起圆肩膀,好像觉得天冷,或者我的目光把她刺痛了似的。

"尽管她的脸那么年轻,她的体态却那么成熟!"伯爵对我小声说,他从年纪很轻的时候起就已经丧失尊重女人的能力,用淫荡的兽性目光看待女人了。

可是我呢,记得当时我胸中燃烧着美好的感情。那时候,我还是个诗人,我面对着树林、五月的薄暮、傍晚开始闪烁的繁星,只能用诗人的目光看待女人。……我瞧着一身红的姑娘,心里带着敬意,就跟我平素瞧着树林、山峦、蓝天一样。那时候我还保留着一点多愁善感的气质,这是我从日耳曼籍的母亲那儿继承来的。

"她是什么人?"伯爵问。

"她是守林人斯克沃尔佐夫的女儿,大人!"乌尔别宁说。

"她就是独眼农民说起过的奥莲卡吧?"

"是的,他提到过她的名字。"管家回答说,抬起恳求的大眼睛瞧着我。

红姑娘听任我们从她身旁走过去,看来丝毫也没理会我们。她的眼睛瞧着旁边,然而我是了解女人的,感到她的眼睛瞟了一下我的脸。

"他们哪一个是伯爵?"我听见后面传来她的低语声。

"就是那个,留着长唇髭的。"中学生回答说。

我们听见身后响起银铃般的笑声。……那是大失所望的笑声。……她以为伯爵,这片大树林和大湖的所有者,就是我,而不是那个脸容憔悴、唇髭很长、毫不起眼的人。……

我听见乌尔别宁强壮的胸膛里发出一声深长的叹息。这个铁人几乎走不动了。

"你让管家回去吧,"我对伯爵小声说,"他有病,或者……喝醉酒了。"

"您似乎有病,彼得·叶果雷奇!"伯爵对乌尔别宁说,"我不用您陪着,所以我不想留下您了。"

"您不用操心,大人。我感激您关心我,可是我没有病。"

我回过头去看一眼。……那个红姑娘没有动,在瞧我们的背影。……

可怜的、生满金发的小头!在这五月平静而安宁的傍晚,我怎么想得到她日后会成为我这波澜起伏的长篇小说的女主人公呢?

现在,我写着这几行字,秋雨正凶猛地敲打我温暖的窗子,大风正在我头顶上咆哮。我瞧着黑暗的窗子,极力运用我的想象力,在这漆黑的夜色中再现我那可爱的女主人公。……我果然看见她了,看见她那纯朴稚气、天真善良的小脸和温情脉脉的眼睛。我不由得想丢开我的笔,把我已经写成的稿纸统统撕碎,烧掉。何苦去触动那个年轻无辜的人所留下的回忆呢?

不过这儿,在我的墨水瓶旁边,放着她的照片。照片上,那生满金发的小头显出美丽而深深堕落的女人那种虚浮的尊严。她那对眼睛凝眸不动,显得疲乏,为她的放荡骄傲。在照片上,她宛如一条蛇,这种蛇咬起人来,为害非浅,这连乌尔别宁也不会认为过于夸大呢。

她吻了吻风暴,风暴就把这朵小花连根拔掉了。她得到的固然很多,然而另一方面,她付出的代价也未免太高。读者原谅她的罪过吧。……

我们往树林里走去。

那些松树沉默而单调,显得烦闷无聊。它们统统生得一般高,彼此相像,一年四季老是那个样子,既不懂得死亡,也不懂得春天的复苏。不过,它们虽然带着阴郁的神情,却还是很动人:它们一动也不动,不发出一点响声,好像沉湎在哀伤的思考当中。

"我们该回去了吧?"伯爵提议说。

这句问话却没得到回答。波兰人觉得不论待在什么地方都无所谓。乌尔别宁认为他自己的意见反正不算数。我呢,过于喜爱树林里的凉爽和松脂的香气,不愿意回去。再者,从现在起到深夜止,这一段时间总得设法消磨过去,简单地散一散步也是好的。我一想到近在眼前的狂欢之夜,我的心就甜蜜地收紧了。说来惭愧,我在巴望这个夜晚,暗自玩味它的欢乐。伯爵不时焦急地看他的怀表,可见他也等得心急了。我们感到我们倒是互相了解的。

守林人的小屋坐落在松林当中一个方形的小广场上,小屋附近有两条小狗发出歌唱般的清脆吠声迎接我们。狗的毛色黄里透红,我也不知道它们是什么品种。它们像鳗鱼那么灵活,全身发亮。它们认出乌尔别宁,就快活地摇着尾巴,跑到他跟前去,由此可以断定管家常来访问守林人的小屋。在小屋附近,我们还遇到一个小伙子,没穿皮靴,没戴帽子,惊愕的脸上布满大颗雀斑。他瞪大眼睛,沉默地瞧了我们一会儿,后来大概认出了伯爵,就叫一声哎呀,一溜烟跑进小屋里去了。

"我知道他跑进去干什么,"伯爵说,笑起来,"我还记得他。……他就是米特卡。"

伯爵没说错。不出一分钟,米特卡就从小屋里走出来,用托盘端来一小杯白酒和半杯清水。

"给您添福添寿,大人!"他说,送上酒和水,整个愚蠢而惊愕的脸上满是笑容。

伯爵喝着白酒,用清水"送下酒去",不过这一次他没皱起眉头。离小屋百步开外,放着一把铁制的长椅,也像松树那么老。我们就在长椅上坐下,开始观赏五月的傍晚那种恬静的美。……受惊的乌鸦在我们头顶上呱呱地叫,飞来飞去,夜莺的歌声从四面八方传过来,只有这些声音打破周遭的寂静。

甚至在这种恬静的春日傍晚,在人的说话声最不悦耳的时候,伯爵也还是不肯保持沉默。

"我不知道你会不会满意,"他扭过脸来对我说,"我已经吩咐晚饭准备下鲈鱼汤和烤野禽了。下酒菜是凉鲟鱼和乳猪拌辣根。"

饶有诗意的松树似乎对这种平淡无味的话生了气,突然摆动树梢,于是林子里响起一阵轻微的埋怨声。清新的微风吹过林间通路,戏弄青草。

"你们也闹得够了!"乌尔别宁对那两只火红色小狗喝道,它们一味同他亲热,妨碍他吸烟,"我觉得今天会下雨。我是凭空气闻出来的。今天热得这么厉害,即使不是有学问的教授,也能预告要下雨。下一场雨对粮食倒有好处呢。"

"你何必管粮食?"我暗想,"反正伯爵总是要把它卖掉喝酒的。雨也用不着来管这些闲事。"

又一阵清风吹过树林,不过这一回风势大了。松树和青草的埋怨声更响了。

"我们回家去吧。"

我们站起来,懒洋洋地往回走,向小屋那边走去。

"与其做个侦讯官,在人间生活,"我对乌尔别宁说,"倒不如做这个金发的奥莲卡,在这里同禽兽为伍的好。……这样倒清静些。这话对吗,彼得·叶果雷奇?"

"不管做个什么样的人,只要心里踏实就行,谢尔盖·彼得罗维奇。"

"那么这个漂亮的奥莲卡心里踏实吗?"

"别人的心灵怎么样,只有上帝才知道。不过我认为,倒也没有什么事来搅扰她的安宁。她没有多少伤心事,至于她的罪过,也跟婴儿差不多。……她是个很好的姑娘!不过现在,瞧,连天空也终于说明要下雨了。……"

隆隆声响起来,既像是远处马车的奔驰声,又像是滚地球的响声。……树林外边远远的什么地方响起了雷声。……米特卡一直跟在我们后面,这时候打了个哆嗦,赶快在胸前画十字。……

"雷雨!"伯爵惊慌地说,"这可是出其不意!这样我们在路上会遇到雨呢。……天色这么黑!我早就说过:我们回去吧!你们偏不听,偏要往前走。……"

"我们到小屋里去避雷雨吧。"我提议说。

"何必到小屋里去?"乌尔别宁开口说,有点奇怪地眨巴眼睛,"这场雨会下一夜的,你们就在小屋里坐一夜?你们不必担心。……你们自管往前走,我叫米特卡跑到前头去,打发一辆马车来接你们。"

"没关系,说不定雨不会闹腾一夜。……雷雨的乌云照例很快就会过去。……顺便说一句,我还不认识新的守林人,我想跟那个奥莲卡谈一谈……了解一下她是个什么样的人。……"

"我不反对!"伯爵同意说。

"可是那边……那个……没有收拾干净,你们怎么能去呢?"乌尔别宁不安地支吾说,"既然可以回家去,大人,又何必在那儿坐着受热?……我不明白这有什么乐趣!……守林人病了,您却要去跟他结识。……"

显然,管家很不愿意我们到守林人的小屋里去。他甚至摊开两只手,好像要拦住我们去路似的。……我从他的脸色领会到他不让我们去是有难言之隐的。我素来尊重别人的苦衷和秘密,可是这回我的好奇心却极力挑唆我。我坚持我的主张,我们就往小屋那边走去。

"请到客堂里坐!"赤脚的米特卡不是在说话,而是好像在特别地打噎,他高兴得透不过气来了。……

请您想象一下世界上最小的客堂和没有上漆的木墙吧。墙上挂着《田地》①的彩色画片,照片装在介壳,或者我们通常称为贝壳做的小框子里,另外还挂着证书。……一张证书说明某男爵感激他服务多年,其他的都是关于马的。……墙上有些地方爬着常春藤。……墙角上有个小小的圣像,圣像前面的灯微微地燃着蓝色小火苗,灯光微弱地映在银框上。墙边有几把椅子挨得很紧,看来是不久以前买的。……这家人买了许多多余的东西,也都陈列在那儿,因为没有地方可放。……这儿还有些圈椅挤在一起,旁边有张长沙发,蒙着雪白的套子,滚着绦边和花边,另外还有一张上了

---

① 在彼得堡发行的一种画报。

漆的圆桌。长沙发上有一只养驯的兔子在打盹。……屋里舒适,干净,暖和。……处处都显出这儿有女人照料。就连小书架也显得有点纯朴,带点女人气,仿佛它一心想表示,书架上没有别的东西,只有些写得疲沓的长篇小说和感伤的诗篇。……这种温暖舒适的小房间的妙处,在春天不容易感觉到,到秋天人们寻找避寒避雨的处所的时候就容易感觉到了。……

米特卡忙忙乱乱,呼呼地吐气和喘息,嗞拉一声划亮火柴,点燃两支蜡烛,小心翼翼地,像放牛奶似的把它们放在桌上。我们在圈椅上坐下,互相看一眼,笑起来。……

"尼古拉·叶菲梅奇有病,躺在床上,"乌尔别宁解释主人何以不在,"至于奥尔迦①·尼古拉耶芙娜,大概送我的孩子回家去了。……"

"米特卡,房门关严了吗?"我们听见隔壁房间里传来衰弱的男高音。

"关严了,尼古拉·叶菲梅奇!"米特卡用沙哑的嗓音说,一溜烟跑到隔壁房间里去了。

"这才对。……要注意,把所有的门都关严……"衰弱的嗓音又说,"插上门闩,要插得紧紧的。……要是有贼溜进来,你就告诉我。……我拿枪对付他们这些坏蛋……下流货。……"

"一定照办,尼古拉·叶菲梅奇!"

我们笑起来,探问地瞧着乌尔别宁。那一个脸红了,为掩饰慌张而着手整理窗帘。……这是怎么回事?我们又互相看一眼。

然而我们没有工夫纳闷。外面传来急匆匆的脚步声,然后门廊上发出响声,房门砰的一响。红姑娘飞进"客厅"里来了。

---

① 上文的奥莲卡是奥尔迦的爱称。

"'我喜欢五月初的雷雨啊!'①"她用尖细的女高音唱起来,随后歌声换成笑声。可是一看到我们,她就忽然停住脚,不出声了。

她窘住了,像羔羊那样温顺地走进房间里去,刚才她父亲尼古拉·叶菲梅奇的嗓音就是从那儿传出来的。

"她没料到我们在这儿!"乌尔别宁笑着说。

过了一会儿,她悄悄地走进来,在最靠近门口的椅子上坐下,开始打量我们。她大胆地瞧着我们,凝眸不动,好像她觉得我们不是新来的人,而是动物园里的动物似的。我们也沉默地瞧了她一会儿,没有动弹。……我倒愿意坐上一年,一动也不动,瞧着她,那天傍晚她真美极了。像空气一样新鲜的红喷喷的脸蛋,常常吸气而隆起的胸脯,披在额头上、肩膀上、整理衣领的右手上的鬈发,亮晶晶的大眼睛……所有这些都生在她那一眼就能看完的娇小的身体上。……您对这个娇小的身体看一眼,就会比您对无边无际的地平线看上几百年所能见到的还要多呢。……她严肃地瞅着我,从下往上地端详我,眼睛里带着疑问的神情。可是临到她的眼睛从我身上移到伯爵或者波兰人身上,我就在那对眼睛里看到相反的顺序:她的目光改成从上往下看,而且她笑起来了。……

我头一个开口说话。……

"让我来介绍我自己,"我说,站起来,往她那边走过去,"我姓齐诺维耶夫。……这一位,我来介绍一下,是我的朋友卡尔涅耶夫伯爵。……我们请您原谅,我们没受到邀请就擅自闯进您这漂亮的小屋里来了。……当然,要不是雷雨逼得紧,我们是不会这样做的。……"

---

① 俄国诗人丘特切夫的诗《春天的雷雨》(1828)的第一行,1875 年该诗由别吉切夫谱成歌曲。——俄文本编者注

"可是话说回来,我们的小屋又不会因此就坍下来!"她笑着说,向我伸出手来。

她向我露出美丽的牙齿。我跟她并排在椅子上坐下,我对她讲起我们在路上怎样意外地碰到雷雨。我们开始谈天气,任何谈话都是从天气谈起的。我跟她谈了很久,米特卡已经先后两次给伯爵送来白酒,每次都一定连带送来清水。……伯爵趁我没看他,每喝完一杯酒,就做出一脸舒服的鬼相,摇摇头。

"你们也许想吃点什么吧?"奥莲卡问我,没等回答就走出房外去了。……

头一批雨点开始敲打窗上的玻璃。……我走到窗前。……天色已经完全黑了。我隔着玻璃看不见别的,只看见往下淌的雨点和我鼻子的映影。这时候电光一闪,照亮附近几棵松树。……

"房门关严了吗?"我又听见衰弱的男高音说话,"米特卡,快去,坏小子,把门关上!真是活受罪,主啊!"

有个农妇挺着勒得很紧可是仍然很大的肚子,露出愚蠢而操心的脸色,走进客堂里来,对伯爵深深一鞠躬,然后在桌子上铺开洁白的桌布。米特卡跟在她后面小心地走过来,手里端着冷荤菜。过一会儿,桌子上已经放好白酒、甜酒、干酪和一碟烤好的野禽。伯爵喝下一杯白酒,可是没吃东西。波兰人怀疑地闻了闻那只飞禽,动手把它切开。

"雨下起来了!您瞧!"我对走进来的奥莲卡说。

红姑娘走到窗前我站着的地方,这时候正巧有一道白光刹那间照亮了我们。……上边响起一声霹雳,我觉得好像有个又大又重的东西从天空落下来,隆隆响地滚过地面。……窗上的玻璃和伯爵面前的酒杯一齐颤抖,发出玻璃的玎玲玲的声音。……轰雷来势很猛。……

"您怕雷雨吗?"我问奥莲卡说。

奥莲卡把她的脸颊贴到圆肩膀上,带着稚气的信任神情瞧着我。

"怕,"她略略沉吟一下,小声说,"雷把我的母亲打死了。……报纸上甚至描写过这件事。……当时我母亲在野外边走边哭。……她在这个世界上生活得很辛酸。……上帝就来怜惜她,用天上的电结束了她的生命。"

"您怎么知道天上有电?"

"我念过书。……您知道吗?凡是被雷打死的,在战场上阵亡的,因难产而死掉的,都要升天堂。……书上根本没有写过这种话,不过这是实在的。我母亲眼前就在天堂里。我觉得好像日后我也会给雷劈死,我也会到天堂里去。……您是受过教育的人吧?"

"是的。……"

"那您就不会笑我了。……我就是想照这样死掉。我要穿一身极贵重、极时髦的衣服,就跟前几天我看见本地女财主和女地主谢费尔所穿的那件一样,胳膊上戴手镯。……然后我就站在石坟的顶峰上,让闪电打死,给大家都看见。……一声可怕的响雷,您知道,然后全完了。……"

"多么荒唐的幻想!"我含笑说,瞧着她的眼睛,这时候她的眼睛里对那种可怕而又耸人听闻的死亡充满神秘的恐怖,"那么您不愿意穿着普通的衣服死?"

"不行……"奥莲卡摇着头说,"而且要叫所有的人都看见才成。"

"您目前这身衣服比一切时髦和贵重的衣服都好呢。……这身衣服正好配得上您。您穿上它,就像是青翠的树林里一朵红花。"

"不,这话不对!"奥莲卡天真地说,叹了口气,"这身衣服不值钱,不会好看。"

伯爵走到我们站着的窗前来，分明有意跟漂亮的奥莲卡攀谈一下。我的朋友会讲三种欧洲语言，可就是不善于同女人讲话。他有点不合时宜地站在我们身旁，傻笑着，嘴里含混地低声说着"是啊"，后来却往后退，走到酒瓶那边去了。

"刚才您走进这个房间，"我对奥莲卡说，"您唱着'我喜欢五月初的雷雨'。莫非那首诗已经谱成歌了？"

"不，我是按我的调子唱我知道的那些诗的。"

我偶尔回过头去看一眼。乌尔别宁正瞧我们。我看出他的眼睛里含着憎恨和气愤，这跟他那张善良温和的脸完全不相称。

"他在嫉妒还是怎么的？"我暗想。

这个可怜人看到我疑问的目光，就从椅子上站起来，到前堂不知做什么去了。……甚至凭他的步伐也可以看出他心情激动。雷声越来越有力，越来越响亮，而且越来越勤了。闪电用好看而晃眼的亮光不断照耀天空、松树、湿地。……大雨一时还停不了。我离开窗口，走到书架那边，开始考察奥莲卡的藏书。"你说出你看什么书，我就能说出你是什么样的人。"然而单凭井井有条地放在书架上的书是难于对奥莲卡的智力水平和"教育程度"做出任何结论的。那些书是一堆奇怪的杂拌。有三本文选，一本波伦①的著作，一本叶甫土谢夫斯基的算题集，一本莱蒙托夫著作第二卷，有希克里亚烈夫斯基的书，有《事业》杂志②，有一本烹饪书，有《文库》③。……我本来还可以再给您列

---

① 波伦(1837—1902)，德国作家，写过许多合乎小市民趣味的历史小说，他的作品在70年代译成俄语。——俄文本编者注
② 1866年至1888年在彼得堡印行的一种文学与政治月刊，在1883年前具有民主主义倾向。——俄文本编者注
③ 一种由俄国作家的作品合编成的文学选集，于1874年在彼得堡为赈济萨马拉省的饥民而出版。参加这个选集的作家有谢德林、屠格涅夫、陀思妥耶夫斯基、涅克拉索夫、冈察洛夫、奥斯特洛夫斯基、列夫·托尔斯泰、普列谢耶夫等。——俄文本编者注

举一些书,可是我正从书架上拿过《文库》来开始翻阅,隔壁房间的门却开了,一个人走进客堂里来,立刻把我的注意力从评断奥莲卡的教育程度上岔开了。那是个身量很高、筋强力壮的人,穿着花布长袍和破鞋,相貌相当出奇。他脸上布满青筋,留着司务长那种唇髭和连鬓胡子,总的说来近似鸟脸。他整个脸往前突出,好像要凑到鼻子尖上去似的。……这样的脸似乎就是通常所谓的"高罐子脸"①。这个人的小头安在又长又细、鼓出一个大喉核的脖子上,摇摇摆摆,犹如椋鸟巢②遇到了风一样。……这个奇怪的人抬起混浊的绿眼睛扫了我们一眼,目光停在伯爵身上。……

"房门都关严了吗?"他用恳求的声调问道。

伯爵瞧一瞧我,耸起肩膀。……

"你别操心了,爸爸!"奥莲卡说,"都关严了。……回到你房间里去吧!"

"堆房的门也关上了?"

"有的时候他有点那个……疯疯癫癫的,"乌尔别宁从前堂走来,小声说,"他怕贼,喏,你们看,老是为门操心。……尼古拉·叶菲梅奇,"他扭过脸去对怪人说,"回到你的房间里去,躺下睡觉吧!别操心了,都关严了!"

"窗子也都关严了?"

尼古拉·叶菲梅奇赶快跑到所有的窗子跟前,试一试插销插好没有,然后他一眼也没看我们,趿拉着鞋走回他的房间里去了。

"他,这个可怜人,有的时候会犯病,"乌尔别宁等他走后开始解释道,"你们要知道,他是个很好的人,有家庭的人,不料却遇上这样的倒霉事! 他几乎每年夏天都神志失常。……"

---

① 指极难看的、下巴向上噘起的脸。
② 这种巢是由人装在树上或杆子上的,状如小木箱。

我瞧着奥莲卡。她窘了,扭开脸不让我们看见,着手整理那些被翻乱的书。显然,她为疯癫的父亲害臊。

"马车来了,大人!"乌尔别宁说,"要是您高兴,就可以坐车走了!"

"这辆马车是从哪儿来的?"我问。

"我派人去叫来的。……"

过了一分钟,我跟伯爵一起坐在马车上,听着雷声隆隆,心里生气。

"他到底把我们从小屋里撵走了,这个彼得·叶果雷奇,见他的鬼!"我嘟哝说,真的生气了,"他简直不许人看一眼奥莲卡!其实我又不会把她吃掉。……老蠢材!他一直在大发醋劲。……他爱上那个姑娘了。……"

"对,对,对。……你猜怎么着,我也看出来了!他刚才不让我们到小屋里去,纯粹是因为吃醋,他打发人叫马车来也是因为吃醋。……哈哈!"

"这就叫'人老心不老'。……不过呢,老兄,一个人天天像我们今天这样见到这个红姑娘,很难不爱上她!她漂亮得出奇!不过他配不上她。……他应当明白,不要那么自私地吃醋才对。……你要爱自管去爱,可是不要妨碍别人去爱嘛,特别是因为你知道自己不配得到她。……他也真是个老糊涂!"

"你记得先前喝茶的时候,库兹玛提起她的名字,他多么冒火吗?"伯爵笑着说,"我以为当时他要把我们痛打一顿呢。……一个男人要是对某个女人漠不关心,就不会这么激烈地为她的清白名声辩护。……"

"那样的男人倒也有,老兄。……不过问题不在这儿。……有一点却很重要。……今天他对我们尚且这样发号施令,那么他对小人物,对他手下的那些人,会干出些什么事来啊!恐怕那些管

42

事的,料理家务的,打猎的和其他小人物,连走到她跟前他也一概不准!爱情和嫉妒会使人变得不公道,没心肝,厌恶人。……我敢打赌,他为这个奥莲卡一定欺压过他手下的人,而且不止一个。所以,要是他来向你告手下人的状,主张必须开除这一个或者那一个,而你不大相信他的话,那你就做得聪明了。总之,应该暂时限制他的权力才是。……爱情总会过去的,喏,到那时候就不必再担心了。他其实倒是个善良而诚实的人。……"

"你觉得她爸爸怎么样?"伯爵笑着说。

"疯子。……应当把他送进疯人院里去关起来,不应当叫他管理树林。……总之,要是在你庄园大门上挂一块'疯人院'招牌,也不算言过其实。……你这个地方是个十足的贝德拉姆①!这个守林人啦,那个猫头鹰啦,打牌入了迷的弗兰茨啦,堕入情网的老头子啦,狂热的姑娘啦,酗酒的伯爵啦……还缺什么呢?"

"可是要知道,这个守林人是领工钱的!如果他是疯子,那他怎么工作呢?"

"乌尔别宁分明只是看在他女儿分上才收留他的。……乌尔别宁说,尼古拉·叶菲梅奇几乎每年夏天都发病。……不过这话未必实在。……这个守林人不是每年夏天,而是经常生病。……幸好你的彼得·叶果雷奇难得说谎,一说谎就露出马脚来了。……"

"去年乌尔别宁报告我说,原来的老守林人阿赫美捷耶夫动身到阿索斯山②去做修士了,为此向我举荐'有经验的、诚实的、工作很有成绩的'斯克沃尔佐夫。……我呢,当然,同意了,就像平时我总是同意他的主张一样。信函毕竟不是脸:说谎也不会露出

---

① 伦敦的一个疯人院名。
② 在希腊。

43

破绽的。"

我们的马车驶进院子里,在正房门口停下。我们下了车。雨已经过去。雷声隆隆的乌云闪着电光,发出愤怒的怨声,匆匆地往东北方向游去,越来越露出繁星点点的蓝天。似乎那种千军万马般的力量已经扫荡一切,取得可怕的贡品,如今又去追求新的战果了。……遗留下来的残云急起直追,匆匆忙忙,仿佛生怕追不上似的。……自然界重又归于和平。……

在宁静芬芳而又充满欢欣和夜莺歌声的空气里,在沉睡的园子的寂静里,在上升的月亮那爱抚的亮光里,处处都可以感到这种和平。……大湖在白昼的昏睡后苏醒过来,轻微的拍溅声使人的听觉知道它醒过来了。……

在这样的时候坐着安稳的四轮马车到野外去奔驰一番,或者在湖里划一划船,倒很不错。……可是我们却走进正房去了。……那儿有另一种"诗"在等待我们。

一个人受到心理痛苦的影响,或者受到不堪忍受的痛苦的煎熬而向自己额头开一枪,就叫做自杀者;可是有些人在青春的神圣岁月放纵可鄙的、使灵魂变得庸俗的情欲,这种人在人类的语言里就不知叫什么了。人饮弹自尽之后,跟着来的是坟墓的安宁;青春毁灭之后,跟着来的却是常年的悲伤和痛苦的回忆。凡是玷污过自己的青春的人,就会了解我目前的心境。我还不算老,头发也没白,然而我已经不算是活着了。精神病学家讲起一个在滑铁卢负伤的兵神志失常,后来他向所有的人保证,而且自己也相信,他已经在滑铁卢阵亡,至于现在大家认为是他的这个人,只不过是他的影子,他过去所留下的映影而已。目前我就在经历这种半死不活的景况。……

"我很高兴,你在守林人家里什么东西也没吃,没有倒掉你的胃口,"伯爵在我们走进正房的时候对我说,"我们要好好吃一顿晚饭……跟从前一样。……开饭!"他吩咐伊里亚说,伊里亚正在给他脱礼服,换上家常穿的长袍。

我们往饭厅走去。那儿,在摆好餐具的桌子上,"生活正在沸腾"。五颜六色、高低不等的酒瓶一字儿排开,就像剧院饮食部里的货架上一样,映着灯光,等候我们光顾。盐腌的、醋渍的和其他各种凉菜放在另一个桌子上,那儿有一瓶瓶俄国白酒和英国苦酒。葡萄酒瓶的旁边放着两个碟子:一个盛乳猪,另一个盛凉的鲟鱼肉。……

"好……"伯爵斟满三杯酒,仿佛怕冷似的缩起身子,开口说,"祝我们身体健康!端起杯子来,卡艾坦·卡齐米罗维奇!"

我喝干酒,可是波兰人否定地摇摇头。他把鲟鱼肉移到跟前,闻了闻,吃起来。

我请求读者原谅。我马上就要描写完全缺乏"浪漫气息"的场面了。

"好……再喝一杯,"伯爵说着,斟满第二杯,"喝呀,列科克!"

我拿起酒杯来,瞧了瞧,放下了。……

"见鬼,我很久没有喝酒了,"我说。……"你还记得老规矩吗?"我没考虑多久就斟上五杯酒,一杯连一杯地倒进我的嘴里。不这样,我就喝不下去。小学生总是学大学生的样吸纸烟:伯爵瞧着我的榜样,就也给自己斟满五杯酒,深深地伛下腰去,皱起眉头,摇着脑袋,一口气喝了下去。我一连喝下五杯酒,依他看来像是逞强,可是我这样喝,根本不是要夸耀我的酒量。……我是想喝醉,痛痛快快地喝个大醉,我住在村子里,很久以来没有醉过了。我喝完酒,就挨着桌子坐下,开始吃乳猪。……

要喝醉是用不了多大工夫的。我很快就感到了轻微的头晕。我胸中感到舒服的凉意,幸福兴奋的心情开始了。忽然,没有什么特别明显的转折,我变得兴高采烈。空虚烦闷的感觉让位给十足欢畅快活的心情。我开始微笑。我突然想谈天,想欢笑,想跟人们周旋。我一面咀嚼乳猪,一面感到生活充实,几乎对生活满意,几乎感到幸福了。

"为什么您一点酒也不喝?"我扭过脸去对波兰人说。

"他素来不喝酒,"伯爵说,"你不要硬逼他。"

"不过好歹总可以喝一点嘛!"

波兰人把一大块鲟鱼肉放进嘴里,否定地摇头。他的沉默惹得我冒火。

"您听我说,卡艾坦……您的父名叫什么来着?……为什么您老是不开口讲话?"我问他说,"我还没荣幸地听到过您的说话声呢。"

他的两道眉毛像飞燕似的扬起来,他瞧着我。

"您是希望我说话吗?"他带着浓重的波兰口音问。

"非常希望。"

"什么缘故呢?"

"求上帝怜恤吧!轮船上的生人和不相识的人,到吃饭的时候尚且互相交谈,我跟您已经认识好几个钟头,彼此也看够了,可是连一句话也没有交谈过!这像什么样子呢?"

波兰人一句话也没说。

"您为什么不说话?"我等了一会儿,问道,"您总该回答一句话嘛!"

"我不打算回答您。我听出您的声音里有笑音,我不喜欢嘲笑。"

"他根本就没笑啊!"伯爵不安地说,"你这是从何说起呢,卡艾坦?他是出于好意。……"

"连伯爵们和公爵们都不用这种口气跟我说话!"卡艾坦说,皱起眉头,"我不喜欢这种口气。"

46

"那么,您不打算赏脸谈话?"我继续追问,又喝下一杯酒,笑起来。

"你知道我究竟为什么回到这儿来吗?"伯爵插嘴说,想换一换话题,"这一点我还没有跟你说过吧?我在彼得堡找过一个我熟识的大夫,我平时是经常在他那儿看病的。我讲起我的病。他用听筒听了一阵,敲敲打打,摸来摸去。你猜怎么着,临了他说了一句:'您不是懦夫吧?'我虽然不是懦夫,可是,你知道,我的脸色顿时发白了:'我不是懦夫。'我说。"

"说得短一点,老兄。……我听腻烦了。"

"他预言:要是我不离开彼得堡,不走掉,不久就会死亡!由于我长期饮酒,我的肝脏全坏了。……我这才决定到这儿来。再者,待在那儿也太傻。……这儿的庄园这么丰盛富饶。……单是气候就好得没法说!……至少也有正经事可干嘛!工作才是最好和最根本的治疗方法。不是这样吗,卡艾坦?我要着手经营田产,戒酒了。……大夫不许我喝酒……喝一杯都不行!"

"好,那你就别喝了。"

"我是不喝了。……今天是最后一次,因为跟你见了面,"伯爵向我这边探过头来,吻一下我的脸……"因为跟我亲爱的好朋友见了面。不过明天我就一滴酒也不喝了!巴克科斯①今天跟我永久分手了。……作为临别纪念,谢辽查,我们来喝一杯……白兰地?"

我们喝下白兰地。

"我的病会好起来的,谢辽查,好朋友。我要经营田产。……合理化的经营管理!乌尔别宁善良而殷勤……什么都懂,可是难道他会经营田产?他是墨守成规的人!我们得订购杂志,读书,处

---

① 希腊神话中的酒神。

处留神,参加农业展览会,可是按他的教育程度来说,这些都办不到!难道他真能……爱上奥莲卡?哈哈!我自己动手干,叫他做我的助手。……我要参加选举,叫社交界活跃起来……啊?是啊,就连在这儿也能够生活得幸福呢!你认为怎样?喏,你又笑了!又笑了!真的,跟你没法说话!"

我高兴,想笑。伯爵惹得我发笑,那些蜡烛、酒瓶、装点饭厅墙壁的塑造的兔子和鸭子,也都逗得我要笑。……只有卡艾坦·卡齐米罗维奇清醒的面容没惹得我发笑。这个人在座,引得我生气。

"不能叫这个波兰小贵族滚蛋吗?"我对伯爵小声说。

"你这是什么话!看在上帝面上吧……"伯爵喃喃地说,抓住我的两只手,倒好像我打算揍他的波兰人似的,"就让他坐着好了!"

"可是我看到他就受不了!您听我说,"我转过身去对普谢霍茨基说,"您拒绝跟我谈话,可是请您原谅我,我倒还没失去希望,想略为领教一下您的说话能力呢。……"

"算了!"伯爵拉住我的衣袖说,"我求求你!"

"我要缠住您不放,除非您回答我的话,"我接着说,"您干吗皱起眉头?莫非您现在还听见我的说话声里有笑音吗?"

"要是我也喝了您那么多的酒,我就会跟您谈话了,可是现在我跟您却不是一路人……"波兰人嘟哝说。

"讲到我跟您不是一路人,这一点还需要什么证明呢。……我想说的也正是这一点。……鹅和猪交不成朋友,喝酒的和不喝酒的合不来。……喝酒的妨碍不喝酒的,不喝酒的妨碍喝酒的。好在隔壁客厅里有出色而柔软的长沙发!吃完了鲟鱼肉拌辣根,在那上面躺一躺倒很好。在那儿也听不见我的声音。您愿意到那边去吗?"

伯爵把两个手掌合在一起,眯巴着眼睛,在饭厅里走来走去。

他是懦夫,害怕"剑拔弩张的"谈话。……可是我喝醉了酒,却喜欢无事生非,闹点纠纷。……

"我不明白!我不明白!"伯爵呻吟着说,不知道该说什么,该怎么办才好。……

他知道,要制止我是困难的。

"我跟您还不大熟识,"我继续说,"也许您是个极好的人,所以我也不想很快就跟您吵架。……我不预备跟您吵架。……我只请您明白:喝酒的人是容不下不喝酒的人的。……有不喝酒的人在座,就会刺激喝酒的人!……您要了解这一点才好!"

"您爱说什么都由您!"普谢霍茨基说,叹了口气,"反正您怎么也没法惹得我生气,年轻人。……"

"真的没法惹得您生气?那么,要是我管您叫顽固的猪,您也不怄气?"

波兰人脸红了,不过也只此而已。伯爵脸色发白,走到我跟前,做出恳求的脸色,摊开两只手。

"得了,我求求你!少说几句吧!"

我却已经进入醉汉的角色,想继续演下去,不过说来也是伯爵和波兰人走运,这时候响起脚步声,乌尔别宁走进饭厅里来了。

"祝诸位胃口好!"他开口说,"老爷,我是来问一下您有什么吩咐没有。"

"暂时还没有什么吩咐,不过倒有一个请求……"伯爵回答说,"您来了,我很高兴,彼得·叶果雷奇。……您就坐下来跟我们一块儿吃晚饭,我们来谈一谈田产管理方面的事吧。……"

乌尔别宁坐下了。伯爵喝下一杯白兰地,开始对他说明他在合理化经营管理方面的未来行动计划。他说了很久,讲得很疲乏,不时重复他的话,或者改变话题。乌尔别宁懒洋洋地,可又注意地

49

听着,就像严肃的人听孩子和女人饶舌似的。……他喝了鲈鱼汤,愁闷地瞧着他的汤盆。

"我随身带来了精彩的图纸!"伯爵顺带说,"那些图纸好极了!您要我拿给您看一看吗?"

卡尔涅耶夫就跳起来,跑到他的书房里去取图纸。乌尔别宁趁他不在,赶快给自己斟了半茶杯白酒,喝下去,没有吃菜。

"这白酒很难喝!"他说,带着憎恶的神情看酒瓶。

"您为什么当着伯爵的面不喝呢,彼得·叶果雷奇?"我问他说,"莫非您怕他吗?"

"与其当着伯爵的面喝酒,谢尔盖·彼得罗维奇,还不如假充正经,背地里喝的好。您知道,伯爵有个怪脾气。……明目张胆地贪污他两万卢布,他倒无所谓,马马虎虎,一句话也不会说,可要是有十戈比的开支我忘了向他报账,或者我当着他的面喝酒,他就会叫苦,说他的管家是强盗了。您是很了解他的。"

乌尔别宁又给自己斟了半茶杯白酒,喝下去。

"您以前好像不喝酒的,彼得·叶果雷奇。"我说。

"对,不过现在喝了。……喝得很多!"他小声说,……"喝得很多,黑夜白日地喝,一会儿也不能消停!连伯爵都从没像我现在喝得这么厉害。……我心里难受极了,谢尔盖·彼得罗维奇!只有上帝才知道我心头多么沉重!我就是因为愁闷才喝上酒的。……我素来热爱您,尊重您,谢尔盖·彼得罗维奇,那么我老实对您说吧……我恨不得上吊死了才好!"

"这是为什么?"

"都因为我愚蠢。……不光是孩子们愚蠢。……五十岁的人也有蠢货。至于其中的缘故,您就不必多问了。"

伯爵走进来,把他那些滔滔不绝的话打断了。

"最上等的甜酒!"伯爵说,把一个大肚子酒瓶放在桌上,上面有"别尼迪克丁"①的火漆印,至于那些"好极了"的图纸,却没拿来,"这是我路过莫斯科,在德普列商店里买的。要喝点吗,谢辽查?"

"可是你好像是去取图纸的!"我说。

"我?取什么图纸?哦,对了!可是,老兄,连魔鬼也没法在我箱子里找到东西。我翻啊,翻啊,后来就拉倒了。……这甜酒好得很。想喝点吗?"

乌尔别宁又坐了一会儿,就告辞走了。他走后,我们开始喝红葡萄酒。这种葡萄酒终于把我灌醉。醺醉开始了,刚才我到伯爵家里来,也正希望这样。我精神非常饱满,手脚总想活动,心情异常高兴。我想做出一件惊天动地的事,要不同寻常,或者惹人发笑,或者使人眼花缭乱。……这种时候我觉得我似乎能泅渡整个大湖,解决最复杂的案件,征服任何一个女人。……世界和世上的生活使我兴高采烈,我爱这个世界,然而同时我又想发牢骚,说些刻薄的俏皮话来使人难堪,嘲弄人。……对可笑的黑眉毛波兰人和伯爵都应该嘲笑,用刻薄的俏皮话奚落一番,弄得他们垂头丧气才对。

"您为什么不说话?"我开口说,"您说话呀,我听着呢!哈哈!我非常喜欢听那些脸色严肃庄重的人讲些孩子气的废话!……那才是十足的嘲笑,对人的头脑的十足嘲笑!……脸相同头脑不相称!为了不说谎,人就得生一副呆子的相貌,可是您却生着希腊的圣贤的脸!"

我没说完。……我想到我在跟一些微不足道、不值得我费唇舌的人谈话,我的舌头就麻住了!我需要的是装满人的大厅,有漂亮的女人,有成千盏灯火。……我站起来,端起杯子,走遍各个房

---

① 一种法国蜜酒。

间。每逢我们纵饮作乐，总是不受空间的限制，不限于坐在饭厅里，而是占领整所房子，甚至常常扩展到整个庄园去呢。……

在"彩石精镶"的客厅里，我选中一张土耳其沙发，在那上面躺下，沉湎在各种幻想和空中楼阁里。我年轻的头脑里生出种种醺醉的空想，一个比一个宏伟广大，无边无际。……一个新的世界诞生了，充满使人陶醉的魅力和不容描写的美。

我只差按韵脚说话和看见幻象了。

伯爵走到我跟前来，在沙发边上坐下。……他有话要跟我说。早在上文提到他喝过五杯酒后不久，我就已经在他眼睛里看出他有心对我讲一件什么特别的事了。我知道他想说什么。……

"今天我喝了那么多酒！"他对我说，"对我来说，这比任何毒药都有害。……不过今天是最后一次。……我用名誉担保，这是最后一次。……我是有毅力的。……"

"好，好。……"

"这是最后一次。……谢辽查，朋友，既然这是最后一次，要不要往城里打个电报呢？"

"也行，你打吧。……"

"既是最后一次，那就该痛痛快快地乐一乐。……好，你起来，写电报吧。……"伯爵自己是不会写电报的。他写出来的电报总是太长，总是不周到。我就起来，写了如下的电文：

> 某城。伦敦饭店。歌咏队经理卡尔波夫。放弃一切事务，速乘两点钟列车来此。伯爵。

"现在是十点三刻，"伯爵说，"仆人骑马赶到火车站，要用三刻钟，至多①一个钟头。……卡尔波夫十二点多钟接到电

---

① 原文为拉丁语。

报。……他就赶紧上火车。……要是他来不及坐这班车,就得改乘货车。……对吗?"

电报是由独眼的库兹玛送去的。……伊里亚得到命令,过一个钟头要派马车到火车站去。……我为了消磨时间,就着手从容地点上各房间里的灯和蜡烛,然后掀开钢琴盖,试一试琴键。……

后来,我记得,我又在原来的沙发上躺下,什么事也不想,默默地用手推开一味要跟我谈话的伯爵。……我处在一种忘怀一切、半睡半醒的状态里,只感到灯光明亮,心境畅快而安宁。……红姑娘的形象站在我面前,她把头垂在肩膀上,眼睛里充满她对那种骇人听闻的死亡的恐惧,轻轻地对我摇着小手指头。……另一个姑娘的形象在我面前走过去,她穿着一身黑衣服,脸容苍白而骄傲,带着不知是恳求还是责备的神情瞧着我。

后来我听见喧哗、欢笑、奔跑。……一对深深的黑眼睛把照在我脸上的亮光遮住。我看见那对眼睛闪闪发光,含着笑意。……两片鲜红的嘴唇上带着欢欣的笑容。……这是我的茨冈姑娘季娜在微笑。……

"是你吗?"她的声音问,"你睡着了?起来,亲爱的。……我已经很久没见到你了。……"

我沉默地握住她的手,把她拉到我身边来。……

"我们一块儿到那边去吧。……我们的人都来了。……"

"别去管他们。……我觉得这儿挺舒服,季娜。……"

"可是……这儿太亮了。……你疯了。……也许会有人走进来的。……"

"谁走进来,我就把谁的脑袋拧下来。……我觉得挺舒服,季娜。……我有两年没见到你了。……"

大厅那边,有人在弹钢琴。"啊,莫斯科,莫斯科,莫斯科……白石头的莫斯科呀……"好几个声音高声唱道。

"你看,他们都在那儿唱歌。……谁也不会走进来。……"

"是啊,是啊。……"

同季娜见了面,这才把我从忘怀一切的境界里拉出来。……过了十分钟,她带着我走到大厅里,歌咏队在那儿站成半个圆圈。……伯爵两脚分开,跨坐在一把椅子上,用手打着拍子。……普谢霍茨基在他的椅子后边站着,睁着惊讶的眼睛看那些歌唱的人。……我从卡尔波夫的手里夺过三弦琴来,摇着胳膊,唱道:

"'沿着亲爱的大河顺流而下……沿着伏……伏……'"

"'沿着伏尔加河……'"歌咏队接着唱。……

"'啊,燃烧吧,说呀……说呀。……'"

我摇着胳膊,一刹那间,像闪电那么快地换了个新歌。……

"'疯狂的夜啊,欢乐的夜。① ……'"

再也没有一种东西能像这种突然的转换那样刺激和兴奋我的神经的了。我开始快活得发抖,一只胳膊搂住季娜,另一只胳膊在空中挥舞三弦琴,把《疯狂的夜》一直唱完。……三弦琴喀嚓一声砸在地板上,碎片往四下里飞去。……

"拿酒来!"

这以后的事,我的记忆就乱糟糟,理不清了。……一切互相混杂,纠结在一起,一切都模模糊糊,不那么清楚。……我还记得凌晨灰色的天空。……我们在划船。……湖面微微波动,仿佛见到我们吵闹不休而抱怨似的。……我在木船中央站着,身子摇来晃去。……季娜极力对我说我会跌到水里去,要求我坐下。……我却大声说,可惜湖上没有像石坟那么高的波浪,我的叫声惊动了蓝色湖面上像白斑点那么闪现的水鸟。……随后是漫长而炎热的白

---

① 应是"疯狂的夜啊,不眠的夜……"。《疯狂的夜啊,不眠的夜……》是俄国诗人阿普赫丁(1841—1893)在 1876 年所写的诗篇,后由作曲家柴可夫斯基谱成歌曲。——俄文本编者注

昼,拖得很久的早饭,十年的陈酒,甜酒,喧嚣等。……这一天的情形我只记得几个片断。……我记得我在园子里跟季娜一块儿荡秋千。我站在踏板这一头,她站在那一头。我使出浑身的力气拼命荡着秋千,连我自己也不知道我要干什么:究竟是要季娜从秋千上掉下地来摔死呢,还是要她飞到云端里去?季娜站在秋千上,脸色白得跟死人一样,然而她高傲,要面子,就咬住牙关,没有发出一点害怕的声音。我们越飞越高,后来……我记不得是怎么结束的了。过后,我又跟季娜一块儿在一条偏僻的林荫路上散步,上边的绿色拱顶遮住了阳光。那富于诗意的幽暗,黑色的辫子,鲜红的嘴唇,低声私语。……后来,一个娇小的女低音歌手跟我并排走着,她是个金发女人,生着小尖鼻子、稚气的眼睛、很细的腰身。我跟她一块儿散步,不料季娜在暗中跟踪我们,跟我大闹一场。……茨冈姑娘脸色发白,气得发疯。……她骂我"该死的",怒气冲冲,准备回城里去。伯爵脸色发白,两手发抖,在我们身旁跑来跑去,照例找不出话来劝季娜留下。……到头来,她打了我一个耳光。……说来奇怪,男人哪怕只对我说句略微带侮辱性的话,我就会气得发疯,可是女人打我一个耳光,我倒全不介意。……随后又是漫长的"午睡",又是阶梯上的蛇,又是睡熟的弗兰茨和他嘴边的苍蝇,又是园子的旁门。……红姑娘在石坟的顶上站着,可是一看见我们,就像蜥蜴似的溜走了。

将近黄昏,我同季娜又和好了。黄昏过去,接着又是狂欢的夜晚,开始奏乐,纵情歌唱,那种振奋神经的转变又来了。……我们一分钟也没睡!

"你们这是在毁掉自己呀!"乌尔别宁到我们这儿来了一下,听了听我们的歌唱,小声对我说。……

他的话当然是对的。后来,我记得,我在园子里跟伯爵面对面地站着,争吵起来。黑眉毛的卡艾坦在我们身旁走来走去。他自始至终没参加我们的玩乐,然而也并没睡觉,却时时刻刻像影子似的跟着我们。……天空已经发白,最高的树梢开始被上升的阳光染上一层金黄色。麻雀在四下里又飞又叫,椋鸟歌唱,所有的鸟雀沙沙响地拍打它们过了一夜而变得沉重的翅膀。……远处传来牛羊的叫声和牧人的吆喝声。我们身旁有一张大理石面的小桌子。小桌上放着善多尔牌蜡烛,燃着苍白色的火苗。到处都是烟蒂、糖果纸、打碎的酒杯、橘皮。……

"你得把这拿去!"我递给伯爵一叠钞票,说,"我非要你收下不可!"

"要知道他们是由我请来的,不是由你请来的!"伯爵坚持说,极力抓住我的一个衣扣,"在这儿我是主人……我在招待你,那么凭什么要由你出钱呢?你要明白,你这样做对我简直是侮辱!"

"我也雇了他们,所以我得出一半钱。你不收吗?我不懂得这种照顾是什么意思!莫非你以为,既然你阔气得像魔鬼,你就有权这样照顾我?见鬼,卡尔波夫是我雇来的,我就要给他钱!用不着你出一半!电报是我写的!"

"在饭馆里,谢辽查,你可以付钱,爱付多少就付多少,可是我家里不是饭馆。……其次,我简直不明白你何必张罗着给钱,我不明白你为什么抢着付账。你的钱不多,我的钱却多得要命。……我做得在理呀!"

"那么你不收吗?不收?不收就不收吧。……"

我把钞票送到善多尔牌蜡烛的白色火苗上,点燃,丢在地下。忽然,从卡艾坦的胸中发出一声呻吟。他睁大眼睛,脸色发白,把沉重的身体扑到地上,极力用手掌拍灭钱上的火。……这一点他做到了。

"我不懂!"他说着,把烧焦了边的钞票放进他的口袋里,"烧钱?!倒好像这是去年的糠壳或者情书似的。……与其让火烧掉,还不如让我送给穷人好。"

我走进正房。……那儿,在每个房间的长沙发上、地毯上,横七竖八地躺着那些筋疲力尽、劳累不堪的歌女。……我的季娜在"彩石精镶"的客厅里一张沙发上睡觉。……她浑身瘫软,粗声地吐气。她咬紧牙关,脸色惨白。……大概她梦见了荡秋千吧。……猫头鹰走遍各个房间,用尖利的眼睛恶狠狠地看着那些人,他们突然打破这个被遗忘的庄园那种死气沉沉的寂静。……她不是无缘无故这样走来走去,活动她的老骨头的。……

这些就是两个狂欢之夜留在我记忆里的一切,至于其余的事,却没有在醺醉的记忆里保存下来,或者不宜于描写出来。……不过这些也已经够了!……

左尔卡从来没像烧钞票的这天早晨那么卖力地驮着我赶路。……它也想回家了。……湖水轻微地滚动着带泡沫的波浪,映着逐渐升高的太阳,正为白昼的睡眠做准备。……树林和岸边的柳树伫立不动,像在做晨祷。……那时候我的心境是难于描写的。……我不想讲很多话,只想说:我从伯爵的庄园上出来,转了个弯,在湖岸上见到米海老人那张苍老的,被诚实的劳动和疾病折磨得筋疲力尽的、神圣的脸的时候,我心里说不出的高兴,同时却又几乎羞得要死。……就外貌而论,米海颇像《圣经》里的渔民。……他头发雪白,长着一把大胡子,凝神瞧着天空。……他站在岸上不动,眼睛跟踪奔驰的白云,那样子简直可以使人认为他在天空见到了天使。……我喜欢那样的脸。……

我见到他,就勒住左尔卡,向他伸出手去,握他那只诚实而生满老茧的手,仿佛想借此洗清我的灵魂似的。他抬起锐敏的小眼睛瞅着我,笑了。

"你好,好老爷!"他笨拙地向我伸出一只手来说,"为什么又骑着马跑?莫非那个浪子回来了?"

"回来了。"

"原来是这样。……我从你的脸色就看出来了。……喏,我正站在这儿瞧着。……这个世界就是这么个世界。一切都是无谓的纷扰。……你瞧!那个日耳曼人应该死了,可是他却在忙些无聊的事。……你看见了吗?"

老人用手杖指着伯爵的浴场。有条小船从浴场那边很快地划出来。船上坐着一个人,头戴骑手的便帽,身穿蓝色上衣。那就是花匠弗兰茨。

"每天早晨他都把钱送到岛上去,收藏起来。……这个蠢人没有脑筋,不懂钱财在他跟沙土差不多。……他死了又不能把钱带走。给我一支烟吧,老爷!"

我把烟盒递给他。他取出三支,塞在他的怀里。

"这是送给我外甥的。……让他去吸吧。"

左尔卡不耐烦地动弹着,随后就飞奔而去。我向老人点头,感激他让我的眼睛在他脸上停留这么久。他久久地看着我的背影。

到家里,我看到波里卡尔普。……他用轻蔑而忿恨的目光打量我这老爷的身躯,似乎想弄明白这一回我是不是又穿着衣服下水洗澡了。

"我给您道喜,"他嘟哝说,"您玩得好痛快!"

"闭嘴,傻瓜!"我说。

他那副蠢相惹我生气。我很快脱掉衣服,盖上被子,闭上眼睛。

我头晕,整个世界好像笼罩在雾里。迷雾里闪过熟识的形象。……伯爵、蛇、弗兰茨、火红色的狗、红姑娘、疯癫的尼古拉·叶菲梅奇。

"丈夫把老婆杀死了!唉,你多蠢啊!"

红姑娘伸出一根手指对我摇着,季娜的黑眼睛凑过来,遮住了照在我身上的亮光,然后……我睡着了。……

"他睡得多么酣畅和安稳!看着这张苍白、疲乏的脸,看着这种天真稚气的笑容,听着这种均匀的呼吸,人还会以为在这张床上躺着的不是法院侦讯官,而是清白的良心呢!人会以为卡尔涅耶夫伯爵还没回来,他们既没酗过酒,也没约来茨冈姑娘,更没在湖上胡闹。……您起床吧,最狡猾的人!您不配享受安眠这样的福分!起来!"

我睁开眼睛,舒畅地伸了个懒腰。……一道宽阔的阳光从窗口直射到我的床上,在那道阳光中有许多白色的尘屑互相追逐,浮动,飞扬,因而弄得阳光像是涂上一层乳白色。……阳光时而在我眼前消失,时而又出现,因为我们那极可爱的县医官巴威尔·伊凡诺维奇·沃兹涅森斯基在我卧室里走动,时而走进阳光的范围里,时而又走出去。他穿一件纽扣解开的长礼服,那件衣服穿在他身上显得很肥大,好比挂在衣架上,他把手揣在异常长的裤子的口袋里。医生从一个墙角走到另一个墙角,从一把椅子边走到另一把椅子边,从一张照片前走到另一张照片前,一路上他的目光碰见的东西,他一概眯缝着近视的眼睛看个明白。他已经养成习惯,总是把鼻子伸到各处去,眼睛东张西望,时而弯下腰去,时而把身体挺得笔直,时而往脸盆里看,时而翻开放下的窗帘皱褶看一看,时而从门缝里往外看,时而看一看灯……好像在找一件什么东西,或者打算查明一切东西是不是都完好似的。……他见到壁纸上一条裂缝或者斑点,就透过眼镜凝神细看,皱起眉头,现出操心的脸色,伸出长鼻子去闻一下,用手指甲仔细地刮一刮。……所有这些他都是不动脑筋,出于无心,本着习惯做的,可是话虽如此,当他的眼睛很快地从这件东西移到那件东西上的时候,他那副样子仍旧像是在进行鉴定工作的专家。

"起来,我跟您说!"他用歌唱般的男高音叫醒我,同时往肥皂盒里看一眼,用手指甲剔掉那上面的一根头发。

"啊……啊……啊……您好,眯眼先生!"我见到他,打个呵欠说,他正弯下腰去凑近脸盆,"多少个冬天,多少个夏天啊!"

全县的人都因为他老是眯缝眼睛而开玩笑地叫他"眯眼",我也这样开玩笑地叫他。沃兹涅森斯基看见我醒了,就走到我跟前来,在床边坐下,立刻拿过一盒火柴,送到他那眯缝着的眼睛跟前。……

"只有懒汉和良心清白的人才能睡得这么踏实,"他说,"可是您不是前一种人,也不是后一种人,那么您,朋友,应该略为早一点起床。……"

"现在几点钟了?"

"快到十一点了。"

"见鬼,眯眼!谁也没有要求您这么早就叫醒我!您要知道,今天我五点多钟才睡觉,要不是您,我就会一直睡到傍晚去。"

"可不是!"我听见波里卡尔普的男低音在隔壁房间里讲话,"他还嫌睡得不够呢!他已经睡到第二天了,却还嫌不够!那么您知道今天是星期几吗?"波里卡尔普走进卧室里来,问道,他瞧着我,那神情就像是聪明人瞧着傻瓜一样。

"星期三。"我说。

"当然,对极了。为了您,一个星期里要特意造出两个星期三来呢。……"

"今天是星期四!"医生说,"这样看来,您,好朋友,真是把星期三一整天都睡过去了?妙!妙得很!那么请您容我问一句,您喝了多少酒?"

"我一连两天没有睡觉,喝了……我记不得喝了多少酒。"

我把波里卡尔普打发走,开始穿衣服,向医生叙述我最近刚经历过的那些"疯狂的夜晚,放肆的谈吐",这些东西在浪漫歌曲里倒显得那么美妙缠绵,然而在实际生活里却那么丑恶。我在叙述中极力不超出"轻松的风俗画"的范围,只讲事实,不发议论,这跟一个喜爱总结和推理的人的性格是格格不入的。……我一面讲,一面装出我讲的都是些小事,一点也没使我不安似的。我顾到巴威尔·伊凡诺维奇的高洁,知道他对伯爵的厌恶,就有许多事瞒住没说,有许多事只是一笔带过,可是尽管我讲得油腔滑调,尽管我说话的口气带点讽刺,医生在我讲话的那段时间里却始终严肃地瞧着我的脸,不时摇头,不耐烦地耸肩膀。他一次也没微笑过。……显然,我的"轻松的风俗画"给他留下的印象很不轻松。

"为什么您不笑,眯眼?"我结束我的叙述,问道。……

"要不是这些事是由您讲给我听的,要不是出了一件事,我就不会相信这些话。这也太不像样了,朋友!"

"您说的是哪件事?"

"昨天傍晚有个农民来找我,说您粗野地用船桨打了他。……他叫伊凡·奥西波夫。……"

"伊凡·奥西波夫……"我耸了耸肩膀。……"这名字我头一次听到!"

"高高的个子,棕红色的头发……脸上有雀斑。……您回想一下!您用船桨打了他的头。"

"我一点也不明白!我根本就不认识什么奥西波夫,我也从没用船桨打过谁的头。……这都是您在做梦,老先生!"

"求上帝保佑这是做梦才好。……他来找我,带着卡尔涅耶沃村乡公所的公文,要求我开个医疗证明。……公文上写着,是您把他打伤的,他并没有说谎。……现在您不记得了?那是硬伤,在额头的高处,接近生头发的地方。……您把他打得见了骨头,老兄!"

"我不记得了!"我小声说。……"他是什么人?他是干什么的?"

"他是卡尔涅耶沃村的一个普通农民,你们在湖上纵酒行乐的时候,是他在划桨。……"

"嗯……也许吧!我不记得了。……大概当时我喝醉了,无意间一失手……"

"不,不是无意间。……他说您为一件什么事生了他的气,把他骂很久,后来您暴跳如雷,跑到他跟前,打了他,有人能做见证。……不但这样,您还嚷着说:'我要打死你这个混蛋!'……"

我脸红了,从这个墙角走到那个墙角。

"你就是打死我,我也想不起来了!"我说,用尽全力回想往事,"我记不得了!您说我'暴跳如雷'。……我喝醉了酒,就恶劣得不能原谅!"

"这可真好!"

"那个农民分明打算出我的丑,不过这不重要。……重要的是事实本身:我打了人。……难道我能动手打人?我为什么要打那个可怜的农民呢?"

"是啊。……医疗证明,当然,我不能不给他开,不过我没有忘记劝他来找您。……您好歹跟他私下了结算了。……伤势还算轻,可是我们不妨私下里考虑一下,伤口在头部,而且碰到头盖骨,这就是严重的事了。……不乏这样的事例:表面看来,头部的伤势不算什么,属于轻微的打伤,结果却造成头盖骨的坏疽病,于是弄得伤者去见祖先①了。"

"眯眼"讲得上了劲,站起来,在墙旁边走来走去,挥着手,开始向我详尽地讲述他的外科病理学知识。……他滔滔不绝地讲到头盖骨坏疽病啦,脑炎啦,死亡啦,以及其他种种可怕的情形,还做

---

① 原文为拉丁语。

出无穷无尽的解释,说明伴随着这种大有可疑,而且使我不感兴趣的未发现的大陆①就会发生肉眼能看见的,以及只有在显微镜下才能看见的各种过程。

"您别说了,东拉西扯的一大套!"我制止了他的有关医学方面的长谈。……"莫非您不知道这些话多么乏味吗?"

"乏味倒没关系。……您得听着,痛悔前非。……也许下一次您就会小心一点,不致干出不必要的蠢事了。……要是您不跟奥西波夫私下了结这件事,那个讨厌的家伙也许就会闹得您丢了官! 堂堂菲米斯的祭司②,却因为打人而受审……这可真是大笑话!"

只有巴威尔·伊凡诺维奇才能对我谆谆教诲,而我又能平心静气地听着,不皱眉头。我也只容许他用刺探的目光看我的眼睛,把追究的手伸进我灵魂的深处。……我和他是在最正确的意义上的朋友,互相尊敬,不过我们之间也有芥蒂,那性质是不愉快而且棘手的。……有个女人像黑猫③似的夹在我们中间。这永恒的战争原因④使我们之间产生芥蒂,不过总算还没惹得我们翻脸,我们仍然和平相处。眯眼是很好的人。……我喜欢他朴实的脸,那张脸上的神情绝不会千变万化。我也喜欢他的大鼻子,眯缝的眼睛,稀疏的棕红色胡子。我喜欢他那又高又瘦、肩膀很窄的身材,礼服和大衣穿在他身上显得很肥大,如同挂在衣架上一样。

他的长裤做得很不合身,使膝部出现一些难看的皱褶,而裤腿又被靴子踩得一塌糊涂。他的白色领结老是歪在一边。……不过您不要以为他生性疏懒。……您看一下他那善良而聚精会神的面

---

① 原文为拉丁语。在此借喻"即将发生的伤势变化"。
② 菲米斯是希腊神话中的司法女神,她的祭司指"法官"。
③ 按迷信说法,它是不祥之物。
④ 原文为拉丁语。

容,就会明白他没有工夫顾到外表,再者他也不会打扮。……他年轻,诚实,不求虚荣,热爱他的医学,老是四处奔走,这就足以弥补他不修边幅所形成的种种缺陷。他像艺术家一样不懂金钱的价值,往往为了自己的癖好而毫不介意地牺牲生活的舒适安乐,因而给人造成一种印象,仿佛他是个一文不名的人,连糊口也不易。……他不吸烟,不喝酒,不把钱花在女人身上,可是另一方面,他靠工作和私人行医挣来的两千卢布,却很快花得精光,就像我饮酒作乐时花钱的情形一样。有两种嗜好耗光他的钱:他喜欢把钱借给别人,又喜欢根据报纸上的广告订购物品。……任何人来告帮,他都把钱借出去,一句话也不说,更不提还钱的事。……他对人的良心的盲目信心是无论如何也没法消除的,这种信心更突出地表现在他经常订购报纸广告所吹嘘的各种物品上。……一切东西,不管是需用的也罢,不需用的也罢,他一概订购。他订购书籍,单筒望远镜,滑稽杂志,"一百件一套"的餐具,天文钟。……无怪乎那些到巴威尔·伊凡诺维奇家里去的病人,往往错把他的房间看成仓库或者博物馆。……他上当不止一次,可是他的信心反而更强烈,更盲目了。……他是很好的人,在这篇小说以后的篇章中我们还会不止一次地遇见他。……

"哎呀,我在您这儿耽搁那么久。"他看一眼他那价钱便宜、没有表盖的怀表,忽然醒悟过来说。那表是他从莫斯科订购,"保证使用五年"的,然而已经修理过两次了。"我该走了,朋友!再见,您要当心啊!伯爵家这种纵酒行乐不会有好下场!更不用说这对您的健康有害了。……啊,对了!明天您到捷涅沃去吗?"

"明天到那儿去干什么?"

"本区教堂的节日嘛!大家都去,您也去吧!一定要去!我已经对人应许过,说您一定去。您不要弄得我成了说谎的人。……"

至于他应许过谁,那是不必多问的。我们心照不宣。医生向我告辞以后,穿上他的旧大衣,走了。……

家里只剩下我一个人了。……有些不愉快的思想开始在我脑子里翻腾,为了驱除它们,我就走到写字台旁边去,极力不想心思,不分析问题,动手拆阅收到的信件。……头一个扑进我眼帘里来的信封装着如下一封信:

我的心上人谢辽查!请你原亮(谅)我来打搅你。我大吃一惊,不知道该找谁好了。……这未免太不像话。当然,现在是找不回来了,我也不心疼,不过你想想看,要是可以从(纵)容盗贼的话,正派的女人就找不到一个地方可以平安地过活了。你走后,我在长沙发上醒过来,发觉我丢了许多东西。有人偷去我的手镯、金袖扣、项练(链)上的十颗珍珠,还从我的手提包里取去大约一百卢布。我原想告诉伯爵,可是他在睡觉,我只好就这样走了。这不好。这是伯爵的家,可是有人随便偷东西,像在小饭铺里一样。你对伯爵说一声吧。我吻你,问你好。爱你的季娜。

讲到伯爵大人家里盗贼充斥,这在我已经算不得新闻。在我的记忆里关于这类事情我已经有很多材料,这时候我就把季娜的信归并到那里面去。迟早我要利用这些材料的。……我知道那些贼是谁。

黑眼睛的季娜的信和她那粗大的笔迹,使我联想到彩石精镶的客厅,在我心里勾起想要饮酒以解宿醉的那种欲望。不过我克制了自己,用我的意志力强逼自己埋头工作。起初我极力辨认民事执行吏的潦草字迹,感到说不出的乏味,不过后来我的注意力渐渐集中在一个撬锁盗窃案上,工作得津津有味了。那一整天我都在我的写字台旁边坐着,波里卡尔普不时从我身旁走过,怀疑地瞧我的工作。他不相信我沉得住气,随时等着我会从桌子旁边站起来,吩咐他给左尔卡鞴上鞍子。然而将近傍晚,他看见我一直不懈怠,才相信了,于是他脸上的阴郁表情就换成满意的表情了。……他开始踮起脚尖走路,小声说话。……有些小伙子拉着手风琴走过我的窗口,他就走到街上,吆喝道:

"你们这些魔鬼,干吗在这儿走来走去?到别的街上去!莫非你们这些邪教徒,不知道我家的老爷在办公?"

傍晚,他把茶炊送到饭厅里,然后轻轻地推开我的房门,亲切地招呼我去喝茶。

"您去喝茶吧!"他说,温柔地叹口气,恭敬地微笑着。

我喝茶的时候,他轻轻地从我后边走过来,吻我的肩膀。……

"这样才好,谢尔盖·彼得罗维奇,"他喃喃地说,"您朝那个淡黄色头发的魔鬼啐口唾沫,叫他滚蛋吧。……您有这么高明的头脑,又受过教育,哪能不务正业呢?您的工作是高尚的。……应当叫大家都佩服您,敬畏您才是。要是您跟那个魔鬼一起砸开人家的脑袋,穿着衣服下湖洗澡,大家伙儿就会说:'一点脑筋都没有!这个人没出息!'这种名声就传遍世界了!动武打人,只配商人去干,上流人干不得。……上流人该研究学问,办正事才对。……"

"得了,别说了,别说了。……"

"您不要再跟伯爵来往,谢尔盖·彼得罗维奇!如果您要交朋友,那么巴威尔·伊凡内奇①大夫岂不是好人?他不过穿得破烂点,可是他很有脑筋!"

波里卡尔普的诚恳打动我的心。……我想对他说句亲切的话。……

---

① 巴威尔·伊凡诺维奇的简称。

"现在你在看什么小说?"我问他说。

"《基度山伯爵》。看看那个伯爵①!那才算是真正的伯爵呢!他可不像您那个伯爵似的胡来!"

喝完茶,我又坐下来工作,一直干到眼皮耷拉下来,疲乏的眼睛合上为止。……我上床睡觉的时候,吩咐波里卡尔普五点钟叫醒我。

第二天一早五点多钟,我快活地吹着口哨,用手杖敲掉一路上野花的小头,徒步走到捷涅沃村去,这天恰好是本区教堂的节日,我的朋友"眯眼",巴威尔·伊凡诺维奇,约我到那儿去。那天早晨风和日丽。仿佛幸福本身就挂在大地上空,映在闪闪发光的小露珠里,招引行人的灵魂似的。……树林笼罩在晨光里,安安静静,纹丝不动,好像在谛听我的脚步声和鸟雀的鸣叫声,那些鸟雀一遇到我,就都露出怀疑和惊吓的神情。……空气浸透春天花草的清香气息,温柔地沁入我健康的肺部。我呼吸着这种空气,抬起欢乐的眼睛极目四望,感到春天和青春,觉得幼小的桦树、道旁的细草、一刻不停地嗡嗡叫的小金虫,好像都跟我有同感似的。

"既然这儿给生活和思想预备下这么广阔的天地,"我想,"那么世上的人何必挤在他们窄小的陋室里,受着他们狭隘而浅薄的思想的束缚呢?他们何不到这儿来呢?"

我这种饶有诗意的幻想汹涌奔放,不愿意转过来考虑冬天和面包,然而正是这两种苦恼才驱使诗人们困守在寒冷乏味的彼得堡和污秽的莫斯科,在那种地方诗歌固然可以换来稿费,诗人却是得不到任何灵感的。

农民们那些络绎不绝的大车和地主们的小马车从我身旁经过,匆忙地赶去做弥撒,或者到市集上去。我不得不时常脱掉帽

---

① 指《基度山伯爵》中的主要人物蒙特-克利斯特伯爵。

子,回报农民们和熟识的地主们的殷勤问候。人人都邀我"顺便搭车",然而步行比乘车好得多,我就一一谢绝了。除了别人以外,伯爵家的花匠弗兰茨也坐着轻便马车从我身旁过去,身穿蓝色上衣,头戴骑手的便帽。……他用带着睡意而无精打采的眼睛,懒洋洋地看我,然后更加懒洋洋地把手举到帽檐那儿行了个礼。他的马车后面拴着一个五维德罗①的木桶,上面加了铁箍,看来是个酒桶。……弗兰茨那可憎的嘴脸和他的木桶多多少少搅扰了我诗意的心境,然而不久我的诗情又占了上风,因为我听见身后来了马车声,回头一看,瞧见一辆沉重的大马车,由两匹枣红马拉着,我的新相识"红姑娘"就在那辆沉重的大马车上,坐在皮面的赶车座位上,两天前跟我谈起母亲被"电"劈死的那个姑娘就是她。……奥莲卡的小脸俊俏,刚刚洗过,还带点睡意,不过她一看见我,小脸就神采焕发,微微泛起红晕。当时我在路旁挨近树林的小道上走着,她快活地向我点头,微微一笑,样子那么亲切,只有老相识相见才会那样。

"早晨好!"我对她叫了一声。

她用手对我做了个飞吻,然后就同她那辆沉重的大马车一起从我的眼前消失,没容我把她那俊俏娇嫩的小脸看个够。这一次她没穿红衣服。她穿一件腰下肥大的墨绿色裙子,上面钉着大纽扣,头戴宽边草帽,不过她还是像上次一样招我喜欢。我很想跟她攀谈几句,听听她的声音。我有心在灿烂的阳光下看一下她那对深邃的眼睛,就像那天傍晚在亮闪闪的电光下看那对眼睛一样。我恨不得叫她从那辆难看的大马车上下来,要她跟我并排走完余下的路,要不是"世俗的规矩"作梗,我真就那样做了。不知什么缘故我觉得她会乐于答应这种要求的。……大马车拐弯走进高耸

---

① 1维德罗等于12.3公升。

的赤杨树林,她回过头来看过我两次,这不会是无缘无故的!……

从我的住所到捷涅沃村,有六俄里远。这点路程在晴朗的早晨,对年轻人来说,几乎不知不觉就走完了。六点钟刚过,我就已经穿过那些大板车和市集上货棚之间的通路,朝捷涅沃村的教堂挤过去。尽管天时还早,弥撒还没有结束,空中却已经弥漫着做买卖的喧哗声。大车的吱嘎声、马的嘶鸣声、母牛的吼叫声、玩具喇叭的呜呜声,跟贩马的茨冈的嚷叫声和已经醉醺醺的农民的歌唱声混在一起。多少快活的、悠闲的面孔,多少形形色色的人!这一大群人穿着花花绿绿、色彩鲜艳的衣服,让早晨的阳光照着,显得多么美妙、活跃啊!所有这些人,好几千人,拥挤,走动,吵吵嚷嚷,急于在几个钟头里办完自己的事,以便到黄昏时分各自走散,在广场上留下些零碎的干草、散落在各处的燕麦、核桃的硬壳,作为纪念。……教堂那边,密密麻麻的人群拥进去,走出来。……

教堂房顶上的十字架放出金光,跟太阳一样亮。它光芒四射,像是在金色的火焰里燃烧。十字架下面的教堂圆顶也燃着那样的火焰,新漆过的绿油油的圆顶迎着太阳闪亮。在明晃晃的十字架背后,清澈深远的蓝天辽阔地铺展开来。我穿过挤满人的院子,走进教堂。我进去的时候,弥撒刚开始,那儿还刚在念《使徒行传》。教堂里颇为沉静,只有念经声和摇着手提香炉的助祭的脚步声打破寂静。人们安静地站在那儿,一动也不动,虔诚地定睛看着敞开的圣障中门,听着拖长音调的念经声。乡村的礼节,或者说得更确切些,乡村的规矩,严格禁止任何人有意破坏教堂里那种肃穆的气氛。每逢我在教堂里不得不微笑或者谈话的时候,老是觉得难为情。不幸,我在教堂里难得不遇见熟人,真遗憾,我的熟人太多了。照例,我刚刚走进教堂里,立刻就会有个"知识分子"走到我跟前来,先是讲上一大套关于天气的开场白,然后开始讲他琐碎的私事。我回答一声"对"或者"不",然而我太拘礼,不好意思完全不理睬同我谈话的人。我这样拘礼,弄得我大吃苦头:我一面谈话,一面发窘地斜起眼睛看旁边祈祷的人,生怕我这样闲谈会得罪他们。

这一回我也没能避开熟人。我一走进教堂,就看见我的女主人公,也就是我在来捷涅沃的路上遇见的"红姑娘"。

可怜的姑娘站在人丛中,脸红得像虾一样,满头大汗,用恳求的眼睛看遍所有的脸,希望找到救星。她夹在稠密的人群中,既不能后退,也不能前进,好似一只小鸟给人用拳头使劲捏紧了。她见到我,苦笑一下,对我点点她那好看的下巴。

"看在上帝面上,把我领到前面去!"她开口说,抓住我的袖子,"这儿非常闷热,而且……拥挤。……我求求您!"

"可是要知道,前面也拥挤!"我说。

"不过那儿的人都穿得干净,体面。……这儿都是老百姓,我们该站在前面。……您也应当站在那边。……"

这样看来,她脸红倒不是因为教堂里闷热拥挤。地位高下的问题在折磨她小小的头脑!我听从好虚荣的姑娘的请求,小心推开左右的人,把她一直领到讲经台旁边,我们县里上流社会①的全部精华就在那儿聚齐。我把奥莲卡安插在符合她力争上流的愿望的位子上以后,就在上流社会后边站住,开始观察。

那些男人和女人照例交头接耳地谈话,嘻嘻地笑。调解法官卡里宁用手指头比划着,摇着头,低声对地主杰利亚耶夫讲他的病。杰利亚耶夫几乎大声骂医生,劝调解法官到一个叫叶甫斯特拉特·伊凡内奇的人那儿去看病。女人们见到奥莲卡,就拿她做好话题,叽叽咕咕地谈起来。看来,只有一个姑娘在祈祷。……她跪在地下,黑眼睛凝神望着前面,努动嘴唇。她没注意到一绺鬈发

---

① 原文为法语。

从帽子底下滑落下来,散乱地披在苍白的鬓角上。……她没有注意到我和奥莲卡就站在她旁边。

她是调解法官卡里宁的女儿娜杰日达·尼古拉耶芙娜。我上文提到有个女人像黑猫似的夹在我和医生之间,我指的就是她。……医生十分爱她,只有像我的可爱的眯眼,巴威尔·伊凡诺维奇那样的好人才能爱得那么深。……现在他像一根竿子似的插在她身旁,两只手贴着裤缝,伸直脖子。……偶尔他把充满爱情和询问的眼睛转过去,瞟一眼她聚精会神的脸。……他似乎在守卫她祈祷,眼睛里闪着热情而又苦恼的愿望:希望她在为他祷告。可是说来伤心,他知道她在为谁祷告。……她不是为他祷告。……

等到巴威尔·伊凡诺维奇回过头来看我一眼,我就对他点一下头。我俩从教堂里走出去。

"我们到市集上去逛一逛吧。"我提议说。

我们点上纸烟,沿着一长排货棚走去。

"娜杰日达·尼古拉耶芙娜近来怎样?"我跟医生一起走进卖玩具的货亭,问他说。……

"挺好。……她的身体似乎不错……"医生回答说,眯缝着眼睛看一个小小的玩具兵。它脸上涂成雪青色,穿着鲜红的军服。"她问起过您。……"

"她问起我什么事呢?"

"随便问问。……她生气了,因为您很久没到她家里去。……她想跟您见面,问起您对她家突然冷淡的原因。……您本来几乎每天都去,后来却一下子不上门了!……就像断绝来往似的。……连招呼也不打了。……"

"您胡扯,眯眼。……确实,我因为不得空而没再去拜访卡里宁家。……真的就是这样。至于我同这家人的关系,仍旧跟先前一样好。……我遇见她家的人,素来都是打招呼的。"

"不过,上星期四您遇见过她的父亲,他招呼您,可是不知什么缘故您却认为不必理睬他。"

"我不喜欢调解法官那个蠢货,"我说,"我一瞧见他那副嘴脸就受不了,不过我总算还能勉强跟他打招呼,握一下他伸过来的手。星期四我多半没有注意到他,再不然就是没认出他来。您今天心绪不好,亲爱的睐眼,您总是挑毛病。……"

"我喜欢您,好朋友,"巴威尔·伊凡诺维奇说,叹口气,"可是我不相信您的话。……'没有注意到他,没有认出他来。……'我既不要听您的辩白,也不要听您的托词。……这些话既然不大真实,又有什么意思呢?您是个正派的好人,不过您那病态的脑子里有一小块东西像钉子似的戳在那儿,对不起,那块东西弄得您什么坏事都干得出来。……"

"多谢多谢。"

"您不要生气,好朋友。……求上帝保佑我说错了才好,不过我总觉得您有点儿心理变态。有时候,您违背您的意志和您良好的天性而生出一些欲望,做出一些举动,使得那些把您看做正人君子的人莫名其妙。……说来也真奇怪,我荣幸地知道您有高尚的道德原则,可是此外您又有些突如其来的冲动害得您干出骇人听闻的坏事来,试问这两种东西怎么能同时并存呢?这是什么野兽?"巴威尔·伊凡内奇忽然转过身去,改变声调,对货主说,同时把一个木制的野兽拿到自己眼睛跟前,那东西有人的鼻子和马的鬃毛,背上有灰色纹路。

"狮子,"货主打着呵欠说,……"可也许是什么别的野兽。鬼才闹得清楚!"

我们从出售玩具的货棚里出来,往"卖布的"小铺走去,那边的生意做得很兴隆。

"这些玩具只能骗骗孩子,"医生说,"它们使人对各种植物和动物的概念弄得混乱不堪。比方拿那只狮子来说吧。……它身上有纹路,毛色深红,吱吱地叫。……难道狮子会吱吱地叫吗?"

"听我说,亲爱的眯眼,"我说,"看样子您有话要跟我说,可是您似乎不好开口。……您说吧。……我乐于听您讲,哪怕您说出使人不愉快的话来也没关系。……"

"朋友,愉快也罢,不愉快也罢,反正您听着好了。……我有许多话要跟您说。……"

"您从头讲吧。……我洗耳恭听就是。……"

"我已经向您表白过我的看法,认为您有点儿心理变态。现在您想听一听证据吗?……我要开诚布公地说,有时候也许稍稍尖刻点……您听了我的话会不好受,不过您别生气,朋友。……您知道我对您的感情:我喜欢您胜过喜欢县里所有别的人,我尊敬您。……我对您讲这些话不是要责备您、批评您,不是要挖苦您。我俩要客观些,朋友。……我们要用毫无成见的眼睛来考察您的心理状态,就像考察肝脏或者胃脏一样。……"

"好,那我们就客观些。"我同意说。

"好极了。……我们就从您和卡里宁一家人的关系说起。……要是您回忆一下,就会想起您是在一到我们这个为上帝所保佑的县里就去拜访他们的。他们并没先去拜会您,要跟您结交。……可是您从头一次登门拜访起,就态度高傲,说话带讥诮的口气,又跟纵酒的伯爵相好,惹得调解法官不满意,要是您自己不登门拜访,调解法官的家里就不会有您这个客人。您记得吗?您跟娜杰日达·尼古拉耶芙娜认识了,就几乎天天都到调解法官家里去。……不管谁什么时候到那儿去,总是能碰见您。……他们招待您可真是殷勤极了。大家尽量好心地款待您。……父亲是这样,母亲是这样,那些小妹妹也是如此。……他们待您就跟待亲戚一样亲热。……他们称赞您,抬举您,您说上一句半句俏皮话,他们就扬声大笑。……他们把您看做顶聪明、顶高尚、顶文雅的人。您似乎了解这些,用亲热回报亲热,每天都去,甚至在节日前夕,人家正在打扫和忙碌的时候您也去。最后您在娜坚卡①的心里引起她对您的那种不幸的爱情,这对您来说也已经不是秘密。……根本不可能是秘密!您明知她满心爱您,还是不断地去。……后来怎么样呢,朋友?一年以前,您忽然无缘无故、出人意外地不再去访问了。他们等了您一个星期……一个月……一直等到今天,可是您始终没露面。……他们给您写信,您不回信。……最后您甚至不打招呼了。……您素来注重礼貌,而您的这种行动当然显得极其无礼!为什么您这么突如其来地跟卡里宁一家断绝关系?他们得罪您了?没有。……您对他们厌烦了?如果是这样,您尽可以逐步断绝关系,不该用这种使人伤心的方式,毫无理由地一刀两断嘛。……"

"我不去做客,"我笑着说,"我就成了心理变态者。您多么天真啊,亲爱的眯眼!一下子绝交也罢,逐步绝交也罢,岂不都是一样?一刀两断甚至还老实些,少做些假。不过这都是些小事!"

"就算这都是些小事,就算您有不便说出口、外人也无权过问的理由促使您这样突然改变态度吧。可是您后来的举动该怎样解释呢?"

"您能举个例子吗?"

"比方说,有一次您到我们地方自治局执行处去,我不知道您要到那儿去办什么事。执行处主席问您,怎么在卡里宁家里见不到您了,您就说……您想想您都说了些什么!'我怕他们要我结婚!'这就是从您嘴里讲出来的!而且这是在开会的时候说的,声音又响又清楚,会场上百把个人都能听见!这种话算是俏皮?回

---

① 娜坚卡和下文的娜嘉都是娜杰日达的爱称。

答您的是哄堂大笑,大家纷纷说起下流的刻薄话来,说什么到处拉丈夫啦等等。您这句话让一个坏蛋听去了,他就到卡里宁家里去,正赶上他们吃饭,就把您的话告诉娜坚卡了。……您为什么要这样伤人,谢尔盖·彼得罗维奇?"

巴威尔·伊凡诺维奇挡住我的去路,在我面前站住,睁大恳求的而且几乎是泪汪汪的眼睛瞧我的脸,继续说:

"为什么要这样伤人?为什么?就因为那个好姑娘爱您?就算她的父亲跟所有的父亲一样,对您有意吧。……他做父亲的自然会注意一切人:既注意您,也注意我,还注意玛尔库津。……所有的父母都一样。……毫无疑问,她既然满心爱您,也许就指望做您的妻子。……那么因此就该给她一个响亮的耳光?老兄啊,老兄!他们对您有意,岂不就是您自己招来的?您每天都去,平常的客人就不会去得那么勤。您白天跟她一块儿钓鱼,傍晚跟她一块儿在园子里散步,不准外人打搅你们的单独会面①……您明知道她爱您,却一点也不改变您的举动。……既然有这种种迹象,还能说您无意吗?我当时就相信您会跟她结婚的!可是您……您诉苦,您讥笑!这是为什么?她有哪点对不住您?"

"您不要嚷,亲爱的眯眼,人家在看我们了,"我说,回避巴威尔·伊凡诺维奇的话,"我们停止这种谈话吧。这成了娘们儿耍贫嘴了。……我只要对您说两三句话,您就明白了。我到卡里宁家去,是因为我寂寞无聊,而且对娜坚卡发生了兴趣。……她是个很招人喜欢的姑娘。……说不定我真会同她结婚,不过后来知道您在我之前早已想赢得她的心,知道您对她并非无意,我就决定悄悄走开了。……在我这方面来说,跟您这样的好人捣乱,未免太狠心了。……"

---

①② 原文为法语。

"多承关照,谢谢②!我并没向您要求过这种仁慈的恩赐,而且,现在据我从您脸上的表情来判断,您刚才讲的也不是真话,只不过随便说说,根本没有经过认真的思考。……再者,尽管我是个好人,这却没有妨碍您在最后几次访问中的某一次在凉亭里向娜坚卡求婚,要是那个好人真想跟她结婚的话,这下子就叫苦连天了!"

"嘿,嘿!……您从哪儿知道那次求婚的,亲爱的眯眼?要是人家把这样的秘密都告诉您,那就可见您的事情进行得不坏呢!……不过,您气得脸色发白,几乎打算动手打我。……您居然还劝我,说要客观些呢!您多么可笑,亲爱的眯眼!得了,让我们丢开这些废话……到邮局去吧。……"

我们就往邮局走去,那儿的三个小窗子喜气洋洋地面对着市集的广场。隔着一道灰色的栅栏,就是我们的收信员玛克辛·费多罗维奇的五颜六色的花圃,他在我们县里是以培植花坛、苗床、草地等等的行家闻名的。

我们正赶上玛克辛·费多罗维奇在做很愉快的工作。……他挨着他的绿色桌子坐着,高兴得脸色发红,微微地笑,像翻书页那样翻着一大叠每张一百卢布的钞票。看来,他见到别人的钱也会兴致勃勃。

"您好,玛克辛·费多雷奇①!"我跟他打招呼说,"您从哪儿弄来这么一大笔钱?"

"喏,这是汇到圣彼得堡去的。"收信员说,畅快地微微一笑,用他的下巴指一指墙角,那儿有把椅子,在这邮局里仅有的一把椅子上坐着一个乌黑的人影。……

那个人见到我,就站起身,往我这边走过来。我认出他就是我的新相识和我的新仇人,那一次我在伯爵家里喝多了酒,曾狠狠地

---

① 玛克辛·费多罗维奇的简称。

侮辱过他。……

"您好。"他说。

"您好,卡艾坦·卡齐米罗维奇,"我回答说,假装没看见他伸过来的手,"伯爵身体好吗?"

"谢天谢地。……不过他有点寂寞。……他随时都在盼望您去。……"

我在普谢霍茨基脸上看出他有心跟我谈话。既然那天傍晚我骂过他"猪",他怎么还会有心跟我谈话呢?他的态度怎么会变了?

"您的钱好多呀!"我瞧着他汇出去的一叠一百卢布的钞票说。

仿佛有谁把我的脑筋拨弄了一下!我看见那些钞票当中有一张已经烧焦了边,有一角已经完全烧掉了。……那就是我先前送到善多尔牌蜡烛上去打算烧掉的那张一百卢布钞票,当时我拿来付给那些茨冈,可是伯爵不收,我就把它丢在地下,却给普谢霍茨基拾去了。

"与其让火烧掉,"他当时说,"不如由我拿去送给穷人的好。"

现在他把它汇给一个什么样的"穷人"呢?

"七千五百卢布,"玛克辛·费多雷奇拖着长声报数说,"一点不错!"

刺探别人的隐私是不应该的,不过我又非常想弄明白黑眉毛的波兰人汇到彼得堡去的是谁的钱,汇给谁。无论如何这笔钱不会是他的,也不会是伯爵要他汇的。

"必是他偷了醺醉的伯爵的钱,"我暗想,"又聋又蠢的猫头鹰尚且能偷伯爵的钱,那么这只蠢鹅把爪子伸进伯爵的口袋里去,岂不是不费吹灰之力?"

"啊……顺便我也要汇一点钱,"巴威尔·伊凡诺维奇忽然想

77

起来,说,"你们猜怎么样,诸位先生?简直叫人没法相信!花十五卢布就能买五件东西,而且不要寄费!一个单筒望远镜,一个天文钟,一份日历,另外还有别的东西。……玛克辛·费多雷奇,借给我一张信纸和一个信封!"

眯眼把十五卢布汇出去,我收到一些报纸和信件,我们就从邮局的办公室里走出来。……

我们往教堂那边走去。眯眼跟在我后面,脸色苍白,无精打采,跟秋天的白昼一样。这场他极力要表现得"客观"的谈话出乎意外地使他非常不安。

教堂里在敲钟。稠密的人群从门口台阶上慢慢走下来,这个行列似乎长得没有尽头。在这个教会行列前面,有旧的神幡和乌黑的十字架高举在人群的上空。阳光灿烂地映在教士们的法衣上,圣母像放出耀眼的光芒。……

"我们的人也在那边!"医生指指我们县里的上流社会说,他们同人群分开,站在一旁。

"那只能算是您的人,不是我的人。"我说。

"那也一样。……我们到他们那边去吧。……"

我往熟人那边走过去,开始点头打招呼。调解法官卡里宁,这个高身量、宽肩膀、留着白胡子、生着虾一般的暴眼睛的人,站在众人前面,凑着他女儿的耳朵讲话。他装出没注意到我的样子,尽管我向他那边的一群人行了个"总的"鞠躬礼,他却没有一点回礼的动作。

"再见,小天使,"他用含泪的声调说,吻他女儿的苍白额头,"你一个人坐车回家去吧,我到傍晚就回来。……我去做客,时间不会太久。"

他又吻一下女儿,对上流社会畅快地笑一笑,然后严厉地皱起眉头,猛的转过身去,对一个站在他身后、胸前佩着乡村警察的圆牌的农民说话。

"我的马车总该很快就来了吧?"他声音沙哑地说。

乡村警察打了个哆嗦,开始挥动胳膊。

"小心,马车来了!"

紧跟在宗教行列后面的人群就让出一条路来,调解法官那辆漂亮的马车响起小铃铛,来到卡里宁面前。卡里宁坐上车去,庄严地点一下头,对人群喊了声"小心啊",一眼也没看我就从我眼前消失了。

"简直是一头神气活现的猪,"我凑着医生的耳朵小声说,"我们离开这儿吧!"

"可是难道您不想跟娜杰日达·尼古拉耶芙娜谈一谈?"巴威尔·伊凡内奇问。

"我该回家了。没有工夫。"

医生气愤地瞧着我,叹了口气,走开了。我对大家行了个礼,往货棚那边走去。我一面穿过拥挤的人群,一面回过头去看调解法官的女儿。她在瞧我的背影,仿佛要试一试我是否经得住她那纯洁、锐利而又充满沉痛的委屈和责备的目光。

"这是为什么?!"她的眼睛说。

我胸中有个什么东西开始翻腾起来,我为自己的愚蠢行为感到痛苦和害臊。我忽然想转回去,用尽我那温柔的,还没完全变坏的灵魂的力量去安慰和爱抚那个热烈地爱我却受到我欺侮的姑娘,对她说这件事不能怪我,都要怪我那该死的傲气,它妨碍我生活,呼吸,迈步。那是种愚蠢的傲气,死要面子,充满虚荣心。眼下既然我知道而且看见本县的长舌妇和"险恶的老太婆"①的眼睛盯住我的每一个动作,那么像我这样没出息的人怎

---

① 出自俄国剧作家格里鲍耶陀夫(1795—1829)的喜剧《智慧的痛苦》。——俄文本编者注

么能伸出和解的手去呢？与其惹得他们不再相信我那种为蠢女人极其喜爱的"刚强"性格和傲气，还不如让他们用讥诮的目光和笑容去奚落她好。

刚才我跟巴威尔·伊凡内奇谈起那些促使我突然不再到卡里宁家去拜访的理由，我没有说老实话，而且说得完全文不对题。……我隐瞒了真正的理由，其所以隐瞒，是因为那理由太渺小，我羞于说出口。……那理由小得不值一提。……事情是这样的：我最后一次登门拜访的那天，当我把左尔卡交给马夫牵走、走进卡里宁家的正房的时候，忽然听见这样一句话：

"娜坚卡，你在哪儿呀？你的未婚夫来了！"

这句话是她父亲，调解法官说的，多半没料到我会听见。可是我听见了，我的自尊心受不住了。

"我是未婚夫？"我想。……"谁允许你叫我未婚夫的？有什么根据？"

我胸中似乎有个什么东西断了。……我的傲气在我心里翻腾，我把到卡里宁家来的路上所想起的一切，统统置之脑后了。……我忘记我已经引得那个姑娘动了心，而且我自己也开始依恋她，只要有一个傍晚没见到她就过不下去。……我忘记她那对秀丽的眼睛夜以继日地从不离开我的心头，忘记她那善良的笑容和清脆的语声。……我忘记了那些平静的夏日傍晚，它们无论对我来说还是对她来说都已经一去不复返了。……她那糊涂父亲的一句蠢话激起我的疯魔般的傲气，在这种傲气的冲击下，一切都土崩瓦解了。……我气得冒火，转身离开那所房子，骑上左尔卡急驰而去，暗自起誓一定要叫卡里宁"吃点苦头"，他居然没得到我的同意就把我算做他女儿的未婚夫了。……

"况且沃兹涅森斯基爱她……"我在回家的路上为我的出人意外的决裂辩白道，"他早在我之前就开始在她身旁转来转去了。

我认识她的时候,人家已经把他看做未婚夫了。我绝不妨碍他!"

从那时候起我一次也没到卡里宁家里去过,不过有些时候我却为想念娜嘉而痛苦,我的灵魂如饥如渴,急着想恢复旧日的关系。……然而全县已经知道决裂的经过,知道我"逃婚"了。……那我的傲气就不能让步了!

谁知道呢?要是卡里宁没有说过那句话,要是我不那么愚蠢地骄傲和挑剔,也许我就用不着回过头去看她,她也不必用那样的眼光看我了。……不过就连这样的眼光,这种委屈和责备的感情,也总比我们在捷涅沃教堂外相逢几个月以后我所看见的那种眼光好得多!如今在她那对黑眼睛的深处闪现的痛苦,其实仅仅是一场可怕的灾难的开端,这场灾难犹如一列突然开来的火车会把这个姑娘轧得粉身碎骨。……她目前的悲伤无非是小花,这朵花一旦结了果,就会把可怕的毒汁注入她娇弱的身躯和忧伤的心灵!

我走出捷涅沃村,沿着今天早晨走过的那条路往回走。太阳表明目前是中午。……农民们的大板车和地主们的小马车如同今天早晨那样辘辘地响着,小铃铛发出清脆的声音,闹得我的耳朵不得安静。花匠弗兰茨又赶着车子走过去,车后的酒桶这一次大概装满酒了。……他又用失神的眼睛瞟我一眼,把手举到帽檐行了个礼。他那难看的相貌惹得我讨厌,可是我跟他相逢而得来的沉重印象,这一次又让守林人的女儿奥莲卡消除了,她赶着沉重的大马车追上了我。……

"让我搭一下您的车吧!"我对她叫道。

她快活地向我点头,停住车。我在她身旁坐下,这辆大马车就吱吱嘎嘎地响,顺着大路奔驰而去。大路像一条明亮的带子穿过三俄里长的捷涅沃树林中的小道。我们沉默地互相看着,有两分钟之久。

"她真美!"我瞧着她的细脖子和丰满的下巴,暗自想道,"如果要我在娜坚卡和她两个人当中选一个,我就会选中她。……她比较自然,生气蓬勃,天性也比较开朗奔放。……要是她落在一个好人手里,就会成为了不起的女人!那一个却阴沉,幻想多……聪明。"

奥莲卡脚下放着两块麻布和几包东西。

"您买了多少东西!"我说,"您要这么多麻布做什么用?"

"这还不够我用的呢!……"奥莲卡回答说,"这是我顺便买下的。……您没法想象我有多忙!喏,今天我在市集上转了整整一个钟头,明天还得进城去买东西。……然后又得做衣服。……您听我说,您那边有没有熟识的、出外做裁缝的女人?"

"好像没有。……可是您买那么多料子干什么用?做衣服干什么?您家里人口不算太多嘛。……数来数去也就是那么一两个。……"

"你们这些男人真是奇怪!您什么也不懂!将来您结了婚,要是您婚后看见您的妻子穿得破破烂烂,您就会生气。我知道彼得·叶果雷奇不在乎,可是我从一开头起就穿得不像个主妇的样子,也未免不成话。……"

"这跟彼得·叶果雷奇什么相干?"

"哼!……您在开玩笑了,好像根本不知道似的!"奥莲卡说,脸色微微发红。

"小姐,您在叫人猜谜了。……"

"那么莫非您没听说?要知道,我就要嫁给彼得·叶果雷奇了!"

"嫁?"我惊愕地说,瞪大眼睛。……"嫁给哪个彼得·叶果雷奇?"

"哎,我的上帝!就是乌尔别宁啊!"

我瞧着她发红的笑脸。……

"您……嫁给他？嫁给乌尔别宁？您可真会开玩笑！"

"这压根儿就不是什么玩笑。……我简直不懂,这怎么会是开玩笑呢。……"

"您嫁给……乌尔别宁……"我说着,脸色发白,自己也不知道是什么缘故。……"这要不是玩笑,那算是什么呢？"

"哪儿是玩笑！……我简直不明白这有什么可惊讶的,可奇怪的……"奥莲卡说完,噘起小嘴。

在沉默中过去一分钟。……我瞅着美丽的姑娘,瞅着她年轻而又几乎孩子气的脸,不由得暗自纳罕:她怎么能开这么大的玩笑呢？我立刻想象她跟上了年纪、身体发胖、红脸膛的乌尔别宁站在一起,他生着招风耳和一双粗硬的手,那双手一碰到她,就会擦伤这个刚刚开始生活的年轻女人的身体。……这个俊俏的林中仙女既然在天上电光闪闪、雷声隆隆的时候,能够带着诗情凝望天空,那么,她想到那样的画面难道能不害怕？我,就连我都吓坏了！

"不错,他老了点,"奥莲卡说,叹口气,"不过另一方面,要知道,他爱我。……他的爱情是靠得住的。"

"问题不在于爱情是不是靠得住,而在于幸福不幸福。……"

"我跟他一起会幸福的。……他,谢天谢地,有家产,不是什么穷光蛋、叫花子,而是贵族。我,当然,并不爱他,不过,难道只有为爱情结婚的人才幸福？我可见识过那种为了爱情的婚姻！"

"我的孩子,"我惊恐地瞧着她的明亮的眼睛,问道,"您是什么时候把这种可怕的世故装进您那可怜的小脑袋里去的？就算您在跟我说笑话吧,不过您是在哪儿学会这么老气横秋而又粗俗地说笑话的？……在哪儿？在什么时候？"

奥莲卡惊讶地瞧着我,耸动肩膀。……

"我不明白您说的话……"她说,"您看到年轻的姑娘嫁给老头子而感到不愉快吧？是吗？"

奥莲卡忽然涨红脸,兴奋得下巴颤动起来。她没等我答话就很快地讲道:

"这种事惹得您不满意?那么请吧,您自己住到树林里去……住到那枯燥乏味的地方去,只有青鹰和疯癫的父亲做伴……您就等年轻的男子来上门求婚吧!那天傍晚,您对那个地方很满意,可是您该冬天来看一看,在那样的时候我恨不得……干脆死了才好。……"

"哎,这都是胡闹,奥莲卡,这都是幼稚,愚蠢!如果您不是说笑话,那……我真不知道该说什么好了!您还是住嘴的好,不要胡说八道弄脏空气了!换了我是您,我早就在七棵杨树上吊死了,可是您却买麻布……笑嘻嘻的!唉!"

"至少他会拿钱给我父亲治病……"她低声说。……

"您要多少钱给父亲治病?"我嚷起来,"拿我的钱吧!一百?……两百?……一千?您撒谎,奥莲卡!您不是要给父亲治病!"

奥莲卡告诉我的消息使我十分激动,我竟没注意到我们的大马车已经驶过我的小村子,这时候进了伯爵的院子,在管家的门口停下了。……我看见孩子们跑出来,看见乌尔别宁带着笑脸跑过来扶奥莲卡下车,我就从马车上跳下来,也没告辞就往伯爵的正房跑去。那儿正有新消息等我。

"来得真巧!来得真巧!"伯爵迎着我说,用又长又尖的唇髭搔了搔我的脸,"你再也选不出更恰当的时候了!我们刚刚坐下来吃中饭。……这儿的人,当然,你都认得。……恐怕你不止一次跟他们在司法方面起过冲突吧。……哈哈!"

伯爵伸出两只手指着两个男人,他们坐在柔软的圈椅上,吃凉牛舌。我闷闷不乐地认出其中一个就是调解法官卡里宁,另一个是白发苍苍的小老头,脑袋上有一大块月亮形秃顶,他是我的老相识巴巴耶夫,一个富有的地主,在我们县里担任常任委员。我一面打招呼,一面惊讶地瞧着卡里宁。……我知道他多么痛恨伯爵,在全县说他的坏话,然而现在却在伯爵家里津津有味地吃牛舌加豌豆,喝十年的陈酿。一个正派人怎么解释他这次访问呢?调解法官注意到我的目光,大概也领会我的心思了。

"我今天专门到各处拜客,"他对我说,"我要走遍全县。……所以,您瞧,我也到爵爷这儿走一趟。……"

伊里亚送来第四份餐具。我坐下,喝了一杯白酒,开始吃饭。……

"这不好,爵爷。……不好!"卡里宁继续方才由于我走进来而中断的谈话,"这在我们这些小人物倒不算罪过,可您是个有地位的、阔绰的、赫赫有名的人。……您心灰意懒就是罪过了。"

"这话是实在的:这是罪过……"巴巴耶夫同意说。

"到底是怎么回事呢?"我问。

"尼古拉·伊格纳契奇给我出了个好主意!"伯爵对调解法官那边点一下头,说,"他到我这儿来……坐下吃饭,我就对他抱怨说我感到烦闷无聊。……"

"他对我抱怨烦闷无聊,"卡里宁打断伯爵的话说,"他觉得烦闷,心情忧郁……这样那样的。……一句话,他意气消沉。……有点奥涅金①的样子。……我就说:'这都要怪您自己,爵爷。'……他问:'怎么呢?'我说:'这很简单嘛。……'我说:'您为了不烦闷就工作……经营田产吧。……经营田产是很好的工作,妙极了。……'他说,他倒有心经营田产,可是仍然感到乏味。……他缺乏所谓的欢欣鼓舞的因素。……缺乏那种……该怎么说好呢……呃呃……那种……激起强烈情绪的东西。……"

---

① 俄国诗人普希金的长诗《叶甫盖尼·奥涅金》中的男主人公。

"哦,那么您出了什么主意呢?"

"认真说来,我没出什么主意,只是斗胆对爵爷责难几句。我说:您,爵爷,那么年轻……又受过教育,赫赫有名,怎么能与世隔绝呢?我说,难道这不是罪过吗?您哪儿也不去,什么人也不接待,任什么地方也见不到您……倒像个老头子或者隐士似的。……您在自己家里办个盛会,我说……搞个所谓的会客日①,那费得了多大事呢?"

"可是他搞会客日有什么用?"我问。

"什么叫'有什么用'?第一,要是爵爷家里办晚会,他就可以结交上流社会人士……对他们进行所谓研究了。……第二,上流社会人士也可以荣幸地同本地最富的地主比较亲密地来往。……这就是所谓的彼此交流思想,谈话,欢欢喜喜。……要是仔细一想,那我们这儿有多少受过教育的小姐和男舞伴啊!……这能办出些多么热闹的音乐会、舞会、野餐会,您想一想吧!大厅这么大,园子里又有凉亭,还有……其他种种。……简直可以办出些全省的人连做梦也见不到的业余演出和音乐会呢。……真的!您想一想!……现在这些东西几乎无影无踪,埋在土里了,可是到那时候……您就想一想吧!要是我有爵爷这样的家业,我就要叫大家看看应该怎么生活!可是他却说什么闷得慌!说真的……这话听着都可笑……甚至叫人难为情呢。……"

卡里宁眨巴眼睛,想做出确实难为情的样子。……

"这是十分有道理的,"伯爵说,站起来,把两只手插在裤袋里,"我家里能办出精彩的晚会来。……音乐会啦,业余演出啦……所有这些确实都能办得出色。……再者这些晚会不但能使社会人士快乐,而且能起教育作用!……可不是吗?"

---

① 原文为法语。

"嗯,对,"我同意道,"等到我们的小姐们瞧见你这副留着两撇小胡子的尊容,她们就一下子感染到文明精神了。……"

"你老是说笑话,谢辽查,"伯爵不高兴地说,"你从来也没有好心好意地给我出过什么主意!你觉得样样事情都可笑!我的朋友,现在也该丢掉这种大学生的习气了!"

伯爵从这个墙角走到那个墙角,开始对我叙述他的冗长乏味的看法,讲到他的晚会能给人们带来什么益处。他讲起音乐、文学、舞台、骑马郊游、打猎。单是打猎就能把全县最优秀的人物聚合在一起!……

"关于这个问题,我以后还要跟您谈一谈!"伯爵在饭后告别的时候对卡里宁说。

"那么,爵爷,您容许全县对这件事抱着希望吗?"调解法官问。

"当然,当然。……我要发展这个想法,尽心竭力地办。……我高兴……甚至很高兴呢。……您自管把这件事告诉大家吧。……"

临到调解法官坐上马车,说一声"走吧",他脸上流露出来的那副志得意满的神情,倒很该看一看呢。他那么高兴,甚至忘了我和他的旧怨,临别的时候居然叫我"好朋友",还紧紧地握我的手。

客人们走后,我和伯爵挨着桌子坐下,继续吃饭。这顿中饭我们一直吃到傍晚七点钟,可是桌子上的餐具撤掉以后,又给我们摆晚饭了。年轻的酒徒是知道应该怎样消磨两顿饭之间的漫长时间的。我们一直不停地喝酒,小口地吃东西,借以保住我们的胃口,要是我们完全不吃东西,胃口就倒了。

"今天你给谁汇过钱没有?"我想起今天早晨在捷涅沃邮局里见到的那叠每张一百卢布钞票,问伯爵说。

"我没给谁汇钱。"

"那就请你说说看,你那个……他叫什么名字来着……新朋友卡齐米尔·卡艾坦内奇,或者卡艾坦·卡齐米罗维奇,是个阔人吗?"

"不是的,谢辽查。他是穷人!……不过另一方面,他有多么好的灵魂,多么好的心!你不该这么轻蔑地谈到他……攻击他。……老兄,你得学会辨别人。我们再喝一杯吧?"

到吃晚饭的时候,普谢霍茨基回来了。他看见我坐在桌子那儿喝酒,就皱起眉头,在我们的桌旁转来转去,觉得最好还是回到他的房间里去。他推托头痛,说不吃饭了,不过伯爵劝他在自己房间里,在床上吃饭,他倒也没表示反对。

我们吃第二道菜的时候,乌尔别宁走进来。我认不得他了。他那红色的宽脸膛喜气洋洋。满意的笑容甚至似乎扩展到他的招风耳和他那不时拉正漂亮的新领结的胖手指头上去了。

"我们的奶牛得病了,大人,"他报告说,"我打发人去请过我们的兽医,不料他出远门了。要不要派人去请城里的兽医呢,大人?要是我派人去,他会不理,不来,不过要是您给他写封信,那就是另一回事了。也许奶牛得的是小病,可或许是大病也未可知。"

"好,我来写一封信……"伯爵含糊其词地说。

"我给您道喜,彼得·叶果雷奇。"我站起来说,对管家伸出手去。

"道什么喜?"他小声说。

"您不是要结婚了吗?"

"对,对,你想想看,他要结婚了!"伯爵开口说,往脸红的乌尔别宁那边挤一下眼睛,"你看如何?哈哈哈!他闷声不响,闷声不响,可是忽然间,吓你一跳!你知道他娶的是谁?那天傍晚我和你猜对了!我们,彼得·叶果雷奇,那时候就已经断定您那颗调皮的心有点不对劲。他瞧了瞧您和奥莲卡说：'喏,这家伙迷上她了!'哈哈！您坐下来跟我们一块儿吃饭吧,彼得·叶果雷奇！"

乌尔别宁小心而恭敬地坐下,用眼睛招呼一下伊里亚,要他再送一盆汤来。我给他倒了一杯白酒。

"我不喝。"他说。

"得了,您比我们喝的还多呢。"

"我以前是喝酒的,现在我却不喝了,"管家含笑说道,"现在我不能喝。……没有什么理由再喝了。……谢天谢地,一切都进行得很顺利,事情已经办妥,完全合我的心意,甚至超过了我的期望呢。"

"喏,为这件喜事您至少也该喝一杯这种酒。"我说着,给他斟上一杯白葡萄酒。

"这种酒倒可以喝一杯。我以前确实喝得很多。现在我可以在大人面前老实地认错了。我往往从早喝到晚。早晨一起床,就想起这个东西……喏,自然而然,就立刻往小柜子那边走去。……现在,谢天谢地,用不着再借酒浇愁了。"

乌尔别宁喝下一大杯白葡萄酒。我又给他斟满一杯。他把这杯也喝下去,不知不觉地醉了。……

"这件事简直叫人没法相信呢……"他说,忽然发出孩子般的幸福笑声,"喏,我瞧着这个戒指,想起她表示同意的话,真没法相信。……这件事甚至可笑。……是啊,我这么大的年纪,又生着这一副相貌,能指望这个值得尊敬的姑娘不嫌弃我,肯做我……我那些孤儿的母亲吗？你们看得清楚,她是个美人儿,是天使下凡！这简直是奇迹啊！您又给我斟酒？……也好,喝最后一次吧。……从前是借酒浇愁,现在是欢喜得喝酒了。……当初我是多么难过,先生们,心里压着多少愁苦啊！我

89

是一年前见到她的,可是你们相信不?从那时候起我就没有一个晚上能睡得安稳,没有一个白天不灌这种白酒来……浇我那愚蠢的弱点,没有一天不骂我自己愚蠢。……我往往站在窗前瞧她,欣赏她,然后……就扯我自己的头发。……有的时候我恨不得上吊算了。……不过,谢天谢地……后来我豁出去了,索性向她求婚,结果呢,你们猜怎么着,我就像挨了一斧子似的!哈哈!我听着,不相信我的耳朵了。……她说:'我同意,'可是我听起来却像是说:'滚开吧,糟老头子。'……后来她吻了我,我才相信了。……"

五十岁的乌尔别宁一想起他同富有诗情的奥莲卡初次接吻,就闭上眼睛,脸红得像小孩一样。……我看见这副样子却觉得恶心。……

"先生们,"他用幸福亲切的眼睛瞧着我们说,"为什么你们不结婚呢?为什么你们白白浪费生命,把它扔到窗外去?人世间一切活人的最大幸福,为什么你们避之唯恐不及呢?要知道,放荡的生活提供的快乐,及不上安静的家庭生活向你们提供的百分之一!年轻人啊……大人和您谢尔盖·彼得罗维奇……我现在感到幸福,而且……上帝看得见我多么喜爱你们两位!请原谅我愚蠢的忠告,不过……要知道我希望你们幸福!为什么你们不结婚呢?家庭生活是好事。……它是每个人的责任!……"

这个就要跟年轻女人结婚,劝告我们抛弃放荡生活,改过安静的家庭生活的老人,露出幸福而感动的神情,这却使我受不了。

"对,"我说,"家庭生活是责任。我同意您的看法。那么您这是第二次尽您的责任吧?"

"是的,第二次。我本来就喜欢家庭生活。做单身汉或者鳏夫,对我来说只能算是半个生活。不管你们怎么说,两位先生,夫妇生活总是大事!"

"当然。……那么即使丈夫的年纪几乎比妻子大两倍,也是如此吗?"

乌尔别宁脸红了。他正把一匙汤送到嘴里去,可是他的手开始发抖,汤就流回盆里去了。

"我明白您想说什么,谢尔盖·彼得罗维奇,"他喃喃地说,"我感激您的直爽。我自己也问过自己:这样做不卑鄙吗?我心里难过!可是现在既然我时时刻刻感到幸福,既然我忘了我年老,忘了我相貌丑……把一切都忘了,那我哪儿还顾得上问我自己,解答各种问题呢!我是人①,谢尔盖·彼得罗维奇!就算年龄不相当的问题在我脑子里出现一秒钟,我也总是找得出理由来回答,尽力安慰自己。我觉得我似乎给了奥尔迦幸福。我使她有了父亲,使我的孩子们有了母亲。不过所有这些都近似长篇小说,而且……我头晕了。您不该给我喝白葡萄酒的。"

乌尔别宁站起来,用餐巾擦一下脸,又坐下了。过不久,他一口气喝下一大杯酒,用恳求的眼睛久久地瞧着我,像是求我体恤他似的,随后他的肩膀突然耸动,他出人意外地哭起来,像个孩子似的。

"这没什么。……没什么……"他止住哭,喃喃地说,"你们不用担心。您说了那句话以后,我的心让一种预感揪紧了。不过这也没什么。"

乌尔别宁的预感实现了,而且实现得那么快,我都来不及换笔尖,换稿纸。从下一章起,我那心平气和的缪斯脸上的平和神情就要换成愤怒和悲伤了。序言结束,正戏开场了。

人的犯罪意识抬头了。

我想起那个美好的星期日早晨。从伯爵教堂的窗子里望出

---

① 原文为拉丁语。

去，可以看见清澈的蓝天。整个教堂，从彩画的圆顶直到地板，笼罩在曚昽的亮光里，神香的一缕缕细烟在亮光里快活地盘旋。……从敞开的窗口和门口传来燕子和椋鸟的歌声。……有一只麻雀显然胆大包天，竟然从门口飞进来，吱吱地叫，在我们头顶上飞来飞去，好几次投进曚昽的亮光里，最后飞出窗外去了。……教堂里也在歌唱。……唱得十分和谐，富于感情，兴致勃勃，当我们的小俄罗斯歌手们感到自己是当前这个时刻的英雄，看见人们不时扭过头来看他们的时候，才能唱得如此卖劲。……曲调大多欢乐轻快，就跟在墙上和做礼拜的人们衣服上闪耀着的一块块明亮的阳光一样。……尽管婚礼曲的调子欢畅，我的耳朵却在一个没有受过训练，然而柔和、清亮的男高音里听出一种发自丹田的忧郁之声，仿佛这个男高音见到俊俏而富有诗情的奥莲卡同笨重的、熊一般的、上了年纪的乌尔别宁并排站着，感到惋惜似的。……再者，也不单是男高音瞧着这对年龄不相当的夫妇感到惋惜。……我放眼看去，许多人脸上虽然极力装得高兴畅快，可是就连呆子都能看出怜悯的神情。

我穿一身簇新的礼服，站在奥莲卡身后，把一顶婚礼冠举在她的头上。我脸色苍白，身子不大舒服。……我昨天喝多了酒，又在湖上游乐，这时候头痛欲裂，不时看一下我那只举着婚礼冠的手是不是在发抖。……我心绪恶劣，心惊肉跳，就跟淫雨绵绵的秋夜在树林里走路一样。我心烦，厌恶，惋惜。……好像有些猫在抓挠我的心，有点类似良心负疚的感觉。……那儿，在我的灵魂深处，藏着一个小魔鬼，他顽强而执拗地对我小声说：如果奥莲卡同粗笨的乌尔别宁的婚姻是罪过，那么在这个罪过里我也有责任。……这想法是怎么来的呢？莫非我能把这个年轻的傻丫头从她那种不可理解的冒险和毫无疑问的错误里解救出来吗？……

"谁知道呢!"小魔鬼低声说。……"这你心里有数!"

我有生以来见过许多年龄不相当的婚事,不止一次地站在普基烈夫的画①前面,读过许多以夫妇不相称为题材的长篇小说,而且我也熟悉生理学,知道生理学是断然反对年龄不相当的婚姻的,然而我生平还一次也没经历过目前我站在奥莲卡背后担任傧相的时候所经历的这种可憎的精神状态,我无论用什么力量都无法摆脱它。……不过,如果激动我心灵的仅仅是怜悯,那为什么以前我参加其他婚礼的时候就没产生过怜悯的感情呢?……

"这不是怜悯,"小魔鬼低声说。……"这是嫉妒。……"

然而只有热恋的人才会嫉妒,难道我爱这个红姑娘?要是普天之下所有的姑娘我见一个爱一个,那我的心就会顾不过来,再说,那也太过分了。……

我的朋友卡尔涅耶夫伯爵站在后边,就在教堂门口,挨着钱柜卖蜡烛。他把头发梳得溜光,又搽了发油,身上散发出使人头昏脑涨、透不过气来的香水味。今天他显得那么可爱,我早晨跟他打招呼的时候,忍不住对他说:

"今天你,阿历克塞,看上去像是卡德里尔舞的理想男舞伴呢!"

他对所有进进出出的人都送上一副甜蜜蜜的笑容。我听见他对每个在他那儿买蜡烛的女人都说些冗长乏味的恭维话。他这个命运的宠儿,从来没有用过铜币,不知拿它们怎么办才好,不时把五戈比铜币和三戈比铜币掉在地上。气度庄严的卡里宁,脖子上挂着斯坦尼斯拉夫勋章,站在他身旁,把胳膊肘倚在钱柜上。他神采奕奕,满脸放光。他高兴,因为他那关于"会客日"的想法落在

---

① 指俄国批判现实主义画家普基烈夫(1832—1890)的具有进步意义的名画《不相称的婚姻》。——俄文本编者注

良好的土壤里,已经开始结果。他在灵魂深处对乌尔别宁千恩万谢!乌尔别宁的婚姻是荒唐的,不过另一方面,倒也很容易利用这个机会办头一个盛会呢。

虚荣心重的奥莲卡一定兴高采烈。……从举行婚礼用的读经台起直到圣障中门,我们县里的名门闺秀排成两行。……这些客人打扮得花枝招展,就连伯爵本人结婚,她们也不过这样打扮,不能打扮得更华丽了。……她们大多是贵族。……没有一个是出身于教士家庭或商人家庭的。……其中甚至有些贵妇人,奥莲卡早先认为跟她们连打招呼的资格都没有。……奥莲卡的未婚夫固然是管家,享有特权的仆人,不过她的虚荣心不可能因此受到挫伤。……他是贵族,在邻县拥有一份抵押出去的田产。他的父亲做过本县的首席贵族,他自己也在原籍当过十年调解法官。……那么这个小贵族的女儿的虚荣心还需要什么呢?就连她的傧相,全省闻名的乐天派①和风流人物,也能给她的骄傲添光彩。……所有的客人都在瞧他。……他风头十足,就跟四万个傧相合成他一个似的。尤其非同小可的是他没有拒绝做她这个默默无闻的女人的傧相,而以前,大家都知道,就连贵族们请他做傧相,他还不肯呢。……

然而虚荣心重的奥莲卡并不高兴。……她脸色苍白,不下于她不久以前从捷涅沃市集上买回来的麻布。她那只举着蜡烛的手微微发抖,下巴偶尔哆嗦一下。她的眼神有点发呆,仿佛她突然为一件什么事感到惊讶和害怕似的。……昨天她还在花园里跑来跑去,兴致勃勃地讲起她的客厅里要糊什么壁纸,她应该哪一天接待客人,等等。当时她眼睛里闪着的快活神情现在连一点痕迹都没有了。现在她的脸容过于严肃,超过这个庄严的场合的要

---

① 原文为法语。

求了。……

乌尔别宁穿着簇新的礼服。他装束体面,然而头发却梳得像一八一二年的正教徒。他照例脸色通红,神态严肃。他的眼睛在祈祷,他每念完"天主啊,宽恕吧",就在胸前画十字,画得特别郑重。

我身后站着乌尔别宁前妻所生的孩子,中学生格利沙和淡黄头发的小姑娘萨霞。他们瞧着父亲通红的后脑壳和一对招风耳。他们的脸上打着问号。他们不明白父亲要奥丽雅阿姨干什么,他为什么要把她带到家里去。萨霞光是感到惊讶,可是十四岁的格利沙皱起眉头,从眉毛底下阴沉地看人。假使他的父亲要求他同意这件婚事,他是多半会反对的。……

婚礼进行得特别庄严。三个祭司和两个助祭主持宗教仪式。仪式进行了很长时间,害得我那只举着婚礼冠的手发酸,平素喜欢观赏婚礼的太太们也不再看那对新婚夫妇了。监督祭司把祷告辞念得抑扬顿挫,一个字也不漏掉。歌手们唱一首长而复杂的歌。诵经士趁此机会稍稍卖弄一下深沉的男低音,把《使徒行传》念得慢而又慢。……不过最后,监督祭司总算把我手里的婚礼冠接过去……新婚夫妇接吻。……客人们活动起来,打乱了整齐的行列。传来道喜声、接吻声、赞叹声。乌尔别宁神采奕奕,满面笑容,挽住新娘的胳膊,我们就出去,走到露天底下。……

如果那些跟我一起在教堂里观礼的人当中,有人认为这些描写不完备,不大确切,那就请他把这种粗疏归因于我头痛和我上述的精神状态吧,它们妨碍我观察和注意。……当然,要是那时候我知道将来要写小说,我就不会像那天早晨那样低头看着地板,也不管头痛不头痛了!

有的时候命运会毫无顾忌地开个尖酸刻薄的玩笑!新婚夫妇还没来得及走出教堂门,就碰上一件扫兴而意外的怪事。……参加婚礼的行列在阳光下显得五彩缤纷,正从教堂往伯爵家里走去,忽然奥莲卡后退一步,站住,使劲拉了一下丈夫的胳膊肘,弄得他的身子摇晃了一下。……

"他跑出来了!"她说,恐慌地瞧着我。

可怜的姑娘!原来她那疯癫的父亲,守林人斯克沃尔佐夫,顺着林荫路,迎着这个队伍跑过来。他挥舞胳膊,脚下跌跌绊绊,疯狂地转动眼珠,构成一幅十分难看的画面。如果他没穿他那件花布长袍,没趿着拖鞋,总之,要不是他那身破烂同他女儿婚服的华丽很不相称,那么也许这个场面还不算丢人。他脸上带着睡意,头发被风吹散,睡衣敞开着。

"奥莲卡!"他跑到他们跟前,吐字不清地说,"为什么你走了?"

奥莲卡涨红脸,斜起眼睛看那些笑眯眯的女客。可怜的姑娘羞得满脸发烧。……

"米特卡没关上门,"守林人对着我们继续说,"贼要摸进来还有什么困难?……去年厨房里就有个茶炊让人偷去,现在她简直是要放进贼来把我们偷光了!"

"不知道这是谁把他放出来的!"乌尔别宁对我小声说,"我本来吩咐过把他关起来。……好朋友,谢尔盖·彼得罗维奇,您发发慈悲,好歹想个办法叫我们摆脱这种尴尬局面!想个办法吧!"

"我知道谁偷了您的茶炊,"我转过身去对守林人说,"我们走吧,我来指给您看。"

我就搂住斯克沃尔佐夫的腰,带他往教堂那边走去。……我把他带进教堂院子里,跟他谈了一阵,后来我估计婚礼的行列已经走进房子,就丢下他走了,没指出他那个被人偷去的茶炊在什么地方。

不管同疯子相逢是多么意外,多么离奇,然而这件事还是不久就被人忘记了。……命运却给新婚夫妇送来一件新的怪事,而且更加离奇。……

过了一个钟头,我们大家在长饭桌旁坐下来用饭。

凡是看惯伯爵住宅里的蛛网、潮霉、茨冈姑娘的呼喊的人,瞧着这群平淡乏味的人用日常的闲谈打破古老而无人居住的房间的寂静,就会感到奇怪。这个五颜六色的嘈杂人群类似一群棕鸟顺路飞到荒废的墓园里休息一下,或者(但愿那些高尚的鸟原谅我这种譬喻!)类似一群鹳鸟在南迁的日子遇到天近黄昏而在荒凉的城堡的废墟上停下来过夜。

我坐在那儿,憎恨这个人群。他们正带着无聊的好奇心观看卡尔涅耶夫伯爵家里日益衰败的财富。彩石精镶的墙壁、布满浮雕的天花板、豪华的波斯地毯、洛可可式①的家具,件件都引起他们的欣赏和惊叹。伯爵留着两撇小胡子的脸上不断露出得意洋洋的笑容。……他毫无愧色地承受客人们对他的热烈奉承,认为这是理所当然的,其实他对这个家素来不闻不问,他家里的财富和这些华丽的陈设根本不是由他出力挣来的,而且恰好相反,他倒应该受到最严厉的责难以至蔑视,因为他对祖祖辈辈不是几天而是几十年积累下来的财产,抱着野蛮人那种麻木不仁的冷漠态度!只有精神上的瞎子和心灵上的乞丐才看不见在每块日益灰白的大理石上,每幅图画上,伯爵花园的每个幽暗角落里,都凝结着许多人的汗水、眼泪、老茧,而那些人的子女目前却挤在伯爵小村子的农舍里。……在婚宴上坐着的人中间有很多财主,他们无需迎合伯爵,尽可以说出甚至最尖锐的真理,可是竟没有一个人对伯爵说,他那得意的笑容愚蠢而不得体。……人人都认为应该阿谀地微笑,说几句不值钱的捧场话!如果这是"普通的"礼貌(我们许多

---

① 18世纪西欧盛行的一种建筑和艺术风格,其特点是纤巧和浮华。

人都喜欢把事情推到客气和礼貌上去),那我宁可喜欢那些用手抓东西吃、从别人餐具上拿过面包来、用两个手指头擤鼻涕的粗人,而看不上这些花花公子。……

乌尔别宁不住地微笑,不过这在他倒是另有原因的。他笑得又谄媚又恭敬,而且像孩子般幸福。他那畅快的笑容同狗的幸福不相上下。一条忠心而充满热爱的狗被主人摩挲着,感到幸福,于是为了表示感激就快活而真诚地摇尾巴。……

他像阿尔方斯·都德的长篇小说里的长兄黎斯雷①一样,满面春风,高兴得直搓手,瞧着年轻的妻子,心花怒放,忍不住提出一个接一个的问题:

"谁想得到这个年轻的美人儿会爱上像我这样一个老头子呢?难道她另外就找不到一个年轻点和体面点的男人吗?这些女人的心真是莫测高深!"

他甚至大起胆子转过脸来对着我胡说起来:

"真的,新的时代来了,瞧瞧!嘻嘻!老头子从年轻小伙子鼻子底下把这么个仙女夺走了!你们怎么都不管呀?嘻嘻。……是啊,如今的年轻小伙子比不上当年了!"

他不知道该怎么办才好,他的感激心情汹涌起伏,要把他宽阔的胸膛胀破了。他不时站起来,把酒杯凑过去跟伯爵碰杯,用兴奋得发抖的声音说:

"我对您的感情,大人,您是知道的。……不过今天您为我出那么多的力,相形之下我对您的热爱就不值一提了。……我哪儿配得上大人这样照拂,这样关心我的喜事呢?只有伯爵们和银行家们才这样铺排他们的婚事呢!多么阔气,来了多少贵宾。……

---

① 指法国作家阿尔方斯·都德(1840—1897)的长篇小说《小弟弗罗蒙与长兄黎斯雷》中的男主人公。他是一个上了年纪的有钱的店主,娶了个贫苦而虚荣心重的年轻女人,结果造成了悲剧。——俄文本编者注

哎,何必再说这些呢?……请您相信,大人,我永世也忘不了您,永世也忘不了我一生中这个最好、最幸福的日子。……"

如此等等。……看来,奥莲卡不喜欢她丈夫那种过分的奉承。……他的话在赴宴的人们脸上引起微笑,她显然觉得不好受,甚至似乎为那些话感到害臊。……她尽管喝过一杯香槟酒,却仍然跟先前一样闷闷不乐,神态阴郁。……她的脸色还是像在教堂里一样苍白,眼神也还是那么惊恐。……她没开口说话,懒洋洋地回答所有的问话,听到伯爵的俏皮话就勉强笑一笑,几乎没碰那些山珍海味。……喝醉的乌尔别宁越认为自己是天下最幸福的人,她那张俊俏的小脸就越是显得不幸。我简直不忍心看那张脸。为了不去看它,我就极力看我面前的盆子。

应该怎样来解释她这种悲哀呢?莫非懊悔开始咬这可怜的姑娘的心了?要不然也许是她的虚荣心期望更加盛大的排场吧?

第二道菜端上来的时候,我抬起眼睛看她,她那神情使我难过得心都痛了。可怜的姑娘正要回答伯爵一句无谓的问话,却做了个用力吞咽的动作:原来她嗓子眼发紧,快要哇的一声哭出来了。她没放下捂在嘴上的小手绢,像受惊的小野兽那样胆怯地瞧着我们,要看明白我们是不是看出她要哭了。

"您今天为什么这样愁眉苦脸?"伯爵问,"哎哎!彼得·叶果雷奇啊,这都怪您不对!您费心叫您的妻子高兴起来吧!诸位先生,我要求亲嘴。哈哈!……当然,不是我要亲嘴,而是,那个……要他们亲嘴!苦啊!①"

"苦啊!"卡里宁接着喊道。

乌尔别宁的红脸膛上堆满笑容,站起来,开始眨巴眼睛。奥莲卡经不住客人们一再喊叫,出于无奈,只得微微欠起身子,把她那

---

① 按照俄国习俗,在婚宴上客人们喊"苦",新婚夫妇就得接吻。

99

不动的和毫无生气的嘴唇向乌尔别宁送过去。……乌尔别宁吻了她一下。……奥莲卡抿紧嘴唇,仿佛生怕再来吻她似的,然后她看我一眼。……大概我的眼光不那么和善。……她见到我的眼光,忽然涨红脸,弯下身子去拿手绢擤鼻涕,想借此好歹掩盖她极慌张的心情。……我不由得暗想,她在我面前觉得不好意思,为那一吻,为婚事害臊了。……

"我哪会碍你的事呢?"我想,可是同时我的眼睛没放松她,极力要弄明白她慌张的原因。……

可怜的姑娘受不了我的眼光。固然她脸上的红晕不久就消退了,可是另一方面,她的眼睛里却进出泪水,真正的泪水,这种泪水是以前我在她脸上从没见到过的。……她把手绢盖住脸,站起来,跑到饭厅外面去了。……

"奥尔迦·尼古拉耶芙娜头痛,"我赶紧解释她离席的原因说,"今天早晨她就对我抱怨过头痛。……"

"得了吧,老兄!"伯爵打趣道,"这跟头痛没有关系。……这都是亲嘴惹出来的事,她难为情了。诸位先生,我宣布严厉惩罚新郎! 他没教会新娘亲嘴! 哈哈!"

客人们听了伯爵的取笑大为欣赏,哈哈大笑。……然而他们不应该笑。……

五分钟、十分钟过去了,新娘却没回来。……大家沉默了。……就连伯爵也不再说笑话。……奥莲卡的离席引人注目,尤其是因为她一句话也没说就突然走掉了。……姑且不谈这首先违背了礼节,主要的是奥莲卡在接吻后立刻就从桌旁走掉,仿佛因为别人硬逼她跟丈夫接吻而生气了。……不能认为她走是因为怕难为情。……怕难为情只要一两分钟也就过去了,总不会永远难为情下去,她离席虽然只有十分钟,我们大家却觉得她永远不会回来了。……那些男人们醉醺醺的头脑里已经闪过多少恶意的想法,而那些可爱的太太小姐们也已经准备下多少难听的坏话啊!新娘离开饭桌走掉了,这是本县"上流社会"情场中一个多么有声有色的戏剧性场面!

乌尔别宁开始心神不宁地往两边看。

"她必是神经出了问题……"他嘟哝说,"要不然也许是她的装束出了什么毛病。……谁知道呢,这些女人!她马上就会回来的。……一会儿就来。"

可是又过了十分钟,她还是没来,他就用悲惨的和恳求的眼睛瞧着我,我不由得怜惜他了。……

"要是我出去找她,该没有什么关系吧?"他的眼睛说,"您,好朋友,能帮我摆脱这种可怕的局面吗?您可是这儿最聪明、大胆、机智的人,您就帮帮我的忙吧!"

我听从他那悲惨的眼睛的祈求,决定帮他的忙。至于我怎样帮他的忙,读者随后自会看到。……目前我只想说:每逢我回忆我所扮演的"热心帮忙的傻瓜"①的角色,克雷洛夫的那头给隐士帮忙的熊②就在我眼里丧失兽类的全部威严,变得黯然失色,成为无足轻重的毛毛虫了。……我和那头熊的相似之处,仅仅在于我俩都是真心要帮忙而没有预见到我们效劳的恶果,可是我们之间的差别却是巨大的。……我拿起来朝乌尔别宁的额头扔过去的那块石头,要重许多倍呢。……

"奥尔迦·尼古拉耶芙娜在哪儿?"我问给我端来冷盘的听差说。

"到花园里去了。"他回答说。

---

① 引自俄国的谚语:热心帮忙的傻瓜比敌人还要危险。
② 俄国作家克雷洛夫(1769—1844)在他的寓言诗《隐士和熊》中讲到一头熊同一个隐士是好朋友,熊看见隐士额上有一只苍蝇,想赶走它,就拿起一块石头扔过去,结果把隐士砸死了。——俄文本编者注

"这简直不像话呀,太太们①!"我转过身去用取笑的口吻对太太们说,"新娘一走,连我的酒都变酸了!……我得去找她,哪怕她满口牙都痛,也要把她带到这儿来!傧相是有职责的人,他要去表现一下他的权力!"

我站起来,在我的朋友伯爵的响亮鼓掌声中,从饭厅走进花园里。中午的炎阳直射到我那酒后发热的头上。暑气和闷热直扑到我脸上来。我抱着碰运气的心理,顺着侧面一条林荫道走去,嘴里吹着曲子,充分施展我那侦讯官的本领,扮演一个普通侦探的角色。我察看所有的灌木丛、凉亭、山洞,等到我开始懊悔不该顺右边走而该顺左边走的时候,却忽然听到了古怪的声音。不知什么人在笑,或是在哭。声音是从山洞里发出来的,那个山洞原是我打算最后去侦察的。我赶快走进山洞,迎面扑来潮气、霉味、菌子和石浆的气味,我立刻看见了我要找的人。

她站在那儿,胳膊肘倚着布满黑色青苔的木柱。她抬起充满恐惧和绝望的眼睛瞧我,不住地扯头发。泪水从她的眼睛里滚下来,像是从海绵里挤出来似的。

"我干了什么事?我干了什么事啊!"她喃喃地说。

"是啊,奥莲卡,您干的是什么事?"我说,在她面前站住,把我的胳膊交叉在胸前。

"我为什么要嫁给他?我的眼睛长到哪儿去了?我的脑子哪儿去了啊?"

"是啊,奥莲卡。……很难解释您为什么走这一步。……说这是缺乏经验吧,这话未免太宽厚,可是说这是堕落,我又不忍心。"

"我直到今天才明白……直到今天!为什么我昨天就没明白

---

① 原文为法语。

呢？现在一切都无法挽回,什么都完了！全完了,全完了！我本来可以嫁给一个我所爱的而且也爱我的人！"

"那您嫁给谁呢,奥莲卡?"我问。

"嫁给您！"她说,眼睛坦然地直望着我。……"可是我太性急了！我真蠢！您聪明,高尚,年轻……您阔气。……我一直觉得我高攀不上呢！"

"得了,别哭了,奥莲卡,"我拉住她的手说。……"擦干你的眼泪,我们走吧。……人家在那儿等着。……得了,别哭了,够了。……"我吻她的手。……

"别哭了,姑娘！你做了蠢事,现在遭到报应了。……这都怪你自己。……得了,别哭了,定一定神吧。……"

"你一定爱我吧？对吗？你那么魁梧,那么漂亮！你一定爱我吧？"

"现在该走了,我亲爱的……"我说,十分惊恐地发觉自己在吻她的额头,搂住她的腰,她也把火热的呼吸喷在我脸上,搂住我的脖子。……

"你别哭了！"我喃喃地说。……"够了！……"

大约过了五分钟,我把她抱出山洞,种种新的印象搅得我心乱如麻,我把她放在地下,不料几乎就在洞口,我瞧见了普谢霍茨基。……他站在那儿,阴险地瞅着我,轻轻地拍手。……我冷眼打量他,然后挽住奥尔迦的胳膊,往正房走去。

"今天我要叫您从这儿滚蛋！"我回过头去对普谢霍茨基说,"您这种侦探的勾当不会就这么白白过去,不受惩罚！"

我的吻多半很热烈,因为奥尔迦的脸像起了火一样。刚才那些滚滚热泪,如今在那张脸上连一点影踪也没有了。……

"现在我,像俗语所说的那样,'豁出去了'！"她喃喃地说,跟我一块儿往正房走去,使劲挽住我的胳膊肘,身子发颤。……"今

103

天早晨我害怕得不知该怎么办好,可是现在……现在呢,我的好心的巨人,我又幸福得不知该怎么办好了!我的丈夫坐在那儿等我呢。……哈哈!那又怎么样?哪怕他是条鳄鱼,是条可怕的蛇,那也无所谓……我什么都不怕!我只爱你,别的都不在我心上!"

我看着她那幸福得通红的脸,看着她那对由于爱情得到满足而充满幸福的眼睛,我的心揪紧了,为这个俊俏而幸福的人的前途担忧:她对我的爱情无非是把她推进深渊里去的另一个力量而已。……这个一味欢笑、不顾前途的女人会落到什么下场呢?……感情在我的内心激荡,使我忐忑不安。那种感情既不能说是怜悯,也不能说是同情,因为它比这两种感情都强烈。我站住,把手放在奥尔迦的肩膀上。……我以前从没见过比她更美丽、优雅而又可怜的人。……现在已经没有工夫来推敲、盘算、思考了,我抑制不住我的感情,说:

"马上到我家里去,奥尔迦!马上就去!"

"怎么?你说什么?"她问,不明白我那有点庄重的口气。……

"我们立刻到我家里去!"

奥尔迦微微一笑,对我指着正房。……

"哦,那又怎么样?"我说,"我今天把你带走或者明天把你带走,岂不都是一样?然而这种事还是越快越好。……我们走吧!"

"可是……这有点奇怪。……"

"你,姑娘,是怕惹出笑话来吗?……对,这个笑话不比寻常,非同小可,不过与其把你留在此地,还是闹出一千个笑话来得好!我不能把你留在此地!明白了吧,奥尔迦?丢开你的胆怯,丢开你那种女人的逻辑,听我的话!要是你不愿意断送自己,你就听我的话!"

奥尔迦的眼睛说,她不明白我的意思。……可是另一方面,时间不等人,一直在往前走。他们在那边等我们,我们不能在林荫道上久站。我们得做出决定才行。……我把"红姑娘"搂在怀里,现在她事实上是我的妻子,这时候我才觉得我确实爱她,怀着丈夫的爱情爱她,觉得她是我的,她的命运要由我的良心负责。……我明白我已经跟这个人永久联系在一起,无可挽回了。

"你听我说,我亲爱的,我的宝贝儿!"我说,"这一步是大胆的。……这会闹得我们跟四周的人反目,给我们招来千万种责难和眼泪汪汪的抱怨。也许这甚至会断送我的事业,给我惹来千万种没法解决的麻烦,不过,我亲爱的,事情已经定局了!你就是我的妻子。……我再也不需要比你更好的妻子了,别去理睬她们那些女人!我活一天,就要叫你幸福一天,像保护眼珠一样保护你,我要叫你受教育,把你培养成好女人!我对你答应这一点,瞧我向你伸出诚实的手!"

我讲得诚恳动人,富于感情,就像男一号①朗诵最激动人心的台词。……我讲得精彩,无怪一只雌鹭飞过我们头顶的时候,对我拍翅膀。我的奥莲卡接过我伸出去的那只手,用她的两只小手握住,温柔地吻它。然而这并不是表示同意。……这个缺乏经验的女人以前从没听到过演说,这时候她那有点傻气的小脸上现出困惑的神情。……她仍然不明白我的意思。……

"你说到你家里去……"她沉思地说,……"我不大懂你的意思。……难道你不知道他会怎么说吗?"

"可是他说什么话都由他,这跟你什么相干?"

"怎么叫什么相干?不,谢辽查,你还是别说的好。……别提这个了,劳驾。……你爱我,我也就心满意足了。有了你的爱,哪怕在地狱里我也能生活。……"

---

① 原文为法语。

"可是你怎么生活呢,小傻瓜?"

"我就在这儿住,你呢……每天都到我这儿来。……我就走出来迎接你。"

"可是我一想到你过这种生活,就不能不打哆嗦!……晚上你跟他在一起,白天你跟我在一起。……不,这不行!奥莲卡,目前我那样爱你……简直嫉妒得要发疯。……我甚至连想也没有想到过我会有这样的感情。……"

然而我们多么粗心!我搂着她的腰,她温柔地摩挲我的手,而这当儿,随时都可能有人走过这条林荫道,看见我们。

"我们走吧,"我说,缩回我的手,……"你穿上外衣,我们走!"

"可是你干吗这样急急忙忙……"她用哭声抱怨道,……"你匆匆忙忙像是要去救火似的。……上帝才知道你在胡想些什么!刚结完婚就立刻逃跑!人家会怎么说呢!"

奥莲卡耸了耸肩膀。她脸上的神情是那么困惑、惊讶、诧异,弄得我只好摇一摇手,把她的"生活问题"推迟到以后去解决了。再者我们也已经没有工夫继续谈话:我们已经登上露台的石阶,听见人们的说话声了。奥莲卡走到饭厅门口,理一下头发,看一看自己的衣服,走进去。她脸上看不出慌张的神情。出乎我的意外,她是极勇敢地走进去的。

"我把这个逃兵交还给你们,诸位先生,"我走进去说,在我的位子上坐下,"我好不容易才找着的。……我找得累极了。……我走进花园里,东张西望,不料她在林荫道上散步。……'为什么您在这儿?'我问。……她说:'没什么,那边太闷!……'"

她看看我,看看客人们,看看她的丈夫……大笑起来。她忽然变得爱笑,高兴起来。我在她脸上看出她很想跟在座的这群人分享她突然得来的幸福,可是又不能用话语表达出来,就把它化成了欢笑。

"我多么可笑啊!"她说,"我哈哈大笑,可是我自己也不知道笑些什么。……伯爵,您笑吧!"

"苦啊!"卡里宁叫道。

乌尔别宁就咳嗽一声,带着疑问的神情看了看奥莲卡。

"怎么?"她问,皱起眉头。

"人家在喊'苦'呢。"乌尔别宁笑吟吟地说,站起来,用餐巾擦嘴唇。

奥莲卡站起来,让他吻她那不动的嘴唇。……接吻是冷淡的,可是它更挑旺了在我胸中冒烟的一团火,这团火随时都会燃起熊熊的火焰。……我扭过脸去,抿紧嘴唇,开始等着散席。……幸好不久就散席,要不然我就会忍不住了。……

"跟我来!"饭后我走到伯爵跟前,粗鲁地说。

伯爵惊讶地看着我,跟我走出去,我把他领进一个空房间里。……

"你有什么事,好朋友?"他问,解开坎肩的纽扣,打了个嗝。……

"你在两个人当中挑一个吧……"我说,满腔愤怒,几乎站不稳了。……"要么挑我,要么挑普谢霍茨基!你要是不对我保证过一个钟头叫那个坏蛋离开你的村子,那我从此再也不登你的门了!……我给你半分钟的时间做出答复!"

伯爵嘴里的雪茄烟掉下地。他摊开两只手。……

"你怎么了,谢辽查?"他问,瞪大眼睛,"你脸色都变了!"

"不要说废话,劳驾!我受不了暗探,流氓,坏蛋,也就是你的朋友普谢霍茨基。我凭我和你的良好关系要求你:叫他立刻离开此地!"

"可是他做了什么对不起你的事呢?"伯爵不安地说,"你为什么这样攻击他?"

"我问你:要我还是要他?"

"可是,好朋友,你把我放在十分为难的地位上了。……等一等,你的礼服上有一根小绒毛。……你要我办的是办不到的事!"

"再见!"我说,"我从此跟你断绝来往。"

我猛的回转身去,走进前厅,穿上外衣,很快地走出去。我穿过花园,往仆人房间走去,打算吩咐他们给我鞴马,不料半路上给人拦住了。……迎着我走过来的是娜嘉·卡里宁娜,手里端着一小杯咖啡。她也来参加乌尔别宁的婚礼,然而有一种意义不明的恐惧促使我避免跟她谈话,这一整天我一次也没走到她跟前去,一句话也没跟她说过。……

"谢尔盖·彼得罗维奇!"临到我走过她面前,微微举一下帽子,她就不自然地压低声音说,"等一下!"

"您有什么吩咐?"我走到她跟前,问道。……

"我没有什么要吩咐的……再者您也不是听差,"她说,凝神看着我的脸,她的脸色白得厉害。……"您匆匆忙忙上什么地方去,不过要是您没有什么急事要办,我可以耽搁您一会儿吗?"

"当然可以。……我甚至不知道您为什么问这样的话。……"

"既是这样,那我们坐下吧。……您,谢尔盖·彼得罗维奇,"她等我们坐下后,继续说,"今天您老是不理我,躲着我,仿佛生怕碰见我似的,可是偏偏今天我下定决心要跟您谈一谈。……我性子高傲,自尊心强……不会硬拉着人谈话……不过一生之中牺牲一次自尊心总还是可以的。"

"您要谈什么呢?"

"我决定今天问一问您。……我的问题对我来说是丢脸而难于出口的……我不知道我怎么经受得住。……您回答我的时候不要看着我。……难道您不怜惜我吗,谢尔盖·彼得罗维奇?"

娜嘉看着我，无力地摇摇头。她脸色越发苍白，上嘴唇颤抖起来，歪向一边……

"谢尔盖·彼得罗维奇！我老是觉得……必是有一种误会，一时意气用事，把您和我拆开了。……我觉得要是我们把话都说出来，一切就会恢复老样子。……要不是我有这样的感觉，我也就下不了决心对您提出您马上就会听到的问题。……我，谢尔盖·彼得罗维奇，很不幸。……您必然看到这一点了。……我的生活算不得生活。……真是万念俱灰啊。……不过主要的是我有个疑团：我不知道该不该存着指望？……您对我的态度很难令人理解，任何明确的结论都得不出来。……您对我说一下，我就知道我该怎么办。……那我的生活也就好歹有个方向了。……那我也就能有所决定了。……"

"您是想问我一个问题吧，娜杰日达·尼古拉耶芙娜。"我说，预感到她会问个什么问题，已经暗自准备用什么话回答。

"是的，我想问一下。……提这样的问题是丢脸的。……要是外人听见，就会认为我硬要缠住您，就像……普希金的塔吉雅娜①一样。……然而这问题是由痛苦逼出来的。……"

确实，这问题是由痛苦逼出来的。临到娜嘉回过脸来对着我，准备提出这个问题，我却吓坏了：娜嘉不住地发抖，手指头痉挛地捏紧，她痛苦而缓慢地逼着自己说出那句关系重大的话来。她的脸色白得可怕。

"我能存着指望吗？"她终于小声说出口，"您不必害怕直说。……不管回答是什么样，总比不明确的局面好。那么怎样？我能存着指望吗？"

她等候回答，可是按我当时的心境，我却没法做出合理的答

---

① 普希金的诗体小说《叶甫盖尼·奥涅金》中的女主人公。

复。我几乎没听清娜嘉的话,因为我已经喝醉,加以山洞里的遭遇使我激动,普谢霍茨基的侦探勾当和奥尔迦的犹疑不决惹得我气愤填膺,而且我刚刚跟伯爵进行过愚蠢的谈话。

"我能存着指望吗?"她又说一遍,"您回答呀!"

"唉,我心里乱,答不上来,娜杰日达·尼古拉耶芙娜!"我摇一下手,站起来,"目前我没法做出任何答复。请您原谅我,我没听清您的话,也没听懂。我愚蠢,刚才在生气。……只是您不该这么激动,真的。"

我又摇一下手,丢下娜嘉走了。直到后来,等我清醒过来,我才明白不回答那个姑娘的简单明了的问题是多么愚蠢和狠心。……为什么我不回答呢?

目前我可以公正地看待过去,我就不再用我当时的心境来解释我的狠心了。……我觉得当时我没回答,是因为我在卖弄风情,装腔作势。人的灵魂是难于了解的,要了解自己的灵魂就更困难。如果我真装腔作势,那就求上帝宽恕我吧!不过,嘲弄别人的痛苦却是不应该得到宽恕的。

我一连三天在房间里从这个墙角走到那个墙角,就像关在笼子里的狼一样。我用尽我的非凡的毅力不让自己走出家门。一大叠公文放在案头,耐性地等着我去处理,我却不去碰它。我什么人也不接待,老是骂波里卡尔普,怒气冲冲。……我不让自己到伯爵的庄园去,为要做得这样顽强,可费了我不小的劲。我一千次拿起帽子,又一千次把它放下。……我时而决定不管三七二十一,无论如何也要骑上马去找奥尔迦,时而又给自己泼冷水,决定坐在家里。……

我的理智反对我到伯爵的庄园去。既然我已经对伯爵起过誓再也不到他家去,那我还能牺牲我的自尊心和傲气吗?要是经过我们那次愚蠢的谈话以后,我还若无其事地到他那儿去,那个留着长脣髭的花花公子会怎么想呢？这岂不是等于承认我自己错了？……

再者,我既是正直的人,就应该跟奥尔迦断绝一切来往。我们的关系进一步发展下去,只可能给她带来毁灭,不会有别的结局。她嫁给乌尔别宁已经是犯了错误,再跟我私通就是又犯错误。一面跟老丈夫一起生活,一面又瞒着他另找情夫,她岂不成了小荡妇？姑且不谈这样的生活在道德上多么卑劣,总也得考虑一下它的后果啊。

我是个什么样的胆小鬼啊！我既怕后果,又怕现在,还怕过去。……一个普通人会讪笑我这些想法。他不会从这个墙角走到那个墙角,不会抱住头,也不会定出各式各样的计划,他会把一切都交给生活去解决,而生活是甚至能把磨盘也磨成粉末的。生活自会消化一切,既不要人帮忙,也不要人同意。……可是我瞻前顾后到了怯懦的程度。……我从这个墙角走到那个墙角,由于同情奥尔迦而痛苦,同时转念想到她很可能领会我一时冲动向她提出的建议,真的到我家里来,照我应许她的那样永久住下去,我又吓坏了！万一她听从我的话,跑来找我,那可怎么好？那个"永久"会维持多久？可怜的奥尔迦跟我一起生活,会给她带来什么？我不会跟她成立家庭,因而也就不会给她幸福。不,我不应当去找奥尔迦！

可是另一方面,我的心又发狂似的想念她。……我对她念念不忘,就像初恋的男孩,别人不准他去幽会①一样。我被山洞里发生的事诱惑着,一心盼望新的幽会。奥尔迦诱人的音容笑貌一分钟也不肯离开我的头脑,我知道她一定也盼望我去,思念得心焦。……

伯爵派人送来一封封信,一封比一封可怜,低声下气。……他

---

① 原文为法语。

恳求我"忘怀一切",到他那儿去。他替普谢霍茨基道歉,要求我原谅那个"善良、纯朴而又有点眼光狭小的人"。他感到惊讶,因为我为一点小事就决意断绝老朋友的关系。他在最后写来的一封信上应许说他要亲自到我这儿来,而且如果我乐意的话,还要把普谢霍茨基也带来,说那个人要求我原谅他,"虽然他自己并没感到有什么过错"。我读完一封封来信,却不写回信,总是要求送信来的人不要再来打搅我。我善于装腔作势!

正当我的神经活动达到高潮,有一次我正站在窗前,下定决心到伯爵庄园以外的什么地方去走一走,正当我折磨自己,跟自己争论,责骂自己,幻想着我再次和奥尔迦幽会的情景,我的房门却轻轻地开了,我身后响起轻快的脚步声,不久我的脖子就让两条好看的小胳膊搂住了。……

"奥尔迦,是你吧?"我问着,回过头去看。

我凭她火热的呼吸,凭她搂住我脖子的姿态,甚至凭她身上的气味,已经知道是她来了。她把她的小头贴在我的脸颊上,我觉得她脸色异常幸福。……她幸福得说不出话来。……我把她搂在怀里,那种思念和那些疑问一连三天把我折磨得好苦,现在却不知到哪儿去了!我高兴得扬声大笑,蹦蹦跳跳,像小学生似的。

奥尔迦穿一身浅蓝色绸衣服,这跟她白皙的脸色和浓密的亚麻色头发很相称。这件衣服样式时髦,价钱极贵。它大概要破费乌尔别宁年薪的四分之一吧。……

"你今天多么漂亮!"我说,把奥尔迦抱起来,吻她的脖子,"哦,怎么样?近来可好?身体好吗?"

"可你这儿多么寒碜!"她把我的房间扫了一眼,说,"一个阔绰的人,挣很大的薪水,可是生活得多么……简单!"

"可是,我亲爱的,并不是所有的人都生活得像伯爵那么奢华,"我说,"不过我们别去提我的阔绰了。是哪个好心的神仙把你送到我这个洞穴里来的?"

"慢着,谢辽查,你把我的连衣裙揉皱了。……你把我放下。……我到你这儿耽搁一会儿就得走,亲爱的!我对家里的人说,我去找阿卡契哈,伯爵的洗衣女工,她就住在这儿不远,跟你隔着三户人家。……你放开我,亲爱的,这样不合适。……为什么你这么久没来?"

我回答了一句什么话,然后让她在我对面坐下,专心观赏她的美丽。……我们默默无言地互相看了一会儿。……

"你很漂亮,奥莲卡!"我说,叹了口气,"你这么漂亮,简直叫人惋惜、难过呢!"

"为什么惋惜?"

"鬼才知道你嫁了个什么人。"

"可是你还要怎样!我不就是你的吗?喏,现在我来了。……听我说,谢辽查,要是我问你一件事,你会对我说实话吗?"

"当然,会说实话。"

"假如我没嫁给彼得·叶果雷奇,你会娶我吗?"

"大概不会。"我想说出口,然而可怜的奥尔迦心上的那个伤口本来就很痛,我又何必再去挖它呢?

"当然。"我用说实话的口气说。

奥尔迦叹口气,低下了头。……

"我犯了多大的错误,犯了多大的错误啊!最糟的是没法补救了!总不能跟他离婚吧?"

"不能。……"

"当初我何必着急呢,我不懂!我们姑娘家都这么愚蠢轻浮。……真该有人来打我们一顿才对!不过,事情已经不能挽回,说这些也无益了。……讲道理也罢,流眼泪也罢,都无济于事。

我,谢辽查,昨晚哭了一宵!他就在那儿……在我旁边躺着,可是我心里却想着你……睡不着觉。……我甚至想夜里跑掉,哪怕跑到树林里我父亲家去也好。……我宁可跟疯癫的父亲一起生活,也不愿意跟这个……该怎么称呼他好呢……"

"讲这些,奥莲卡,无济于事。……那一次你和我从捷涅沃村回来,你想到就要嫁给阔人而高兴的时候,倒应该考虑一下才对。……现在来发议论,已经太迟了。……"

"迟了……那就随它去吧!"奥尔迦说,果断地摇一下手,"只求不要再糟就好,眼下还可以将就过下去。……再见!现在我该走了。……"

"不,不要走。……"

我把奥莲卡搂在怀里,连连吻她的脸,仿佛极力要弥补那三天的损失似的。她像受冻的羔羊那样依偎着我,用火热的呼吸烫我的脸。……随后是寂静。……

"丈夫把老婆杀死了!"我的鹦鹉大叫一声。……

奥莲卡打了个冷战,挣脱我的怀抱,探问地瞧着我。……

"这是鹦鹉说的,我亲爱的……"我说,……"你放心吧。……"

"丈夫把老婆杀死了!"伊凡·杰米扬内奇又说一遍。

奥莲卡站起来,默默地戴上帽子,对我伸出一只手。……她脸上露出害怕的神情。……

"万一乌尔别宁知道了,会怎么样?"她问,睁大眼睛瞧着我,"他真会把我杀死的!"

"得了,别说了……"我笑着说,"要是我容许他杀死你,我这人也太好了!再者他也未必干得出像凶杀这样不同寻常的事。……你走了?好,再见,我的孩子。……我等着。……明天我到树林里你以前住过的小屋旁边去。……我们再见面吧。……"

我把奥莲卡送走,回到我的书房里,看到波里卡尔普在那儿。他站在房中央,严厉地瞧着我,鄙夷地摇头。……

"以后这儿不许再有这种事,谢尔盖·彼得罗维奇!"他用严厉的父母的口气说,"我看不惯这种事。……"

"什么叫'这种事'?"

"就是那种事呗。……您当是我没看见?我全看见了。……不准她再上这儿来!这儿不能干偷偷摸摸的事!自有别的地方干这种事。……"

我当时心情极其舒畅,因此波里卡尔普的窥探行径和教训口吻才没惹得我生气。我笑起来,把他打发到厨房里去了。

我还没来得及在奥尔迦来访之后定下心来,不料又有客人光临了。一辆轿式马车辘辘响着,驶到我的住所门前,然后波里卡尔普往两边啐唾沫,嘴里轻声骂着,通报我说"那个……家伙,该死的……"来了,也就是伯爵来了,波里卡尔普对伯爵恨之入骨。伯爵走进来,含着眼泪看着我,摇摇头。……

"你扭过脸去了,……你不想说话。……"

"我没扭过脸去。"我说。

"我那么爱你,谢辽查,可是你……为一点小事生气!你何苦伤我的心?何苦呢?"

伯爵坐下来,叹气,摇头。……

"得了,你别装出那么一副傻相!"我说,"行了!"

我对这个性格软弱、没骨头的人的影响是有力的,其程度足以同我对他的鄙视相比。……我的鄙夷口吻倒没使他抱屈,而是恰好相反。……他听到我说"行了",就跳起来,开始拥抱我。……

"我把他带来了。……他坐在马车上。……你愿意他给你道歉吗?"

"你知道他的过错吗?"

115

"不知道。……"

"好得很。那就让他不必道歉了。只是你要警告他:要是以后再发生这类事情,我就不再发脾气,而要干脆想办法对付他了。"

"那么,这是讲和了吧,谢辽查?好极啦!早就应该这样,鬼才知道你们为了什么事闹翻脸的!活像是贵族女子中学的女学生!嗯,是啊,好朋友!你这儿有……半杯白酒吗?嗓子里干得厉害!"

我吩咐拿酒来。伯爵喝下两杯,在长沙发上躺下,摊开四肢,开始闲谈。

"刚才我,老兄,碰见奥莲卡了。……出色的女人啊!我得告诉你,我已经开始憎恨乌尔别宁了。……这就是说我开始喜欢奥莲卡了。……她漂亮得要命!我想追求她了。"

"不应该去碰有夫之妇!"我叹口气说。

"得了吧,把老头子……把彼得·叶果雷奇的老婆弄上手,可不算罪过。……他配不上她。……他活像一条狗:自己既不能吃,又不让人家吃。……今天我就要开始进攻,我要按部就班地干。……真是个迷人精啊……嗯……简直漂亮极了,老兄!害得人垂涎三尺呢!"

伯爵喝下第三杯酒,接着说:

"你可知道,当地的那些女人,还有谁招我喜欢?……娜坚卡,也就是卡里宁这个傻瓜的女儿。……头发乌黑,脸色白净,你知道,生着那么一对眼睛。……对她也得扔出一个钓钩去。……三一节①那天我要办个晚会……有音乐,有歌唱,有文学朗诵……特意约她来参加。……这个地方,老兄,事实证明挺不错,很有乐

---

① 基督教节日,在夏天,复活节后的第50天。

子呢!又有社交生活,又有女人……而且……我可以在这儿睡……一会儿吗?……"

"可以。……不过普谢霍茨基和那辆马车怎么办?"

"让他去等着吧,见他的鬼!……我自己,老兄,也不喜欢他。"

伯爵用胳膊肘撑起身子,鬼鬼祟祟地说:

"我留下他是出于不得已……无可奈何。……哼,滚他的吧!"

伯爵放下胳膊肘,他的头就落在枕头上。过一分钟,鼾声响起来了。

傍晚伯爵走后,我家里来了第三个客人:医生巴威尔·伊凡诺维奇。他来告诉我说娜杰日达·尼古拉耶芙娜病了,还说她……坚决拒绝他的求婚。这个可怜的人神色悲哀,好像一只淋湿的母鸡。

富于诗意的五月过去了。……

紫丁香和郁金香纷纷凋谢,爱情的欢乐也注定同那些花一起凋谢,这种爱情尽管导致犯罪,令人痛苦,有时候却也能给我们的记忆留下永不磨灭的甜蜜时刻。像那样的甜蜜时刻,人是情愿用几个月和几年去换的!

六月间一天傍晚,太阳已经落下去,然而留下了宽阔的痕迹,一条金黄而又紫红的晚霞仍然染遍遥远的西方,预告明天是风和日丽的一天。这时候我骑着左尔卡往乌尔别宁所住的厢房走去。这天傍晚伯爵家里预定举办"音乐"晚会。客人们已经纷纷赶到,可是伯爵不在家:他骑马出去游逛,留下话说不久就回来。

过了一会儿,我拉住马缰,在门廊旁边站住,跟乌尔别宁的小女儿萨霞谈话。乌尔别宁本人坐在门廊的梯级上,用拳头支着脑袋,从大门口望出去,注视远方。他脸色阴沉,不乐意回答我的问话。我没去打搅他,跟萨霞谈起来。

"你的新妈妈在哪儿?"我问她。

"她跟伯爵一块儿骑马出去了。她天天跟他一块儿骑马出去。"

"天天如此。"乌尔别宁嘟哝说,叹口气。

这一声叹息包含着许多意思。从这声叹息中可以听出一种也在激动我心灵的情绪,我极力想弄明白那种情绪,却又办不到,只好胡乱地猜测。

奥尔迦每天都跟伯爵一起骑马出去游逛。然而这没什么了不起。奥尔迦不可能爱上伯爵,乌尔别宁的嫉妒是没有根据的。我们不应当嫉妒伯爵,而应当嫉妒一种我很久都无法理解的别的什么东西。这种"别的什么东西"像高墙似的立在我和奥尔迦之间。她仍旧爱我,然而在上一章描写过的她那次来访之后,她到我家至多只来过两次,至于她在我家以外的地方跟我相会的时候,却总是有点古怪地涨红脸,抵死不肯回答我问的话。对于我的爱抚,她倒是热烈地回报的,不过她的动作总是那么奇特,那么战战兢兢,弄得我们的短促的幽会在我的记忆里只留下痛苦的困惑。她的良心不清白,这是显而易见的,然而究竟哪方面不清白,在奥尔迦的负疚的脸上却看不出来。

"我想你的新妈妈身体好吧?"我问萨霞说。

"挺好。不过夜里她总是牙痛。她常常哭。"

"她哭?"乌尔别宁扭过脸来看着萨霞说,"你看见了?这是你做梦吧,小宝贝。"

奥尔迦并没牙痛。如果她哭,那也不是因为牙痛,而是另有缘故。……我还想跟萨霞谈天,可是没能谈下去,因为传来了马蹄声,不久我们就看见骑马的人:一个男子在马鞍上难看地颠动,还有一个女人优雅地骑在马背上。为了不让奥尔迦看出我的高兴,我就把萨霞抱起来,用手指理顺她的淡黄色头发,吻她的头。

"你多么漂亮,萨霞!"我说,"你的鬈发多么好看!"

奥尔迦瞟了我一眼,默默地回答我打的招呼,挽住伯爵的胳膊,走进厢房。乌尔别宁站起来,跟着她走进去。

大约过了五分钟,伯爵从厢房里走出来。他从没这么高兴过。甚至他的脸也显得朝气蓬勃了。

"你道喜吧!"他说,挽住我的胳膊,笑个不停。

"道什么喜?"

"我胜利了。……只要再这样骑马出去逛一次,我敢凭我高贵祖先的遗骸起誓,我就会从这朵小花上摘下花瓣来。"

"可是目前还没摘下?"

"目前?……差不多了!一连十分钟'你的手就在我的手心里',"伯爵唱起来,"而且……她始终没缩回手去。……我吻了她的手!等到明天再说,现在我们走吧。人家在等我。哦,对了!我有一件事,好朋友,要跟你谈一谈。告诉我,亲爱的,听说你那个……在娜坚卡·卡里宁娜身上打坏主意,这是真的吗?"

"问这个干吗?"

"如果这是真的,那我不想碍你的事。暗中给人家下绊,那不合我的章法。要是你根本无意,那么,当然……"

"我根本无意。"

"谢谢,我的亲人儿!"

伯爵幻想同时打死两只兔子①,充分相信这件事他能做到。我就在目前所描写的这个傍晚观察他如何追逐那两只兔子。这种追逐愚蠢可笑,倒像是一幅精彩的漫画。看着这种追逐,人只能对

---

① 引自俄国的谚语:同时追逐两只兔子,结果一只也捉不到。

伯爵的鄙俗发笑或者气愤。不过谁也不可能想到这种幼稚的追逐到头来竟然弄得有些人道德堕落,另一些人毁灭,又一些人犯罪!

伯爵打死的兔子不止是两只,而是多得多! 他把那些兔子打死了,可是它们的肉和皮他却没得到。

我看见他偷偷地捏奥尔迦的手,她每一次都用好意的笑容回报他,可是马上又做个轻蔑的鬼脸。有一次他为了表示他什么事都用不到瞒我,甚至当着我的面吻她的手。

"真是蠢货!"她凑着我的耳朵小声说,擦干净她的手。

"听我说,奥尔迦!"我等伯爵走后说,"我觉得你有话要对我说。是吧?"

我试探地看一眼她的脸。她面红耳赤,惊恐地眨巴眼睛,好像一只偷东西的猫被人捉住了似的。

"奥尔迦,"我厉声说道,"你得对我说出来! 我要你说!"

"是的! 我有几句话要跟你说,"她小声说,握住我的手,"我爱你,没有你我就活不下去,可是……你不要再来找我,我亲爱的! 你不要再爱我,用'您'称呼我吧。我不能再像先前那样做……不行了。……你甚至不要表现出你爱我的样子。"

"可是为什么呢?"

"我希望这样。讲到原因,你不必知道,我也不会告诉你。有人来了。……你躲开我吧。"

我没从她面前走开,她只好中断我们的谈话。……正好她丈夫走过此地,她就挽住他的胳膊,带着假笑向我点一下头,走了。

伯爵的另一只兔子娜坚卡·卡里宁娜,这天傍晚特别受到伯爵的赏识。整个傍晚他都在她身边转来转去,给她讲故事,说俏皮话,眉目传情。……她呢,脸色苍白,神情痛苦,撇着嘴勉强做出笑容。调解法官卡里宁时时刻刻从旁看着他们,摩挲着胡子,意味深长地咳嗽着。伯爵献殷勤正合他的心意。他有伯爵做女婿了! 对本县的乐天派来说还有什么能比这个幻想更甜蜜的？自从伯爵开始对他女儿献殷勤以后，他在他自己眼里长高了整整一俄尺①。他跟我谈话的时候，用多么神气的眼光打量我，多么恶毒地嗽喉咙！他好像在说："喏，你讲究客套，你走了，可是我们才不在乎呢！现在我们有伯爵了！"

第二天傍晚我又到伯爵庄园上去。这一回我没跟萨霞谈话，而是跟她哥哥，那个中学生谈话。男孩把我领到花园里，把他心里的话对我和盘托出。我问起他跟"新妈妈"生活得怎样，就引得他滔滔不绝地讲起来。

"她是您的好朋友，"他开口说，神经质地解开他制服的纽扣，"您会讲给她听的，可是我不怕。……您要告诉她就自管去告诉！她是个坏女人，贱女人！"

他告诉我奥尔迦占用了他的房间，赶走了在乌尔别宁家里干过十年活的老保姆，老是大喊大叫，怒气冲冲。

"昨天您称赞我妹妹萨霞的头发。……那头发不是很好看吗？真跟亚麻一样！可是今天早晨她把萨霞的头发剪掉了！"

"这是嫉妒！"我暗自解释奥尔迦何以会动手做这种她平素不做的理发活儿。……

"您称赞的不是她的头发而是萨霞的头发，她似乎嫉妒了！"男孩说，肯定了我的想法，"她也折磨我爸爸。爸爸为她花掉很多钱，丢下工作不干……现在又开始喝酒！又喝上了！她是个蠢娘们儿。……她成天价哭，说是她只有过穷日子的份，住在这么小的厢房里。莫非我爸爸没有很多钱也是他的不是？"男孩对我讲了许多伤心事。他看见了他那盲目的父亲没有看见或者不愿看见的事。这个可怜的孩子，父亲受欺负，妹妹和老保姆也受欺负。他那

---

① 1俄尺等于0.71米。

个小小的窝也给她占去,而他已经习惯了在那个小窝里陈放他的小书,饲养他捉来的小金翅雀。人人都受欺压,愚蠢而霸道的后娘耍笑一切人!然而可怜的男孩做梦也没想到他的年轻的后娘会使他的一家受到那么可怕的侮辱,那是我在那天傍晚跟他谈过话以后亲眼目睹的。在这样的侮辱面前,一切都相形见绌,萨霞被剪掉头发这件事同这相比也成了微不足道的小事了。

我在伯爵家里一直坐到夜深。我们照例喝酒。伯爵已经全然喝醉,我却略微带点醉意。

"今天她已经容许我偶然搂一下她的腰了,"他嘟哝说,"那么明天我就可以更进一步啦。"

"哦,那么娜嘉呢?娜嘉那边搞得怎么样?"

"正在进行。她那边目前刚开了个头。我们目前还处在眉目传情的阶段。我,老兄,喜欢瞧她那对悲伤的黑眼睛。那对眼睛流露出那么一种不能言传、只能意会的东西。我们再喝一杯吧?"

"既然她有耐性跟你一连谈几个钟头,看来她看中你了。她的爸爸也看中你了。"

"她的爸爸?你说的是那个蠢货?哈哈!那个傻瓜还以为我有什么认真的打算呢!"

伯爵咳嗽起来,喝了点酒。

"他以为我要结婚呢!姑且不谈我不能结婚,就算是能结婚吧,然而如果把事情认真考虑一下,那么对我本人来说,勾搭一个姑娘也比跟她结婚诚实些。……跟一个醉醺醺而又不住咳嗽的未老先衰的人永远生活在一起,那是活受罪!要是我结了婚,我的妻子就会憔悴而死,或者婚后第二天就跑掉。……可这是什么响声?"

我和伯爵跳起来。……好几扇房门几乎同时砰砰地响,奥尔迦跑进我们房间里来了。她脸色白得像雪,浑身发抖犹如琴弦被人猛的弹了一下。她的头发披散开来,瞳孔张大。她喘得上气不接下气,手指揉搓着她胸前睡衣的皱褶。……

"奥尔迦,你怎么了?"我问,抓住她的手,脸色发白。

伯爵听到我无意中说出"你",本来应当吃惊,可是他没听清。他张开嘴,瞪大眼睛,浑身变成一个大问号,瞧着奥尔迦就像瞧着幽灵似的。

"出了什么事?"我问。

"他打我!"奥尔迦说,放声大哭,倒在圈椅上,"他打我!"

"他是谁?"

"我丈夫!我没法跟他一块儿生活!我走了!"

"岂有此理!"伯爵说,一拳头砸在桌子上,"他有什么权利!这是残暴……这……这……鬼才知道这是怎么回事!打老婆?!打人!他为什么打你?"

"他平白无故打我,"奥尔迦擦干眼泪,讲起来,"我从口袋里拿出一块手绢,不料昨天您写给我的那封信也从口袋里掉了出来。……他跑过来,把信看一遍……就打我。……他一把抓住我的胳膊,捏紧……您看,至今我胳膊上还留着红印子呢。……他要我解释这是怎么回事。……我什么也没解释,跑到这儿来了。……您得给我做主!他没有权利这么粗暴地对待妻子!我又不是厨娘!我是贵族!"

伯爵从这个墙角走到那个墙角,他那由于喝醉酒而转动不灵的舌头喃喃地说了一些废话,如果翻译成清醒的语言,大概就是"论俄国妇女的地位"问题。

"这是野蛮!这是新西兰①!莫非这个乡巴佬也认为他死后应该把老婆杀了殉葬?只有野蛮人到另一个世界去才把妻子也一

---

① 在此借喻"蛮荒地带"。

123

起带去！……"

我一时摸不着头脑。……奥尔迦突然穿着睡衣跑到这儿来，这该怎么理解？我该怎样想，该做出什么决定？如果她挨了打，如果她的尊严受到侮辱，那她为什么不跑到她父亲那儿去，为什么不跑到女管家那儿去……又为什么不跑到我那儿去？对她来说我毕竟亲近一点嘛！再说，她是否真的受了侮辱？我的心对我说，乌尔别宁那个老实人不会做这种事。那个大惊失色的丈夫目前必然感到痛苦，我的心由于意识到真情而收紧了。我没有对奥尔迦提出问题，也不知道该从何谈起，就开始安慰奥尔迦，拿葡萄酒给她喝。

"我犯了多大的错误！犯了多大的错误呀！"她含着眼泪，叹口气，把酒杯送到唇边，"可是当初他追求我的时候，却装得多么斯文！我认为他是天使而不是人呢！"

"那么您希望他喜欢您口袋里掉出来的那封信吗？"我问，"您希望他乐得哈哈大笑？"

"我们不谈这个！"伯爵打断我的话说，"不管怎样，他的行为总是卑鄙的！这样对待女人可不行！我要跟他决斗！我要给他点颜色看看！请您相信我，奥尔迦·尼古拉耶芙娜，我不会白白放过他！"

伯爵神气十足，就像一只小公鸡，其实谁也没有给他权利去干涉人家夫妇之间的私事。我一言不发，没反驳他，因为我知道，替别人的妻子报仇的话，无非是喝醉了酒关在屋子里胡说一通而已，至于决斗之类的话，到明天就会忘掉。可是为什么奥尔迦不说话呢？……我不愿意揣想她心里同意伯爵为她出力。我不愿意相信这只愚蠢而美丽的猫这样不顾体面，欣然同意让醉醺醺的伯爵来做他们夫妇之间的审判官。……

"我要叫他名誉扫地！"那个初出茅庐的骑士尖声叫道，"我少不了给他一个耳光！明天就干！"

她却没拦阻那个可恶的家伙讲下去,听凭他酒后骂人,而那个被骂的人的错处仅仅在于以前受了骗,现在也还受着骗而已!乌尔别宁用力捏了一下她的胳膊,惹得她不顾出丑而跑到伯爵家里来,如今这个醺醉的和道德堕落的人当着她的面践踏那个人的正直名声,往他身上泼污水,这个时候他也一定因为烦闷,因为吉凶未卜而痛苦不堪,感到自己受了骗,可是她呢,连眉毛都没动一下!

正当伯爵大发雷霆,奥尔迦擦干眼泪的时候,仆人端上烤山鹑来。伯爵切下半只山鹑,送到客人面前。……她否定地摇一摇头,后来却仿佛出于无意似的拿起刀叉,吃起来了。她吃完山鹑,喝下一大杯葡萄酒,不久她脸上就没有泪痕,只有眼圈还有点发红,偶尔发出一声深长的叹息而已。

不久我们听到笑声了。……奥尔迦不住地笑,好像一个得到安慰而忘了委屈的孩子一样。伯爵瞧着她,也笑了。

"您知道我想出什么主意来了?"他挨着她坐下,开口说,"我打算在我家里举办一次业余演出。我们来演个有很好的女角色的戏。啊?您觉得怎样?"

他们就开始谈业余演出。这种愚蠢的谈话跟一个钟头以前奥尔迦脸色苍白、披头散发、哭哭啼啼地跑进来,脸上露出恐惧的神情相比,多么不相称!那种恐惧,那些眼泪,多么不值钱啊!

然而时间却在过去。时钟敲响十二点。在这样的时候,正派的女人要上床睡觉了。现在奥尔迦该走了。……可是十二点半,一点都已经敲过,她却仍然坐着跟伯爵谈话。

"现在该睡觉了,"我看一下钟说,"我要走了。……您容许我送您回去吗,奥尔迦·尼古拉耶芙娜?"

奥尔迦看看我,看看伯爵。

"可是我上哪儿去呢?"她小声说,"我可不能到他那儿去。"

"对,对,当然,您再也不能到他那儿去了,"伯爵说,"谁能担保他不再打您？不行,不行!"

我在房间里走来走去。紧跟着是一片寂静。我从这个墙角走到那个墙角,我的朋友和我的情人注视着我的脚步。我好像明白这种寂静和这种目光是什么意思。那里面含有一种等着我走、急得心焦的意味。我放下帽子,在长沙发上坐下。

"是这样的,"伯爵吞吞吐吐地说,急得直搓手,"是这样的。……事情是这样的。……"

时钟敲了一点半。伯爵很快地看一下钟,皱起眉头,在房间里走来走去。从他往我这边瞧的眼光可以看出他有话要跟我说,非说不可,然而又难于启齿,说出来会使人不愉快。

"你听我说,谢辽查!"他终于下定决心,在我身旁坐下,凑着我的耳朵说,"你,亲爱的,不要见怪。……当然,你明白我的处境,你不会觉得我的请求古怪、失礼。"

"你快点说吧!用不着这么转弯抹角的!"

"你看,事情是这样……那个……你走吧,好朋友!你在碍我们的事。……她留在我这儿了。……你要原谅我赶你走,不过……你明白我多么心焦。"

"行。"

我的朋友惹得我恶心。他像得了热病似的浑身发抖,要求我离开他,让他和乌尔别宁的妻子待在一起,要不是我满心厌恶,我也许会把他像个小甲虫似的踩死。他,这个嗜酒成性、衰弱多病的隐士,却想占有在树林里和波涛汹涌的湖边长大、梦想着耸人听闻的死亡、富于诗情的"红姑娘"!不行,她应当离他远远的才对!

我走到她跟前去。

"我要走了。"我说。

她点一下头。

"我该离开这儿？是吗?"我问,极力想在她那张俊俏、绯红的小脸上看出真情来,"是吗?"

她略微动一动又长又黑的睫毛,以此回答:"是的。"

"你考虑好了?"

她扭过脸去躲开我,犹如躲开一股讨厌的风似的。她不想说话。再者该怎么说呢?对一个需要长谈的题目是不能简短地答复的,要长谈却又没有地方,也没有时间。

我拿起帽子,没告辞就走了。事后奥尔迦告诉我说,我一走,我的脚步声刚刚同风声和花园里的树木声混在一起,醉醺醺的伯爵就立刻把她紧紧地搂在怀里。她合上眼睛,闭住嘴巴和鼻孔,满心厌恶,站都站不稳。甚至有过一刹那,她差点挣脱他的怀抱,投到湖里去。有些时候她扯着头发哭。出卖自己是不轻松的啊。

我走出正房,往我的左尔卡所在的马房走去,路上必须经过管家的家。我往窗子里看一眼。屋里灯光暗淡,灯芯捻得太高,烟雾腾腾,彼得·叶果雷奇坐在一张桌子旁边。他的脸我看不见。那张脸被两只手蒙住了。不过他那粗壮、笨拙的整个身体表现了那么多的悲伤、痛苦、绝望,不必看他的脸也可以了解他的心境。他面前放着两个瓶子。一个已经空了,一个刚打开。两个都是酒瓶。可怜的人不能在自己身上,也不能在别人身上,而只能在酒精里寻求心灵的安宁了。

过了五分钟,我骑上马回家了。天色黑得可怕。湖里波涛澎湃,仿佛大湖见到我这样一个罪人刚刚目睹一件罪恶的事,现在竟敢来破坏它严峻的安宁,不由得勃然大怒似的。我在黑暗里看不见那个湖。仿佛有个目力看不见的怪物在咆哮,仿佛包围着我的黑暗本身在咆哮似的。

我勒住左尔卡的缰绳,闭上眼睛,在怪物的咆哮声中沉思。

"如果现在我回去,把他们杀死,怎么样?"

可怕的愤恨在我灵魂里翻腾起来。……经过长期堕落生活之后在我心里还留下的那一点点美好正直的东西,那一点点幸免于腐烂,为我所珍惜爱护,引以为自豪的东西,如今却遭到侮辱和唾弃,溅上污泥了!

以前我见识过出卖自己的女人,也花钱买过她们,研究过她们,然而五月间那天早晨我穿过树林到捷涅沃去赶集所见到的那种纯洁的绯红面颊和真诚的天蓝色眼睛,却是她们所没有的。……我自己已经腐败得无可救药,原谅一切道德败坏的行径,宣传要对它们加以宽容,我已经迁就到软弱的地步了。……我深深相信,对污泥不能要求它不是污泥,黄金由于环境的力量而滚进污泥里是不能加以深责的。……然而以前我却不知道黄金能够化成污泥,同污泥合而为一。这样看来,连黄金也可以溶解哟!

猛然刮来一阵大风,吹掉我头上的帽子,把它卷到周围的黑暗里去了。吹掉的帽子飞下地,碰了一下左尔卡的脸。它吓一跳,扬起前蹄直立起来,然后顺着熟悉的大路急驰而去。

我回到家里,扑倒在床上。波里卡尔普走来要给我脱衣服,却平白无故被我骂了声"魔鬼"。

"你自己才是魔鬼呢。"波里卡尔普嘟哝说,从床边走开。

"你说什么?你说什么?"我跳起来。

"聋子的耳朵才不管用。"

"啊啊……你还敢对我顶嘴!"我浑身发抖,把一肚子的气都发泄在可怜的仆人身上,……"滚出去!别让我再在这儿瞧见你的影子,混蛋!滚出去!"

我没等仆人走出房间,就往床上一扑,像小孩一样放声大哭起来。我那紧张的神经受不住了。无可奈何的愤恨、受了侮辱的感情、嫉妒,都得找个这样那样的出路哟。

"丈夫把老婆杀死了!"我的鹦鹉叫了一声,竖起稀疏的羽毛。……

在这叫声的影响下,我蓦地想到乌尔别宁可能把他的妻子杀死。

我昏昏睡去,梦见了杀人的情景。噩梦害得我透不过气来,痛苦不堪。……我觉得我的手好像摸到个冷冰冰的东西,只要睁开眼睛,就能看见死尸。……我仿佛看到乌尔别宁站在我的床头,用恳求的眼睛瞧着我。……

在上述这一夜过去后,紧跟着就是暂时的平静。

我闭门家居,必得有公事要办,我才走出去,或者骑马出去。我的工作堆积如山,因此不可能感到烦闷无聊。我从早到晚靠桌子坐着,勤奋地写着,或者审问那些落到我侦讯的爪子里来的人。我再也不想念卡尔涅耶夫卡,也就是伯爵的庄园了。

我对奥尔迦也不再惦念。凡是从大车上掉下去的东西,就是丢失了,而她正好就是从我的大车上掉下去的东西,已经丢失,并且依我看来,再也找不回来了。我不想她,也不愿意想她了。

"愚蠢的荡妇!"每逢我加紧工作,她在我头脑里出现,我总是这样鄙夷地骂她一句。

偶尔,在我躺下睡觉或者早晨醒来的时候,我会想起我跟奥尔迦相识后的各种情景,想起我跟她为时不久的关系。我不由得回忆起石坟,"红姑娘"所住的林中小屋,通到捷涅沃的大路,山洞中的相会……我的心就怦怦地跳起来。……我感到我的心像是被什么东西夹紧了似的疼痛。……可是这样的时候并不长。光明的回忆很快就在沉重的回忆的压力下黯然失色。过去的诗意怎么抵得住现在的污泥呢?而且现在我跟奥尔迦一刀两断以后,再也不像从前那样看待这种"诗意"了。……现在我把它看做错觉、伪善、做假……在我眼里已经大大地丧失原来的魅力了。

我对伯爵也厌恶透了。我见不到他,反而高兴。每逢他那唇髭很长的脸胆怯地出现在我的头脑里,我总是生气。他每天都打发人给我送信来,在信上央求我不要心情忧郁,要我去拜访"不再孤独的隐士"。要是听从他信上的话,就无异于自寻烦恼了。

"全完了!"我暗想。……"这倒要谢天谢地。……这些事惹得我厌烦了。……"

我决定跟伯爵断绝来往,我丝毫也没费力就做出这个决定。现在我已经和三个星期以前为了普谢霍茨基跟伯爵吵过一架以后在家里坐也坐不住的情形大不相同。诱惑已经不存在了。……

我闭门不出,守在家里,后来却感到寂寞,就给医生巴威尔·伊凡诺维奇写信,约他来谈天。不知什么缘故我没收到回信,就又寄去一封。第二封信也跟第一封信一样,没得到答复。……显然,亲爱的眯眼做出生气的样子来了。……这个可怜的人遭到娜坚卡·卡里宁娜拒绝后,认为我是他的不幸的原因。他有权利生气,如果以前从没生过气,那也只是因为他不会生气罢了。

"他什么时候学会了生气的?"我没收到回信,困惑地暗想。

在我坚持闭门不出的第三个星期,伯爵来拜访我了。他因为我没去找他,也没回他的信而骂了我一阵,然后在长沙发上躺下来,在发出鼾声以前谈了谈他所喜爱的题目:女人。……

"我明白,"他说着,懒洋洋地眯起眼睛,把两条胳膊垫在脑袋底下,"你善于体贴人,守本分。你不到我这儿来,是因为生怕破坏我们的二重唱……碍我们的事。……来得不是时候的客人比鞑靼人还坏,在蜜月里来的客人比生着犄角的魔鬼还要糟。我了解你。不过,我的朋友,你忘了你是朋友而不是客人,你受到热爱和尊敬。……是的,你来了,只会使得和声更圆满。……真称得起是和声呢,我的老兄!像那样的和声,我都没法向你形容!"

伯爵把脑袋底下的胳膊抽出来,摇了一下。

"我自己都弄不清楚我跟她一块儿生活得好不好。连鬼都弄不清楚！确实有些时候我情愿牺牲我一半寿命去换个'再来一次'①,不过另一方面,又有些日子我却从这个墙角走到那个墙角,像是中了魔似的,恨不得哭一场才好。……"

"为了什么缘故呢?"

"我,老兄,不了解这个奥尔迦。她像是一种热病,而不是女人。……人得了热病就时而发烧,时而发冷,她恰好就是这样,一天要变五回。她一会儿欢天喜地,一会儿又烦闷得饮泣吞声,祷告上帝。……她时而爱我,时而又不爱。……有些时候她对我百般温存,我有生以来还没有遇到一个女人对我这么亲热过。可是另一方面,又经常有这样的事:我突然醒过来,睁开眼睛,却看见她扭过脸来瞧着我……那张脸实在可怕,古怪。……它,那张脸,变了样子,满是愤恨和憎恶。……一见到这种脸相,她的妩媚就全消失了。……她常常这样瞧着我。……"

"带着憎恶瞧你?"

"嗯,是啊! ……我怎么也弄不明白。……她口口声声说,她跟我相好纯粹是出于爱情,可是我却没有一夜不见到那样的脸相。这该怎么解释呢? 我渐渐觉得(当然我不愿意相信这一点)她本来就看不上我,她委身于我也无非是贪图我现在给她买的那几件时髦衣服罢了。她也真爱穿得时髦! 她穿上新衣服,就能从早到晚站在镜子面前不走开,只要衣服的皱边坏了,她就能黑夜白日哭个不停。……虚荣心太重! 我最使她满意的,是我有个伯爵的头衔。假如我不是伯爵,她就不会爱我。每逢吃午饭或者吃晚饭,她总是含着眼泪责备我,怪我不把贵族请到家里来。你要知道,她希望在贵族社会里出风头呢。……这个怪女人!"

伯爵用昏沉的目光望着天花板,沉思了。使我大为吃惊的是,

---

① 原文为拉丁语。

我发觉这一次他违反常规,没喝酒。这使我震惊,甚至使我感动。

"你今天倒很正常,"我说,"既没喝醉,也没要酒喝。这到底是怎么回事呢?"

"对,就是这样!我没有工夫喝酒了,我随时都在思考。……我,应当告诉你,谢辽查,认真入了迷,不是逢场作戏。我非常喜欢她。这也是可以理解的。……她是天下少有的女人,与众不同,更不要说她的外貌了。她倒不见得特别聪明,不过她有那么多的感情,优雅,富有生气!……那些以前爱过我的阿玛丽雅、安热丽卡和格鲁霞等等都平平常常,没法和她比。她像是从另一个世界里来的,从我不熟悉的世界里来的。"

"夸夸其谈了!"我笑着说。

"我入了迷,好像真爱上她了!不过现在我才看出来我是白费劲,好像求零的平方一样。她戴着假面具,在我心里引起不该有的惊扰。她脸上鲜艳而纯洁的红晕其实是用胭脂涂成的,她那爱情的热吻其实是要求买新衣服而已。……我把她留在家里当妻子看待,可是她的言谈举止却像是花钱买来的情妇。不过现在也算了!我已经克制我心里的纷扰,开始把奥尔迦看做情妇了。……算了吧!"

"哦,怎么样?她丈夫怎么样?"

"她丈夫?哦。……你想他会怎么样?"

"我认为现在很难想象再有人比他更不幸的了。"

"你这样想?这大可不必。……他是个可恶的坏蛋,可恶的骗子,我丝毫也不怜惜他。骗子是永远不可能不幸的,他总有办法的。……"

"你为什么这样骂他?"

"因为他是个狡猾的人。你知道我素来尊敬他,我相信他像相信朋友一样。……我,就连你也是如此,一般说来都认为他是老实人,为人正派,不会骗人。可是他却把我偷了个精光,抢劫一空!他利用他的管事地位任意处置我的财产。他没拿走的只有没法搬动的东西了。"

我素来知道乌尔别宁是个极其诚实、不图私利的人,因而听了伯爵的话就像给蛇咬了一口似的跳起来,往伯爵那边走去。

"你在他偷东西的时候当场抓住他了?"

"没有,不过我是从可靠的来源知道他的盗窃勾当的。"

"请问是什么来源?"

"你不用操心,我不会无缘无故冤枉人。奥尔迦已经把他的事全讲给我听了。她还在做他妻子以前就亲眼看见他把打死的鸡和鹅整车整车地运到城里去。她不止一次看见我的鸡和鹅成了礼物,送给他的一个什么恩人,他的那个做中学生的儿子就在那个恩人家里寄宿。此外,她还看见他把面粉、小米、猪油送到那儿去。就算这些东西都不值钱吧,可是难道这些东西都是他的?问题不在于价钱,而在于道德。这是不道德!还有,她看见他柜子里有一捆钞票。她问他那是谁的钱,从哪儿弄来的,他就央求她不要对外张扬,说他有钱。我亲爱的,你知道,他穷得要命!他的薪金只能勉强够一家人糊口。……那么请你对我解释一下,他这些钱是从哪儿来的?"

"你这个傻瓜居然听信那个小坏蛋的话?"我叫起来,气愤极了,"她从他家里跑出来,在全县面前丢尽他的脸,还嫌不够。她还要出卖他!那个小小的、娇弱的身体里却包藏着各式各样的坏心思!……什么鸡啦,鹅啦,小米啦。……你这个东家,东家!他在节前把一只打死的家禽拿出去送人,于是你那政治经济学的感觉,你在农务管理上的愚蠢想法,就受到侮辱了,其实那家禽即使不打死,不送人,也无非是让狐狸和黄鼠狼吃掉罢了。可是乌尔别宁交给你的大批账目,你核对过一次吗?你算过那成千上万的款

133

子吗？没有！其实跟你谈这些有什么用？你愚蠢，野蛮。你一心要给你情妇的丈夫加上罪名，却又不知道该怎么着手！"

"这同我和奥尔迦的关系不相干。他是她的丈夫也罢，不是她的丈夫也罢，既然偷东西，我就得公开说他是贼。不过这种狡猾勾当我们暂且丢开不谈。你跟我说说看：领了薪金，却成天价喝醉酒，躺着睡大觉，这究竟算是老实还是不老实？他天天喝醉！我没有一天不看见他醉得东倒西歪的！可恶，下流！正派人可不这样办事！"

"他喝醉就是因为他为人正派。"我说。

"你有那么一种癖好，喜欢庇护这类先生。可是我已经决定毫不姑息。今天我已经打发人把他的薪金算清，送去，要求他把位子让出来，由别人接替。我的耐性已经到头了。"

要叫伯爵相信他自己不公正，不实际，愚蠢，我认为是白费唇舌。在伯爵面前是没法替乌尔别宁辩护的。

大约过了五天，我听说乌尔别宁带着他那个在中学读书的儿子和他的女儿搬到城里去住了。人家告诉我说，他是喝得醉醺醺，半死不活地坐车进城的，有两次从大车上摔下来。中学生和萨霞哭了一路。

乌尔别宁走后过了不久，我出于无奈，不得不到伯爵的庄园上去一趟。有几个贼撬开伯爵的一个马房的锁，偷走了几副贵重的鞍子。他们通知法院侦讯官，也就是通知我，于是不管愿意不愿意①我只得去一趟。

我碰见伯爵喝醉酒，正在生气。他在各处房间里走来走去，想找个地方逃避痛苦，却又找不到。

"我跟这个奥尔迦过得痛苦不堪！"他摇一下手说，"今天早晨

---

① 原文为拉丁语。

她生我的气,威胁说要去投湖自尽,就走出家门,你看,她至今没回来。我知道她不会投湖自尽,不过我心里还是不好受。昨天她一整天心绪恶劣,摔碟子砸碗,前天呢,吃多了巧克力。鬼才知道她是个什么路数!"

我尽我的力量安慰伯爵,跟他一块儿坐下来吃饭。

"不行,这种孩子气的事现在应该丢掉不干了,"他吃饭的时候不住地嘟哝着,"是时候了,要不然就愚蠢可笑了。再者,老实说,她那种突如其来的变化也惹得我厌烦。我想要个文静的、稳定的、本分的女人,你知道,就像娜坚卡·卡里宁娜那样的。……多好的姑娘啊!"

饭后,我在花园里散步,遇见"投湖自尽的女人"。她见到我就脸涨得通红,这个奇怪的女人幸福得笑起来了。在她脸上,羞臊里夹杂着欢乐,痛苦里夹杂着幸福。她斜起眼睛瞧我一会儿,然后紧跑几步,一句话也没说,搂住我的脖子。

"我爱你,"她小声说,抱紧我的脖子,"我想你想得好苦,要是你不来,我真要想死啦。"

我搂住她,默默地把她带到凉亭里。过十分钟临到我跟她分手,我就从口袋里取出一张二十五卢布钞票交给她。她瞪大眼睛。

"这是什么意思?"

"这是我为你今天的爱情付给你的钱。"

奥尔迦不明白,仍然惊讶地瞧着我。

"你要知道,"我解释说,"有些女人是为钱爱人的。她们出卖自己。那就应当给她们钱。你收下!既然你收别人的钱,为什么又不愿意收我的呢?我可不愿意沾光!"

不管我多么冷嘲热讽地对她横加侮辱,可是奥尔迦听不懂我的话。她还不熟悉生活,不明白什么叫"出卖自己的"女人。

那是八月间一个晴朗的日子。

太阳依然像夏天那样晒热大地,蔚蓝的天空亲切地招引人们往远处走去,可是空中已经有些秋意了。在若有所思的树林里,碧绿的密叶当中,有些枯萎的树叶显出金黄色。田野发黑,显得愁闷而哀伤。

沉闷的秋季就要无可避免地来临了,这种预感也压在我们的心头。不难看出结局临近了。只要什么时候打一阵雷,下一场雨,闷热的空气就会变得凉爽起来!打雷之前,天空中黑色和铅色的云块纷纷聚拢,天气闷热,精神上的郁闷也就在我们心里油然而生。这在我们的动作里,笑容里,谈话里,处处都表现出来了。

我坐着一辆轻快的双轮马车。调解法官的女儿娜坚卡坐在我身旁。她脸色白得像雪一样,下巴和嘴唇颤抖着,像是要哭出来似的,深邃的眼睛充满悲伤,可是她一路上又笑个不停,装出异常快活的样子。

各种马车,有新有旧,大小不等,在我们前面和后面行驶。马车两侧有男骑手和女骑手策马奔驰。卡尔涅耶夫伯爵穿着绿色的猎人服装,看上去与其说像猎人,还不如说像小丑。他骑着黑马,身子时而往前伛,时而往两旁歪,颠得厉害。瞧着他弯下去的身子,瞧着他憔悴的脸上不时闪过的痛苦神情,人们可能认为他还是初次骑马呢。他背上晃荡着一支簇新的双筒枪,腰上挂着猎物袋,袋子里有一只中弹的鹬鸟在扑腾。

那群骑手当中的佼佼者是奥莲卡·乌尔别宁娜。她骑着伯爵赠给她的黑色骏马,穿着黑色骑马装,帽子上插着白色翎毛,再也不像几个月前我们在树林里遇见的那个红姑娘了。现在她周身上下有一种庄严的"贵妇"气派。她每挥动一下鞭子,每笑一下,都力求显得尊贵庄严。她的动作和笑容含有一种咄咄逼人的逞强意味。她大模大样地昂起头,坐在马背上用蔑视的目光横扫全班人马,至于我们那些品行端正的太太们针对她发出的响亮评语,她听了似乎全不介意。她趾高气扬,卖弄她的厚颜无耻,卖弄她"在伯爵家里"的地位,仿佛她不知道她已经惹得伯爵腻烦,伯爵随时都在等待机会摆脱她。

"伯爵打算把我赶走!"全班人马从院子里走出来的时候,她大声笑着对我说。可见她已经知道她的地位,明白她的处境了。……

可是她为什么扬声大笑呢?我瞧着她,心里纳闷:一个树林里的居民,却有这么多卖俏的花样,这是从哪儿学来的?她什么时候学会了这么妩媚地在马鞍上摇晃身子,骄傲地扇动鼻孔,摆出那么一副驾驭一切的架势?

"荡妇跟猪一样,"医生巴威尔·伊凡内奇对我说,"你请她在桌子旁边坐下,她就会把脚放到桌子上去。……"

可是这个解释过于简单了。谁也及不上我那么迷恋奥尔迦,而我却准备头一个对她扔石头,可是隐隐约约的真理之声对我说,这不是卖俏,不是心满意足的女人的夸耀,而是绝望,是对结局临近、在劫难逃的预感。

我们一清早出发去打猎,目前正在回家去。这次打猎不顺利。我们本来对沼泽地带抱着很大的希望,不料在那儿我们遇到一群猎人,他们告诉我们,野鸟都已经惊散了。我们好不容易碰到三只鹬鸟和一只小野鸭,把它们送到另一个世界里去了,这就是十来个猎人的全部战果。最后,一位骑马的女士牙痛起来,我们只好赶紧往回走。我们顺着田野旁边一条出色的大路回去,田野上新割下来的黑麦扎成捆,颜色黄澄澄的,后边却是一片阴郁的树林。……远处地平线上是伯爵的教堂和房屋,一片雪白。在它们右边,大湖那镜子般的水面辽阔地铺展开来,左边是那座乌黑的石坟。……

"多么可怕的女人啊!"每逢奥尔迦追上我们的马车,娜坚卡就小声对我说,"多么可怕!她漂亮得很,可也坏得很。……不久

137

以前您不是在她的婚礼上做过傧相吗？从那时候起她还没来得及穿破她那双鞋，就已经换上别人的绸衣服，用别人的钻石摆阔了。……这种奇怪而急剧的转变简直叫人没法相信。……即使她有这样的天性，她总也该有所顾忌，推迟一两年再干嘛。……"

"她急于生活！她等不得了！"我叹道。

"那么您知道她丈夫现在怎么样了？"

"听说他在灌酒。……"

"是啊。……前天我爸爸进城去，看见他坐着一辆出租马车，不知到哪儿去。他的头歪在一边，没戴帽子，脸上很脏。……这个人完了！据说，他穷得厉害：没有东西吃，房钱都付不起。可怜的姑娘萨霞成天价坐着挨饿。我爸爸把这些都对伯爵讲了。可是您知道伯爵的为人！他诚实，善良，可是不喜欢动脑筋，考虑事情。他说：'那我给他汇一百卢布去。'他不管三七二十一就汇去了。……我想，再也没有比送钱更使乌尔别宁难堪的了。……他感到伯爵的赠金是侮辱，就喝得越发厉害了。……"

"是的，伯爵愚蠢，"我说，"他原应该托我，用我的名义把钱汇去。"

"他没有权利送给他钱！假定我要掐死您，而您痛恨我，那我有权利养活您吗？"

"这是实话。……"

我们停住嘴，沉思不语。……我一想到乌尔别宁的命运，心头总感到沉重。现在那个毁灭他的女人骑着马在我眼前晃来晃去，这使我心里生出一大串沉重的想法。……他的结局会怎样？他儿女的结局会怎样？她最后会落到什么下场？那个虚弱、可鄙的伯爵会在什么样的精神泥坑里了结他的一生？

我身旁坐着唯一正派而值得尊敬的女人。……在我们县里，只有两个能够为我喜爱和尊敬的人，只有他俩才有权利不理睬我，因为他俩站得比我高。……他们就是娜杰日达·卡里宁娜和医生巴威尔·伊凡诺维奇。什么前途在等待他们呢？

"娜杰日达·尼古拉耶芙娜！"我对她说，"以往，虽然出于无心，我却给您招来了不少烦恼，我比任何人都缺少权利指望您对我开诚布公。不过我对您起誓，谁也不及我那样了解您。您的痛苦就是我的痛苦，您的幸福就是我的幸福。……如果现在我向您提出一个问题，请您不要怀疑我是出于无聊的好奇心。请您告诉我，我亲爱的，为什么您允许那个不成器的伯爵接近您？是什么东西妨碍您把他从身边赶走，不听他那些讨厌的殷勤话？要知道他的追求不会给正派的女人添光彩！为什么您让那些造谣中伤的人有理由把您的名字和他的名字扯在一起呢？"

娜坚卡用明亮的眼睛瞅着我，仿佛在我脸上看出了诚意，快活地微微一笑。

"那他们说了些什么呢？"她问。

"他们说您的爸爸和您都在笼络伯爵，可是伯爵到头来会使你们上当的。"

"他们不了解伯爵，所以才会这么说！"娜坚卡说，脸红了，"无耻的造谣家！他们养成习惯，专看人的坏处。……讲到好处，他们就没法理解了！"

"那么您在他身上找到好处了？"

"是的，我找到了！您应当头一个知道：要不是我相信他有认真的打算，我就不会容许他接近我！"

"原来你们的事情已经发展到需要'认真的打算'的地步了？"我惊讶地说，"真快呀。……可是您要他那认真的打算干什么？"

"您想知道吗？"她问，她的眼睛炯炯有光，"那些造谣家没有胡说：我是打算嫁给他！您不要做出吃惊的脸相，也不用笑！您会说没有爱情就嫁人是不正当的，以及诸如此类人家已经说过一千遍的话，可是……我有什么办法呢？感到自己在这个世界上是件多余的装饰品，那是很难堪的。……活着而又没有目标是可怕的。……要是我跟那个您这么不喜欢的人结了婚，那我就终生有工作可做了。……我就会教他学好，我就会叫他戒酒，教他工作。……您瞧瞧他的神情！现在他不像人样了，可我要帮他重新做人！"

"您还可以继续说下去，"我说，"您会掌管他那巨大的家业，您会做慈善工作。……全县都会感谢您，认为您是天使下凡，来安慰不幸的人的。……您会做母亲，会教育他的子女。……是啊，伟大的工作哟！您是个聪明姑娘，可是考虑事情却像个中学生！"

"就算我的想法一无是处，就算这种想法幼稚可笑吧，然而我是靠它活着的。……在这种想法影响下，我健康多了，也快活多了。……您不要扫我的兴！让我自己去幻灭吧，然而不是现在，而是将来……以后，遥远的将来。……我们别谈这些了！"

"还有一个唐突的问题：您在等他求婚吗？"

"是的。……从我今天收到的他的来信判断，我的命运就要在今天……傍晚……决定了。……他在信上对我说，他有很重要的事要谈。……他说他一生的全部幸福都取决于我的答复。……"

"谢谢您的坦率。"我说。

娜坚卡接到的那封信的含意，在我是清楚的。那种丑恶的求婚在等着可怜的姑娘。……我决定把她从苦难中救出来。

"我们已经来到我们的树林了，"伯爵追上我们的马车说，"您，娜杰日达·尼古拉耶芙娜，要不要休息一下？"

他没等她答话，就拍着手心，用响亮而震颤的男高音下命令说：

"休息了！"

我们就在林边空地上下了车。

太阳已经藏在树木后面,只把那些最高的赤杨树梢染上带点金黄的紫红色,照得远远可以望见的伯爵的教堂上那个金色十字架闪闪发光。惊慌的青鹰和金莺在我们上边飞翔。有人向它们放了一枪,这就使得飞禽的王国越发惶惶不安。鸟类的吵闹不休的音乐会开始了。这种音乐会在春夏两季倒是有魅力的,然而当人们在空气中感到寒秋来临的时候,它就刺激人的神经,使人想到候鸟不久就要南飞了。

傍晚的清凉空气从密林里飘来。太太小姐们的鼻子有点发青,怕冷的伯爵开始搓手。空中开始弥漫茶炊的炭火气,茶具叮当地响起来,这气味和响声来得再适时也没有了。独眼的库兹玛呼呼地喘着,在长得很高的青草里绊绊跌跌,拉过来一箱白兰地。我们开始喝酒取暖。

在清新凉爽的空气里长久漫游,对我们的胃所起的作用比任何开胃药水都好。漫游之后,那些咸鱼肉,鱼子、烤山鹑和其他的食物,在我们眼里显得那么可爱,跟早春的玫瑰花一样。

"你今天真聪明,"我对伯爵说着,给自己切下一小块咸鱼肉。"你从没这么聪明过。很难安排得更聪明了。……"

"这是我跟伯爵一块儿安排的!"卡里宁笑呵呵地说着,向车夫那边挤一下眼睛,他们正从马车上取下一包包冷荤菜、葡萄酒和盘盏,"这个小小的野餐会办得挺体面。……最后还要上香槟酒呢。……"

这一次调解法官眉开眼笑,从来也没这么满意过。莫非他想着今天傍晚他的娜坚卡会有人求婚?莫非他准备下香槟酒就是要庆贺两个青年人的喜事?我定睛看一下他的脸,却没看出别的,只看到他平素那种无忧无虑的满足神情和他那胖身体透露出来的自以为了不起的神态。

我们高兴地吃着冷荤菜。对于放在我们面前毯子上的那些丰盛食物,只有两个人无动于衷,那就是奥尔迦和娜坚卡·卡里宁娜。奥尔迦站在一旁,胳膊肘靠在马车的后部,沉默不语,凝神望着伯爵丢在地下的猎物袋。猎物袋里有一只中弹的鹬鸟在扑腾。奥尔迦注视着不幸的鸟的活动,仿佛在等它死掉似的。

娜坚卡坐在我旁边,冷淡地瞧着那些嚼得起劲的嘴巴。

"这顿饭什么时候才能吃完呀?"她那双疲倦的眼睛仿佛这样说。

我给她一份夹鱼子的面包片。她道了谢,把它放在一边。她分明不想吃东西。

"奥尔迦·尼古拉耶芙娜!您为什么不坐下?"伯爵对奥尔迦嚷道。

奥尔迦没有回答,仍然像一尊塑像似的一动不动地站着,眼睛瞧着那只鸟。

"有些人心肠多么硬,"我走到奥尔迦跟前说,"难道您,一个女人,能够看着这只鹬鸟的痛苦而满不在乎?您与其看着它挣扎,还不如索性叫人把它弄死的好。"

"别人在痛苦,那就让它也去痛苦吧。"奥尔迦说,眼睛没看我,皱起眉头。

"那么还有谁在痛苦呢?"

"躲开我!"她嗓音沙哑地说,"今天我没有心思跟你讲话……也不想跟你那个蠢伯爵说话!躲开我远远的!"

她看我一眼,眼睛里充满愤恨和泪水。她脸色煞白,嘴唇发抖。

"什么样的变化呀!"我说,拿起猎物袋,把那只鹬鸟弄死,"什么样的口气呀!我吓了一跳!我吓坏了!"

"我跟你说,你躲开我!我没有兴致开玩笑!"

"你怎么了,我的迷人精?"

奥尔迦的眼睛把我从头到脚打量了一下,然后扭过脸去。

"对淫荡的和出卖自己的女人才会用那样的口气讲话,"她讲道,"你就是把我看成那样的女人……好,你就去找圣徒吧!……我是这儿最坏最下流的女人。……刚才你跟那个品行端正的娜坚卡一块儿坐在马车上,你都不敢看我。……好,那你就到他们那边去吧!你站在这儿干吗?走哇!"

"对,你就是这儿最坏最下流的女人,"我说,感到愤怒渐渐涌上我的心头,"对,你就是淫荡的和出卖自己的女人。"

"是的,我想起那一回你怎样给我那些该死的钱了。……那时候我不明白是什么意思,可是现在我明白了。……"

愤怒控制了我的全身心。这种愤怒是那么强烈,不下于以前我心里对红姑娘产生的爱情。……再者,谁能无动于衷,什么样的石头能无动于衷呢?我看见面前站着一个美人,却给无情的命运丢在污泥里。她的青春也罢,美丽也罢,优雅也罢,命运一概不怜惜。……现在我越是觉得这个女人比以前任何时候都美丽,就越是感到大自然在她身上遭到多大的损失,于是我的灵魂对命运的不公正和对万物的秩序也就充满了沉痛的愤怒。……

我在愤怒的时候管不住自己。要不是奥尔迦转过身去,背对着我,而且走掉,我真不知道她还会听见我说出些什么话来。她慢慢地往树林那边走去,不久就消失在那里面了。……我觉得她似乎哭了。……

"你们,诸位女士和诸位先生!"我听见卡里宁在发表演说,"今天,我们大家聚在一起,为了……为了团结起来。……我们在这儿聚会,互相认识,共同欢乐。对于我们这种盼望已久的团结,我们不应该归功于别人,而只应当归功于我们的明星,我们全省的明星。……您,伯爵,不必难为情。……诸位女士都明白我说的是谁。……嘻嘻嘻!……好,我接着讲下去。……既然我们把这一切都归功于我们的有教养的和年轻的……卡尔涅耶夫伯爵,那么我提议大家举起酒杯来为……可是有人来了!是谁呀?"

一辆四轮马车从伯爵的庄园那边往我们坐着的林边空地驶来了。……

"这会是谁呢?"伯爵惊讶地说,举起望远镜往马车那边望去,"嗯……奇怪。……大概是过路的人。……啊,不对!我看见卡艾坦·卡齐米罗维奇的脸了。……他身旁还有一个人是谁?"

伯爵忽然跳起来,就像被蛇咬了一口似的。……他的脸变得跟死人一样惨白,手里的望远镜掉下了地。他的眼珠转来转去,好比一只被人捉住的耗子,目光时而停在我身上,时而停在娜坚卡身上,仿佛要我们帮忙似的。……并不是所有的人都看出他神色慌张,因为大多数人的注意力都让那辆正在驶来的马车吸引去了。

"谢辽查,你过来一会儿!"他小声说着,抓住我的胳膊,把我领到一边去,"好朋友,我把你看做朋友,看做最好的人,求你帮个忙。……不要提问题,不要用这种追究的眼光瞧我,不要惊讶!以后我会全告诉你!我起誓,我一点也不会瞒你。……这是我一生中极大的不幸,我不幸得没法跟你说了!以后你都会知道,现在别问!你帮帮我!"

这当儿那辆马车却越来越近。……最后它停下来,于是我们伯爵的那个愚蠢的秘密被全县的人都知道了。普谢霍茨基气喘吁吁,从马车上走下来,穿一身新做的茧绸衣服,满面笑容。他后面有个年轻的女人,年纪二十三岁左右,灵活地跳下车来。她是个金发女人,身材高而苗条,五官端正,却又不招人喜欢,生着一对深蓝色眼睛。我只记得她那一无表情的蓝眼睛、扑满脂粉的鼻子、沉重而华丽的衣服、戴在两只手上的大镯子。……我记得傍晚的潮气和嗝出来的白兰地气味都被她身上那股浓重刺鼻的香水味压倒了。

"你们人好多啊!"这个陌生的女人用生硬的俄国话说,"大概很快活吧!你好,阿历克塞!"

她走到阿历克塞跟前,把脸送到他嘴边去。伯爵很快地吻她一下,惊慌地看一眼客人们。

"这是我的妻子,我介绍一下!"他喃喃地说,"这些人都是我的好朋友,索霞。……咳。……我有点咳嗽。"

"我刚到此地!卡艾坦对我说:'你休息一下!'可是我说,我一路上都睡觉,何必休息呢!我还是去打猎的好!我就换好衣服,来了。……卡艾坦,我的纸烟在哪儿?"

普谢霍茨基跑到金发女人跟前,拿给她一个金烟盒。

"他是我妻子的哥哥……"伯爵继续喃喃地说,指了指普谢霍茨基,"你帮一帮我啊!"他捅一下我的胳膊肘说,"看在上帝面上,救救我!"

我听说,当时卡里宁头晕了,娜嘉想帮他忙,却又站不起来。我还听说,许多人赶紧坐上自己的马车,走掉了。所有这些我都没看见。我记得我当时已经往树林里走去,只顾寻找小径,眼睛没往前看,任凭两只脚往前走去。①

我走出树林的时候,两只脚上挂着一块块的黏土,周身上下满是污泥。大概我越过了一条小溪,然而这件事的详情我记不得了。我像是让人用木棍痛打了一顿似的,觉得非常疲乏难受。我本来应当到伯爵的庄园上去,骑上左尔卡赶路。可是我没这样做,却步行回家了。我再也不愿意看到伯爵和他那该死的庄园了。②

我沿着湖边的道路走回去。那个水面广阔的怪物开始怒吼,

---

① 在卡梅谢夫的原稿上,此处删去140行。——契诃夫注
② 在原稿上,此处用墨水笔画着一个俊俏的女人头部,脸上现出恐惧的神色。下面的所有文字都已经仔细地涂掉。下一页稿纸的上半页也已经涂掉。在密密层层的墨点之中,只有"鬓角"两个字可以隐约认出来。——契诃夫注

145

唱着傍晚的歌。整个广阔的湖面上布满高大的浪头和白色的浪峰。空中响着哗哗声和轰轰声。潮湿的冷风吹入我的骨髓。左边是怒吼的大湖,右边是严峻的树林传来单调的飒飒声。我觉得我孤零零地面对大自然,就像在公堂上对质似的。仿佛大自然的全部愤怒、全部响声、全部咆哮都是针对我一个人来的。换了在别的情况下,我也许会感到胆寒,然而现在我却几乎没留意到我四周的那些巨人。同我胸中掀起的风暴相比,大自然的愤怒算得了什么呢?①

我回到家里,没脱衣服就倒在床上。

"真不要脸,又穿着衣服在湖里洗澡了!"波里卡尔普一面给我脱掉湿透而泥污的衣服,一面抱怨起来,"又来这一套,我的磨人精!还算是受过教育的上等人呢,比随便哪个扫烟囱的都不如。……我真不知道您在大学里学了些什么东西。"

我听不得人的声音,看不得人的脸,有心对波里卡尔普吆喝一声,叫他躲开我,然而我的话卡在嗓子里说不出来。我的舌头那么疲乏无力,不亚于我的身体。不管我觉得多么难受,可是我不得不听任波里卡尔普脱掉我身上所有的衣服,甚至把浸湿的内衣也脱下来。

"你至少翻个身嘛!"我的仆人抱怨说,把我当成小玩偶似的翻过来翻过去,"明天我辞活不干了!我不干……给我多少钱也不干!我这个傻瓜受够了罪!要是我还留在这儿不走,那就叫我不得好死!"

干净、温暖的内衣没有使我暖和过来,也没有使我心情平静下来。我又愤怒又害怕,不住地发抖,而且抖得那么厉害,连牙齿都打战。这种害怕是没法解释的。……我之所以害怕倒不是因为我

---

① 此处又有删节。——契诃夫注

见到了幽灵或者从坟墓里钻出来的僵尸,甚至挂在我床头上方的我那前任波斯彼洛夫的照片也与此无关。他那对没有生气的眼睛一刻也不放松我,似乎一眨一眨的,然而我瞧着他,却一点也不畏缩。我的前途并不灿烂,可是我仍然可以有很大的把握说,并没有什么东西在威胁我,近处也没有什么乌云。死亡不会来得很快,我又没有什么重病。至于我个人的不幸,我不大在意。……那么我怕什么呢,为什么我的牙齿打战?

就连我为什么愤怒,我也不理解。……伯爵的"秘密"不可能惹得我这样勃然大怒。伯爵也罢,他瞒着我的他那件婚事也罢,一概跟我不相干。

剩下来就只有用精神失常和体力疲乏来解释我那时候的心境。我找不出另外的解释了。

波里卡尔普走后,我拉过被子来蒙上头,打算睡觉。屋里黑下来,很安静。鹦鹉在笼子里不安地转动,波里卡尔普房里墙上的挂钟发出匀称的滴答声,此外,再也听不到什么声音,到处都是安谧和寂静。体力上和精神上的疲劳占了上风,我开始昏昏睡去。……我感到一块沉重的东西渐渐从我身上掉下去,一些可恨的人影在头脑里化为迷雾。……我记得我甚至开始做梦。我梦见冬天一个晴朗的早晨我在彼得堡的涅瓦大街上走着,闲着没事做而观看商店的橱窗。我心里轻松欢畅。……我没有什么地方急于要去,也没有什么事要做,简直是绝对的自由。……我想到远远地离开我的村子,离开伯爵的庄园,离开波涛汹涌而冷冰冰的湖,这就使我的心越发安宁欢畅了。我在一个极大的橱窗跟前停下,细看女帽。……我熟悉那些女帽。……我看见其中有一顶由奥尔迦戴着,另一顶由娜坚卡戴着,第三顶戴在打猎那天突然光临的索霞那生着淡黄头发的脑袋上。……那些熟识的脸在帽子底下微笑。……我想跟她们说几句话,不料她们三个人合成一张通红的

147

大脸。那张脸气愤地转动眼珠,吐出舌头。……不知一个什么人在我身后掐住我的脖子。……

"丈夫把老婆杀死了!"红脸大叫一声,我打了个冷战,大叫一声,像被蛇咬了一口似的从床上跳起来。……我的心跳得厉害,额头上冒出冷汗。……

"丈夫把老婆杀死了!"鹦鹉又叫一声,"给我糖!您多蠢啊!傻瓜!"

"这是鹦鹉……"我在床上躺下,安慰自己说,"谢天谢地。……"

外面响起单调的怨诉声。……那是雨点在敲打房顶。……先前我在湖边行走,看见西边上来乌云,现在那乌云遮蔽整个天空了。闪电微弱地放光,照亮去世的波斯彼洛夫的照片。……我的头顶上响起隆隆的雷声。……

"这是今年夏天最后一次雷雨了。"我暗想。

我不由得想起今年夏天最初几次雷雨中的一次。……当初我头一次到守林人的小屋里去,树林里也响起这样的雷声。……当时我和红姑娘站在窗前,瞧着被闪电照亮的松树。……那个美人的眼睛里闪着恐怖的光芒。她对我说她母亲就是死于闪电,她自己也渴望耸人听闻的死亡。……她希望自己穿戴得跟本县最富的贵妇一样。她感觉到华丽的盛装正好显出她的美丽。她体会到自己那种震惊俗世的威力,为此自豪,一心想登上石坟的峰顶,在那儿迎接耸人听闻的死亡。……

她的愿望已经实……虽然不是在石……①

我已经失去睡熟的一切希望,就索性起来,坐在床上。雨点轻

---

① 可惜此处的文字又被涂掉。可以看出卡梅谢夫不是在写作当中,而是在写完以后涂掉这段文字的。……我在这个中篇小说的结尾处将特别提到这些涂抹掉的地方。——契诃夫注

轻的怨诉声渐渐变成愤怒的咆哮声,每逢我心里没有恐惧和恼恨的时候,我倒是很喜欢这种咆哮声的。……可是现在我却觉得这种咆哮声凶险得很。响雷一声接着一声,连续不断。

"丈夫把老婆杀死了!"鹦鹉大叫一声。

这是它最后的一句话。……我战战兢兢地闭上眼睛,在黑地里摸到笼子,拿起来往墙角上一扔。……

"见你的鬼去吧!"我听见笼子的响声和鹦鹉的惨叫,嚷道。……

可怜的高贵的鸟!笼子摔到墙角里,那只鸟就大难临头了。……第二天笼子里装着一具冰冷的尸体。为什么我要把它弄死?如果它爱说的那句丈夫杀死老婆的话使人想起……①

我的前任波斯彼洛夫的母亲把这所住宅让给我的时候,要我付全部家具的钱,就连那些我不认得的人的照片也包括在内。然而那只宝贵的鹦鹉,她却没有拿我一文钱就留下了。她动身到芬兰去的前一天,跟她那高贵的鸟告别了一夜。我至今记得她告别的哭泣声和怨诉声。我记得她眼泪汪汪地央求我照看她的朋友,等着她日后回来。我对她担保说她的鹦鹉不会因为跟我相识而后悔。我却没有履行我的诺言。我把鸟摔死了。我可以想象,如果老太婆知道她这只饶舌的鸟的命运,会说些什么话!

不知什么人在小心地敲我的窗子。我住的这所小房立在大道旁边,是本村尽头几所房子中的一所。我不止一次听到过敲窗子的声音,特别是天气很坏,过路的行人寻觅投宿处的时候。这一次敲我窗子的却不是过路的行人。我走到窗前,等到电光一闪,就看见一个又高又瘦的人的乌黑身影。他站在窗前,似乎冷得缩起身

---

① 此处几乎有整整一页被凌乱地涂掉。只有少数几个字未涂掉,但它们没有提供线索借以理解被涂掉的文字。——契诃夫注

子。我推开窗子。

"是谁？有什么事？"我问。

"谢尔盖·彼得罗维奇,是我!"我听见一个凄凉的说话声,只有全身冻僵、心里害怕的人才会用那样的声音讲话,"是我！我来找您,我的好朋友!"

使我大吃一惊的是,我从黑人影的凄凉的声调里听出这是我的朋友巴威尔·伊凡诺维奇医生。眯眼素来过严谨的生活,总是在十二点钟以前就上床睡觉,因而他的来访就不可理解了。什么事情促使他改变常规,夜间两点钟跑到我这儿来,而且又是在这样糟糕的天气？

"您有什么事？"我问,心里骂着这个不速之客,巴不得他立刻走掉。

"对不起,好朋友。……我想敲大门,可是您的波里卡尔普现在大概睡得跟死人一样。我就决定敲窗子了。"

"可是您有什么事呢？"

巴威尔·伊凡诺维奇走近我的窗口,含糊地说了句叫人听不明白的话。他索索地打抖,样子像个醉汉。

"我在听您说话!"我不耐烦地说。

"您……您,我看得出来,生气了,不过……要是您知道出了什么事,您就不会因为睡不好觉,因为我来得不是时候这样的小事生气了。……现在不应该睡觉！我的上帝啊！我在这个世界上活了三十年,今天才头一次感到深深的不幸！我不幸啊,谢尔盖·彼得罗维奇!"

"哎,到底出了什么事？而且跟我什么相干呢？我自己都几乎站不稳了。……我顾不上别人的事!"

"谢尔盖·彼得罗维奇!"眯眼用要哭的声音说,把被雨淋湿的手伸到我的脸跟前,"正直的人啊！我的朋友啊!"

随后我听见男人的哭声。医生哭了。

"巴威尔·伊凡内奇,您回家去吧!"我沉默一会儿以后说,"现在我没法跟您说话。……我害怕我的心境,也害怕您的心境。……我们不会互相了解的。……"

"我亲爱的!"医生用恳求的声音说,"您跟她结婚吧。"

"您发疯了!"我说,砰的一响关上窗子。……

医生是在鹦鹉之后第二个由于我心境不好而受苦的人。我没请他到房间里来,却把窗子对着他的脸关上了。这两个粗暴无礼的反常行动,如果是别人用来对待我,那么即使对方是女人,我也会要求决斗①。可是温和而不会生气的眯眼却压根儿就没想到决斗。他不知道什么叫生气。

大约过了两分钟,电光猛的一闪,我看一眼窗外,瞧见我的客人弯下身子站在那儿。这一次他的姿态充满请求和期待,好比乞丐等候施舍。他大概等着我原谅他,允许他把话说完。

幸而我的良心感动了。我开始为自己悲叹,悲叹大自然赋予我这样残忍和卑鄙的品性!我那下贱的灵魂跟我健康的肉体一样,硬得像铁石。②……我走到窗前,把窗子推开。

"您到房间里来吧!"我说。

"没有工夫了!……每一分钟都是宝贵的!可怜的娜坚卡服毒自杀,医生不能离开她。……可怜的姑娘险些儿没法抢救了。……难道这不是不幸?您能关上窗子不听吗?"

"她到底还活着吗?"

---

① 这一句的后面删掉一行,不过这一行可以隐约认出来:"把她的脑袋从脖子上拧下来,而且把所有的窗子都打毁。"——契诃夫注

② 下文是关于作者精神上的忍耐力的描写,文字生动而浮夸。他即使见到人们的悲痛、鲜血、法院的尸体解剖等,似乎也不会受到任何影响。整个这段文字都带着夸耀的天真和不诚实的痕迹。这种描写粗野得惊人,我就把它删掉了。作为卡梅谢夫的性格描写来看,这段文字并不重要。——契诃夫注

"'到底还……'不能用这种口气来谈不幸的人,我的好朋友!谁能料到这个聪明正直的女人甘愿为伯爵那么个家伙跟生活诀别呢?是啊,我的朋友,对人们来说,不幸的是,女人不可能十全十美!不论一个女人多么聪明,不论上天赋予她多么优美的品质,可是她总不免有点毛病,既妨碍她自己,也妨碍别人生活下去。……就拿娜坚卡来说……喏,她为什么这样做呢?要面子,要面子啊!病态的自尊心呀!为了气一气您,她才起意嫁给伯爵的。……她才不需要他的钱,他的爵衔呢。……她所需要的无非是满足她那种古怪的自尊心罢了。……可是忽然来了挫折!……您知道,他的妻子来了。……原来这个浪子结过婚。……有人说什么女人经得起风浪,她们比男人善于忍受痛苦!……如果这么一件毫无价值的事就能引得女人拿起含磷的火柴来,那还谈得上什么经得起风浪?这不是经得起风浪,这是虚荣心重!"

"您会感冒的。……"

"我刚才看见的那种情形比无论什么严重的感冒都糟。……那对眼睛,那种苍白的脸色……啊!本来就恋爱不顺利,后来想气一气您,又不顺利,如今再加上自杀不顺利。……很难想象还有更大的不幸了!……我亲爱的,要是您有哪怕一点点同情心,要是……要是您能见到她……是啊,为什么您不到她那儿去一趟呢?您爱过她!就算您现在不爱她了,可是为她牺牲一点空闲时间,那有什么不可以的?人的生命是宝贵的,为它可以牺牲……一切!您救救她的命吧!"

有人使劲敲我的大门。我打了个冷战。……我的心出血了!……我不相信预兆,可是这一次我的惊慌不是平白无故的。……有人在外面敲门。……

"是谁啊?"我在窗口叫道。

"我要找您!"

"什么事?"

"伯爵有一封信给您,老爷!出了人命案!"

一个穿着羊皮袄的黑人影走到窗前来,嘴里抱怨着天气,递给我一封信。……我赶快离开窗口,点上蜡烛,把信看了一遍:"请你看在上帝分上,忘掉世上的一切,立刻到我这儿来。奥尔迦被人谋杀了。我方寸大乱,马上就要发疯了。你的阿·卡。"

奥尔迦被人谋杀了!这句短短的话弄得我头昏脑涨,两眼发黑。……我在床上坐下,脑子里没法思考,两条胳膊垂下来。

"巴威尔·伊凡诺维奇,是您吗?"我听见派来的那个农民在说话,"我刚才本想到您那儿去。……伯爵也有一封信给您。"

过了五分钟我同睐眼坐在一辆带篷的马车上,到伯爵庄园上去。……雨点敲打马车的篷顶,不时有耀眼的电光在我们前面闪亮。

湖水的咆哮声响起来。……

这出惨剧的最后一幕开场了,两个剧中人物坐着车子去看一幅撕裂人心的画面。

"喂,您想我们会碰到什么样的事?"我在路上问巴威尔·伊凡诺维奇。

"我什么也没想。……我不知道。……"

"我也不知道。……"

"从前哈姆雷特抱憾天地的神灵禁止自杀这种罪行,现在我也同样抱憾命运叫我做了医生。……我深深地抱憾啊!"

"恐怕现在该轮到我来抱憾我是法院侦讯官了,"我说,"如果伯爵没有把谋杀和自杀混为一谈,如果奥尔迦确实被人谋杀了,那我的可怜的神经就要受罪了!"

"您可以拒绝承办这个案子。……"

我用追究的眼光瞧着巴威尔·伊凡内奇,可是因为天黑,我当然什么也没看见。……他怎么知道我可能拒绝承办这个案子？我是奥尔迦的情夫，不过这件事除了奥尔迦本人，也许再加上以前曾向我鼓过掌的普谢霍茨基以外，还有谁知道呢？……

"为什么您认为我可以拒绝呢？"我问眯眼。

"我随便说说的。……您可能生病，也可能辞职。……这样做丝毫也不影响您的名声，因为总有人来接替您，可是医生的处境就完全不同了。……"

"就只是这样吗？"我暗想。

我们的马车在土路上经过痛苦的长途跋涉后，终于在伯爵的门口停住。门口上方两个窗子里灯光明亮，极右边奥尔迦的卧室里灯光微弱，其余的窗子里一团漆黑。我们在楼梯上遇见猫头鹰。她用尖刻的小眼睛看我，布满皱纹的脸由于做出凶恶讥诮的笑容而显得越发皱了。

"这下子就要叫你们大吃一惊了！"她的眼睛仿佛在说。

她大概以为我们是来饮酒取乐，不知道这个房子里出了祸事。

"我请您注意这个九十岁的巫婆，我亲爱的，"我对巴威尔·伊凡诺维奇说，从老太婆头上摘掉包发帽，于是她那秃光的头顶便露出来了，"要是将来我和您有机会解剖这个人的尸体，那我们的看法就会大相径庭。您会认为她的脑子害了老年萎缩症，可是我会向您保证她是全县最聪明、最狡猾的人。……她是穿着裙子的魔鬼！"

我走进大厅里，不由得吃了一惊。我在这儿看到的景象完全出人意外。所有的椅子和长沙发上都坐满了人。……各处墙角上和窗子旁边也站着一群群人。……他们是从哪儿来的？要是事先有人对我说我会在这儿遇见这些人，我就会哈哈大笑。在这样的时候，在奥尔迦躺在一个房间里，也许已经死掉或者危在旦夕的时候，他们居然会跑到伯爵的家里来，这未免太离奇，太不近情理了。

原来她们就是伦敦饭店茨冈领班卡尔波夫所率领的茨冈歌咏队,也就是读者在这篇小说的前几章里已经读到过的那个歌咏队。我走进去,我的老朋友季娜就从一群人当中走出来,她认出了我,快活得尖声大叫。我向她伸出手去同她握手,她那肤色发黑而如今苍白的脸上就堆满笑容,可是临到她想对我开口讲话,眼睛里却涌出了泪水。……眼泪不容许她说话,于是我没听见她讲出一个字来。我就转过身去同别的茨冈姑娘打招呼,她们是这样解释她们怎么来到此地的:今天早晨伯爵打电报到城里,约请这个歌咏队的全班人马务必今天晚上九点钟到达伯爵的庄园。她们就执行这个"命令",坐上火车,八点钟来到这个大厅里。……

"我们原想给爵爷和客人先生们助一助兴。……我们学会了那么多的新歌!……可是忽然间……

"可是忽然间,一个农民骑着马来通知说,在打猎的时候发生了野蛮的凶杀案,主人吩咐为奥尔迦·尼古拉耶芙娜准备好床铺。大家不信农民的话,因为他当时醉得'像猪一样',然而等到楼梯上响起嘈杂的人声,有人抬着一个穿黑衣服的人穿过这个大厅的时候,就不可能再有任何怀疑了。……

"现在我们不知道怎么办才好!我们不能再在此地待下去。……等到神父来了,我们这些快活人就得走掉。……再说,所有的歌女都心神不定,直哭。……她们没法在有死人的房子里待下去。……我们得走,可是这儿的人却不肯给马车!伯爵老爷病倒在床上,外人一概不见。我们向仆人要马车,他们却讥笑我们。……这种天气,这么黑的夜晚,我们总不能步行赶路啊!那些仆人都粗野得要命!我们要求给我们烧一个茶炊来,他们却张口就骂,叫我们去见鬼。……"

所有这些诉苦,最后变成眼泪汪汪的央求,要我发一下善心,给她们张罗马车,好让她们离开这所"该死的"房子。

"要是那些马不是在牧场上,车夫们也没被派到别处去,那你们就可以坐车动身,"我说,"我来吩咐他们办。……"

这些可怜的人素来穿着小丑的服装,惯于装出满不在乎的姿态,现在这种愁眉苦脸和迟疑不决的神态同他们很不相称。我应许设法把他们送到火车站去,才使得他们略为振作起来。男人的低声细语变成响亮的说话声,女人也不再哭泣了。……

随后我向伯爵的书房走去,穿过一长串没点灯的黑房间,经过为数众多的房门口,向一个房门里看了一眼,见到一幅动人的画面。索霞和她的哥哥普谢霍茨基靠着桌子坐在那儿,桌上放一个茶炊,发出滚沸的响声。……索霞穿一件薄薄的罩衫,可是仍然戴着手镯和指环,凑着一个小瓶的瓶口闻什么东西①,然后懒洋洋地,带着厌恶的神情喝茶杯里的茶。她的眼睛带着泪痕。……大概打猎中发生的那件事搅乱了她的神经,她的心境久久不能平静下来。普谢霍茨基仍然像以前那样脸色呆板,一边端着茶碗大口喝茶,一边对他妹妹讲话。从他脸上的开导神情和他的神态来看,他在安慰她,劝她不要再哭。

我见到伯爵的时候,不消说,他方寸大乱。这个萎靡孱弱的人比以前越发消瘦憔悴了。……他脸色苍白,嘴唇发抖,像是在发高烧。他头上缠着白色手绢,浸了醋汁,弄得满房间都是酸味。我刚走进去,他就从躺着的沙发上跳起来,掩上家常长袍的衣襟,跑到我这边来。……

"啊?啊?"他开口说,索索地抖,气喘吁吁,"哦?"

他嘴里发出这些意义不明的声音,拉住我的衣袖,往沙发走去。等到我坐下,他就依偎着我,像是一条受惊的小狗,开始诉起苦来。……

---

① 大概在闻阿莫尼亚水,借以镇静神经。

"谁料得到呢？啊？慢着,好朋友,我要披上毯子……我发烧了。……她被谋害了,可怜的女人！给人下了毒手！她现在还活着,不过地方自治局的医生说她今天晚上就会断气。……可怕的一天啊！她,我的妻子,无缘无故跑来了……见她的鬼。……这是我犯下的最不幸的错误。是我先前在彼得堡喝醉酒的时候,谢辽查,人家硬要我和她结婚的。我一直瞒着你,不好意思说出口,可是现在她来了,你自己看到的。……我真是后悔莫及。……唉,该死的软弱！在白酒的影响下,一时感情用事,你要我干什么,我就能干出什么来！我妻子的光临,是第一个报应；奥尔迦出事,是第二个。……我在等第三个呢。……我知道还会出事。……我知道！我要发疯了！"

伯爵哭了一会儿,喝下三杯白酒,骂自己蠢驴、流氓、醉鬼,然后,由于激动而讲得很乱,把打猎中发生的惨剧叙述一遍。……他对我所讲的大体是这样:我走后,大约过了二三十分钟,由索霞光临而引起的惊愕情绪略为平静下来,索霞同大家相识以后刚刚以女主人自居,不料这伙人忽然听见一声撕裂人心的尖叫。尖叫声从树林里传出来,由回声接应着,重复了四次。那声音非同寻常,人们一听到就从草地上跳起来,狗就汪汪地叫,马就竖起耳朵。那叫声不自然,可是伯爵倒听出是女人的声音。……它响着绝望和恐怖的调子。……女人看见鬼怪,或者看见娃娃突然死掉,一定会这样大声喊叫。……惊慌的客人望着伯爵,伯爵望着他们。……在坟墓般的寂静中大约过了三分钟。……

老爷们面面相觑,沉默不语,车夫和听差却往响起喊叫声的地点跑去。头一个来报告不幸消息的人是老听差伊里亚。他从树林里跑到林边空地上来,脸色煞白,瞪大眼睛,想说话,可是由于呼吸急促,内心激动,半天也没说出口。最后他总算克制自己,在胸前画个十字,说出口了:

"太太给人谋杀了!"

哪个太太?是谁谋杀的?可是伊里亚对这些问话却答不上来。……第二个来报信的是个谁也没料到的人,他的出现使得在场的人大惊失色。这个人意外的出现和他的外貌,都使人震动。……伯爵见到他,想起奥尔迦在树林里散步,他的心就往下沉,可怕的预感使他的腿发软了。

这个人就是彼得·叶果雷奇·乌尔别宁,伯爵过去的管家,奥尔迦的丈夫。起初这伙人听见沉重的脚步声和枯枝的碎裂声。……仿佛有一头熊从树林里走到林边空地上来了。可是后来却出现了不幸的彼得·叶果雷奇的笨重身躯。……他走到林边空地上,看见这伙人,就退后一步,站住不动,像是在地里生了根。他大约有两分钟没开口说话,也没动一动,因此人们可以把他仔细观察一番。……他身上穿着日常穿的淡灰色上衣和相当旧的裤子。……他头上没戴帽子,蓬乱的头发粘在冒汗的额头和鬓角上。……他的脸平日总是紫红色,而且往往带着青色,这一回却苍白。……他的眼睛像发疯样的转动,瞪得很圆。……他的嘴唇和手在发抖。……

不过,首先引起呆若木鸡的观众注意的,最使他们震惊的,却是他那双沾着血迹的手。……两只手和袖口上满是鲜血,好像他在血里洗了个澡似的。

乌尔别宁呆呆地站了三分钟,然后仿佛大梦初醒似的,在草地上盘着腿坐下,不住地呻吟。几条狗闻到不平常的气味,便围住他,汪汪地叫起来。……乌尔别宁用昏花的眼睛对大家扫了一眼,两只手蒙住脸,又呆然不动了。……

"奥尔迦,奥尔迦,你干的是什么事啊!"他呻吟道。

从他的胸膛里冒出低沉的呜咽声,他那宽阔的肩膀震颤不已。……等到他把手从脸上放下来,那伙人就看见他的脸颊和额头上有血迹,这是他手上的血留下的。……

伯爵讲到这儿,就摆了摆手,紧张地喝下一杯白酒,接着说:

"这后面的事我就记不清了。你想象得到,这意外的事故吓得我目瞪口呆,我失掉思考能力了。……后来发生的事我一点也记不得了!我只记得有人从树林里抬来一具尸首,身上的衣服已经撕破,血迹斑斑。……我没法看那具尸首!他们把它放在一辆马车上,运走了。……我没听见她呻吟,也没听见她哭一声。……听说,她身边经常带着一把匕首,如今它扎进她的身子了。……你记得吗?匕首是我送给她的。……那是一把钝匕首,比这只玻璃杯的边还要钝。……因此,要把那把匕首扎进去,得使多大的劲!我,老兄,喜欢高加索的武器,可是现在,滚它的吧,这些武器!明天我要吩咐人把它们扔掉!……"

伯爵又喝下一杯白酒,继续说:

"可是多么丢脸!多么糟糕啊!我们把她送回家里来。……你知道,大家都感到绝望、害怕。……可是忽然间,活见鬼,那些茨冈唱起欢天喜地的歌来了!……她们站成一排,放开嗓子哇哇地唱,这些混蛋!……你知道,他们原想摆出体面的排场来迎接我们,可是太不是时候了。……这倒有点像傻子伊凡努希卡,他遇见出殡的行列,高兴起来,就哇哇地嚷着说:'你们抬吧,有的是死尸要你们抬呢!'是啊,老兄,我本想款待那些客人,才把那些茨冈叫来,可是结果一团糟。该请来的不是茨冈,而是医生和教士。现在我不知道该怎么办才好!我该干些什么呢?我不懂那些手续和规矩。……我不知道该去叫谁来,该打发人去请谁。……也许要把警察和法院检察官找来吧。……我一窍不通,毫无办法!幸好叶烈米亚神甫听到出了事,就来给她行临终涂油礼,可是我自己就没想起来去请他。……我求你,老兄,把所有这些该办的事都承担下来吧!真的,我要发疯了!我的妻子光临还不够,又加上杀人案。……唉唉！……我的妻子如今在哪儿？你见到她没有？"

"见到了。她在跟普谢霍茨基一块儿喝茶。"

"那么,跟她哥哥在一块儿。……普谢霍茨基是个骗子！当初我正要从彼得堡悄悄溜掉,他却发觉我有逃跑的意思,就跟定我不放。……这段时期他诈去我多少钱啊,数都数不清！"

我没有工夫跟伯爵长谈。我站起来,往门口走去。

"你听着,"伯爵止住我说,"那个……乌尔别宁会扎我一刀吗？"

"莫非奥尔迦是他扎的？"

"当然了,就是他。……只是我不懂,他是怎么来的！是哪个魔鬼把他支使到树林里来的？为什么他正巧到这个树林里来！就算他躲在那儿,等着我们吧,可他怎么知道我正好在那儿而不是在别的地方休息呢？"

"你什么也不懂,"我说,"顺便我要一干二脆地要求你。……要是我承办这个案子,那么,劳驾,你不要把你的想法讲给我听。……请你费心只回答我问的话,多余的话不必讲。"

我离开伯爵,往奥尔迦躺着的房间走去。①

房间里点着一盏蓝色的小灯,微微照亮人的脸。……在那样的灯光下没法读书写字。奥尔迦躺在床上。她头上缠着绷带,我只能看见她那异常苍白的尖鼻子和遮盖着眼睛的眼皮。我走进去的时候,她的胸脯袒露着,上面放着一袋冰。② 可见奥尔迦还没有死。她身旁有两个医生在忙碌。我走进去的时候,巴威尔·伊凡内奇正眯缝着眼睛,呼哧呼哧地直喘气,用听诊器听她的心脏。

---

① 此处删去两行。——契诃夫注
② 我请求读者注意一种情况。卡梅谢夫是喜欢到处大写特写他的心境的,甚至在叙述他同波里卡尔普口角的时候也要提到,可是奄奄一息的奥尔迦给他留下的印象,他却只字不提。我认为这是故意回避。——契诃夫注

地方自治局的医生非常疲乏,看样子是个有病的人,坐在床旁边一把圈椅上,沉思不语,做出试脉搏的样子。叶烈米亚神甫刚刚办完事,把十字架包在他的肩袈裟里,正准备走掉。……

"您,彼得·叶果雷奇,不要难过了!"他看着墙角,叹口气说,"样样事情都由上帝做主,您就向上帝祷告吧。"

乌尔别宁坐在墙角一张凳子上。他模样大变,我几乎认不得他了。最近一个时期的失业和酗酒,不但在他的衣服上,也在他的外貌上强烈地表现出来:衣服已经破旧,脸容也枯槁了。

可怜的人坐着不动,用两个拳头支住头,眼睛一刻也不离开床。……他的手和脸上仍旧沾着血。……他忘记把它们洗干净了。……

啊,我的灵魂的预言,我那只可怜的鸟的预言呀!

每逢我那只高贵的然而现在已经被我摔死的鸟喊出丈夫杀死老婆的话,乌尔别宁总是在我的想象里出现。为什么呢?……我知道嫉妒心重的丈夫常常杀死变心的妻子;同时我又知道乌尔别宁不会杀人。……于是我就丢开奥尔迦可能死于乌尔别宁之手的想法,认为那是荒谬的。

"到底是不是他呢?"我看着他那不幸的脸,暗自问道。

老实说,尽管伯爵那么讲,尽管我看见他手上和脸上有血,我也还是不能得出肯定的回答。

"要是他杀了人,他早就洗掉他手上和脸上的血了……"我不由得想起我的一个也做侦讯官的朋友的论点:"杀人犯受不了他的受害者的血。"

如果我肯多动一下脑筋,我就会想起不少这类想法,然而我不应当先有成见,用为时过早的结论填满我的脑袋。

"您好!"地方自治局的医生对我说,"我很高兴,至少您算是来了。……劳驾,您说说看,谁是这儿的主人?"

"这儿没有主人。……只有一团糟……"我说。

"这句话说得挺妙,不过却丝毫也没有使我的心绪轻松些,"地方自治局的医生说,恼恨地咳嗽了几声,"我一连三个钟头请求他们,央告他们送一瓶波尔特温葡萄酒或者香槟酒来,可是谁也不肯赏个脸,听一听这种哀求!所有的人都成了聋子,像大雷鸟一样!冰是刚刚送到的,其实三个钟头以前我就吩咐他们送来了。这是怎么回事?有人快要死了,可他们却仿佛在笑!伯爵舒舒服服地在他的房间里品尝蜜酒,可就是不肯叫人送一杯到这儿来!我要打发人到城里去,到药房里去,他们却说马都累坏了,而且也没有人骑,因为大家都喝醉了。……我想打发人到我的医院里去取药品和绷带,多承他们赏脸,给我派了个醉鬼,几乎站都站不稳。我两个钟头以前就派他去了,可是结果怎么样?听说他刚刚动身!哎,这岂不是胡闹?大家都喝醉了酒,粗鲁而野蛮!……全都是白痴!我要凭上帝起誓,这样没有心肝的人我有生以来还是头一次看见!"

医生的愤慨是正当的。他一点也没有夸大事实,而是刚好相反。……要想对伯爵庄园上存在的种种混乱和胡闹的情景尽情指责一番,那是一整夜都说不完的。仆人们什么事也不做,又无人管理,变得游手好闲,令人气恼。这里没有一个听差不能算做那种逍遥自在和肥头胖脑的人的典型。

我到房外去取酒。我打了仆人两三个耳光后,不但弄到香槟酒,而且取来了缬草酊,使得两个医生说不出的高兴。过了一个钟头,①医院里来了一个医士,把一切必要的东西都带来了。

---

① 我必须请求读者注意另一种情况。卡梅谢夫先生有两三个小时之久只是忙于从这个房间走到那个房间,跟医生们一起对仆人的行为感到愤慨,打他们耳光,等等。……您觉得他像法院侦讯官吗?看来,他不慌不忙,极力设法消磨时光。显而易见,"他知道杀人的凶手是谁"。其次,下文还写到他毫无理由地搜索猫头鹰的房间,审问那些茨冈,这种审问与其说是审问,还不如说是开玩笑,他做这些事只可能是为了拖延时间。——契诃夫注

巴威尔·伊凡诺维奇好不容易把一调羹香槟酒灌进奥尔迦嘴里。她做出吞咽的动作,不住地呻吟。随后医生在她皮下注射一针类似霍夫曼液的药剂。

"奥尔迦·尼古拉耶芙娜!"地方自治局的医生弯下腰去凑着她的耳朵叫道,"奥尔迦·尼古拉耶芙娜!"

"很难叫她恢复知觉了!"巴威尔·伊凡内奇说,叹口气,"流血过多,而且她的头部受到钝器的打击必然会引起脑震荡。"

有没有脑震荡,这用不着我来断定,可是这时候奥尔迦睁开眼睛,要水喝。……兴奋剂对她起作用了。

"您要问她什么话,现在就可以问了……"巴威尔·伊凡内奇捅一下我的胳膊肘说,"您问吧。"

我往床前走去。……奥尔迦把眼睛转到我这边来。

"我在哪儿?"她问。

"奥尔迦·尼古拉耶芙娜!"我开口说,"您认得我吗?"

奥尔迦看了我几秒钟,闭上眼睛。

"认得!"她呻吟说,"认得!"

"我是齐诺维耶夫,法院的侦讯官。我有幸认识您,要是您想得起的话,我还在您的婚礼上做过傧相。……"

"是你吗?"奥尔迦小声说,伸出她的左手,"你坐。……"

"她说胡话了!"眯眼叹口气说。

"我是齐诺维耶夫,法院的侦讯官……"我接着说,……"要是您想得起的话,我也参加过打猎。……您现在觉得怎么样?"

"您提要紧的问题吧!"地方自治局的医生对我小声说,"我不能保证她会清醒很久。……"

"请您不要开导我,劳驾!"我怄气地说,"我知道该说什么。……奥尔迦·尼古拉耶芙娜,"我扭过脸去对奥尔迦继续说,"请您费神回想一下今天发生的种种事情。我来帮您的忙。……

163

今天中午一点钟您骑上马,跟大家一起去打猎。……打猎大约有四个钟头之久。……后来就在林边空地上休息。……您记得吗?"

"你……你……杀死……"

"杀死鹬鸟吗?我把那只中弹的鹬鸟弄死以后,您皱起眉头,离开大家走掉了。……您走进树林里。……①现在请您费神打起精神来,回忆一下。您在树林里散步,遭到一个我们不知道的人的袭击。我以侦讯官的身份问您:他是谁?"

奥尔迦睁开眼睛看着我。

"请您对我们说出这个人的姓名!这儿,除我以外还有三个人。……"

奥尔迦否定地摇摇头。

"您必须说出他的姓名来,"我接着说,"他会受到严重的惩罚。……法律会严惩他的兽行!他要去做苦工。……②我在等您说。"

奥尔迦微微一笑,否定地摇摇头。进一步审问也还是毫无结果。从奥尔迦那儿,我再也没听到一句话,看到一个动作。到四点三刻,她就离开了人世。

早晨六点多钟,村长和证人应我的召唤,来到此地。犯罪地点却没法去:滂沱大雨从夜间开始,一直下到现在。小泥塘变成大湖了。灰色的天空阴惨惨的,太阳一时还不会出来。淋湿的树木垂头丧气地垂下树枝,每次吹来一阵风,就撒下无数的大雨点。现在

---

① 他撇开最重要的问题不问,只有一个目的:拖延时间,等奥尔迦神志不清,再也不能说出杀人犯的名字为止。这种审问方式富有特征。奇怪的是两个医生没有识破这一点。——契诃夫注

② 这些话只有乍看起来才没有深意。显而易见,卡梅谢夫需要让奥尔迦知道,她的供词对杀人犯会产生多么严重的后果。因此(拉丁语),如果她爱杀人犯,她就好不说。——契诃夫注

没法到那边去,再者恐怕去了也无益,因为犯罪的痕迹,例如血迹和人的脚印等,大概一夜之间已经被雨水冲掉。然而办事的手续要求必须调查犯罪地点。我就把这次调查推延到警察来了再去,目前先着手起草报告,审问证人。我首先审问那些茨冈。可怜的歌手们在大厅里坐了整整一夜,巴望着给他们鞴好马车,把他们送到火车站去。可是谁也不给他们马车,仆人叫他们自己去找伯爵,同时又警告说爵爷不准把任何人"放进去"。早晨他们要求送茶炊来,可是也没人理会。他们困守在一所陌生的、停着死尸的房子里,处境尴尬,情况不明,不知道什么时候才能脱身,再加上阴雨连绵,天气很坏,这就弄得可怜的茨冈男女满心苦恼,不出一夜就变得面庞消瘦,脸色苍白。他们从这个墙角走到那个墙角,仿佛心惊胆战,或者等候严厉的判决似的。我审问他们,就越发加重他们的精神负担。第一,我审问很久,大大推迟了他们离开这所"该死的"房子的时间;第二,他们吓坏了。这些心地单纯的人以为他们在这件人命案中有重大嫌疑,哭着对我保证说,他们什么罪也没犯,什么事也不知道。季娜把我看做官方人物,完全忘掉我们从前的关系,跟我讲话的时候索索地打抖,吓得发呆,就跟挨了打的女孩一样。我要求他们不要激动,反复说明我只把他们看做证人,看做审讯的助手,他们却异口同声地对我申明说,他们从没做过证人,他们什么事也不知道。他们希望,求上帝保佑,将来也别再跟司法人员打交道才好。

我问他们从火车站出来是顺哪一条路到这儿来的,是否路过发生凶杀案的树林,他们当中有没有人离开人群,哪怕只离开短短的时间,他们是否听到奥尔迦那声撕裂人心的尖叫。① 这次审问

---

① 如果卡梅谢夫先生需要知道这些,那么审问给茨冈赶车的车夫们岂不更省事些?——契诃夫注

没得出什么结果。茨冈人被审问吓坏了,从歌咏队里推举出两个精壮的小伙子,打发他们到村子里去雇大车。那些可怜的人一心想走掉。说来也是他们倒霉,村子里已经在纷纷议论树林里的凶杀案,他们见着两个肤色黧黑的使者①起了疑心,就把他们扣下,押到我这里来。直到傍晚,苦恼不堪的歌咏队才算摆脱这场噩梦,自由地呼出一口气,用三倍的高价雇了农民的五辆大车,从伯爵家里动身走掉了。后来伯爵付了他们这次光临的来往路费,至于他们在伯爵府里遭到的精神痛苦,就没有人来付赔偿费了。……

我审完他们以后,就到猫头鹰的房间里去搜查②。我在她那些箱子里找到许多各式各样陈旧的废物,可是翻遍所有破旧的包发帽和缝补过的袜子,却没找到老太婆从伯爵和他客人们那里偷来的钱财和贵重物品。……上次她在季娜那儿偷到的东西我也没找到。……显然,这个妖婆另有她一个人知道的收藏地点。……

我不想在这儿叙述我的报告内容,也就是初步的材料和调查的经过。……这些说来话长,再者我也忘掉了。……我在这儿大体讲一下,讲得简短些。……首先我叙述我审问奥尔迦的时候,她的情况怎样,然后我详细陈述我审问她的经过。从这次审问当中可以看出奥尔迦在回答我的问话的时候,神志是清楚的,她故意对我隐瞒杀人犯的姓名。她不愿意让杀人犯受到惩罚,这就使人不可避免地得出结论:犯人是她所珍爱、亲近的人。

我会同不久以后来到此地的区警察局长检查奥尔迦的衣服,得到很多收获。……她那骑马装的上衣是用丝绒做面,绸子做里的,这时候还湿漉漉的。……上衣右侧由匕首扎出裂口,浸透血,有些地方结成血块。……血流得很多,奇怪的是奥尔迦怎么会当

---

① 茨冈的肤色是黧黑的。
② 这是为什么?姑且假定这是侦讯官在喝醉后或者半睡半醒状态中干出来的,可是那又何必提它?把这种重大的错误瞒过读者岂不好些?——契诃夫注

场没有死掉。上衣左侧也有血。……左袖的肩部和腕部已经扯裂。……上面的两个纽扣脱落,我们检查的时候没找到。骑马装的裙子是用黑色开司米呢料做成的,揉得极皱,这是人们把奥尔迦从树林里抬到马车上,后来又从马车上抬到床上去的时候揉成那样的。后来这条裙子从奥尔迦身上脱下来,胡乱揉成一团,丢在床底下。裙子的腰部已经撕破,这条直的裂口有七俄寸长,大概是在抬她和给她脱衣服的时候撕破的。裂口也可能是她生前扯破的:奥尔迦素来不喜欢缝缝补补,也不知道该把裙子交给谁去补,可能就把裂口掩藏在上衣底下了。我认为这同犯人野蛮的暴行没有关系,可是后来副检察官在发言里却特别强调这一点。裙子的右腰部以及右面的衣袋都浸透血。衣袋里放着手绢和手套,成了两小团不成样子的棕红色的东西。整条裙子,从腰部到裙边,布满大小不等和形状不一的血印。……后来在审问中判明,这些血印大部分是车夫们和听差们在抬奥尔迦的时候,手指和掌心被血染污而留下的印迹。……她的衬衣血迹斑斑,大多是在右部,那儿有凶器刺成的洞。……衬衣也同上衣一样,左肩和腕部都已经扯裂。……袖口脱落一半。

奥尔迦随身所带的物品,例如金怀表、很长的金链、镶着钻石的饰针、耳环、戒指、内有银币的钱包,都同她的衣服在一起。显而易见,犯人不是见财起意。

奥尔迦死后第二天,眯眼和地方自治局的医生当我的面进行尸体解剖,把最后结果写成很长的报告,这儿我只提一下大意。医生们进行外部检查后,发现下列伤口:头部左颞颥骨和顶骨之间有一道伤口,长一英寸半,碰到头骨,伤口边缘不整齐,也不成直线。……这个伤口是由钝器造成的,据我们后来判断,大概是由匕首的刀刃砍成的。她的颈部,在颈椎骨部位,可以见到一条红色的痕迹,形似半圆,占后颈部的一半。在整个这条红色的痕迹上可以看出皮肤的擦伤和轻微的瘀伤。她的左臂,在手腕下面一俄寸处,发现四块青伤:一块在手背上,三块在掌心上。这些青伤多半是由手指掐成的。……这一点之所以能肯定,还因为其中有一块青伤带着指痕。……读者会记得,上衣的左袖扯裂,衬衣的左袖口脱落一半,这正好同那些青伤所在的部位相符。……在第四条肋骨和第五条肋骨之间,由腋窝中部垂直向下的一条假想的直线上,有一处大裂口,长一英寸。伤口边缘整齐,像是切开的,上面满是血液和血块。……伤口很深。……它是由凶器刺成的,而且根据搜集到的初步资料来看,这凶器就是那把匕首,匕首的宽度同伤口的大小完全相符。

内脏检查,表明右肺和胸膜受伤,肺部发炎和胸腔出血。

据我记得,医生们大致作了这样的结论:(一)死亡起因于失血过多所造成的缺血,而失血过多则归因于胸部右侧裂开的伤口;(二)头部的伤口伤势严重,胸部伤口毫无疑问是致命伤,应当认为是死亡的直接原因;(三)头部伤口是由钝器造成,胸部伤口大概是由双刃的凶器造成;(四)上述各种伤口不可能由死者亲手造成;(五)蓄谋侮辱妇女荣誉的罪行①大概没有发生。

为了不推延到以后再提这件事,我在这儿根据调查、两三次审问、阅读验尸报告所得到的初步印象向读者勾出凶杀的画面。

奥尔迦离开那伙人以后,在树林里散步。她沉浸在种种幻想,或者悲惨的想法里(读者记得她在那个不吉利的傍晚的心境),信步走到密林深处。她在那儿遇见杀人犯。她正站在一棵树下,想她的心事,那个人就走到她面前,跟她谈话。……那个人没有引起她的怀疑,要不然她就会高喊救命,可是这种叫声不会带着撕裂人心的音调。杀人犯跟她谈过一会儿以后,就抓住她的左手,用力那

---

① 指强奸罪。

么猛,以致扯破她上衣和衬衣的衣袖,留下四块青伤。大概这时候她才发出那伙人所听见的叫声。她叫起来是因为痛,但同时,她大概还在杀人犯的脸和动作上看出了他的意图。他可能要她不再喊叫,也可能受了怨恨情绪的影响,总之,他一把抓住她胸前靠近领口的衣服,她衣服的上面两个被扯掉的纽扣和医生们在她脖子上发现那条红色的痕迹可以证明这一点。……凶手抓住她胸前的衣服,摇撼她,于是把她脖子上挂着的一条金链扯紧。……那条红色的痕迹就是由金链的摩擦和压力形成的。随后凶手拿起钝器朝她头上打去,比方说,用一根木棒,或者就是挂在奥尔迦腰上的那把匕首的鞘。他一时性起,或者认为单是这个创伤还不够,就亮出匕首,用力刺进她的胸部右侧。我之所以说用力,是因为那把匕首是钝的。

这就是我根据上述资料有理由勾勒出的阴暗画面。至于凶手是谁的问题,看来是不难解答的,而且已经不言自明了。第一,凶手不是见财起意,而是另有目的。……因此没有必要怀疑某个迷路的流浪汉或者那些在湖边捕鱼的衣衫褴褛的穷人。受害者的喊叫不足以吓退任何劫掠者,而抢走饰针和怀表是只消一秒钟就能办到的。……

第二,奥尔迦故意不对我说出凶手的姓名,如果凶手是个普通强盗,她就不会这样做。显然,杀人犯为她所喜爱,她不愿意让他为她受到沉重的惩罚。……这样的人可能是她的疯癫的父亲;也可能是她的丈夫,她虽然不爱他,可是多半感到自己对他有罪;还可能是伯爵,因为她心里也许觉得受过他的恩。……根据仆人的招供,在发生凶杀案的那天傍晚,她那疯癫的父亲坐在他的林中小屋里,整个傍晚在给县警察局长写信,请求他捉拿他臆想中的贼,说那些贼似乎夜以继日地包围着这个疯子的住宅。……伯爵在发生凶杀案之前和当时都没离开过他那伙人。因此,嫌疑的全部重担就落在不幸的乌尔别宁身上了。他那意外的出现和他的神情等等,恰巧成为很好的罪证。

第三,奥尔迦最近一段时期的生活充满连续不断的风流事件。这样的风流事照例以刑事罪结束。年老而情深的丈夫啦,负心啦,嫉妒啦,殴打啦,婚后一个多月就私奔到情夫伯爵家里去啦。……如果这种风流事的美丽的女主人公遇害,那就不必去寻找盗贼和无赖,而要追查风流事的男主人公。从这第三点看来,最适当的男主人公和杀人犯仍然是乌尔别宁。……

初步的审问,我是在彩石精镶的客厅里进行的,以前我却喜欢在那儿柔软的长沙发上躺着,跟茨冈姑娘调情。……我首先审问的是乌尔别宁。本来他一直坐在奥尔迦房间的角落里一张凳子上,眼睛直盯着那张空床,这时候被带到我面前来了。……他在我面前沉默地呆站了一分钟,冷漠地瞧着我,然后大概猜出我要以侦讯官身份跟他讲话,就用一个被痛苦和烦恼压倒的人的疲乏口气说:

"您先问别的证人吧,谢尔盖·彼得罗维奇,至于我,以后再问好了。……我没法讲话。……"

乌尔别宁自以为是证人,或者认为别人把他看做证人。……

"不,我必须现在就问您,"我说,"劳驾坐下。……"

乌尔别宁在我对面坐下,低下头。他疲乏,有病,懒得答话,我费很大的气力才从他嘴里挤出供词来。

他招供说,他叫彼得·叶果雷奇·乌尔别宁,是贵族,年纪五十岁,信仰东正教。他在邻县有田产,并且在那边经人推举,两度担任过任期三年的荣誉调解法官。他破产以后,把田产抵押出去,觉得非出外工作不可。他六年前做了伯爵的总管。他喜欢农艺,并不觉得为私人工作是丢脸的事,认为只有愚蠢的人才觉得劳动丢脸。他按时领到伯爵所发的薪金,对伯爵没有什么可抱怨的。

他与前妻生下一个儿子和一个女儿,等等,等等。

他跟奥尔迦结婚是出于热烈的爱情。他久久地克制他的感情,挣扎得很苦,然而不论健全的想法,还是上年纪的人的切合实际的思想逻辑,都无济于事:他只好依从他的感情,结了婚。至于奥尔迦嫁给他不是出于爱情,他是知道的,然而他认为她在道德上十分高尚,他希望能得到她的忠诚和友谊,这在他已经就心满意足了。

乌尔别宁讲到他的幻灭开始,讲到他在老年遭到凌辱的时候,要求我允许他不谈"上帝会原谅她的那些往事",或者至少把那些事推迟到将来才谈。

"我没法讲。……我心头沉重。……再者您自己也看得出来。……"

"好,我们就留到下次再谈。……现在只请您告诉我:您真的打过您的妻子吗?听说有一回您发现她那儿有伯爵的信,您就打了她。……"

"这话不对。……我只抓住她的胳膊罢了,她却哭起来,当天傍晚就跑去诉苦了。……"

"她跟伯爵的关系您知道吗?"

"我要求以后再谈这些事。……再者谈这些又有什么意思呢?"

"请您只回答我这个问题,这个问题极其重要。……您知道您妻子跟伯爵的关系吗?"

"当然,……"

"我就这样记下来,至于其他有关您妻子负心的问题,都留到下次再谈。……现在我们改谈另一个问题,我要求您给我解释一下,昨天您是怎样到奥尔迦·尼古拉耶芙娜遇害的树林里去的。……按您的说法,您是住在城里的。……那么您怎么会在那个树林里呢？"

"是的，我自从失业以后就住在城里一个表姐家里。……我成天价找工作，借酒浇愁。……这个月我喝得特别厉害。……比方说，我完全不记得上个星期的事了，因为我一个劲儿地喝酒。……前天我也喝得大醉……一句话，我完了。……无可挽回地完了！……"

"您愿意说一下昨天您怎么会跑到树林里去的吗？……"

"行。……昨天我一清早就醒了，大约四点钟。……前一天我喝醉酒，所以我头痛，周身也酸痛，好像害热病似的。……我躺在床上，瞧着窗外，看见太阳升起来，不由得回想……各式各样的事情。……我心里不好受。……忽然，我想见一见她，哪怕只见一次，也许是最后一次了。愤恨和痛苦涌上我的心头，……我从口袋里取出伯爵派人送给我的一百卢布，瞧了瞧，丢在地下，踩了又踩。……我踩啊踩的，决定索性去一趟，把这点施舍丢到他脸上去。我不管怎样挨饿，怎样破衣烂衫，可是不能出卖我的荣誉，任何收买我荣誉的企图，我都认为是对我人格的侮辱。就是这样，我又想看一看奥尔迦，又想去找诱惑她的那个人，把钱扔到他那丑脸上去。这种愿望抓紧我的心，害得我几乎发疯。可是要坐车到那儿去，我又没有钱。他那一百卢布我绝不能花。我就走着去。幸好我在路上遇见一个熟识的庄稼汉，他收下我十戈比的车钱，用大车把我送出十八俄里远，要不然，我至今还在步行赶路呢。庄稼汉把我一直送到捷涅沃。我从那儿步行到这儿来，大约四点钟才走到。"

"当时有人在这儿见到您吗？"

"有。看守人尼古拉坐在大门口，对我说老爷不在家，打猎去了。我累得筋疲力尽，可是我要见到我妻子的愿望却胜过我的痛苦。我只好一分钟也不休息，再步行到他们打猎的地方去。我没顺大路走，却穿过树林。……那儿每一棵树我都熟悉，我在伯爵树林里迷路就像在我的住宅里迷路一样难。"

"可是您穿过树林,不走大路,就可能遇不上猎人。"

"不,我时时刻刻挨近大路走,离得非常近,不但能听见枪声,甚至还能听见说话声。"

"这样说来,您没料到会在树林里遇见您的妻子?"

乌尔别宁带着惊讶的神情瞧我,想了一会儿,回答说:

"这个问题,对不起,问得奇怪。就连在树林里遇见狼都是不可能料到的,更不要说预先料到可怕的灾难了:灾难总是由上帝突然送来的。就拿眼前这件骇人听闻的事来说……我正在赤杨林里走路,根本没料到会遇见什么祸事,因为就是没有祸事,我心里也已经痛苦得很了,可是忽然间,我听到一声怪叫。叫声非常尖厉,我觉得像是有人用刀子刺了一下我的耳朵,……我就往叫声那边跑过去。……"

乌尔别宁的嘴往一边撇,下巴开始发抖。他眯巴着眼睛哭起来。

"我往叫声那边跑过去,忽然看见……奥莲卡躺在那儿。她头发上和额头上都是血,脸相可怕。我就开口喊叫,叫她的名字。……她没动。……我吻她,把她扶起来。……"

乌尔别宁哭得上气不接下气,用衣袖蒙住脸。过了一分钟他继续说:

"那个坏蛋我没看见……先前我往她那边跑过去的时候,听见一个人的匆忙的脚步声。……大概就是他在逃跑。"

"这一套都编排得挺好,彼得·叶果雷奇,"我说,"可是,您要知道,侦讯官是不大相信这种少有的巧事的,例如您偶然出来散步,偏巧遇上了凶杀案,等等。这编造得倒不坏,可是不大能说明问题。"

"这怎么是编造呢?"乌尔别宁问,睁大眼睛。……"我没编造。……"

173

乌尔别宁忽然涨红脸,站起来。

"好像您在怀疑我……"他喃喃地说。……"当然,对任何人都可以怀疑,可是您,谢尔盖·彼得罗维奇,认识我很久了。……您不该用这样的怀疑侮辱我。……您可是了解我的啊。"

"我什么都了解,这话是不错的……然而这件事跟我个人的意见不相干。……法律只准许陪审员有个人的意见,侦讯官却只管罪证。……罪证是很多的,彼得·叶果雷奇。"

乌尔别宁惊恐地看着我,耸起肩膀。

"可是不管有什么样的罪证,"他说,"您都该了解事实嘛。……喏,难道我能杀人……我!而且杀死的是谁?!杀死雌鹌鹑或者鹬鸟也许还办得到,可是杀人……而这个人在我比生命都宝贵,简直是我的救星……一想起她,就像太阳升上来,照亮我阴暗的心境……可是您居然怀疑我杀了她!"

乌尔别宁摇一摇手,坐下来。

"我本来就已经想死,您却还要侮辱我!要是一个素不相识的文官侮辱我倒也罢了,可现在是您,谢尔盖·彼得罗维奇。……请您允许我走吧!"

"可以。……明天我要再审问您,至于目前,彼得·叶果雷奇,我得把您拘押起来。……我希望您在明天受审以前认真估量一下那些不利于您的罪证的重要性,不要再白白拖延时间,据实招供。……我相信奥尔迦·尼古拉耶芙娜就是您杀死的。……今天我没有别的话要对您说。……您可以走了。"

我说完这话,就埋头写公文。……乌尔别宁带着大惑不解的神情看着我,站起来,古怪地摊开手。

"您这是开玩笑还是……认真这么说的?"他说。

"我没有工夫跟您开玩笑……"我说,"您可以走了。"

乌尔别宁仍然呆站在那儿。我看了他一眼。他脸色苍白,茫然瞧着我的公文。

"那为什么您手上都是血呢,彼得·叶果雷奇?"我问。

他看一下他的手,手上仍然有血。他动了动手指头。

"为什么有血。……嗯。……如果这也算是罪证,那却是很差的罪证……我扶起浑身是血的奥尔迦,不能不弄得我自己满手是血。……我又没戴手套。……"

"您刚才对我说,您看见您妻子的时候,您叫起来,喊救命。……可是为什么谁也没有听见您的叫声?"

"我不知道,奥尔迦的模样把我吓呆了,我不可能喊得声音很高。……不过我什么也不知道。……我用不着辩白,再者这也不合乎我的原则。"

"您未必喊叫过。……您杀了您的妻子就跑掉了,后来在林边空地上看见那些人,才大吃一惊。"

"我根本就没注意你们那些人。当时我没有心思注意别人。"

这一次对乌尔别宁的审问就此结束。审完以后,乌尔别宁被拘留,关押在伯爵的一间厢房里。

第二天或者第三天,副检察官波鲁格拉多夫坐着马车从城里来了,这个人我一想起来就觉得扫兴。请您想象一个又高又瘦的人,年纪三十岁上下,胡子刮得光光的,头发拳曲得像羊毛一样,装束考究。他面庞清秀,可是那么冷峻,那么缺乏表情,不难看出我所描写的这个人的空虚和浮华。他的嗓音又轻又甜,客气得肉麻。

一清早他乘着雇来的马车,带着两口皮箱,来到此地。首先他露出极其操心的脸色,装腔作势地抱怨旅途劳顿,问起伯爵家里给他准备下住处没有。按照我的命令,这儿拨给他一个小小的,然而很舒适明亮的房间,那儿样样东西,从大理石的脸盆起到火柴止,都为他放好了。

"听我说,朋友!给我准备点热水!"他开口说,在那个房间里安顿下来,带着嫌恶的神情闻了闻空气,"我跟您说,听差!劳驾,拿热水来。……"

他在着手工作以前,花了不少工夫换衣服,洗脸,梳头,甚至用红色牙粉刷牙,把粉红的尖指甲修剪了三分钟之久。

"好,"他终于翻看我们的报告,谈到正事了,"这案子是怎么回事?"

我把这个案子的情况对他讲了一遍,连一个细节也没漏掉。……

"那么您到犯罪地点去过了?"

"没有,还没去。"

副检察官皱起眉头,举起女人样的白手,在新洗过的额头上摩挲一下,开始在房间里走来走去。

"我不明白您何以还没去过,"他喃喃地说,"我认为,这是首先应该做的。您是忘了呢,还是认为不必要这样做?"

"两者都不是。昨天我等了一天警察,今天我就要去了。"

"连日下雨,现在那边什么也不会留下了。再者您也让犯人有了消灭罪迹的时间。至少您总该派人去看守那地方吧?没有派?这我就不懂了!"

那位大少爷神气活现地耸了耸肩膀。

"您喝茶吧,要不然茶就凉了。"我用不关痛痒的人的口气说。

"我喜欢喝凉茶。"

副检察官低下头去看公文,鼻子里呼哧呼哧地响,闹得满房间都能听见。他低声念着,偶尔插进一句评语,或者修改一下。有两次他撇着嘴做出讥诮的笑容:不知什么缘故,这个滑头①不喜欢我

---

① 卡梅谢夫不该骂副检察官。这个检察官的错处只在于卡梅谢夫先生不喜欢他的相貌。承认自己没有经验或者故意造成错误,那倒要老实得多。——契诃夫注

的报告,也不喜欢医生们的报告。这个衣服整洁和梳洗干净的文官身上强烈地表现出他喜欢冒充行家,自命不凡,充满个人尊严感。

中午我们到犯罪地点去了。大雨正下得紧。当然,我们既没找到血斑,也没找到足迹:一切都被雨水冲净了。我好歹总算找到了奥尔迦骑马装上所缺的一个纽扣。副检察官拾到一团红色、柔软的东西,后来判明是烟草的包装纸。起初我们发现一丛灌木,边上的两根细枝折断了。副检察官见到这两根细枝很高兴:它们可能是由犯人碰断的,因而标明犯人杀害奥尔迦后离去的方向。然而检察官空欢喜一场:不久我们就发现许多灌木丛都有枝子折断,叶子碰掉,原来有一群牲口走过这个犯罪地点。

我们把地点画了个草图,向我们带来的车夫们问明他们是在什么地方找到奥尔迦的,然后我们坐车回去,感到一无所获。我们调查那个地点的时候,局外的观察者可以在我们的动作里看出懒散和疲沓。……我们的动作之所以无精打采,也许多多少少是因为犯人已经落在我们手里,从而不必再做深入细致的分析了。

从树林里归来,波鲁格拉多夫又用很长时间洗脸,更衣,又要热水。他漱洗完毕,声明说他想再把乌尔别宁审问一次。在这次审问当中,可怜的彼得·叶果雷奇没有什么新的供词:他仍然否认他的罪行,根本不理会我们提出的罪证。

"我甚至觉得奇怪:怎么能怀疑我!"他耸耸肩膀说,"奇怪!"

"您不用装得没事人似的,最可爱的先生!"波鲁格拉多夫对他说,"谁也不会无故怀疑人,要怀疑到某人,总是有理由的!"

"不管有什么样的理由,也不管有多么严重的罪证,你们考虑事情总得合乎人情嘛!我不可能杀人……明白吗?我不可能干这种事。……那你们的罪证还有什么价值呢?"

"算了,"副检察官说,摇一下手,"这些有知识的犯人真是麻烦:跟农民倒讲得通道理,可是请您跟这些先生谈谈看!什么不可能啦……合乎人情啦……大谈心理学!"

"我不是犯人,"乌尔别宁怄气地说,"我请您说话慎重点。……"

"闭嘴,最可爱的先生!我们没有工夫向您道歉,听您发牢骚。……您不愿意认罪,就不用认罪,不过请您允许我们认为您是个说假话的人。……"

"随你们的便,"乌尔别宁悻悻地说,"现在你们爱拿我怎么办就怎么办……反正你们手里有权柄。……"

乌尔别宁摇一下手,眼望着窗外,接着说:

"反正对我来说,怎么都行:我这辈子算是完了。"

"您听我说,彼得·叶果雷奇,"我说,"昨天和前天您悲痛万分,站都站不稳,几乎答不上成句的话来。可是今天却相反,您的神色这么开朗(当然,这是比较而言),兴致勃勃,甚至高谈阔论起来。悲痛万分的人照例是没有心思谈话的,可是您不但讲得很多,甚至还表达了您那种吹毛求疵的不满心情。这种急剧的变化应该怎样解释呢?"

"那您怎样解释呢?"乌尔别宁问,讥诮地眯细眼睛瞧着我。

"我是这样解释的:您忘了您扮演的角色。要知道,人难于长久演戏:要就把自己的角色忘了,要就演得腻烦了。……"

"这是侦讯官的那套胡诌,"乌尔别宁冷笑说,"这倒给您的机智增添光彩呢。……是啊,您说得对:我是起了很大的变化。……"

"您可以解释一下吗?"

"遵命,我认为这无须隐瞒。昨天我满腔愁苦,心如死灰,简直想自寻短见,或者……要发疯了。……可是昨天夜间我改变想法了……我忽然想到,死神倒把奥莲卡从堕落的生活里解脱出来,把她从毁了我的浪子的脏手里夺过来了。我并不妒忌死神,让死神把奥尔迦夺去,总比让伯爵把她夺去好。这种想法使我高兴起来,精神振作,现在我心上已经没有那种重担了。"

"这倒编得挺巧妙!"波鲁格拉多夫从牙缝里吐出这句话,摇着腿,"他倒真会找出话来应付!"

"我觉得我说这些话是诚恳的。我感到惊讶,你们这些受过教育的人居然分不清诚恳和做假!不过,先入为主的成见是十分强烈的感觉,在它的影响下很难不犯错误。我明白你们的地位,我能想象你们既然相信你们掌握的罪证,到审判我的时候就会怎么样……我想象得到人们会注意我的凶相和醺醉……其实我的相貌并不凶,然而成见却占了上风。……"

"好,好,够了,"波鲁格拉多夫说,低下头去看公文,"您走吧。……"

乌尔别宁走后,我们着手审问伯爵。爵爷居然穿着家常长袍,头上扎着浸过醋液的绷带来受审。他跟波鲁格拉多夫互通姓名以后,在圈椅上一坐,开始供述。……

"我原原本本讲给您听,从头讲起。……哦,你们那个审判长里昂斯基目前在干什么?他还没跟老婆离婚?我跟他是在彼得堡偶然相识的。……两位先生,你们为什么不吩咐人给你们送点酒来?有了白兰地,谈起天来也可以快活点嘛。……讲到乌尔别宁犯了杀人罪,那我是毫不怀疑的。……"

伯爵就把读者已经熟悉的事给我们统统讲了一遍。在检察官的讯问下,他详细地讲述了他跟奥尔迦所过的生活。他描述他跟一个漂亮女人同居的种种妙处,讲得津津有味,有好几次竟然吧嗒嘴,挤眼睛。我从他的供词里知道一个很重要的细节,那是读者所不知道的。我听他讲到乌尔别宁搬到城里住下以后,不断写信给伯爵。他在一些信上咒骂伯爵,在另一些信上又央求伯爵把妻子还给他,保证把以前所受的种种欺凌和侮辱一笔勾销。可怜的人对这些信抱着很大的指望,就像抓住一根干草似的。

　　副检察官审问过两三个车夫以后,吃了一顿丰盛的午饭,对我发下一整套指示,便坐上车走了。动身以前,他到乌尔别宁被拘留的那间厢房里去了一趟,向乌尔别宁声明说,我们对他有罪的怀疑现在已经变成确信了。乌尔别宁摆了摆手。他要求准许他参加妻子的葬礼,他这个要求得到了批准。

　　波鲁格拉多夫没对乌尔别宁说谎。是的,我们的怀疑已经变成了确信,我们深信我们已经知道犯人是谁,他已经落在我们的手心里,可是这种确信在我们的头脑里却没保持很久!……

　　有一天早晨,天气晴和,我正把一个公文包封好口,准备把这个包连同乌尔别宁一起送进城去,把他下狱,不料听见外面有大吵大闹的声音。我往窗外一看,瞧见一幅引人注目的画面:有十来个强壮的大汉把独眼的库兹玛从仆人的厨房里拖出来。

　　库兹玛脸色苍白,蓬头散发,把脚抵住地面不肯往前走。他已经没有可能抡起胳膊抵挡,只好用大脑袋顶他的敌人了。

　　"老爷,请您到那边去!"心神不安的伊里亚对我说,"他不肯来!"

　　"谁不肯来?"

　　"凶手。"

　　"什么凶手?"

　　"库兹玛。……他杀了人,老爷。……彼得·叶果雷奇是冤枉的……真的。……"

　　我走到院子里,往仆人的厨房走去。这时候库兹玛已经从那些强有力的手里挣脱出来,抡起胳膊左右开弓地打人耳光。……

　　"怎么回事?"我往人群那边走过去,问道。……

　　他们对我讲起一件奇怪而且出人意外的事。

　　"老爷,库兹玛杀人了!"

"胡说!"库兹玛咆哮道,"这是胡说,要是我扯谎,就让上帝打死我!"

"要是你良心清白,你这个鬼崽子为什么洗掉那些血?你等着就是,老爷会把事情弄清楚的!"

原来伯爵家的小管事特利丰骑马过河,发现库兹玛在使劲洗一件什么东西。特利丰起初以为他在洗内衣,可是仔细一看,却瞧见一件长外衣和一件坎肩。他觉得奇怪:呢料衣服平常是不下水洗的。

"你在干什么?"特利丰叫道。

库兹玛慌了手脚。特利丰更仔细地看一下,发现长外衣上有棕色斑点。……

"我马上就猜到那是血……我回到厨房里,对我们的人讲了。大家就悄悄地盯住他,看见他晚上把长外衣晾在花园里。这当然把大家都吓坏了。要是他没犯杀人罪,又何必把它洗掉?既然他要遮盖,可见他心里有鬼。……我们想过来想过去,就决定把他拉到您老人家那儿去。……大家拉他走,他却往后退,朝大家啐唾沫。要是他没罪,为什么往后退?"

在以后的审问中,发现在凶杀案发生以前,在伯爵同客人们在林边空地上坐着喝茶的时候,库兹玛独自往树林里走去。抬走奥尔迦的时候,他没参加,因此他的衣服不可能染上血迹。

库兹玛被押到我的房间里,起初他激动得一句话也说不出来。他转动他那只独眼的眼珠,在胸前画十字,唠唠叨叨地指着上帝发誓。……

"你定下心来,对我讲明白,我就放了你。"我对他说。

库兹玛在我面前跪下,结结巴巴,开始赌咒。……

"要是我杀了人,就叫我完蛋。……叫我的爹妈都不得好死。……老爷!我说了假话,就叫上帝打死我。……"

181

"你去过树林里吗?"

"这是实在的,老爷,我去过。……我给老爷们送白兰地的时候,求您原谅我,我顺便也喝了几口。后来我头晕了,想躺一会儿,就走掉,躺下,睡着了。……至于谁杀了人,怎么杀的,我全不知道。……我跟您说的是真话!"

"那你为什么洗掉血迹呢?"

"我怕人家会瞎想……怕人家拉我做证人。……"

"那你外衣上的血是从哪儿来的呢?"

"不知道,老爷。"

"你怎么能不知道?那件外衣不是你的吗?"

"话是不错,外衣是我的。可是我不知道:我一醒过来就看见有血。"

"照这样说来,你的外衣是在你睡梦中染上血的?"

"就是,老爷。……"

"得了,你走吧,伙计,你去好好想一想吧。……你胡扯起来了。好好想一想,明天你再对我说。……你走吧。"

第二天我一醒来,有人报告我说库兹玛想找我谈话。我吩咐把他带进来。

"你想好了吗?"我问他说。

"是,老爷,想好了。……"

"那你外衣上的血是从哪儿来的?"

"我,老爷,回想起来像是做梦。我模模糊糊想起一件事情,不过是真是假,可就闹不清了。"

"那你想起了什么呢?"

库兹玛抬起眼睛,想一想,说:

"怪得很……倒像是在做梦,或者在雾里似的。……当时我喝醉了,躺在草地上打盹儿;我不知是半睡半醒,还是完全睡着了。……只是我听见有人走过我身旁,脚步声很重。……我就睁开眼睛,仿佛神志不清,或者在做梦似的,瞧见一位老爷走到我跟前来,弯下腰,在我衣襟上擦手。……他先在衣襟上擦,后来又在我坎肩上抹了一下……就是这么回事。"

"那个老爷是谁?"

"不知道。我只记得他不是庄稼汉,是老爷……穿着上等人的衣服。至于这位老爷是谁,他的脸相怎么样,就完全不记得了。"

"那他的衣服是什么颜色?"

"谁知道呢?也许是白的,可也许是黑的。……我只记得他是位老爷,别的就都记不得了。……嗯,是啊,我想起来了!他弯下腰擦手,说了一句:'喝醉酒的下流胚!'"

"这是你梦见的吧?"

"我不知道……说不定就是梦见的。……不过那血又是从哪儿来的呢?"

"你见到的那个老爷像彼得·叶果雷奇吗?"

"我觉得不像……不过呢,也许就是他。……只是他从来不骂人下流胚。"

"你回想一下。……你回去,坐下来细细想一下吧。……也许你会想起点什么来的。"

"是,老爷。"

这个几乎已经结束的风流案件横生枝节,半中腰出人意外地插进独眼的库兹玛来,就搞成了一团理不清的乱麻。我简直茫无头绪,不知道该怎么理解库兹玛才好。他断然否认他犯过杀人罪,再者从预审的结果也看不出他犯过这种罪:奥尔迦遇害不是凶手见财起意,至于蓄谋侮辱她的荣誉的罪行,依医生们看来,"大概没有发生"。也许可以认为,库兹玛之所以杀人而又没有上述目的，只是因为他当时已经大醉，丧失了思考能力，或者害怕了，然而这同凶杀案的情况却不相符。

不过要是库兹玛没罪，那他为什么不能解释他的长外衣上何以有血迹，他何必胡诌什么梦境和幻觉呢？为什么他拉出个老爷来，说是看见过他，听到过他讲的话，却又完全记不得他，连他衣服的颜色也忘了？

波鲁格拉多夫又跑来了。

"这您就明白了，先生！"他说，"要是您当时立刻考察犯罪地点，那么请您相信，现在就一切都清清楚楚，了如指掌了！要是您当时立刻审问所有的仆人，那我们那时候就已经知道谁抬过奥尔迦·尼古拉耶芙娜，谁没抬过了。可是现在呢，我们甚至不能确定这个醉汉所躺的地方究竟离出事地点有多远！"

他审问库兹玛两个钟头光景，可是库兹玛没有对他说出什么新的东西。他说他半睡半醒中见到那个老爷，说老爷在他的衣襟上擦手，骂他一声"喝醉酒的下流胚"，可是那个老爷是谁，他的脸相和衣服是什么样子，他就说不上来了。

"那么你喝了多少白兰地？"

"我喝掉半瓶。"

"可也许那不是白兰地吧？"

"不，那是真正的'芬香潘'①。……"

"嘿，你连酒的名字都知道！"副检察官含笑说。……

"怎么会不知道呢！谢天谢地，我在主人家里当了三十年的差，也该学会了。……"

不知什么缘故，副检察官要库兹玛和乌尔别宁对质。……库兹玛久久地瞧着乌尔别宁，摇摇头，说：

---

① 一种上等白兰地。

"不,我不记得了……也许就是彼得·叶果雷奇,可也许不是他。……谁知道呢!"

波鲁格拉多夫摆摆手,走掉了,吩咐我在这两个人当中找出真正的凶手来。

侦讯工作拖延下去。……乌尔别宁和库兹玛拘留起来,关押在我住宅所在的小村子的拘留所里。可怜的彼得·叶果雷奇灰心极了。他脸容消瘦,头发花白,产生了宗教情绪。他有两次打发人到我这儿来,要求我给他看一下惩罚条例,他分明关心他即将受到的惩罚有多么重。

"我的孩子们怎么办呢?"他在一次审讯中问我,"如果我是孤身一个人,您的错误倒不会使我痛苦,可是我得活下去……为我的孩子活下去啊!他们没有我就会完蛋,再者我也……不能跟他们拆开!您这是怎样对待我呀?!"

等到看守用"你"称呼他,等到他两次由人押着步行到城里去,然后又回来,认识他的人都看见他了,他就焦躁不安,陷于绝望。

"这些人不是法官!"他叫道,声音响得整个拘留所都能听见,"他们是些残酷无情的浅薄小子,既不怜恤人,也不怜恤真理!我知道我为什么关在这儿,我知道!他们把罪名硬栽在我头上,是要掩盖真正的凶犯!杀人的是伯爵,如果不是他,也是他的爪牙!"

他听到拘留库兹玛的消息,起初很高兴。

"爪牙总算找到了!"他对我说,"总算找到了!"

然而不久,他想到自己没被放出去,后来又听人说起库兹玛的供词,他就又满心愁苦了。

"现在我完了,"他说,"我是彻底完了。库兹玛那个独眼鬼,为了释放出狱,迟早会攀扯我,说我在他衣襟上擦手。可是大家都看见我的手没有擦过!"

我们的怀疑迟早得解决。

当年十一月底,那是雪花在我窗前飞舞,大湖看上去像一片无边无际的白色沙漠的时候,库兹玛忽然要见我:他托看守传话给我,说他"想出来了"。我吩咐把他带来。

"我很高兴,你终于想出来了,"我迎着他说,"应该丢开遮遮盖盖那一套,不要把我们当小孩子那样诓骗我们。你都想出什么来了?"

库兹玛没回答。他站在我房间中央,瞧着我,一句话也不说,眼睛也不眨一下。……他的眼睛里闪着恐惧的光,再者他那样儿显得十分惊慌:面色苍白,索索地抖,脸上淌下冷汗。

"好,你说吧,你想出了什么?"我又问。

"再也想不出比这更奇怪的事了……"他说,"昨天我想起那个老爷戴的是什么样的领带,昨天晚上我又细细地想,连那张脸都想起来了。"

"这个人是谁?"

库兹玛苦笑一下,擦掉额头上的汗。

"我不敢说,老爷,您还是让我别讲出来吧。这事太离奇,太惊人了,我想这必是我做梦,或者看错了。……"

"可是你觉得看见谁了?"

"不,您还是让我别讲出来吧。要是我讲出来,您就会狠狠地判我的罪。……您让我好好想一想,明天我再说。……我害怕。"

"呸!"我生气地说,"既是你不想说,为什么给我找麻烦?你到这儿来干什么?"

"我本来当是我会说出来的,可是现在我害怕。不,老爷,您放我走吧……我还是明天说的好。……要是我说出来,您就会大发脾气,我大概就要流放到西伯利亚去,因为您会狠狠地判我的罪。……"

我生气了,吩咐把库兹玛押下去。① 当天傍晚,为了不拖延时间,一下子结束已经惹得我厌烦的"凶杀案",我就到拘留所去,骗乌尔别宁说,库兹玛已经指明他是凶手了。

"我早就料着会有这一招。……"乌尔别宁说,摇一下手,"反正我无所谓。……"

单独监禁,对乌尔别宁熊一般的身体产生了强烈的影响:他脸色发黄,体重几乎减轻一半。我答应吩咐看守,白天,甚至晚上,放他出来在过道上散一散步。

"用不到担心您会逃走。"我说。

乌尔别宁向我道谢。等我走后,他果然在过道上散步:他的门从此不再上锁了。

离开他以后,我敲了敲库兹玛关押在里面的那间屋子的门。

"喂,怎么样,你想出来了没有?"我问。

"没有,老爷……"一个微弱的声音说,"让检察官老爷来吧,我会对他讲出来。我不想对您说。"

"随你的便。……"

第二天早晨,一切都解决了。

看守叶果尔跑到我房间里来,告诉我说他发现独眼的库兹玛死在自己的床上了。我就动身到拘留所去,查明这件事。……那个健康、魁梧的农民昨天还身体强壮,为释放出狱而臆造各式各样的神话,如今却一动也不动,周身冰凉,像一块石头了。……我不想描写我和看守的恐惧,这是读者可以想见的。对我来说,库兹玛作为被告或者证人,是宝贵的。对看守来说,他是犯人,而犯人一

---

① 这个侦讯官可真是好得很!他非但不继续审问,追逼有益的口供,反而生气,而生这种气是不在文官的职责范围以内的。再者,我也不大相信这些话。……即使卡梅谢夫先生不顾他的职责,可是单是人类的好奇心也必然会促使他继续审问下去。——契诃夫注

旦死亡或者越狱,看守就要受到很重的惩罚。……随后进行验尸,查明库兹玛死于非命,我们的恐惧就越发强烈了。……库兹玛是被人掐住喉咙,窒息而死的。……我相信他是窒息而死后,就着手寻找凶犯,而且没有找很久。……他就在近处。……

我动身往乌尔别宁的牢房走去。我没有力量克制自己,忘却我是侦讯官,用最生硬、尖刻的口吻指明他是凶手。

"您这个坏蛋,把您那不幸的妻子杀死了还嫌不够,"我说,"您又把揭发您的人置于死地!而且您干了这种事以后,还要继续演您那种肮脏而卑劣的喜剧!"

乌尔别宁脸色白得可怕,身子摇晃了一下。……

"您胡说!"他举起拳头捶自己的胸口,叫道。

"我没胡说!您对我们提出的罪证总是流下鳄鱼的眼泪,把它们当做儿戏。……有些时候我都想相信您而不相信那些罪证了。……啊,您称得起是个出色的演员!……可是现在我不相信您了,哪怕您眼睛里流出来的不是演员的假眼泪而是鲜血,我也不信!您说吧,是您把库兹玛弄死的吧?"

"您要就是喝醉了,要就是嘲弄我!谢尔盖·彼得罗维奇,不管什么样的忍耐和温顺都是有限度的!我受不了啦!"

乌尔别宁目光炯炯,用拳头捶桌子。

"昨天我一不小心,给了您自由,"我继续说,"素来不允许别的犯人做的事,我却允许您了,让您在过道上散步。现在呢,仿佛表示感激似的,您竟然在夜里跑到那个不幸的库兹玛的屋里,把睡熟的人掐死了!您要知道,您坑害的不止是库兹玛一个人:看守也会为您遭殃的。"

"我的上帝,我到底干了什么事啊?"乌尔别宁抱住头说。

"您要知道证据吗?行……您的门,按我的吩咐,打开了……笨看守开了牢门,却忘记把锁藏起来……所有的牢房用的是同一种锁……晚上您就拿您那把锁上的钥匙,走到过道上来……用它开了您邻居的牢门……您把他掐死以后,又锁上牢门,把钥匙放回您的锁里。"

"可是我凭什么要把他掐死?凭什么?"

"就因为他供出您了。……要是我昨天没告诉您这个消息,他至今还会活着。……这样做是造孽,太可耻了,彼得·叶果雷奇!"

"谢尔盖·彼得罗维奇,年轻人!"凶手忽然抓住我的手,用温和轻柔的声调说,"您是个诚实正派的人……不要让不确切的怀疑毁了您,玷污您!您简直没法了解,您把新罪名栽在我那无辜的灵魂上,是多么残忍、凶狠地侮辱了我。……我是个受难者,谢尔盖·彼得罗维奇!您不应该欺侮受难者!早晚总有一天您会向我道歉的,这个时候很快就会到来。……确实谁也不能定我的罪!不过这个理由不会使您满足。……您与其这么厉害地糟蹋我,侮辱我,还不如用合乎人情的态度对待我,我没有说用友好的态度,因为您已经丢开我们之间良好的关系了。您最好问一问我。……我做证人,做您的助手,比做被告更对审判有益。现在就拿这个新罪状来说……我就能告诉您许多事。昨天晚上我没睡熟,都听见了。……"

"您听见些什么?"

"昨天晚上两点钟左右……四下里很黑……我听见有个人在过道里轻轻地走动,不住地碰我的房门……他走啊走的,后来就打开我的门,走进来了。"

"谁?"

"不知道。夜色很黑,我看不清。……他在我的牢房里站了一分钟,又走出去……就跟您刚才说过的那样,取走我门上的钥匙,开了隔壁的牢门。大约过了两分钟,我听见嘶哑的嗓音,后来又听见忙乱的响声。我以为是看守在走动,忙忙碌碌,至于那嘶哑声,我错当是鼾声了,要不然我就大声喊叫了。"

"无稽之谈!"我说,"这儿除您以外,谁也不会弄死库兹玛。值班的看守都睡着了。其中有一个看守的妻子通宵没睡,她供道,所有那三个看守整整一夜都睡得跟死人一样,一分钟也没离开过床铺。那些可怜的人不知道这个小小的拘留所里藏着这样的野兽。他们在这儿已经工作二十多年,在整个这段时期里没遇到过一次犯人逃跑的事件,更不要说像凶杀这样可恶的事了。现在呢,多谢您,他们的生活兜底翻了个身,而且我也要遭殃,因为我没有把您送去下狱,却让您在这儿的过道上有散步的自由。多谢您了!"

这是我跟乌尔别宁的最后一次谈话。如果不算上他后来在被告席上向我这个证人提出的两三个问题,那么可以说,我此后再也没有跟他说过话了。……

我这个长篇小说本来以"犯罪小说"为标题,现在"奥尔迦·乌尔别宁娜凶杀案"变得更加复杂,因为发生了难于理解而且在许多方面都显得神秘的新凶杀案,那么读者就有权利期望长篇小说就要进入最有趣和最活跃的阶段。如何破获凶犯,如何查明犯罪动机,这些都为聪明和机智提供了广阔的施展天地。在这儿,恶毒的意志和狡猾对知识作战,这场战争在一切方面都是有趣的。……

我在作战,读者有权利期待我叙述取得胜利的各种方法,他们多半在等我描写侦讯方面的灵巧手法,而这在加博里奥和我们的希克里亚列甫斯基的长篇小说里都是大放异彩的。我准备不辜负读者的期望,可是……有一个主要人物没等战斗结束就退出了战场,没有成为胜利的参与者,却走进旁观者的人群里去,他以前所做的一切都白费劲了。这个人物就是鄙人。我同乌尔别宁进行过上述谈话以后,第二天就接到要我辞职的请求,或者更确切地说,命令。我们县里那些长舌妇的流言蜚语起了作用。……拘留所里的凶杀案,副检察官瞒着我而从仆人口里取得的供词,而且如果读者记得的话,在从前纵酒行乐的当儿我举起船桨朝一个农民头部打了一下那件事,这种种都大大促成我的解职。那个农民告到法院去了。这就发生了大变动。不出两天,我只好把这个凶杀案移交给一个专办特别重大案件的侦讯官去办理了。

由于人们议论纷纷,报纸记者推波助澜,整个检察机关都动起来了。检察官每隔一天就到伯爵庄园上去一次,参加审讯。我们的医生们的报告转送到医务署和其他机关。甚至盛传要挖出死尸,重新检验,其实,这样做是不会有什么结果的。

乌尔别宁两次被押解到省城去检查精神状况,两次都证明是正常的。我开始以证人的身份出庭。① 新上任的侦讯官极其热心,就连我的波里卡尔普也给传去作证了。

我辞职一年后,住在莫斯科的时候,接到传票,叫我在审理乌尔别宁一案的那天出庭。我暗暗高兴我有机会重游我已经住惯而不胜眷恋的旧地,就去了。当时伯爵住在彼得堡,没有来,只送来一份医疗证明书。

这个案子在我们县城里由地方法院审理。波鲁格拉多夫,那个每天用红色牙粉刷四次牙的人,提出公诉。一个姓斯米尔尼亚耶夫的人做辩护人,这是个高而且瘦的金发男子,带着感伤的脸容,头发长而平滑。陪审员们完全由小市民和农民组成,其中只有四个人识得字,其余那些人,在法庭交给他们看一封由乌尔别宁写给妻子的信的时候,却都冒出汗来,心慌意乱。首席陪审员由商店老板伊凡·杰米扬内奇担任,我那只死去的鹦鹉就是因他得名的。

---

① 当然,对卡梅谢夫先生来说,这个角色比侦讯官的角色更合适:他不能在乌尔别宁一案中做侦讯官。——契诃夫注

我走进法庭,认不得乌尔别宁了:他已经须发皆白,浑身上下显得老了二十岁光景。我预料会在他脸上看到他对自己命运漠不关心的冷淡神情,然而我错了,乌尔别宁对这次审讯关心极了:他要求三个陪审员回避,他提出冗长的解释,他质问证人。他彻底否认他的罪行,凡是供词不利于他的证人,他一概追问很久。

在审讯中,证人普谢霍茨基供述:我跟去世的奥尔迦有暧昧关系。

"这是胡说!"乌尔别宁叫道,"他是个信口雌黄的人!我不相信我的妻子,可是我相信他!"

轮到我提出供词的时候,辩护人问我跟奥尔迦有什么关系,并且把那一回对我鼓过掌的普谢霍茨基的供词告诉我。我如果说出实话来,就无异于提出有利于被告的供词:妻子越是放荡,陪审员们对奥赛罗①式的丈夫就越是宽容,这一点我是了解的。……另一方面,我的实话也会侮辱乌尔别宁……他听了会痛苦得受不了。……我认为还是说谎的好。

"绝无此事!"我说。

副检察官在发言中把奥尔迦凶杀案渲染得有声有色,特别强调凶手的残暴和狠毒。……一个年老虚弱的好色之徒见到一个美丽年轻的姑娘。他知道她在疯癫的父亲家里处境极其悲惨,就用一小块面包、一个住处、一些花花绿绿的衣服引诱她。……她同意了:有家业的老丈夫毕竟比疯癫的父亲和贫穷的生活容易忍受些。可是她年轻,而青春,诸位陪审员先生,却有它不可剥夺的权利。……姑娘受到长篇小说的熏陶,在大自然中长大,迟早必然要恋爱……诸如此类,滔滔不绝。那篇发言是这样结束的:"他给予她的,除了他的衰老和花花绿绿的衣服之外,一无所有。他眼见他

---

① 英国剧作家莎士比亚的同名剧本中的男主人公,他因嫉妒而杀死他的妻子。

的猎物溜走,就兽性大发,犹如一头被烧红的铁烫痛鼻子的野兽。他野兽般地爱她,也就必然野兽般地恨她",等等。

波鲁格拉多夫在控诉乌尔别宁谋杀库兹玛的时候,指出他杀人的阴险方法是经过精心策划和反复考虑的,说他用那种方法弄死了"一个沉睡的人,因为这个人前一天冒失地提出不利于他的供词。至于库兹玛打算对侦讯官说出的凶手正是他,对于这一点,我想诸位是不会怀疑的"。

辩护人斯米尔尼亚耶夫并不否认乌尔别宁犯杀人罪,他只要求大家承认乌尔别宁是一时性起而下手的,要求对他从宽发落。他叙述嫉妒心往往使人非常痛苦,为此引用莎士比亚的奥赛罗做例子。他全面考察这个"全人类的典型",援引各式各样的批评家的论点,讲得那么深奥难懂,弄得审判长不得不打断他的发言说:"用不着对陪审员们大谈外国文学的知识。"

乌尔别宁利用他最后一次发言机会,指着上帝起誓,说他无论在行动上还是思想上,都没犯过杀人罪。

"对我个人来说,不论要我待在什么地方都无所谓:要我住在这个县里,使我时时想起我不应得的耻辱和我的妻子也行,要我去服苦役刑也行。然而我的孩子的命运却使我放心不下。"

乌尔别宁转过脸去对着旁听席,哭起来,要求大家收养他的孩子。

"你们把那些孩子领去吧。当然,伯爵是不会放过机会来炫耀他的慷慨的,不过我已经警告过孩子们,连他的一块面包皮也不准他们拿。"

他发现我夹在人丛当中,就用恳求的眼睛瞧着我,说:

"请您务必叫我的孩子们不要接受伯爵的恩赐。"

看来,他忘记了近在眼前的判决,一心考虑孩子们了。他不住地谈他的孩子们,直到审判长拦住他的话为止。

陪审员们共同商议了不久。他们坚决认为乌尔别宁犯了杀人罪,而且在任何一点上都没有对他从宽发落。

他被判决褫夺公权,流放并服苦役刑十五年。

五月里一天早晨同富有诗意的"红姑娘"的相遇,竟然使他付出如此昂贵的代价。……

―――――

自从上述事件发生后,已经过去八年多了。惨剧的某些参与者已经死亡,销声匿迹,另一些人为自己的罪恶受着惩罚,还有一些人却在混日子,在日常的烦闷无聊中挣扎,天天在等待死亡。

这八年当中起了许多变化。……卡尔涅耶夫伯爵仍然对我保持极为诚挚的友谊,不过他已经成为不可救药的酒徒了。他的庄园,发生惨剧的地点,已经从他手里转到他妻子和普谢霍茨基的手里。他现在穷了,靠我养活。有时候,天近黄昏,他躺在我旅馆房间的长沙发上,喜欢回忆过去。

"现在要是能听一听那些茨冈唱歌多好!"他喃喃地说,"叫人去拿白兰地来,谢辽查!"

我也变了。我的精力逐渐衰退,我感到自己的身体正在失去健康和青春。我以前常常夸耀我能一连几夜不睡觉,喝下我现在未必喝得下的大量白酒,可是那样的体力,那样的本领,那样的持久力,现在已经统统不存在了。

一条条皱纹接连在我的脸上出现,我的头发渐渐稀疏,我的嗓音粗了,弱了。……生活算是完了。……

我回想往事,就跟昨天发生的一样。我像在雾里似的看见许多地方和许多人的容貌。我没有力量公平地看待他们,我仍然跟先前那样爱他们和恨他们,我没有一天不带着满腔愤慨或者憎恨抱住头。在我的心目中伯爵仍然可恶,奥尔迦仍然可憎,愚蠢、傲慢的卡里宁仍然可笑。我认为坏事就是坏事,罪过就是罪过。

可是也有不少时候,我凝神瞧着我案头放着的照片,不由得生出无法遏止的愿望,想跟那个"红姑娘"到树林里去散步,听高大的松树的喧闹声,不顾一切地把她搂在怀里。在那样的时候,我既原谅她的虚伪,也原谅她滚进泥潭的堕落,总之我准备原谅一切,只求过去的事,哪怕是其中一个小小的片断,能重演一次。……我已经厌倦城市的乏味生活,很想再听一次大湖的咆哮,再骑着我的左尔卡在湖边疾驰。……我情愿宽恕一切,忘却一切,只求能让我在通往捷涅沃的大道上再走一趟,遇见那个带着酒桶、头戴骑手的便帽的花匠弗兰茨。……有些时候我甚至乐于握一下那只染上红血的手,跟忠厚的彼得·叶果雷奇谈谈宗教、庄稼、国民教育。……我很想见一见眯眼,见一见他的娜坚卡。……

生活是疯狂的,放纵的,不宁静的,好比八月间夜晚的大湖。……许多受难者已经永远埋葬在生活的黑色巨浪之下了。……它的底部铺着一层厚厚的沉渣。……

可是为什么有的时候我又爱它呢?为什么我又原谅它,一心一意要飞奔到它那儿去,犹如一个眷恋的儿子,一只从笼子里飞出来的鸟呢?……

此刻,我从旅馆的窗子里望出去所看见的生活,使我联想到一个灰色的圆圈:通体灰色,没有深浅的差别,也没有一个明亮的光点。……然而我闭上眼睛,想起往事,却看见一道彩虹,放射出太阳的光谱。……是的,那儿有风暴,可是那儿明亮得多啊。……

谢·齐诺维耶夫。

本文完

原稿下面写着:

"编辑先生阁下!奉上长篇小说一部(或者,如果您愿意的话,算做中篇小说亦可),敬希发表,尽可能不加压缩,不予增删。

然而,征得作者同意后也可以有所改动。倘该稿不合用,请保存以便退还。我的临时地址是莫斯科、特维尔大街、英吉利旅馆。伊凡·彼得罗维奇·卡梅谢夫。附言:稿费请编辑部酌定。

年　月　日。"

现在,我让读者了解卡梅谢夫的小说内容后,要继续叙述我同他那中断的谈话了。首先我必须预先声明,我在中篇小说开头对读者许下的诺言没有实现:卡梅谢夫的小说没有按我所应许的那样不加删节,全文发表,而是经过很大的压缩。问题在于《游猎惨剧》没能在这个中篇小说第一章里所提到的报纸上发表,因为临到原稿付排,报纸却停刊了。……当前的这个编辑部虽然应许给卡梅谢夫的小说拨出篇幅,却认为不加删削是不能发表的。在小说陆续发表期间,编辑部每次把各章校样送到我这儿来,总是请求"加以改动"。可是我不愿意让我的灵魂承担窜改外人作品的罪过,认为与其改动不妥当的地方,还不如索性删掉,这样比较好,也比较有益。编辑部同我协商后删掉了许多地方,因为那些地方写得特别轻狂,冗长乏味,或者文笔草率。这种删削需要谨慎和时间,这就是许多章何以推迟刊登的缘故。经我们删掉的,除其他地方以外,有两段夜间纵酒行乐的描写。一次酒宴发生在伯爵家里,另一次在湖上。我们还删掉了对波里卡尔普的藏书以及他读书的奇特方式的描写,认为这些文字过于拖沓和夸张。

有一章我最主张保留,可是编辑部却最不喜欢,其中描写的是伯爵的仆人们狂热地聚赌的场面。牌瘾最大的赌徒是花匠弗兰茨和老太婆猫头鹰。他们最常玩的是斯土科尔卡和三片叶子[①]。卡

[①] 都是狂热的纸牌赌博。

梅谢夫在侦讯期间有一次路过一个凉亭,往里面一看,瞧见里面在疯狂地赌博,聚赌的是猫头鹰、弗兰茨和……普谢霍茨基。他们玩的是不亮牌的斯土科尔卡,赌注是九十戈比,输家却要赔三十卢布。卡梅谢夫也加入赌局,把他们"打得落花流水",犹如打山鹑一样。弗兰茨手里的钱统统输光了,却想继续赌博,就动身到湖里的小岛上去,他的钱就藏在那里。卡梅谢夫暗地里跟踪他,偷窥到藏钱的地方,事后把花匠的钱一股脑儿偷光,一个戈比也没给他留下。他把偷来的钱全送给渔夫米海了。这种奇怪的善行出色地表现了狂妄的侦讯官的性格,然而写得很草率,赌徒们的谈话中夹杂着许多下流得出奇的话,弄得编辑部连改动都不肯同意了。

有几处关于奥尔迦和卡梅谢夫幽会的描写删掉了。有一处描写卡梅谢夫向娜坚卡·卡里宁娜进行解释,还有其他等等,也已删掉。不过我认为,发表出来的东西也已经足够表现我的男主人公的性格了。这对聪明人来说已经够了。[①]……

整整三个月后,编辑部的看门人安德烈报告我说,"戴帽徽的先生"来了。

"请!"我说。

卡梅谢夫走进房来,仍旧脸颊发红,健康英俊,像三个月前一样。他的脚步依然不出声。……他小心翼翼地把帽子放在窗台上,人们也许会以为他在放一件什么重东西。……他的浅蓝色眼睛像以前那样闪着稚气的、无限和善的神情。……

"我又打搅您了!"他开口说,微微地笑,小心地坐下来,"看在上帝面上,请您原谅我!哦,怎么样?我的稿子得到什么样的判决了?"

"它有罪,不过应该从宽发落。"我说。

[①] 原文为拉丁语。

卡梅谢夫笑起来,拿出洒过香水的手绢擤鼻子。

"这样说来,它该流放到壁炉的火焰里去?"他问。

"不,何必那么严厉呢?它不应该受到惩办的措施,我们使用了改造的方式。"

"需要改吗?"

"是的,有些地方……经过双方同意……"

我们沉默了不到半分钟。我的心跳得厉害,鬓角上的血管也在跳,然而我却不想露出心情激动的样子。

"经过双方同意,"我又说一遍,"上一次您对我说过,您是采用真事做您中篇小说的题材的。"

"是的,就连现在我也准备重复这句话。要是您读过我的小说,那么……我荣幸地介绍一下:齐诺维耶夫就是我。"

"这样说来,您做过奥尔迦·尼古拉耶芙娜的傧相?……"

"不但做过她的傧相,还是她家里的熟人呢。在那篇稿子里我很可爱,不是吗?"卡梅谢夫笑着说,摩挲膝头,脸红了,"我是好样的吧?应该把我打一顿才是,可又没有人来打。"

"哦。……我对您的中篇小说倒是满意的:它比很多犯罪小说写得好而有趣。……只是我和您,经过双方同意后,必须对这篇小说做一些非常重大的改动。……"

"这可以。比方说,您认为应该改动些什么呢?"

"改动这篇小说的外貌①,它的外貌。这篇小说跟一般犯罪小说一样,里面应有尽有:罪行、罪证、侦讯,甚至临了还添上十五年的苦役。然而单单缺少最重要的东西。"

"到底是什么呢?"

"小说里没有真正的凶犯。……"

---

① 原文为拉丁语。

卡梅谢夫瞪大眼睛,站起来。

"老实说,我不明白您的意思,"他略为沉吟一下说,"要是您不认为那个杀了人和掐死人的人是真正的凶犯,那……我就不知道应该认为谁是凶犯了。当然,罪犯是社会的产物,社会要负责,可是……如果往深一层想,就只好丢开写小说,动手写学术报告了。"

"哎,这哪里谈得上什么往深一层想!要知道,杀人的不是乌尔别宁!"

"怎么见得呢?"卡梅谢夫问,往我这边走过来。

"不是乌尔别宁!"

"也许吧。犯错误是人之常情①,侦讯官也不是完人。在人世间,审判方面的错误是常有的。您认为我们搞错了吗?"

"不,您不是搞错,而是有意搞错。"

"对不起,我又不明白您的意思了,"卡梅谢夫笑了笑说,"如果您认为侦讯工作造成了错误,甚至,要是我理解得不错的话,故意造成错误,那么我倒想知道一下您的见解。照您的看法,杀人的是谁呢?"

"您!!"

卡梅谢夫带着惊讶而且几乎恐慌的神情瞧着我,涨红脸,倒退一步。然后他转过身子,往窗口那边走去,笑起来。

"这可真奇怪!"他喃喃地说,往窗子上呵气,烦躁地在窗玻璃上画花字。

我瞧着他画花字的手,觉得我好像认出这只肌肉发达的铁手就是那只能够一下子掐死睡熟的库兹玛和杀死奥尔迦脆弱的肉体的手。我想到面前站着的是个凶手,心里不由得充满不习惯的恐惧和害怕的感觉……这倒不是为我自己害怕,不是的!而是为他,

---

① 原文为拉丁语。

为这个英俊优雅的魁梧的男子害怕……总之是为人害怕。……

"您杀了人!"我又说一遍。

"如果您不是开玩笑,我倒要庆贺您的新发现呢,"卡梅谢夫说,笑起来,仍然没瞧着我,"不过,根据您颤抖的嗓音和苍白的脸色来判断,很难认为您是开玩笑。您多么神经质啊!"

卡梅谢夫把涨红的脸转过来对着我,勉强微笑着,继续说:

"我倒想知道您头脑里怎么会生出这种想法的!莫非我在小说里有过这一类的描写?这倒有趣了,真的。……请您讲一讲吧!这种被人看做凶手的滋味,一生当中倒也值得尝一次呢。"

"您就是凶手,"我说,"您甚至没法遮盖。您的小说已经露出破绽来了。至于您现在这一套表演,也不算高明。"

"这倒有趣得很。老实说,我倒很想听一听呢。"

"如果您有这种兴趣,那就请听。"

我跳起来,激动地在房间里走来走去。卡梅谢夫朝门外看了一眼,把门关得严实一点。这种小心使他露出了马脚。

"您怕什么?"我问。

卡梅谢夫困惑地咳嗽几声,摇了摇手。

"我什么也不怕,这是出于无心……随意看一眼门外就是了。这您也要管?好,您讲吧。"

"您容许我讯问您吗?"

"请便。"

"我预先申明,我不是侦讯官,不善于审案。您不要希望我问得有条理,有系统,所以请您不要把话岔开,把问题搅乱。首先,请您告诉我,大家打猎以后留在林边空地上喝酒吃东西,您却离开了,那您到哪儿去了?"

"小说里写得有:我回家去了。"

"小说里关于您在路上的描写,都仔细涂掉了。您穿过那个树林吗?"

"是的。"

"那么,您可能在那儿遇见奥尔迦吧?"

"是的,可能。"卡梅谢夫笑道。

"那么您遇见她了。"

"不,没遇见。"

"您在侦讯当中忘了问一个很重要的证人,也就是您自己。……您听见那个受难者的喊叫声吗?"

"没有。……哎,老兄,您根本不善于问案啊。……"

这声亲昵的"老兄"弄得我很不好受:这种称呼同我们开始谈话的时候他那种道歉和困窘的口气很不相称。不久我就发现卡梅谢夫带着鄙视的神情居高临下地瞧着我,看到我被一大堆激动我的问题困住,几乎欣赏我的窘状了。……

"姑且承认您在树林里没有遇见奥尔迦吧,"我接着说,"不过,乌尔别宁比您更难于遇见奥尔迦,因为乌尔别宁不知道她在树林里,因而不会找她。可是您,喝醉了酒,而且气得发疯,不可能不找她。您一定在找她,要不然您回家何必穿过树林而不走大道呢。……不过,姑且承认您没见到她吧。……可是在那不吉利日子的傍晚您的心情那么阴郁,几乎发疯,这又该怎样解释? 您为什么弄死那只喊叫丈夫杀死了老婆的鹦鹉? 我觉得它使您联想到您的残暴行径了。……当天晚上您给叫到伯爵家里去,可是您没立刻动手办案,却为等候警察而推迟几乎整整一天,这您自己大概没留意到吧。……只有心里知道犯人是谁的侦讯官才会这么拖延。……您就知道是谁。……其次,奥尔迦没说出凶手的姓名,那是因为她爱凶手。……如果凶手是她的丈夫,她就会说出他的名字来了。既然她能在她的姘夫伯爵面前说丈夫的坏话,那么她就会毫不在乎地控告他持刀杀人:她本来不爱他,他在她心目中并不

201

可贵。……她爱您,您在她心目中才是可贵的……她要顾全您。……请您容许我再问您一句:在她暂时清醒过来的时候,为什么您迟迟不向她提出直截了当的问题?为什么您提出一些完全与本案无关的问题?请您容许我认为您这样做是为了拖延时间,不让她说出您的姓名来。后来奥尔迦死了。……您在小说里半个字也没提到她的死在您心里留下的印象。……在这儿我看出您小心翼翼:您没忘记描写您喝的那几杯酒,可是像'红姑娘'死亡这样重大的事件却在您的小说里一笔带过,没留下什么痕迹。……这是为什么?"

"您接着说吧,接着说吧。……"

"您的侦讯工作做得很糟糕。……很难认为像您这样聪明而又极其狡猾的人不是故意这么做。您的侦讯工作类似一封故意写得文理不通的信,这种矫揉造作使您露出了马脚。……为什么您不去检查犯罪地点?这并不是因为您忘记做了,或者认为这件事不重要,而是因为您要等着雨水把您的罪迹冲洗干净。您没大写到审问仆人。因此,库兹玛一直没受到您的审讯,直到别人碰见他洗衣服为止。……您分明认为不必把他牵连到这个案子里来。为什么您没审问跟您一起在林边空地上喝酒的客人们?他们见过血迹斑斑的乌尔别宁,听到过奥尔迦的喊叫声,那就应当审问他们。可是您没有这样做,因为在审问中说不定会有个客人想起来,您在发生凶杀案前不久走进树林,就此没回来。后来,大概,他们受到审问了,可是这件事他们却忘记了。……"

"妙得很!"卡梅谢夫喃喃地说,搓着手,"您接着说,接着说吧!"

"难道我说了这么多,您还觉得不够?为了彻底证实奥尔迦就是您杀死的,应当再向您提醒一件事:您原是她的情夫,后来她却丢开您,换了一个您看不起的人!……丈夫能够出于嫉妒而杀人,我认为情夫也会这样做。……现在我们转到库兹玛身上吧。……根据他去世前一天所受到的最后审问来判断,他所指的就是您,在他的外衣上擦手而且骂他下流胚的就是您。……如果不是您,那么正审到最有趣的地方,为什么您就突然中断,不问下去了?库兹玛向您说出,他想起了凶手领带的颜色,那您为什么不问一声到底是什么颜色?为什么恰恰在库兹玛想起凶手姓名的时候,您给了乌尔别宁自由?为什么不前不后,恰恰在这时候?显然您需要把罪名栽到另一个人身上去,需要有人晚上在过道上散步。……这样,您因为生怕库兹玛说出您来,就把他害死了。"

"哦,够了!"卡梅谢夫笑着说,"够了!您讲得那么起劲,脸色又那么苍白,眼看就要晕倒了。您不用再往下说了。确实,您说得对:我是杀了人。"

紧跟着是沉默。我从这个墙角走到那个墙角。卡梅谢夫也这样做。

"我是杀了人,"卡梅谢夫接着说,"您揭破了秘密,这也是您走运。这只有很少人能做到:您的读者大半都会骂乌尔别宁老人,赞叹我的侦讯才干呢。"

一个撰稿人走进我的办公室里来,打断了我们的谈话。这个撰稿人发觉我有事而且神态激动,就在我桌旁转悠一阵,好奇地看看卡梅谢夫,就走出去了。他走后,卡梅谢夫走到窗前,开始对着窗玻璃呵气。

"从那时候起,已经过去八年了,"他沉默片刻,开口说,"这个秘密在我心里藏了八年。然而秘密和热血却不能在人的身体里并存。一个人知道别人不知道的事,就不能不受到惩罚。这八年来我一直感到自己是个苦难深重的人。倒不是我的良心在折磨我,不是的!良心倒没什么……再者我也不去理会它,只要考虑到良心是一种不确定的东西,它就平安无事,不出声了。遇到理智不起

203

作用,我就用醇酒和女人压倒良心的呼声。顺便说说①,我在女人方面仍然很得手。使我痛苦的是另一件事:我一直感到奇怪的是人们看着我就跟看着普通人一样,这八年当中没有一个活人用猜疑的眼光看过我,我感到奇怪的是我不必躲起来。我心里藏着可怕的秘密,可是却能在街上走来走去,到各处参加宴会,跟女人们眉来眼去!对犯罪的人来说,这样的地位不自然,痛苦。要是我不得不藏起来,遮遮盖盖,我倒不会痛苦了。变态心理啊,老兄!到后来,我生出一种寻衅闹事的心情来了。……我忽然打算出一出胸中的闷气,对着大家的脑袋啐唾沫,一口气把我的秘密全部揭露出来……做这么件……特别的事。……我就写了这篇小说,这份起诉书,在这里面只有智力不高的人才难于看出我是个心怀鬼胎的人。……不论哪一页,都可以说是这个谜的谜底。……不是这样吗?您恐怕一下子就看穿了。……当初我写的时候,我所考虑的却是一般读者的水平。……"

我们又受到了外人的打搅。安德烈走进房来,用托盘端来两杯茶。……我赶紧把他打发走了。……

"现在我似乎轻松点了,"卡梅谢夫微笑着说,"现在您把我看做不同平常的人,看做心怀鬼胎的人,我这才感到我处的地位比较自然了。……不过……现在已经是三点钟,有人在外面那辆出租马车上等我。……"

"您等一等,放下帽子。……您已经对我讲过促使您写作的原因。现在再请您讲一讲您是怎样杀人的。"

"您想知道这一点是要补足您读过的那篇小说的缺文吧?遵命。……我是在激情的影响下动手杀人的。要知道,如今连吸烟和喝茶都受激情的影响。喏,您一激动,就错拿了我的茶杯而没拿

---

① 原文为法语。

您自己的茶杯,您吸烟也比平时多了。……整个生活就是由激情构成的……我认为就是这样。……当初我走进树林里去,根本就没想到杀人。我到那儿去只抱着一个目的,就是找到奥尔迦,继续挖苦她。我一喝醉,总觉得非挖苦人不可。……我在离林边空地两百步远的地方遇见她。……她站在一棵树下,沉思地瞧着天空。……我叫她一声。……她看见我,微微一笑,向我伸过手来。……

"'您别骂我了,我心里很苦!'她说。

"那天傍晚她显得那么美丽,我这个已经喝醉酒的人忘掉了世上的一切,把她紧紧地搂在怀里。……她对我赌咒,说她除我以外从没爱过任何人。……这话不假! 她爱我。……她正兴冲冲地赌咒,不料忽然心血来潮,说出一句可恶的话来:'我多么不幸! 要是我没嫁给乌尔别宁,那我现在就能嫁给伯爵了!'这句话无异于兜头浇我一桶水。……原先在我胸中沸腾的那种感情又涌了上来。……我满心感到憎恨和嫌恶。……我一把抓住这个小小的坏女人的肩膀,把她摔在地下,就像扔出一个小皮球似的。我的愤恨达到了顶峰。……于是……我就把她干掉……我想都没想就把她干掉了。……至于库兹玛那件事,您心中有数。……"

我瞧一眼卡梅谢夫。我在他脸上既没看出懊悔,也没看出遗憾。"想都没想就把她干掉了"这句话,说得那么轻巧,就跟说"想都没想就点上一支烟"一样。这一回轮到我生出憎恨和嫌恶的心情来了。……我扭转身去。

"那么乌尔别宁呢,他去做苦工了?"我轻声问。

"是的。……据说他在路上死了,不过这还不能确定。……问这个干吗?"

"问这个干吗?……人家在无辜受苦,您却问:'问这个干吗?'"

"那我该怎么办呢?去自首?"

"我想是这样。"

"好,就算应该这样吧!……我倒不反对去替换乌尔别宁,然而不经过战斗,我可不屈服。……他们要想抓我,就自管来抓,反正我自己不会到他们那儿去。当初我在他们手心里的时候,为什么他们不抓我?在奥尔迦的葬礼上我哭得那么厉害,歇斯底里大发作,就连瞎子都能看出真相来。……这可不能怪我,他们自己……笨嘛。……"

"您惹得我厌恶。"我说。

"这是自然的。……我自己也厌恶自己。……"

紧跟着是沉默。……我翻开账簿,随口念出数目字。……卡梅谢夫拿起帽子。

"您,我看得出来,跟我在一起觉得透不出气来,"他说,"顺便提一下,您想看一看卡尔涅耶夫伯爵吗?他就在那儿,坐在出租马车上!"

我走到窗前,看一眼窗外。……出租马车上坐着个矮小伛偻的人,背对着我,戴着旧帽子,衣领褪了色。很难看出他就是惨剧的参与者!

"我打听出来乌尔别宁的儿子就在莫斯科,住在安德烈耶夫旅馆里,"卡梅谢夫说,"我想这样安排一下:让伯爵去接受他的施舍。……至少也该有一个人受到惩罚!不过,哦,再见①!"

卡梅谢夫点一下头,很快地走了出去。我挨着桌子坐下,头脑里产生种种沉痛的想法。

我觉得透不出气来。

---

① 原文为法语。

节日的义务

……那些狡猾的俗人,奸险的老太婆、老头子,在造谣和扯淡中日见衰老。①

格里鲍耶陀夫

这是元旦中午。已故切尔诺古勃省副省长里亚加维-格雷兹洛夫的遗孀留德米拉·谢敏诺芙娜,是个身材矮小的六十岁老太婆,这时候在她家客厅里坐着,招待来宾。根据大厅里备下的大量冷荤菜和酒瓶来判断,她预料会有大批客人光临,然而目前却只有一个人来拜年,就是省政府高级顾问官奥库尔金,矮小而衰老,脸色像柠檬那么黄,嘴巴歪着。他在墙角上挨近一个栽着夹竹桃的小木桶坐着,小心翼翼地闻鼻烟,在给他的"女恩人"讲城里的新闻。

"昨天,老太太,有一个兵喝醉了酒,差点从消防队瞭望台上摔下来,"他讲道,"您知道,他倚着栏杆探出身子去,可是那栏杆喀嚓一响!您知道,那栏杆就断了。……幸好这时候他的妻子走到瞭望台上,给他送饭来,就一把揪住他的衣襟。要不是他的妻子

---

① 引自俄国剧作家格里鲍耶陀夫(1795—1829)所著的诗体喜剧《智慧的痛苦》第四幕中恰茨基的独白。

揪了一把,那个混小子可就摔下去了。……嗯。……还有,亲爱的夫人,前天,银行稽核员彼尔采夫家里有个聚会。……所有的小官聚在一起,议论今天拜年的事。他们这些小丑,异口同声地决定今天不拜年了。"

"得了吧,老先生,你这话可就是乱说了,"老太婆笑吟吟地说,"不拜年怎么行呢?"

"真的,夫人。这种事虽然奇怪,可又确有其事。……大家商量好不拜年了,他们今天在俱乐部聚齐,互相道一声新年新禧,然后各人捐出一个卢布来周济穷人完事。"

"我不明白……"女主人耸起肩膀说,"你讲的真是稀罕事。……"

"如今,老太太,在许多城市里,人们都这么办了。不兴到各处去拜年了。各人拿出一个卢布完事!嘻嘻嘻。不用东奔西走,不用拜年,不用花钱雇马车了。……只要到俱乐部去走一趟,然后就自管在家里坐着吧。"

"这样倒也好,"老太婆叹口气说,"让他们少奔走吧。我们也可以清静点。……"

奥库尔金发出一声又响又粗的叹息,摇了摇头,继续说:

"他们认为拜年是陋习。……他们懒得敬重上司,懒得给他拜年,这才算是陋习。……这年月,他们不把上司当人看了。……这跟以前大不相同啊。"

"那又有什么办法呢?"女主人又叹口气说,"就让他们少奔走吧。既然不愿意,那也就算了。"

"以前,老太太,没有这种自由派思想的那种年月,拜年拜节可不算陋习。大家拜年拜节绝不是出于万不得已,而是干得很有感情,津津有味。……那时候,我走遍各家以后,往往在人行道上站住,暗自盘算着:'另外还有谁家该去表一表敬意呢?'我们,老太太,是喜爱上司的。……喜爱得不得了!我记得,去世的潘捷列·斯捷潘诺维奇,求上帝保佑他升天堂吧,喜欢叫我们这班人恭恭敬敬。……那时候,求上帝保佑,千万不要有谁忘了拜年,要不然,他老人家就气得牙齿发痒!有一年圣诞节,我记得,我得了伤寒。您猜怎么着,老太太?我从床上爬起来,不管身体多么衰弱无力,还是强打精神,到潘捷列·斯捷潘诺维奇家里去。……我走到了。我浑身烧得厉害,烧得厉害!我心里想说:'恭贺年禧!'可是我的嘴里却说出一句:'寥寥无几!'嘻嘻。……我说胡话了。……还有,我记得,兹美依谢夫得了天花。大夫,当然,不准我们到他那儿去,可是我们不理大夫那一套,还是到他那儿去拜了年。大家都不认为这是陋习。我喝点酒吧,亲爱的夫人。……"

"你喝吧,喝吧。……横竖谁也不来,没有人喝了。……恐怕你那些省政府的同事会来吧。"

奥库尔金绝望地摇一摇手,撇着嘴做出一副轻蔑的冷笑样子。

"那些下流胚。……他们都是一丘之貉。"

"这怎么会呢,叶菲木·叶菲梅奇?"老太婆惊讶地说,"这样说来,连韦尔胡希金也不会来了?"

"不会来了,老太太。……他到俱乐部去了。……"

"可是,这个强盗,我还是他的教母呢!他的差事就是我给他安插的!"

"他不领情。……昨天他就是头一个到彼尔采夫家里去的。"

"哎,别人不来倒也罢了。……别人忘了我这个老太婆,那就随他们去,可是你那些省政府的同事太不应该了。那么万卡·特鲁兴呢?莫非他也不会来?"

奥库尔金绝望地摇一摇手。

"那么波德西尔金呢?也不会来?要知道,这个混蛋,我是亲手把他从贫贱当中拉拔起来的!那么普罗烈兴呢?"

209

老太婆又举出十来个姓名,可是每一个姓名都惹得奥库尔金唇边露出苦笑。

"他们都没心肝,老太太!"

"多谢多谢……"女主人叹口气说,烦躁地在客厅里走来走去,"多谢多谢。……要是我这个女恩人……老太婆……惹得他们讨厌……要是我那么恶劣可憎,那就随他们吧。……"

老太婆往一把圈椅上猛的坐下去。她那对四周布满皱纹的眼睛眯巴起来。

"我看得出来他们再也不需要我了。那就算了。……你也走吧,叶菲木·叶菲梅奇。……我不留你。大家都走吧。……"

女主人用手绢蒙上脸,抽抽搭搭哭起来。奥库尔金瞧了瞧她,惊恐地搔着他的后脑壳,胆怯地走到她跟前。……

"老太太……"他用带哭的声音说,"夫人!恩人!"

"你也走吧。……去吧。……大家都走吧。……"

"亲人,我的天使。……您不要哭。……亲爱的!我是说着玩的。……真的,说着玩的!如果我不是说着玩的,您就朝我这张脸,这张老嘴脸,啐一口唾沫好了。……大家都会来的!老太太!"

奥库尔金在老太婆面前跪下,拿起她的一只暴起青筋的手来,打他自己的秃顶。

"您打吧,亲人,我的天使!看你还说着玩不,丑八怪!看你还说着玩不!打你的耳光!打你的耳光!活该你挨打,该死的贫嘴!"

"不,你不是说着玩的,叶菲木·叶菲梅奇!我的心觉出来了!"

"土地啊,你在我的脚底下裂开……把我陷下去吧!要是我说了假话,就叫我一天也活不成!……您马上就会看见的!不过现在再见,老太太。……我这么恶毒地开玩笑,不配继续接受您的厚爱。我躲开您。……我走了,您就当是您把我这邪魔外道赶走的好了。您的小手……我吻一下。……"

奥库尔金使劲吻了吻老太婆的手,赶快走出去了。……

过了约摸五分钟,他来到俱乐部附近。那些文官已经互相贺过年禧,各自交出了一个卢布,如今正从俱乐部里走出来。

"站住!你们!"奥库尔金对他们摇着手说,"你们这是打的什么主意,聪明人?为什么你们不到留德米拉·谢敏诺芙娜那儿去?"

"难道您不知道吗?我们如今不拜年了!……"

"我知道,我知道。……亏你们想得出。……喏,听我说,文明人。……要是你们现在不到那个妖婆那儿去,那你们就会遭殃。……她在哇哇地哭!她把你们咒骂个够,连鞑靼人我都不希望他们落到这样的下场哟。"

那些文官面面相觑,搔各自的后脑壳。……

"嗯。……可是要知道,假如我们到她家里去,那就各处都得去。……"

"那有什么办法呢,亲爱的?那就各处都去一趟吧。……反正你们的腿也跑不断。……不过,按我的想法,这倒随你们的便,不去也成。……可就是将来你们会倒霉!"

"鬼才知道这是怎么回事!要知道,我们已经各人拿出一个卢布去了!"县立学校教员亚希金哀叫道。……

"一个卢布。……不过您的职位总算还没丢掉吧?"

那些文官又摇了摇后脑壳,然后嘴里抱怨着,动身到副省长夫人家里去了。

上尉的军服

东升的太阳正皱起眉头瞧着这个县城，公鸡还刚刚在伸懒腰，可是这时候雷尔金大叔的酒店里却已经有顾客了。顾客一共有三名，就是裁缝师傅美尔库洛夫、警察日拉特瓦和地方金库送信员斯美胡诺夫。这三个人都已经有几分醉意了。

"你别这么说！别这么说！"美尔库洛夫揪住警察的一个衣扣，①大发议论说，"在文职机关当官的，要是拿官品大一点的来说，在裁缝师傅心目中，总归比将军神气得多。眼下就拿宫中侍从来说吧。……他是什么人物？有多大的品位？你想一想吧！……最好的普留恩杰尔父子工厂的呢料四俄尺，衣服上要钉小纽扣，衣领是金丝线绣的，白裤子上的骑缝滚着金线镶条，整个前胸全是金丝绦，衣领上啦，袖口上啦，衣袋盖上啦，一概金光闪闪！现在再拿皇室侍从长老爷、御马官老爷、司礼官老爷和别的大臣来说，要是给他们做衣服……你猜怎么样？我至今记得这么一件事：有一回我们给皇室侍从长安德烈·谢敏内奇·奉里亚烈夫斯基伯爵做衣服。那套官服呀，吓得你都不敢走到跟前去！你一伸手去拿它，你血管里的血就咚咚地跳！那些真正的大老爷，你要是给他们做衣

---

① 谈话时候摆弄对方衣扣是出于亲热和好意，在此暗示他并不是真要同对方争吵。

服,那可千万别去多惊动他们。你量好尺寸,就得自己去做,至于你跑去给他试衣服,定样式,那可是说什么也不行。你既然是个高明的裁缝师傅,你就得凭着尺寸一口气做出来。……你从钟楼上往下一跳,正好就得踩在地上摆着的一双靴子里,你就得有这号本事! 我至今都记得,老兄,当时我们附近有个宪兵队。……我们的老板奥西普·亚克里奇从宪兵当中选了些身材跟顾客差不多的人,为试衣服用。好,这回也一样……我们,老兄,选上一个合适的宪兵,专替伯爵试衣服。我们把他找来。……'你穿上吧,丑八怪,尝尝做大官是什么滋味!'……说来也真好笑! 他,那个家伙,立时穿上那套官服,瞧了瞧自己的前胸,可了不得! 你猜怎么着,他吓傻了,索索地打抖,昏过去了。……"

"那你们给县警察局长做过衣服吗?"斯美胡诺夫问。

"哼,他算个什么大人物! 在彼得堡,像县警察局长这样的人多的是,好比满街跑的野狗。……在此地,大家见了他都脱帽鞠躬,可是在那边,人家却对他吆喝道:'躲开,你干什么挤来挤去的!' 我们给军官老爷,而且是给前四等①的军官老爷做过衣服。大官跟大官不同。……比方说,如果你是个五等的,那你就没什么了不得的。……你自管过一个星期来吧,到那时候衣服就全做好了,因为除了领口和套袖以外,没有什么费工的活。……可是,如果是个四等的,或者三等的,或者比方说二等的,那我们的老板就会给大伙添几个工钱,他自己跑到宪兵队去了。有一回,老兄,我们给一个波斯领事做衣服。我们在他上衣的前胸和后背都用金丝线绣上麻花形绦带,价值一千五。我们当是他不会给这笔钱,可是,不,他给了。……在彼得堡,就连鞑靼人当中也有贵族呢。……"

---

① 帝俄的军官分十四等,第一等最高,第二等次之,其余类推。

213

美尔库洛夫讲了很久。八点多钟,他在回忆的影响下哭起来,开始沉痛地抱怨命运不该把他赶到这个只有商人和小市民的小城里来。警察已经把两个居民送到警察局去,送信员也已经出去过两趟,一次是去邮局,一次是到地方金库去,现在又回来了,可是他仍然在抱怨不休。中午他站在一个教堂诵经士面前,用拳头捶自己的胸口,发牢骚说:

"我不愿意给这些土包子做衣服!我不乐意!在彼得堡,我亲手给希普采尔男爵和军官老爷们做过衣服!你给我走开,长下摆的蜜粥①,叫我永世也别看见你!走开!"

"您把自己看得太高了,特利丰·潘捷列伊奇,"诵经士劝裁缝师傅说,"虽然您在您的行业里是个能手,可是不应该忘记上帝和宗教。阿利②跟您一样自大,后来就不得好死。哎,您也要死的!"

"死就死好了!宁可死掉,也比给庄稼汉做上衣强!"

"我那个杀千刀的在这儿吗?"忽然门外响起一个女人的说话声,美尔库洛夫的妻子阿克辛尼雅走进酒店来。她是个中年妇人,卷起衣袖,把鼓起的肚子勒得紧紧的,"他在哪儿,这个混蛋?"她说着,用气愤的眼光朝那些顾客扫一眼,"回家去,你这该死的。家里来了一个军官,要找你!"

"什么军官?"美尔库洛夫惊讶地说。

"鬼才知道他是谁!他说是来定做衣服的。"

美尔库洛夫伸出五个手指搔了搔他的大鼻子,他每逢感到大吃一惊,就总是这样做。他喃喃地说:

---

① 这是一句讥讽话:诵经士的法衣有长下摆,而且他们常在为死者诵经后吃到出丧人家的蜜粥。
② 公元4世纪非洲亚历山大城的一个基督教教士,他的宗教学说违背传统的教义,后被革除教籍,判处流放。

"这个娘们儿必是发疯了。……我已经有十五年没见过上等人,如今忽然间,在这斋戒的日子,来了个军官定做衣服!嗯!……我要去看看。……"

美尔库洛夫从酒店里走出去,脚步蹒跚,慢腾腾地往家里走去。……他的妻子没有欺骗他。在他的小屋门口他看见了本地军事长官的副官乌尔恰耶夫上尉。

"你这是逛荡到哪儿去了?"上尉迎着他说,"我足足等了一个钟头。你能给我做一身军服吗?"

"老爷。……主啊!"美尔库洛夫喃喃地说,喘得上气不接下气,从头上摘下帽子来,顺带把一绺头发也揪下来了,"老爷!难道我这是头一次做这种东西吗?啊,主!我给希普采尔男爵……给艾杜阿尔德·卡尔雷奇做过衣服……节姆布拉托夫少尉老爷欠着我十个卢布,至今没还。哎呀!我的老婆,你倒是给他老人家端一把椅子来啊,叫上帝打死我吧。……请问,是给您量尺寸呢,还是让我用眼睛估量一下就动手做?"

"哦。……要用你的呢料,而且过一个星期就得做好。……你要多少钱?"

"求上帝饶恕吧,老爷。……您这是说到哪儿去了,"美尔库洛夫赔着笑脸说,"我又不是什么商人。要知道,我们明白该怎样跟上等人打交道。……当初我们给波斯领事做衣服,就一句话也没提到钱的事。……"

美尔库洛夫给上尉量好尺寸,把他送走以后,在他的小屋中央足足站了一个钟头,呆瞪瞪地瞧着他的妻子出神。他不相信这是真事。……

"没想到,这可是喜从天降!"最后他叽叽咕咕说,"可是我上哪儿去拿钱买衣料呢?阿克辛尼雅,我的好女人,你把卖母牛得来的钱借给我用一下吧!"

阿克辛尼雅对他做了个侮辱的手势,啐口唾沫。过了不久,她抡起一根拨火棍,而且用瓦盆砸她丈夫的脑袋,揪他的胡子,后来跑到街上去,叫道:"信神的人啊,替我打他吧！他要我的命！……"可是这些抗议都无济于事。第二天早晨,她在床上躺着没起来,盖好她身上的青伤不让帮工看见,而这时候美尔库洛夫却在串商店,跟商人们相骂,挑选一段合适的呢料。

对这个裁缝师傅来说,一个新的纪元开始了。他早晨醒来,用他昏花的眼睛看一眼他的小小的世界,不再像以前那样恶狠狠地啐唾沫了。……不过最惊人的是,他再也不到酒店里去,却着手干活了。他轻声祷告一番,然后戴上他那副钢边大眼镜,皱起眉头,一本正经地在桌子上铺开那段呢料。

过了一个星期,那身军服做好了。美尔库洛夫把它烫平,走到街上,把它挂在篱墙上,动手刷起来。他从军服上摘掉一根细绒毛,走出一俄丈①远,眯细眼睛把军服看了很久,又摘掉一根细绒毛,照这个样子度过了两个钟头。

"这些老爷简直麻烦透了！"他对一个过路的行人说,"我是已经一点办法也没有,筋疲力尽了！他们倒是受过教育,待人挺客气的,可是你要叫他们满意,却不容易！"

第二天美尔库洛夫把那身衣服又刷一遍,然后他在头上抹了点油,梳好头发,用一块新的细棉布把军服包好,动身到上尉家里去了。

"我可没工夫跟您这个蠢材聊天！"他拦住一路上遇到的每个人说,"难道你没看见我在把这套军服送到上尉那儿去吗？"

过了半个钟头他从上尉那边回来。

"恭喜您领到了钱,特利丰·潘捷列伊奇！"阿克辛尼雅迎着

---

① 1俄丈等于2.134米。

216

他说,畅快地笑着,可是又怪难为情的。

"算了吧,傻娘们儿!"她的丈夫回答她说,"难道真正的老爷一下子就付钱?他又不是什么商人,立时就把钱拿给你!傻娘们儿。……"

美尔库洛夫在炕上躺了两天,不吃也不喝,陶醉在心满意足的感情里,犹如赫拉克勒斯①完成了他的全部丰功伟绩一样。第三天他动身去领钱。

"他老人家起床了吗?"他溜进前堂,对勤务兵小声说。

他听到否定的答复后,就在门旁站住不动,安心等候。

"把他轰出去!叫他星期六来!"他等了很久才听见上尉沙哑的说话声。

到星期六,他还是听见这样几句话,这一个星期六如此,下一个星期六也还是那样。……他到上尉那边足足去了一个月,总是在前堂呆坐好几个钟头,结果却没有领到钱,反而挨到痛骂,叫他滚到魔鬼那儿去,要他星期六再来。然而他没有灰心,也不抱怨,而是刚好相反。……他甚至发胖了。他喜欢在前堂久等,"把他轰出去"那句话在他的耳朵里显得那么好听,像是美妙的旋律。

"现在你才知道什么叫上等人!"他每次从上尉那边出来,回到家里,总是兴冲冲地说,"在我们彼得堡,老爷们都是这个样子。……"

要不是阿克辛尼雅催讨那笔卖母牛得来的钱,美尔库洛夫倒情愿一辈子照这样到上尉的家里去,在前堂等着。

"钱拿回来了吗?"她每次都迎着他说,"没有?你这条恶狗,你怎能这样对待我?啊?……米契卡,拨火棍在哪儿?"

有一天傍晚,美尔库洛夫从市上回来,背着一袋子煤。阿克辛

---

① 希腊神话中的英雄,力大无比,曾建立十二次功勋。

尼雅在他身后紧紧地跟上来。

"到了家里我再跟你算账！你等着就是！"她心里想着那笔卖母牛得来的钱，嘟哝道。

忽然，美尔库洛夫站住不动了，快活地大叫一声。他们正好路过"欢乐酒家"，这时候，从那个小饭馆里猛的窜出来一个上等人，头上戴着高礼帽，脸色通红，两只眼睛带着醉意。乌尔恰耶夫上尉跟在他后面追出来，手里拿着一根台球杆，没有戴帽子，蓬头散发。他那身新军服沾满粉笔灰，有一个肩章歪到旁边去了。

"我非要你打球不可，骗子！"上尉嚷着，死命挥舞那根台球杆，同时擦掉额头上的汗，"我要教训你一下，滑头，叫你知道应该怎样跟正派人打球！"

"你快看，傻娘们儿！"美尔库洛夫小声说，捅一下他妻子的胳膊肘，嘻嘻地笑，"一下子就可以看出这是个上等人嘛。一个商人，要是给他那土头土脑的模样做上一身衣服，就老也穿不破，一穿就是十年，可是这一个呢，已经把他的军服穿坏了！简直要给他做一身新的了！"

"你走过去跟他要钱！"阿克辛尼雅说，"去！"

"你这是什么话，傻娘们儿！在大街上要钱？那可使不得。……"

不管美尔库洛夫怎么反对，可是他的妻子还是逼着他走到大发脾气的上尉跟前，说起钱的事。

"滚开！"上尉回答他说，"你惹得我讨厌！"

"我明白，老爷。……我自己倒无所谓……可是我的老婆……是个不通情理的畜生。……您知道他们娘们家的脑筋是什么样的。……"

"我跟你说，你惹得我讨厌！"上尉大叫一声，睁大了昏花的醉眼瞪着他，"滚蛋！"

"我明白,老爷!不过我讲的是那个娘们儿,因为,不瞒您说,我垫的钱是母牛钱。……我们把一头母牛卖给犹大神甫了。……"

"啊啊啊……你还要说废话,蛆虫!"

上尉抡起胳膊,啪的一响①!美尔库洛夫背上的煤撒了一地,他的眼睛迸出了金星,他手里的帽子掉下了地。……阿克辛尼雅吓得愣住了。她呆站了一会儿,一动也不动,好比罗得那个变成盐柱的妻子②,然后她走上前去,胆怯地看一眼她丈夫的脸。……使她大为惊讶的是,美尔库洛夫的脸上洋溢着幸福的笑容,他含着笑意的眼睛里闪着泪花。……

"一眼就可以看出来他是个真正的老爷!"他喃喃地说,"这些人待人挺客气,受过教育。……想当初,我给希普采尔男爵,艾杜阿尔德·卡尔雷奇送皮大衣去……一点不差……也就是这个地方挨了一巴掌。……他抡起胳膊,啪的一响!节姆布拉托夫少尉老爷也打过我。……我到他那儿去,他跳起来,使足了力气……唉,老婆呀,我的好年月算是过去了!你什么也不懂!我的好年月算是过去了!"

美尔库洛夫摇一下手,拾起煤来,慢腾腾地走回家去。

---

① 指打一个耳光。
② 按基督教传说,罗得夫妇一同逃出所多玛城,妻子因为回头看了一眼而变成一根盐柱,事见《旧约·创世记》。

在首席贵族夫人家里

每年二月一日是殉教的圣徒特利丰的节日，在那一天，本县已故首席贵族特利丰·尔沃维奇·扎甫齐亚托夫的遗孀的庄园上，总要特别热闹一番。这一天，首席贵族的遗孀柳包芙·彼得罗芙娜举行安灵祭纪念亡人的命名日，而且做完安灵祭以后还要做感谢天主的祈祷。全县的人纷纷来参加安灵祭。您在这儿可以见到现任首席贵族赫鲁莫夫、地方自治局执行处主席玛尔富特金、常任委员波特拉希科夫、本区的两个调解法官、县警察局长克利诺林诺夫、两个区警察局长、散发出碘酒气味的地方自治局医生德沃尔尼亚京以及所有大大小小的地主等。在这儿聚会的人有五十名上下。

中午十二点钟整，客人们拉长了脸，从各个房间里陆续往大厅走去。地板上铺着地毯，他们的脚步不会出声，然而当前的隆重仪式却促使他们本能地踮起脚尖走路，一面走一面张开胳膊，好稳住身子。大厅里已经做好一切准备。叶甫美尼神甫，一个矮小的老人，头上已经戴好褪色的法冠，正在穿一件黑色法衣。助祭康科尔季耶夫脸红得像大虾一样，已经穿戴整齐，正在不出声地翻着《圣礼书》，把一张张纸条夹进去。诵经士卢卡站在通到前厅的房门旁边，鼓起腮帮子，瞪大眼睛，对着一个手提香炉吹气。大厅里渐渐地弥漫着透明的淡蓝色烟雾和神香的气味。乡村小学教员盖里康斯基是个年轻的男人,穿着肥大的新礼服,神色惊恐的脸上生着大颗的粉刺,这时候手里端着一个白铜盘,盘子上放着蜡烛,他正把那些蜡烛分别送到各处去。女主人柳包芙·彼得罗芙娜在前边一个放着蜜粥的小桌旁边站着,没等到安灵祭开始,先就把一块手绢蒙到脸上去了。四下里一片肃静,偶尔为叹息声打破。大家的脸都拉长,神态庄重。……

安灵祭开始了。蓝色的细烟从手提香炉里袅袅上升,在斜射的阳光里缭绕盘旋。点燃的蜡烛发出轻微的爆响。歌声起初又尖又响,过了不久,歌手们渐渐适应这个房间的音响条件,歌声才轻柔和谐了。……歌的调子都悲怆而凄凉。……客人们逐渐心情忧郁,沉思不语。各种想法钻进他们的头脑,他们想到人生的短暂,想到世事的无常,想到俗世的空虚。……大家不由得想起去世的扎甫齐亚托夫,他身体壮实,脸颊绯红,一口气喝干一瓶香槟酒,一头撞碎一面镜子。等到歌手们唱起《同圣徒们一起安息吧》,女主人抽抽搭搭哭起来的时候,客人们就开始愁闷地活动两只脚,身子一会儿向左倾,一会儿向右歪。那些富于感情的人开始感到喉咙和眼皮附近发痒。地方自治局执行处主席玛尔富特金想驱除这种不愉快的感觉,就低下头去凑近县警察局长的耳朵,小声说:

"昨天我到伊凡·费多雷奇家里去了。……我跟彼得·彼得罗维奇一起赢了一副无将大满贯。……真的。……奥尔迦·安德烈耶芙娜气得发昏,连嘴里的假牙都掉出来了。"

可是这时候歌手们唱起《永恒的悼念》。盖里康斯基收回那些蜡烛,安灵祭结束了。随后是一阵忙乱,更换法衣,祈祷。祈祷完后,叶甫美尼神甫动手脱衣服,客人们纷纷搓手,咳嗽,女主人就讲起去世的特利丰·尔沃维奇如何善良。

"诸位先生,请去吃饭吧!"她叹口气,结束了她的话。

客人们极力不互相推搡,不踩彼此的脚,匆匆地走进饭厅。……在这儿,饭已经为他们准备好。这顿饭丰盛极了,助祭康科尔季耶夫每年见到这样的菜肴,总认为自己有责任摊开自己的手,惊讶地摇一摇头,说:

"不可思议啊!这些东西,叶甫美尼神甫,与其说是人的食物,倒不如说是献给神的祭品呢。"

这顿饭真也不同寻常。饭桌上,凡是植物界和动物界所能提供的东西,应有尽有。不可思议的也许只有一件事:桌子上样样都有,唯独缺——酒。柳包芙·彼得罗芙娜发过誓,家里绝不许有酒和纸牌,正是这两种东西送掉了她丈夫的命。桌子上只放着醋瓶和油瓶,仿佛在嘲笑和惩罚那些赴宴的人,因为那些人一概是瘾头很大的酒徒和醉鬼。

"请吃吧,诸位先生!"首席贵族夫人招呼说,"不过,对不起,我没有白酒。……我是不预备这种东西的。……"

客人们走到饭桌跟前,带着迟疑的神情开始吃馅饼。然而大家吃得不起劲。他们固然也用叉子,使刀子,不住咀嚼,然而看得出来他们懒洋洋的,无精打采。……显然这儿缺少一种什么东西。

"我有一种感觉,仿佛丢失了一件什么东西似的……"一个调解法官对另一个小声说,"当初我妻子跟一个工程师私奔的时候,我就有过这样的感觉。……我吃不下去!"

玛尔富特金开始吃东西以前,在衣袋里摸索很久,寻找手绢。

"可是我的手绢在皮大衣里!那我得去找一找。"他想起来了,大声说着,往前厅走去,他的皮大衣就挂在那儿。

等到他从前厅走回来,他那两只眼睛就闪着油亮的光,立刻胃口大开地吃起馅饼来。

"怎么样,这么干吃而没酒喝,恐怕不好受吧?"他小声对叶甫美尼神甫说。"神甫,你到前厅去,那儿我的皮大衣里有一瓶酒。……不过要留神,手脚轻一点,别把瓶子碰响!"

叶甫美尼神甫想起他有几句话要叮嘱卢卡,就踩着碎步往前厅走去了。

"神甫!我有几句话……要私下跟你说说!"德沃尔尼亚京在他后面追上去说。

"我,诸位先生,碰巧买到一件挺好的皮大衣!"赫鲁莫夫夸耀说,"它值一千,可是我出了……说来你们也不信……二百五!只花了这点钱!"

换了在其他任何时候,客人们都会对这个消息漠不关心,然而现在他们却纷纷表示惊讶,不相信。最后大家蜂拥到前厅去看那件皮大衣,一直到医生的仆人米凯希卡悄悄地从前厅拿走五个空酒瓶才算看完。……软炸鲟鱼端上席来的时候,玛尔富特金想起他把烟盒忘在雪橇上了,就走到马房去。他怕一个人去太寂寞,便把助祭带去,而助祭恰巧也要去看一看他的马。……

当天傍晚,柳包芙·彼得罗芙娜在她的私室里坐着,给彼得堡的一个老朋友写信。

"今天按照往年的惯例,"她顺便写道,"我在家里为亡人举行安灵祭。我的邻居都来参加。这班人粗俗,头脑简单,不过心肠很好!我招待他们饱餐了一顿,不过,当然,跟往年一样,烈性饮料是一滴也没有的。自从他纵酒过度死去以后,我发过誓要在我们的县里立起不喝酒的风气,借此给他赎罪。为了提倡不喝酒,我就从我家里做起。叶甫美尼神甫热烈赞赏我的工作,从言论到行动都帮着我做。啊,我亲爱的[①],但愿你知道我那些熊多么喜爱我!地方自治局执行处主席玛尔富特金饭后低下头凑近我的手,吻了很久,可笑地摇着头,哭起来:他动了感情,可是说不出话来!叶甫美尼神甫,这个非常好的小老头,挨着我坐下,泪汪汪地瞧着我,口齿

[①] 原文为法语。

不清地说了很久,像个小孩子。我听不懂他的话,然而他那真挚的感情我是能够理解的。县警察局长是个美男子,以前我在写给你的信上讲到过他,这一次他在我面前跪下,打算朗诵他写的诗(他是我们的诗人),可是……激动得没有力气……身子摇晃一下,就倒在地上了。……这个身材魁梧的人发了一阵歇斯底里。……你可以想象我心里多么欢喜!然而,不愉快的事也在所难免。可怜的调解法官会审法庭审判长阿拉雷金是个体态丰满的人,容易中风,他觉得头晕,在长沙发上躺下,人事不省地躺了两个钟头。他们只好往他的头上泼水。……多亏德沃尔尼亚京大夫在场,他从他的药房里取来一瓶白兰地酒,洒在调解法官的鬓角上,过了不久,调解法官醒过来,由人扶上车,送走了。……"

活的年代表

　　五等文官沙拉梅金的客厅里笼罩着昏暗的灯光,那样的灯光使人感到很舒适。一盏大铜灯上安着绿色的罩子,灯光照在墙上,家具上,脸上,染上一层类似①《乌克兰夜晚》②的绿色。……壁炉正在熄灭,偶尔有一块冒烟的木头猛的燃起来,一时间给人的脸涂上火红的颜色,然而这并没有破坏亮光的总的和谐。画家们常说的那种总的色调始终不变。

　　沙拉梅金本人在壁炉前边一把圈椅上坐着,保持着刚吃过饭的人的姿势。他是个上了年纪的上等人,留着文官常有的花白络腮胡子,生着一对温和的浅蓝色眼睛。他脸上洋溢着温情,唇边露出忧郁的笑意。副省长洛普涅夫,一个仪表威严、四十岁上下的男子,坐在他脚旁一张小凳上,往壁炉那边伸直两条腿,不时懒洋洋地伸个懒腰。沙拉梅金的孩子们,尼娜、柯里亚、娜嘉和万尼亚,在钢琴旁边玩耍。通到沙拉梅金太太私室的房门略微开着,门里胆怯地射出亮光。那边,房门里面,沙拉梅金的妻子安娜·巴甫洛芙娜坐在她的写字台旁边。她担任本地妇女委员会主席,是个活泼而妩媚的小女人,年纪三十岁出头。她那

---

①　原文为法语。
②　俄国画家库英治(1842—1910)画过一张名为《乌克兰夜晚》的画,画面上主要是绿色。——俄文本编者注

对灵活的黑眼睛透过夹鼻眼镜正在看一本法国小说,眼光在书页上移动不停。小说下面压着一份去年的妇女委员会报告,已经揉皱了。

"以前我们这个城市在这方面要走运得多,"沙拉梅金说,眯细温和的眼睛瞧着冒烟的木炭,"没有一年冬天不来一个什么明星的。著名的演员来过,歌唱家来过,可是现在呢……鬼才知道是怎么回事!除了变戏法的和背着手摇风琴的流浪乐师以外,谁也不来了。……美的享受一点也没有。……我们就像在树林里过活。是啊。……那么您,阁下,记得那个意大利悲剧演员吗……他叫什么名字来着?……黑黑的头发,高高的身量。……求上帝赐给我好记性吧。……哦,对了!他叫路易德日·艾尔涅斯托·德·鲁德热罗。……他有出色的才能。……有力量!往往,他只要念一句道白,戏院里就满是喝彩声。我的安纽托琪卡[1]很关心他的才能。她为他四处奔走,找剧院,还替他卖出十场戏票。他为了报答她而教她朗诵和表演。那个人真好!他是……说得准确点……十二年前到此地来的。……不,我说错了。……要晚一点,十年前吧。……安纽托琪卡,我们的尼娜几岁了?"

"快十岁了!"安娜·巴甫洛芙娜在她的私室里嚷道,"怎么了?"

"不怎么,小母亲,我只是随便问问的。……从前,好的歌唱家也来过。……您记得抒情男高音[2]普利里普钦吗?那是个多么好的人!什么样的相貌啊!淡黄色的头发……脸上那么富于表情,巴黎人的气派。……还有,他的嗓子多么好,阁下!只有一件事糟糕:有几个音他是从胃里发出来的,'莱'干脆唱走了音,不过

---

[1] 安娜的爱称。
[2] 原文为意大利语。

别的都挺好。他说,他在达木别尔里克①那儿学过唱。……我和安纽托琪卡为他奔走,找妥了公共俱乐部里的大厅。他为此感激我们,往往一连几天几夜给我们唱歌。……他教安纽托琪卡唱歌。……据我现在回想,他是在大斋②期间来的,那是十……十二年前吧。不,还要早一点。……我的记性这么差,求主饶恕吧!安纽托琪卡,我们的娜嘉几岁了?"

"十二岁!"

"十二年了……要是加上十个月……嗯,一点不错……十三年!……从前我们这个城市里的生活总显得热闹得多。……比方就拿慈善性的晚会来说。我们以前有过多么好的晚会。多么可爱啊!又是唱歌,又是奏乐,又是朗诵。……战③后,我记得,那是土耳其战俘住在这儿的时候,安纽托琪卡为救济伤兵办过一个晚会。募捐来的钱有一千一百卢布。……那些土耳其军官,我记得,都对我的安纽托琪卡的歌喉喜欢得要命,一个劲儿吻她的手。嘻嘻。……他们虽然是亚洲人,倒也算得上懂得感恩的民族呢。那个晚会成功极了,信不信由您,我在日记里都写上了。那个晚会,据我现在回想,是在……七六年。……不!在七七年。……不!请问,哪一年我们这儿住着土耳其人?安纽托琪卡,我们的柯里亚几岁?"

"我,爸爸,七岁了!"柯里亚说。他是个黑孩子:脸色黝黑,头发黑得跟煤一样。

"是啊,我们老了,原先的那种精力已经没有了!……"洛普涅夫叹着气,附和道,"原因也就在这儿。……老了,老兄!新一

---

① 达木别尔里克(1820—1889),意大利男高音歌唱家,曾不止一次在彼得堡演唱。——俄文本编者注
② 基督教的斋期,在复活节前,共40日。
③ 指俄土战争(1877—1878)。

辈的热心人还没有,而老一辈的又衰老了。……原先那种火一般的劲头已经没有了。当初我年轻的时候,不喜欢让社会人士寂寞无聊。……我总是给您的安娜·巴甫洛芙娜做头一个助手。……不管是举办慈善性晚会还是摸彩会,也不管是给外来的名流帮忙,我总是丢开一切,动手去张罗。有一年冬天,我记得,我忙得厉害,东奔西跑,甚至得了病。……那个冬天我再也忘不了!……您记得我跟您的安娜·巴甫洛芙娜为救济遭火灾的难民主办过一个什么样的公演吗?"

"那是在哪一年啊?"

"离现在不太久。……七九年吧。……不,似乎是八○年!请问,您的万尼亚几岁了?"

"五岁!"安娜·巴甫洛芙娜在她的私室里嚷道。

"哦,这样说来,那就是六年前。……是啊,老兄,那时候可真热闹!现在已经不成了!那种火一般的劲头没有了!"

洛普涅夫和沙拉梅金开始沉思。那块快要烧完的木头最后一次猛燃起来,然后渐渐蒙上一层灰烬。

公 务 批 语

在一本自一八八〇年起到一八八一年止①的德字第八号《收文簿》上,页边和空白的地方有若干用铅笔写的批语,笔迹各不相同。鉴于所有这些批语都带有才智出众的标记,充满高尚的含意,那就应当认为它们必是出于长官的手笔。现在我把其中最好的和最富于特征的批语选录如下:

"姑准所请,着即延期两个月,并告该人,嗣后不得穿套鞋进入办公室。"

"查十二等文官奥谢特罗夫呈请发给一次性补助金,理应驳回,因罗马帝国实亡于奢侈也。奢侈及靡费势必导致道德败坏,而本人则深愿官民人等道德敦厚。此外,特命奥谢特罗夫身穿制服,赴商人希希金处,告以该人案件即将了结。"

"夫鸟雀以其羽毛为标志,是则呈请人之好坏当以其馈赠多少为准也。"

"查呈请发给贫穷证明书一事,按《印花税条例》第六十四条第一款精确含意言之,自应免贴印花税,惟本人仍须向寡妇沃宁娜声明如下:该寡妇未在呈文上粘贴六十戈比印花一事,依本人观之,并非起因于理解法令精神,实系有意违背长官指示,胆大妄为。

---

① 本文发表于1885年。

即使印花确实无须粘贴，自当由本人将其揭下，该寡妇不得擅自做主。着将呈文退还。"

"查里岑注意：你签字要清楚一点！你又不是三等文官。……"

"查该呈文虽未确切表明有感恩图报之意，惟字里行间不难看出该呈文必附有若干款项。……该款今在何处？"在这段话下面，有人用另一种笔迹写道："为呈报事，查该款七十五卢布已于大人公出时由斯米尔诺夫送交尊夫人叶芙多吉雅·特利丰诺芙娜照收无误，伏祈鉴察。里亚加沃夫。"

在一份标着"绝密"字样的文件上写着："查'机密'及'绝密'之类字样本人殊不理解。公文中所列事实颇有教益，何必保持秘密？所有官员无妨一读，借以痛悔前非也。……"

"查此项患病报告本人实无法相信。舒里亚宾自称患病，惟据本人获悉，目前该人坐在家中，佯装痔疮发作，实则借此为小市民等草拟各种呈文耳。"

"饬令该员明日务必到衙办公！"

人同狗的谈话

那是月光明亮而天气严寒的夜晚。阿历克塞·伊凡内奇·罗曼索夫从他的衣袖上拂掉一个绿色小魔鬼①,小心地推开边门,走进院子里。

"人,"他绕过一个污水坑,稳住身子,发表哲理性的议论,"人其实是尘埃,是幻影,是灰烬。……巴威尔·尼古拉伊奇是省长,不过就连他也是灰烬。他那虚有其表的威严,无非是幻梦,是烟雾。……你吹口气,他就无影无踪了!"

"呜呜呜……"这个声音传到哲学家的耳朵里。

他往旁边瞧一眼,看见离他两步外有一只大黑狗,属于草原牧羊狗的品种,身量不下于一条真正的狼。它在扫院子仆人的小屋旁边坐着,颈项上的铁链哗啷哗啷地响。罗曼索夫看看它,沉吟一下,脸上露出惊讶的神情。然后他耸耸肩膀,摇了摇头,忧伤地苦笑了一下。

"呜呜呜……"那只狗又叫起来。

"我不懂!"罗曼索夫摊开手说,"那么你……你居然朝着人发威风?啊?我这是生平第一次听见这种吓唬声。要是我说了假话,就叫上帝打死我。……难道你不知道人是宇宙之主?你

---

① 意谓他已喝得大醉。

瞧。……我走到你跟前来了。……那你就瞧一瞧。……我不就是人？你是怎样想的？我是不是人呢？你说说！"

"呜呜呜……汪！"

"伸过爪子来！"罗曼索夫对那只狗伸出手去，要同它握手，"伸过爪子来啊！您不伸过来？您不愿意？那就算了。咱们就这么办。不过现在请您容许我吻一吻您的脸。……我喜欢您。……"

"汪！汪！呜呜呜……汪！汪汪！"

"啊啊……你咬人？很好，行啊。那咱们就记住这一点。这样说来，你根本不管人是宇宙之主……万兽之王？由此可见，就连巴威尔·尼古拉伊奇你也能咬一口？是吗？大家见了巴威尔·尼古拉伊奇都叩头，可是你却把他看得跟别的东西一样？我把你的想法了解对了吗？啊啊……那么，可见你是个社会主义者①？慢着，你回答我的话。……你是社会主义者吗？"

"呜呜呜……汪！汪！"

"等一等，你别咬。……咦，我在说什么来着？……哦，对了，我在说灰烬。你吹一口气，他就无影无踪了！扑的一声就没了！……那么请问，我们活着是为了什么？我们在母亲的阵痛中生下地，吃饭，喝水，求学，死掉……这些都是为了什么？灰烬！人一个钱也不值！你呢，是一只狗，什么也不懂，要是你能……钻进人的灵魂里去就好了！要是你能领会人的心理活动就好了！"

罗曼索夫摇摇头，啐口唾沫。

"一塌糊涂。……你以为我是罗曼索夫，十等文官……自然界之王。……你错了！我是寄生虫，是收受贿赂的家伙，是伪君子！……我是坏蛋！"

---

① 指革命者。

阿历克塞·伊凡内奇伸出拳头捶自己的胸口,哭起来。

"我告密,我搬弄是非。……你以为叶果尔卡·柯尔纽希金不是因为我使坏而被革职的吗?啊?那么请您容许我问您一句,是谁私自拿走委员会的二百卢布,却把罪名栽在苏尔古切夫身上的?难道不是我吗?坏蛋,假充正经。……犹大!拍马屁,拿贿赂……下流胚!"

罗曼索夫用袖口擦眼泪,哭起来。

"你咬我吧!你吃了我吧!我有生以来,从没有听人对我说过一句正经话。……大家光是心里把我看做坏人,可是当着我的面,除了恭维和笑脸以外,啥也没有!哪怕有个人打我一个嘴巴,骂我一顿也是好的!你吃了我吧,你这只狗!你咬我!你把我这该死的撕得粉碎!你把这个丧尽天良的人吞下肚去吧!"

罗曼索夫身子摇晃一下,扑到那只狗身上。

"对,就这样咬!把我的丑嘴脸撕碎!不要可怜我!虽然我痛,你也不用留情。喏,这两只手你也咬吧!啊哈,流血了!你活该,寄生虫!咬得对!多谢①,茹奇卡②……不过,你到底叫什么名字来着?多谢……你把这皮大衣也撕碎。没关系,反正这是不义之财。……我把一个熟人出卖了,就拿我得来的钱买了这件皮大衣。……我这顶有帽徽的帽子也是这么来的。……不过,我在说什么来着?……现在该走了。……再见,亲爱的小狗……小坏包。……"

"呜呜呜……"

罗曼索夫把那条狗摩挲一下,让它再把他的腿肚子咬一口,然后裹紧他的皮大衣,脚步歪斜,慢腾腾地往他的家门口走去。……

---

① 原文为法语。
② 狗名。

第二天中午罗曼索夫醒过来,看见了一件不同寻常的事。他的头、手、腿都扎着绷带。他那哭哭啼啼的妻子和一个忧心忡忡的医生站在他的床边。

在澡堂里

一

"喂,你,伙计!"一个身体又胖又白的上等人在迷雾当中看见一个高而且瘦的人,留着稀疏的胡子,胸前戴着大的铜十字章①,就喊道,"来点蒸汽!②"

"我,老爷,不是搓澡的,我是理发的。我不管送蒸汽。请问,您要放上几个拔血罐③吗?"

那个胖老爷摩挲着紫红色胯股,想了想,说:

"拔血罐?行啊,放吧。反正我也不急着到什么地方去。"

理发师就跑到澡堂的前室去取工具。过了五分钟光景,胖老爷胸前和背上已经放上十个发黑的拔血罐了。

"我记得您,老爷,"理发师放上第十一个拔血罐,开口说,"上个星期六您赏光到我们这儿来洗澡,那一回我还给您切过鸡眼。我是理发师米海洛。……您记得吗,老爷?那一回您还问过我有没有想出嫁的大姑娘呢。"

---

① 帝俄士兵的一种低级军功勋章。
② 这是洗蒸汽澡的人要求向热台板泼水,使它发出蒸汽。
③ 一种放血的工具。在帝俄时代,人即使没有病,用拔血罐从身上放出一点血,也被认为有益于健康。

"哦,对了。……那么有什么消息吗?"

"什么也没有,老爷。……眼下我在持斋,指责别人在我是有罪的,可我对您又不能不凭良心说话。求上帝宽恕我指责人吧,如今那些大姑娘都没出息,没脑筋。……从前的大姑娘总是愿意嫁给稳重而严厉的人,只要家里有钱,样样事都有主意,信奉宗教就成,如今的大姑娘却贪图教育程度。你得给她找个受过教育的,至于文官老爷或者商界的先生,那可提不得,她要讥笑的!其实,受过教育的人各不相同。……有的受过教育的,当然,做到了大官,可是也有的一辈子当个文书,死后连下葬的钱都没有。这样的人如今还少吗?有一个……受过教育的就常到我们这儿来。他是个电报员。……这个人样样都精通,还能发明紧急电报,可是洗起澡来却用不起肥皂。瞧着都可怜!"

"他穷,可是正直!"一个沙哑的男低音从上铺传下来,"应当为这样的人感到骄傲才是。受过教育再加上受穷,就证明他品格高尚。你这个大老粗!"

米海洛斜起眼睛看了看上铺。……那儿坐着个精瘦的人,正用桦枝帚拍打肚子①。那个人周身上下都露出骨节,好像他身上只有皮肤和肋骨。他的脸是什么样,外人看不见,因为全被披散下来的长头发遮住了。外人只能看见他的两只眼睛,正充满愤恨和鄙视盯住了米海洛。

"原来是那种……是那种留着长头发的!"米海洛挤挤眼睛说,"满脑子的危险思想。……如今这样的人多得不得了!要捉都捉不完。……您瞧,他把他的长头发解开了,这个瘦骨头架子!凡是基督徒说的话,他都听着讨厌,简直就跟魔鬼讨厌神香一样。他给受过教育的人撑腰!喏,如今大姑娘喜欢的

---

① 在俄国,洗蒸汽澡的人常用桦枝帚拍打全身,借以发汗。

就是这号人。就是这号人,老爷!难道这不叫人恶心?今年秋天,有个祭司的女儿把我叫到家里去。她说:'你给我做个媒吧,米谢尔。'上流人家总是管我叫米谢尔①,因为我常到那儿去给太太小姐们卷头发。'你,米谢尔,给我做个媒吧,不过对方得是个作家。'也是合该她走运,我这儿正好有这么个人。……这人常到小饭铺里去找波尔菲利·叶美良内奇,老是吓唬他说要在各家报纸上写文章揭他的短。伙计走到他跟前收酒钱,他立刻就给伙计一个耳光。……'怎么?跟我要钱?你知道我是什么人?你知道我能在报纸上发表文章,说你为非作歹吗?'他生着一副讨厌相,穿得破破烂烂。我对他说起教士家里如何有钱,好打动他的心,又拿小姐的照片给他看,然后就带着他去了。我给他租来一套礼服。……可是那个小姐不中意!她说:'他脸上缺少忧郁的神情。'她自己都不知道她要找个什么样的鬼灵精哟!"

"这是毁谤报界!"那个沙哑的男低音又在上铺响起来,"下流货!"

"我成了下流货?嗯!……也是您走运,先生,正巧我这个星期持斋,要不然,您骂我'下流货',我就要回敬您一句。……这么说来,您也是作家?"

"我虽然不是作家,可是不许你说那些你不懂得的事。俄国有过很多作家,作出了有益的贡献。他们教育世上的人。单因为这一点,我们就不应当骂他们,而应当敬重他们。我所说的作家不光是指那些俗世的,也包括宗教界的。"

"宗教界的人可不干这号事。"

---

① 法国人名,相当于俄国人名米海洛。帝俄的"上等人"喜欢在谈话中夹杂一些法国词。

"你什么也不懂,大老粗。罗斯托夫城的德米特利、赫尔松城的英诺肯契、莫斯科城的菲拉烈特①以及教会里其他许多主教,都写出作品,大大地推进了教育工作。"

米海洛斜起眼睛看对方,摇了摇头,嗽一下喉咙。

"哼,您这话可真是有点那个,先生……"他搔了搔后脑壳,嘟哝说,"有点费脑筋呢。……怪不得您的脑袋上长着那样的头发。这可不是白长的!这些我们都心里有数,而且马上就会叫您明白您是个什么样的人。让这些拔血罐,老爷,在您身上放一会儿,我马上就来。……我出去一趟。"

米海洛一边走,一边把他的湿裤子往上提,两只光脚踩得吧嗒吧嗒响,往澡堂的前室走去。

"马上就会有个留长头发的家伙从澡堂里出来,"他对一个伙计说,那个人正站在账桌后面卖肥皂,"那你就那个……盯住他。他净说些惑乱人心的话。……满脑子的危险思想。……得把纳扎尔·扎哈雷奇②找来才对。……"

"你去对学徒们说吧。"

"马上就会有个留长头发的家伙从里边出来,"米海洛对那些看守衣服的学徒小声说,"他净说些惑乱人心的话。你们要盯住他,而且跑到老板娘那儿去,要她派人去把纳扎尔·扎哈雷奇找来,报官查究。他胡言乱语。……满脑子的危险思想。……"

"这个留长头发的到底是什么人?"学徒们不安地说,"没有这样的人在这儿脱过衣服啊。脱过衣服的一共有六个人。喏,这两身是鞑靼人的,这一身是一个老爷脱下的,这些是两个商人的,这

---

① 这三个人都是帝俄正教教会的活动家、宗教著作家,写过传布教义和阐述教义的著作,以及其他有关神学的作品。——俄文本编者注
② 大约是警察的名字。

身衣服是助祭的……另外就再也没有了。……看样子,你说的那个留长头发的就是助祭神甫吧?"

"你们这是想到哪儿去了,魔鬼!我可知道我在说什么!"

米海洛瞧了瞧助祭的衣服,伸出手去摸一下那件法衣,耸起肩膀。他脸上露出大惑不解的神情。

"他是什么模样?"

"非常瘦,淡黄色的头发。……胡子很稀。……老是咳嗽。"

"嗯!……"米海洛喃喃地说,"嗯!……这么一说,我把宗教界的人士骂了一顿。……坚尼西神甫要找我的麻烦了!这真是罪过!这真是罪过!要知道我在持斋,老弟!要是我得罪了宗教界人士,那我现在怎么去行忏悔礼呢?主啊,饶恕我这个罪人吧!我要去赔罪。……"

米海洛搔了搔后脑壳,露出一脸的哭丧相,往澡堂里走去。助祭神甫已经不在上铺。他在下边的水龙头旁边站着,两条腿大大地劈开,把水倒进个木盆里。

"助祭神甫!"米海洛用要哭的声调对他说。"看在基督面上,您饶恕我这个该死的罪人吧!"

"出了什么事?"

米海洛深深地叹口气,在助祭面前跪下。

"因为我当是您头脑里有危险的思想!"

二

"我觉得奇怪,您的女儿生得这么好看,品行又这么端正,可是怎么会至今都没嫁出去呢!"尼科季木·叶果雷奇·波狄奇金说着,爬到上铺上去。

尼科季木·叶果雷奇精赤条条,跟别的精赤条条的人一样,可是他的秃头上却戴着帽子。他怕脑充血,怕中风,于是洗蒸汽澡的时候总是戴着帽子。他的交谈者玛卡尔·达拉绥奇·彼希金是个身材矮小的小老头,生着两条发青的瘦腿,为了回答他问的话而耸起肩膀,说道:

"她所以没有嫁出去,是因为上帝没有赐给我刚强的性格。我为人太谦虚,太温和,尼科季木·叶果雷奇,可是如今,为人温和就会一事无成。如今那些想娶亲的青年小伙子都很厉害,所以对付他们也得同样厉害才成。"

"他们到底怎么厉害呢?您这话有什么根据呢?"

"那些青年小伙子都给惯坏了。……应当怎样对待他们?必须严厉才成,尼科季木·叶果雷奇。用不着跟他们讲客气,尼科季木·叶果雷奇。应当把他们送到调解法官那儿去,打他们耳光,派人把警察找来,就得照这么办!他们都是些没出息的人。无聊的家伙。"

这两个朋友在上铺并排躺下,动手用桦枝帚拍打身子。

"无聊的家伙……"玛卡尔·达拉绥奇继续说,"我受够他们的气了,那些混蛋。要是我的性格强硬一点,我的达霞早就嫁出去了,连孩子都生了。是啊。……如今在女性当中,我的先生,要是凭清白的良心说话,老处女倒有一半,占百分之五十呢。而且您要注意,尼科季木·叶果雷奇,这些老处女每一个年轻的时候都有过追求她的青年小伙子。那么请问,她们为什么没嫁出去?是什么缘故呢?那是因为她们的父母没有把他,把那青年小伙子留住,让他跑掉了。"

"这是实在的。"

"如今的男人都给惯坏了,愚蠢,一脑子的邪思想。他们专喜欢连哄带骗,处处捞便宜。他们捞不到好处连一步路也不肯走。你好心好意待承他,他却敲你的竹杠。嗐,就连结婚也打算盘。他心想:我一结婚就可以捞到一笔钱①。这倒还不去说它,你就自管吃,自管喝,把我的钱拿去好了,只是劳你的驾,总该把我的孩子娶去嘛,然而,往往钱倒给了不少,却还要受一肚子肮脏气。有的青年小伙子眼看就要求婚了,可是一到节骨眼上,该提亲了,他可就打退堂鼓,另找别的姑娘去求婚了。做个想娶亲的男人倒挺不错,享不尽的福。自有人供他吃,供他喝,借钱给他用,哪里有这样快活的日子?得,他就索性做下去,一直做到老,做到死,其实他根本不想结婚。等到他头顶全秃,须发皆白,膝盖也弯了,却还是个有资格娶亲的男人。不过也有些人是因为愚蠢才没结婚的。……愚蠢的人自己也不知道自己要什么,于是挑剔个没完:这个他嫌不好,那个他又觉得不行。他来来往往,眼看就该求婚了,可是突然间,他无缘无故地说:'我办不到,我不愿意。'喏,比方就拿卡达瓦索夫先生来说吧,他是头一个追求达霞的男人。他是中学教员,还是个九等文官。……各种学问他都精通,又会说法国话,又会说德国话……还会数学,可是一到要紧关头就成了呆子,蠢人,就这么回事。"

"您睡着了吧,尼科季木·叶果雷奇?"

"没有,怎么会呢?我这是因为舒服才闭上眼的。……"

"嗯,是啊。……起初,他围着我的达霞转来转去。应当告诉您,那时候达霞还没满二十岁。这个姑娘漂亮得很,人人见了都赞叹。呱呱叫!她体态丰满,身段好看,等等。五等文官齐采罗诺夫-格拉维安斯基在宗教机关里任职,有一回跪下来央告她,要她到他家里去做孩子们的家庭教师,可是她不干!这时候卡达瓦索夫开始到我们家里来了。他每天都来,一直坐到半夜才走,老是跟她谈各种学问,物理什么的。……他给她带书来,听她演奏音

---

① 指女方所给的陪嫁钱。按帝俄上层社会的陋习,女方必须给陪嫁钱。

乐。……他最看重的是书。我那个达霞呢,自己就有学问,根本不需要看书,一心只想玩玩乐乐,可是他一会儿叫她读这一本,一会儿叫她读那一本,闹得她腻烦死了。我看得出来,他爱上她了。看样子,她也觉得可以。她说:'我只有一点看不上他,爸爸,他不是军人。'他不是军人,可是总还不错嘛。有官品,又是贵族,衣食饱暖,不灌酒,另外还要怎么样呢?他来求婚了。我们就答应下来,祝福他们。……关于陪嫁钱,他问都没问。一声不响。……倒好像他不是人,而是个没有肉体的精灵,不要陪嫁钱也成似的。后来,成亲的日子都定好了。可是您猜怎么样?啊?办喜事的前三天,这个卡达瓦索夫到我的商店里来了。他眼睛通红,脸色煞白,像是受了惊吓,浑身发抖。'请问,您有什么贵干?'他就说:'对不起,玛卡尔·达拉绥奇,我没法跟达丽雅①·玛卡罗芙娜结婚。我看错了人,'他说,'我见到她蓬勃的青春和天真的稚气,原以为在她身上找到了心灵的土壤,'他说,'也就是所谓精神的活力,不料她已经养成一种习气,'他说,'她喜欢浮华,不爱劳动,从吃母亲奶的时候起就这样了。……'我不懂这跟吃奶有什么相干。……他说啊说的,就哭了。那么我呢?我光是骂了几句,我的先生,随后就放他走了。我没有到调解法官那儿去告状,也没有到他的上司那儿去告他,没有弄得他在全城丢尽脸面。要是我真到调解法官那儿去告状,恐怕他就会怕丢脸,肯结婚了。他的上司恐怕也不会来管她吃奶的事。你既然挑动了姑娘的心,就得结婚嘛。比方拿商人克里亚金来说吧……您听说过这个人吗?……别看他原是个庄稼汉,可是办出来的事,你就办不了。……他的女婿也要赖婚,好像对陪嫁钱不满意,于是他,克里亚金,就把小伙子领到储藏室里,随后锁上门。您猜怎么着,他从口袋里拿出一支大手枪,子

---

① 上文的达霞是达丽雅的爱称。

弹已经上了膛。他说：'你得在神像面前起誓说你结婚，'他说，'要不然，我马上就崩了你，混蛋。马上！'那个混小子就起誓，结婚了。您瞧瞧。可是这样的事我干不来。就连打人我也不大行。……后来有个乌克兰人勃留兹坚科碰到我的达霞，他是正教管区监督局的文官，也在宗教机关任职。他见到达霞就爱上她了。他老是跟在她身后，脸红得像大虾一样，唠唠叨叨讲这讲那，嘴里不住地冒热气。他白天在我们家里坐着，晚上在我们窗子跟前踱来踱去。达霞也爱上他了。她喜欢他那对乌克兰人的眼睛。她说他眼睛里又有烈火又有黑夜。一来二去，那个乌克兰人求婚了。达霞呢，可以说，又兴奋又快活，答应了。她说：'我明白，爸爸，他不是军人，不过他总算在宗教机关做事，这就跟在军需机关一样，所以我很喜欢他。'一个姑娘家，如今居然挑挑拣拣，看中军需机关了！那个乌克兰人看一下嫁妆，跟我讲了讲陪嫁钱，结果光是扭动一下鼻子，总算全答应下来，只差赶紧办喜事了。可是就在订婚那天，他看一眼客人们，却立时抱住了头。他说：'圣徒啊，他们的亲戚好多呀！我不同意！不行！我不愿意！'诸如此类，说个没完。……我左劝右劝。……我说：'莫非你，先生，发疯了还是怎么的？要知道，亲戚多是很大的光彩！'可他硬是不同意！他拿起帽子，一溜烟走掉了。

"后来又出了这样一件事。林务官阿里亚里亚耶夫向我的达霞求婚。他看中她的智慧和品行，爱上她了。……是啊，达霞也爱上了他。他那种认真切实的性格中了她的意。他确实是个高尚的好人。他求完婚，然后样样事都办得很仔细。他检查嫁妆一丝不苟，所有的衣箱都翻遍，骂玛特辽娜没有把女大衣收藏好而让蛀虫咬坏了。他还把他的财产开列一张小小的清单，交给我。他是个高尚的人，说他的坏话是有罪的。老实说，我对他非常满意。关于陪嫁钱，他跟我讨价还价，交涉了两个月。我给他八千，他要求八千五。我们不住地讲价钱,有时候一块儿坐着喝茶,各人喝下十五杯,不断地讨价还价。我给他添上两百,他还是不干!结果我们为三百卢布分手了。他脸色苍白,哭着走了。……他很爱达霞啊!说实话,真遗憾,我现在骂我自己了。我原该给他三百卢布,要不然就吓唬他一下,让他在全城人面前丢脸,或者索性把他带到一个小黑屋里去打他耳光。我失策了,现在我才明白我失策了,我太傻了。这也没有办法,尼科季木·叶果雷奇,我就是这种斯文的性格嘛!"

"您很谦虚。这是实在的。喏,我要走了,是时候了。……我的脑袋发涨。……"

尼科季木·叶果雷奇最后一次用桦枝帚拍打身子,从上边爬下去。玛卡尔·达拉绥奇叹了一口气,越发起劲地挥动他的桦枝帚。

新进作家应遵守的规则

纪念日赠言——代邮

凡是刚刚出世的婴儿,应该仔细洗净,然后,等他从最初的印象里定下神来,就一面使劲鞭打他,一面告诫说:"你不要写作!不要写作!你将来不要做作家!"倘使有的婴儿不顾这种笞刑而仍然表现出写作欲,那就应当设法好言劝阻。如果连好言劝阻也无济于事,那么您就对那个婴儿摆一下手,死了心吧。写作瘾是无法医治的。

写作的道路自始至终布满了荆棘、钉子、荨麻①,因而头脑健全的人应当千方百计回避写作生活。倘使铁面无情的命运不顾一切戒备,仍然把人推上写作的道路,那么这种不幸的人为了减轻厄运,就必须遵守下列规则:

(一)应当记住,偶一为之的写作和顺便②写作比经常的写作好。一个写诗的乘务员要比一个不做乘务员的诗歌创作者生活得好。

(二)还应当牢记在心,在文学界失败比成功好一千倍。失败带来的惩罚,无非是幻想的破灭和邮箱的公开侮辱③而已,可是成

---

① 一种带刺的野生植物。
② 原文为法语,在此指"业余"。
③ 指当时俄国各杂志编辑部决定不用某稿件时,往往在该杂志的邮箱栏内公开通知该投稿人。

功却使你为领稿费而疲于奔命①,所领到的稿费又往往是一八九九年②才能兑现的息票,此外你还会碰上种种"后果",免不了重新试笔。

(三)"为艺术而艺术"的写作,比为可鄙的金属③写作有利。写作者不可能买房子,不可能搭乘头等客车的单人客房,不可能玩轮盘赌,不可能喝鲟鱼汤。他们的食物是萨甫拉森科夫④烹调的野蜂蜜烧蝗虫⑤。他们的住处是带家具出租的房间。他们的交通方法是步行。

(四)名声是歌者的破衣烂衫上一块颜色鲜艳的补丁⑥。文学界的名望,只有在不必查《三万外来语词典》就可以知道"文学工作者"这个词⑦的含意的国家里,才可以想象。

(五)凡是人,不分地位、宗教信仰、年龄、性别、教育程度、家庭环境,都可以在写作上一试身手,甚至疯子、舞台艺术爱好者、被褫夺公权的人要写作,也不犯禁。然而有意攀登巴那斯山⑧的人,总还是以尽量成熟、知道"即使"不可写成"既使"者为宜。

(六)士官生和中学生以尽量不从事写作为好。

(七)应该要求写作者除了普通智力以外必须有个人经验。最高的稿费总是由命途多舛的人得去,天真无邪的人只得到最低的稿费。在第一类人当中,有第三次结婚的人、未得手的自杀者、输光家产的人、参与决斗的人、为避债而逃跑的人等。在第二类人

---

① 指当时俄国报刊往往不按时付给作者稿费,作者必须三番五次去催讨。
② 本文发表于1885年。指14年以后。
③ 指金钱,意谓"为挣钱"。
④ 莫斯科一家小饭铺的名字。
⑤ 指极粗劣的食物。
⑥ 原句见俄国诗人普希金在1824年所写的诗《书商和诗人的谈话》。——俄文本编者注
⑦ 这个词在俄语里属于外来语,可在《外来语辞典》中查到。
⑧ 古希腊神话中诗神居住的山名。

当中,有不欠债的人、寻找配偶的青年男子、滴酒不尝的人、贵族女子中学女学生等。

(八)成为作家很容易。没有一个丑人找不到配偶,也没有一篇不知所云的作品找不到情投意合的读者。因此不必胆怯。……你自管在你面前铺开纸,拿起笔,激励那不甘幽禁的思想①,振笔疾书好了。你想写什么就写什么:写黑李子干啦,写天气啦,写戈沃罗夫厂的克瓦斯②啦,写大西洋啦,写时钟的指针啦,写去年的雪啦。……你写完了,手里拿着稿子,感到血管里流过一种神圣的战栗,走到编辑部去。你在前堂脱掉套鞋,问一声:"编辑先生在吗?"然后登堂入室,心中充满希望,把自己的作品交出去。……这以后你就在家里长沙发上躺一个星期,朝着天花板啐唾沫,用各种幻想安慰自己,过一个星期再到编辑部去,结果却把原稿领回来了。然后你就去踏破别的编辑部的门槛。……等到所有的编辑部都走遍,各处都不接受你的稿子,你就索性把你的作品印成单行本好了。读者是不愁没有的。

(九)做一个作家而别人又愿意发表和阅读他的作品,那却很难。为此就要做到绝对文理通顺,而且要有一点点才能,哪怕只有扁豆么小也罢。大才能没有,小才能也就可贵了。

(十)为人要正派。不要把剽窃来的东西冒充自己的东西。不要在两个刊物上同时发表一个作品。不要把自己说成库罗奇金③,把库罗奇金说成自己。不要把翻译作品说成原作,等等。总之要记住十诫④。

---

① 引自俄国诗人莱蒙托夫的诗《你不要相信自己》。——俄文本编者注
② 俄国的一种清凉饮料。
③ 库罗奇金(1831—1875),具有民主主义倾向的俄国诗人、翻译家。——俄文本编者注
④ 意谓"要有道德",基督教的十诫(见《旧约·出埃及记》)是基督教的道德规范。

(十一)出版界是彬彬有礼的。这儿也像在生活里一样,不宜于踩别人很痛的鸡眼,把鼻涕擤在别人的手绢里,把五个手指头伸到别人的菜碟里去,等等。

(十二)如果你要写作,就该这样做:先是选好一个题材。在这方面你有充分的自由。你可以任意为之,甚至独断独行。可是,为了避免第二次发现美洲大陆,为了避免第二次发明火药,就要避免写那些老掉了牙的题材。

(十三)你选好了题材,就把笔尖没有生锈的钢笔拿在手里,用相当清楚而不潦草的笔迹把你所要写的东西写在一张纸上,而这张纸的反面不要再写东西。其所以应该如此做,倒不是为了增加造纸厂厂主的收入,而是出于其他高尚的考虑。

(十四)你放纵幻想的时候,要抑制你的手。不要放任它去追求字数。你写得越是短小,人家发表你的作品倒越多而且越经常。一般说来简练总是不会坏事的。一块拉长了的橡皮擦起铅笔字来丝毫也不比一块不拉长的橡皮强。

(十五)你写好以后,就署上名字。如果你不追求名声,你怕挨打,那就用笔名好了。不过要记住,尽管你戴上脸甲,弄得读者不知道你是谁,可是你务必要让编辑部知道你的姓名和住址。这一点所以必要,是因为编辑说不定打算来给你拜年呢。

(十六)你的稿子一旦发表,你就立刻去领稿费。要避免预支稿费。预支无异于堵塞你的前途。

(十七)你领到了稿费,自管随意处置。你可以购买轮船,排干沼地的水,照相,给芬兰修道院定做一口钟,给你妻子的裙子里的腰垫①加大两倍……一句话,随你的便。编辑部付给你稿费,你尽可以充分自由地行动。不过,如果写稿人愿意给编辑部开个账

---

① 盛行于19世纪末欧洲和俄国上流社会,用以舒展裙子,以使姿态美观。

单,写明他怎样而且在什么地方花掉了稿费,编辑部也绝不会反对。

(十八)最后,请你把这些"规则"的开头几行再读一遍。

小　人　物

"尊贵的先生,父亲,恩人!"文官涅维拉齐莫夫在起草一封贺信,"祝您在这个复活节以及此后许多岁月中福体康泰,万事如意,并祝阖府健康顺遂。……"

灯里的煤油快要烧尽,冒着黑烟,放出臭气。桌子上有一只迷路的蟑螂,在涅维拉齐莫夫写字的那只手旁边惊慌地奔跑。同这个值班室相隔两个房间,另有一个屋子,看门人巴拉蒙在那儿擦他节日才穿的皮靴。他已经擦过两次,可是这一次仍然擦得很有劲,所有的房间里都可以听见他不住地啐唾沫,他那蘸过黑鞋油的刷子沙沙地响。

"另外还应当给他,那个混蛋,写点什么好呢?"涅维拉齐莫夫抬起眼睛来瞧着烟熏的天花板,开始沉思。

他看见天花板上有一个乌黑的圆圈,那是灯罩的阴影。下面一点是积满灰尘的墙檐,再下面一点是墙壁,很早以前原是刷成蓝棕色的。值班室在他眼睛里显得那么荒凉,他不但可怜自己,甚至可怜那只蟑螂了。……

"我值完班就离开这儿走了,它呢,却要一辈子在这儿值班,"他暗想,伸一伸懒腰,"真是苦恼!我要不要也把我的皮靴擦一下?"

涅维拉齐莫夫又伸一次懒腰,然后懒洋洋地往看门人房间走去。巴拉蒙已经不擦皮靴了。……他在敞开的通风小窗跟前站着倾听,一只手拿着刷子,另一只手在自己胸前画十字。……

"打钟了,先生!"他对涅维拉齐莫夫小声说,睁大眼睛呆呆地瞧着他,"已经打钟了!"

涅维拉齐莫夫把耳朵凑到通风小窗跟前,听一下。复活节的钟声随着春天的新鲜空气,一齐从通风小窗的窗口涌进来。钟声同马车的辘辘声混在一起,在这片杂乱的响声中只能分辨出相距最近的那个教堂的活泼而高昂的钟声和一个什么人的又响又尖的笑声。

"人好多啊!"涅维拉齐莫夫看一眼下面的街道,叹口气说,点燃的街灯旁边闪过一个个人影,"大家都跑去做晨祷了。……我们这儿的人现在恐怕已经喝过酒,在城里闲逛呢。多少笑声和谈话声啊!只有我才这么倒霉,这样的日子还得在这儿坐着。而且我每年都得这样!"

"那么谁叫您拿人家的钱,受人家的雇呢?要知道今天又不是您值班,而是扎斯土波夫花钱雇您替他值班的。人家都玩玩乐乐,您却受人家的雇,替人家值班。……这是贪财啊!"

"怎么是贪财呢?根本就贪不着什么财,一共也不过拿到两卢布,外加一根领带罢了。……这是因为穷,不是因为贪财!可是眼下,你知道,要是能跟大家一块儿去做晨祷,然后开斋,那多好。……喝上那么一点酒,吃上一点冷荤菜,然后躺下睡它一觉。……你在桌子旁边坐着,桌上放着受过圣礼的圆柱形甜面包,还有茶炊嘘嘘地叫,身旁又坐着一个迷人精①。……你就喝下一小杯酒,托一下她的小下巴,那个小下巴也真是撩人的心……这样你才觉得你活得像个人。……哎哎……我这一辈子算是完了!

---

① 原文为法语。

你瞧,那个混蛋坐着四轮马车过去了,可是你却坐在这儿想心思。……"

"各人有各人的造化,伊凡·达尼雷奇。求上帝保佑,您也会禄位高升,日后也会坐上四轮马车的。"

"我吗?哼,不行,伙计,那可办不到。我就是拼了命,至多也不过做到九等文官罢了。……我没有受过大学教育。"

"我们这儿的将军也没有受过什么教育,可是……"

"哼,这个将军,在做到将军以前,早已搜刮到十万了。况且,他那种气派,伙计,就跟我不一样。……像我这种派头就成不了气候!就连我这个姓也糟到无可再糟:涅维拉齐莫夫①!一句话,伙计,这个局面没有出路。你乐意,就照这样活下去;不乐意呢,那就只好去上吊。……"

涅维拉齐莫夫离开通风小窗,满心苦恼地在各处房间里走来走去。钟声变得越来越响。……已经用不着站在窗口就可以听见了。钟声越是清晰,马车的辘辘声越是热闹,深棕色的墙壁和烟熏的墙檐就越显得阴暗,灯里的烟子也就冒得越浓。

"要不要丢下这值班的工作,一走了事?"涅维拉齐莫夫暗想。

然而,这样逃走也不见得有什么好处。……从衙门走出去,在城里闲逛一阵以后,涅维拉齐莫夫就得回到他的住处去,而他的住处比这个值班室更阴暗,更差劲。……姑且假定这一天他会过得挺好,挺自在,可是往后又怎么样呢?仍旧是灰溜溜的墙壁,仍旧是受雇代人值班,仍旧是写这种贺信。……

涅维拉齐莫夫在值班室中央站住,开始沉思。

他向往一种新的和较好的生活,这种向往弄得他的心痛得难忍难熬。他热烈地想望自己能突然在街头出现,汇合到活跃的人

---

① 在俄语中,这个姓的发音和"衬裤"相近。

群中去,参加这个节日的盛典,听所有的钟为它齐鸣,马车为它轰响。他巴望着他小时候经历过的那种情景:家人团聚,亲人们脸上喜气洋洋,桌布雪白,灯光明亮,屋里暖暖和和。……他想起刚才一个太太乘坐的那辆四轮马车,想起衙门里庶务官穿在身上招摇过市的那件大衣,想起秘书胸前佩戴着的那条金表链。……他想起温暖的床铺、斯坦尼斯拉夫勋章、新皮靴、肘部没有磨破的文官制服……他所以想起这些,是因为这些东西他一概没有。……

"莫非应该去贪污公款吗?"他暗想,"就算贪污公款并不困难吧,可是要收藏好就不易。……听说人家总是带着赃款逃到美洲去,可是鬼才知道那个美洲在什么地方!是啊,为了贪污公款也得受过教育才成呢。"

钟声停了。他只听见遥远的马车声和巴拉蒙的咳嗽声。涅维拉齐莫夫胸中的愁闷和愤恨越来越强烈,越来越难以忍受。衙门里的挂钟敲了十二点半。

"应该写告密信还是怎么的?普罗希金就写过告密信,这才步步高升的。……"

涅维拉齐莫夫在他桌子旁边坐下,开始沉思。灯里的煤油已经完全烧干,冒着浓烟,眼看就要熄灭。那个迷路的蟑螂仍然在桌子上东奔西走,找不到安身之处。……

"写告密信倒也未尝不可,可是怎么写法呢!应当写得隐隐约约,拐弯抹角,像普罗希金那样。……可是我哪会写!我一写不要紧,事后倒会害得我自己吃亏。我这个笨蛋啊,见鬼去吧!"

涅维拉齐莫夫绞尽脑汁,要想出办法来摆脱这种没有出路的处境,这时候他的目光落在他起草的那封信上。那封信是他写给一个他满心痛恨和害怕的人的,近十年来他一直请托那个人把他从十六卢布的职位提升到十八卢布的职位上去。……

"啊……你在这儿跑来跑去,鬼东西!"他说着,恶狠狠地一巴掌拍在那只不幸被他看见的蟑螂身上，"可恶的东西！"

那只蟑螂仰面朝天躺在那儿，绝望地踢蹬它那些小腿。……涅维拉齐莫夫揪住它一条小腿，把它扔在玻璃灯罩里。灯罩里薨地燃起火光，发出噼噼啪啪的响声。……

涅维拉齐莫夫的心头这才轻松了一点。……

节　　钱

摘自内地一个贪赃者的日记

我按照顺序抄录如下：

门牌一百十三号。我在这所房子第二户人家遇到一个受过教育的人。凭各种迹象来看，他是个安分守己的良民，不过非常古怪。他一面给我们节钱，一面说：

"我家里富裕，这点节钱乐于奉送。然而同时我又是一个研究学问的人，习惯于追根问底理解各种事物和行为。我想知道，您挨门挨户收节钱是不是根据某种道义上的权利？或者事实上没有这种权利，您这样做只是随心所欲①？"

我认为他问这句话表现了有益的求知精神，就在一张放着冷荤菜的桌子旁边坐下，解释说：

"感恩图报是崇高无比的灵魂所固有的品质。这种品质是人类的天赋，我们的责任就在于千方百计发扬市民们的这种品质，不要让它消灭。市民给节钱，就是借此培养他自己感恩图报的感情。认真说来，我们应当让你们不论在节日还是平日经常培养这种感情才对，无奈我们在征收节钱以外还有其他许多责任，因而市民们只得满足于一年只有寥寥几天的培养机会，但愿将来人与人的关

---

① 原文为法语。

系变得单纯后,节钱可以每天征收就好了。"

门牌一百十四号。房主希威英给节钱的时候,一脸的谄笑,热烈地握手。必须认为这个混蛋的院子里不洁净,或者住着没有身份证的人。

门牌一百十五号。九等文官的太太彼烈胡多娃在我走进客厅里的时候生气了,怪我脚上不该穿着粘了烂泥的套靴。不过她还是给了三卢布。住户勃留汉斯基听到我要求他履行公民的义务,却借口没有钱而拒绝了。于是我对他解释说:

"每个市民在节日前一天,为买奢侈品而照例花钱以前,先要考虑好应该给谁钱,而且为此同家里的人说妥,这以后就取出钱来,按照收款人的人数分成若干份。如果他没有钱,他就去举债。如果举债由于某种缘故而不能做到,他就该带着他的全家,逃到埃及去①。……我真感到奇怪:您怎么居然跟我说这种话!"

我记下了他的姓名。

门牌一百十六号。勃棱津将军住在第三号寓所。他给了我五卢布,说:

"从前我在我治理的那个省里同这种坏事进行过斗争,吃过苦:结果我被人赶出来,丢了官。看样子,这是一种无法克服的坏事!喏,您拿去!滚蛋吧。……"

他是将军,可是他对公民的义务抱着何等奇怪的观念!

---

① 根据基督教传说,在犹太王搜捕耶稣的时候,耶稣的父亲约瑟带着全家,逃往埃及,见《新约·马太福音》。

半斤八两

"你们,我的孩子们①,务必到谢普普林格(这个姓有两个"普"啊)男爵夫人家里去一趟……"我的岳母把我和我年轻的妻子送上一辆轿式马车,第十次叮咛说,"男爵夫人是我的老朋友。……你们再顺便去探望一下将军夫人瑞烈勃契科娃。……要是你们不去拜访她,她会不高兴的。……"

我们坐上轿式马车,这是我们婚后出外拜客。我妻子脸上,依我看来,带着洋洋得意的神情,可是我垂头丧气,闷闷不乐。……我和我妻子相比有许多不同之处,然而最使我心中苦恼的却是我的亲友和她的亲友大不相同。我妻子的熟人的名单使人眼花缭乱,什么上校夫人啦,将军夫人啦,谢普普林格男爵夫人(有两个"普"啊)啦,杰尔扎依-切尔托甫希诺夫伯爵啦,还有贵族女子中学里一大群贵族女朋友。可是我这一方的亲友却一概是低级趣味②:我的亲舅舅是个退休的狱吏,我的表姐开时装店,那些跟我同事的文官都是不可救药的酒徒和浪子,其中没有一个文官高过九等;此外还有商人普列甫科夫等。我很难为情。……为了避免丢脸,应当根本不到我熟人家里去,可是不去拜访就会招来许多责

---

① 原文为法语。
② 原文为法语,在此指地位卑微。

难和不愉快。表姐那边也许还可以不去,然而舅舅和普列甫科夫那边却非去拜访不可。我在舅舅那儿拿过钱办喜事,我买家具的钱是从普列甫科夫那儿借来的。

"小宝贝儿,"我说,开始向我的妻子讨好,"我们马上就要到我舅舅璞普金的家了。他出身于年代久远的贵族门第……他的叔叔做过某教区的代理主教,然而是个怪人,生活得乱七八糟,我不是说代理主教生活得乱七八糟,而是说璞普金本人。……我带你去是要趁此机会逗你笑一笑。……他是个大蠢货。……"

这辆轿式马车在一所小小的房屋门前停住,那所小屋有三个窗子,窗上安着护窗板,颜色发灰,带有铁锈色。我们走下马车,拉门铃。……门里传来响亮的狗叫声,狗叫声之后是威严的说话声:"不许叫,该死的!"随后,门里发出尖叫声,忙乱声。……忙乱很久后,大门才打开,我们走进前堂。……来迎接我们的,是我的表妹玛霞,一个小姑娘,穿着她母亲的短上衣,鼻子上有污斑。我装作没认出她的样子,照直走到衣架跟前,衣架上除了我舅舅那件狐皮大衣以外,还挂着不知什么人的裤子和一条浆硬的裙子。我脱掉套靴,胆怯地往大房间里看一眼。我的舅舅就在那儿,坐在桌旁,身穿家常长袍,光脚上套一双便鞋。我原希望他不在家,如今这个希望落空了。……他眯缝着眼睛,气喘吁吁,声音响得整个房子里都能听见,正用一根铁丝从酒瓶里勾出橙皮来。他带着操心和聚精会神的样子,倒好像他在发明电话似的。我们走进去。……璞普金见到我们,很不好意思,手里的铁丝掉下地了。他提着他的长袍衣裾,急忙跑出房外去。……

"我马上就来!"他叫道。

"他一溜烟跑掉了……"我笑着说,羞得满脸通红,不敢看一下我的妻子,"这挺可笑,索尼雅,对不?这个人怪透了。……你看,这都是些什么家具!三条腿的桌子,歪歪斜斜的钢琴,报时像杜鹃鸟叫声的挂钟。……简直可以认为,这儿住着的不是人,而是猛犸①呢。……"

"这上边画的是什么?"我的妻子看着一张画片问道,那些画片同一些照片混杂地挂在一起。

"这是谢拉菲木老人在萨罗甫沙漠里喂熊②。……这一张就是代理主教的照片,那时候他还担任宗教学校副校长。……你看,他挂着安娜勋章呢。……他是个可敬的人物。……我……"我擤一下鼻涕。

可是,再也没有比此地的气味更叫我害臊的了。……这儿有酒气,有变酸的橙皮味,有舅舅用来防蛀虫的松节油的气味,有咖啡渣的气味,这些合在一起,就凑成一股刺鼻的酸臭气。……我的表弟米嘉走进来了,这个小小的中学生长着很大的招风耳,见着我们就立正行礼。……他拾起那些橙皮,把长沙发上的枕头取走,举起衣袖来拂一下钢琴上的尘土,就走出去了。……看来,他是奉命来"收拾房间"的。……

"我来了!"最后,我的舅舅走进来,扣着他坎肩上的纽扣说。"我来了!我很高兴……非常高兴!请坐吧!只是不要坐在那张长沙发上,它一条后腿断了。你坐下,谢尼亚!"

我们都坐下来。……紧跟着是沉默,这时候璞普金摩挲自己的膝头,我极力不看我的妻子,心里发窘。

"嗯,是啊……"我的舅舅开口说,点上一支雪茄烟(有客人来,他总是吸雪茄烟),"那么你结婚了。……对。……从一方面来说,这是好事。……身旁有个妙人儿,亲亲爱爱,一派旖旎风光。可是另一方面,等到孩子生下地,你可就要嗥得比狼都厉害了!你

---

① 一种古代哺乳动物,现已绝种,其形状和大小与现在的大象类似。
② 一种民间的木版画,画着萨罗甫沙漠里的修士谢拉菲木(1760—1833)。——俄文本编者注

得给这个孩子买皮靴穿,给那个买裤子,给第三个出学费,送他上学。……不得了啊!我呢,谢天谢地,我的妻子生下来的孩子有一半都死掉了。"

"您的身体怎么样?"我想改变话题,就问道。

"不好,孩子!前些日子我躺了一整天。……我胸口痛,一会儿发冷,一会儿发烧。……我的老婆说:你吃点奎宁,不要生气。……可是在这儿怎么能不生气?我一清早起就吩咐把门前的雪扫干净,可就是没人听!这些调皮鬼,一个也不动。我自己可不能扫!我是个有病的人,身体衰弱。……我害着内痔呀。"

我很窘,就开始很响地擤鼻子。

"或者,这病说不定是由澡堂引起的……"我舅舅接着说下去,呆呆地瞧着窗子,"很可能!我,你知道,上星期四到澡堂里去过……洗了三个钟头蒸汽澡。一洗澡,我的痔疮就发得更厉害了。……大夫说,洗澡对身体不好。……太太,这话不对。……我从小就洗惯了,因为我父亲在基辅的克烈沙契卡开过一家澡堂。……我常常成天价洗蒸汽澡。……好在不用出钱。……"

我羞得不得了。我站起来,结结巴巴地开始告辞。

"你这是怎么了?"舅舅惊讶地说,抓住我的衣袖,"你的舅妈马上就来了!咱们吃一顿家常便饭,喝一点果子露酒!……家里有腌牛肉,米嘉跑出去买腊肠了。……你们这些人,说真的,太客气了!你有点骄傲,谢尼亚!这不好!新娘穿的礼服没有在格拉霞那儿定做!太太,我的女儿开了一家裁缝店。……给您缝礼服的,我知道,是斯捷潘尼德太太,可是斯捷潘尼德哪儿及得上我们!我们要的价钱也便宜得多。……"

我记不得我是怎样同我的舅舅分手,怎样坐上那辆轿式马车的。……我感到无地自容,遭到污辱,料着随时会听见我那在贵族女子中学里读过书的妻子轻蔑地嘲笑我。

"而且在普列甫科夫家里会有什么样的低级趣味①在等我们!"我暗想,害怕得浑身发凉,"只求赶快摆脱这些人才好,见他的鬼!活该我倒霉,熟人当中连一个将军也没有!我倒也认识一个退役的上校,可是就连他也开着一家啤酒店!我就有这么倒霉!""你,索涅琪卡②,"我带着哭音对我妻子说,"要原谅我,刚才我把你领到那个猪圈里去了。……我是想给你找个机会笑一笑,看一看怪人。……他们那么俗气,讨厌,这可不能怪我。……我向你道歉。……"

我胆怯地看我妻子一眼,我看到的比我怀着鬼胎预料到的要严重得多。我妻子的眼睛里含满泪水,脸上泛起一块块红晕,不知是害羞还是气愤,她双手发颤地捻着马车窗子旁边的一束穗子。……我顿时浑身发烧,皮肉发紧。……

"得,从现在起我就要受她的气了!"我暗想,感到我的胳膊和腿好像都灌了铅,"不过这不能怪我呀,索涅琪卡!"我不由得大叫起来,"说真的,你多么荒唐!他们是猪,低级趣味,可是话说回来,又不是我要他们做我的亲戚的!"

"要是你不喜欢你那些头脑简单的亲戚,"索尼雅哽咽着说,用恳求的目光瞧着我,"那么不消说,你就更不会喜欢我那些亲戚了。……我害羞,怎么也不敢对你说出来。……好人,亲爱的。……等一会儿谢普普林格男爵夫人会开口对你说,我妈做过她的管家妇,说我和妈妈都忘恩负义,如今她穷途落魄,我们却没有报答她过去的恩典。……不过你别听信她的话,劳驾!这个老脸皮的女人喜欢胡说。……我对你发誓,每到节日,我们总是给她送去一大块糖和一磅茶叶!"

---

① 原文为法语。
② 索涅琪卡和上文的索尼雅均为索菲娅的爱称。

"你这是说笑话了,索涅琪卡!"我惊讶地说,感到那些铅离开我的四肢,我的周身满是轻松活泼的感觉,"送给男爵夫人一大块糖和一磅茶叶!……嘿!"

"等你见到瑞烈勃契科娃将军夫人,你不要笑她,好人!她那么不幸!要是她总哭个不停,唠唠叨叨,那么这是因为杰尔扎依-切尔托甫希诺夫伯爵把她的家财都掏空了。她会抱怨她的命运,会向你借钱,可是你……那个……别给她。……要是她把钱用在自己身上,倒还罢了,可是她仍旧会拿给伯爵的!"

"小母亲……天使啊!"我说,兴奋得动手拥抱我的妻子,"我的心肝宝贝儿!这真叫人意想不到!要是你对我说,你的谢普普林格男爵夫人(有两个"普"啊)光着身子在街上走,那你会使我更加又惊又喜呢!你把你的小手伸过来,让我握一下!"

我忽然觉得懊悔,不该拒绝舅舅的腌牛肉,没有弹一下他那架歪歪斜斜的钢琴,没有喝果子露酒了。……不过这时候我想起普列甫科夫家里会有上等白兰地和辣根乳猪的。

"到普列甫科夫家去!"我扯大了嗓门对马车夫吆喝一声。

〔呈　　报〕

谨呈
第二区警察分局局长大人

　　为呈报事,查本人在老山谷附近米哈尔科夫树林中,走过一道小桥,发现自缢死尸一具,早已气绝身亡。经查阅所带证件,该人乃退伍兵斯捷潘·玛克辛莫沃伊·卡恰果夫,年五十一岁。该人携带背包一个,衣衫褴褛,由此观之,必为乞丐无疑。除绳子一根外,该人身上并无任何伤痕,所有衣物均在身边而未被盗去。该人自杀原因不得而知,惟大抵不外乎酗酒①,盖查勃罗沃村农民曾见该人走出酒店也。此案据情上报,抑或恭候大人光临处理,均请示下。

乡村警察　丹尼斯·奇。
报导者:无脾人②。

---

① 看来此人为饥寒所迫而自杀,但乡村警察平时惯于惩办酒徒,便断定为酗酒。
② 契诃夫的笔名。

无　望

素　描

地方自治局执行处主席叶果尔·费多雷奇·希玛兴在窗子跟前站着,满腔怨恨地用手指轻轻敲着窗上的玻璃。一个个钟头,一分一分钟,那么缓慢地消逝到永恒中去,这惹得他怨恨而绝望。……他已经躺下睡过两次,醒过两次,吃过两次饭,喝过六次茶,然而这个白昼才刚刚接近黄昏。

呈现在这个主席眼前的景色,依他看来,是灰色而乏味的。外面是荒芜的花园,从那些光秃的树木之间望过去,可以看见一道陡峭的土岸。……土岸下边半俄尺,有一条获得自由的河奔流不息。它水流湍急,奔腾向前,仿佛生怕有谁把它拉回去,重又把它锁在冰封之下似的。偶尔有一小块迟迟没有溶化的白色厚冰扑进希玛兴的眼帘,它也在急急忙忙朝前奔流。

"应该坐在那一小块冰上,让它带到一个什么地方去……哪怕到魔鬼那儿去也成。……"

看守人安德利昂沿着那道河岸大踏步走去。他低下头,两只手拿着一根长鱼叉,不时停住脚,用他烦闷的眼光盯着那条河。一头黑毛母牛在树木旁边走来走去,不时闻一下去年的枯叶。……整个这小小的画面,加上希玛兴和他的庄园,蒙着一层层沉重不动的密云,像是戴上一顶蓬松的大帽子,然而从那儿不住地散发出春天的气息。……希玛兴却觉得乏味而沉闷。他站在窗子跟前,瞧着令人厌恶的画面,想起今天傍晚常任委员利亚勃洛夫家里要打文特①,今天玛丽雅·尼古拉耶芙娜家里要设宴庆祝她的彼得的生日。……要是他能坐上马车到那两个地方当中的一个地方去,他也就不会感到日子过得多么乏味了。……然而那条河发大水,淹没了所有的道路,他的庄园已经让溶化的雪水和注满水的山沟团团围住,那还怎么能坐着马车出门呢?希玛兴觉得好比关在监狱里。……他在窗前站了很久。……最后,他料想利亚勃洛夫家里大家已经坐下来打文特,而他却不在场,他又料想玛丽雅·尼古拉耶芙娜家里大家已经坐下来喝茶,谈霍乱,谈赫拉特②,他就受不住了。

"呸!"他对天气啐了一声,就离开窗子,在一张圆桌旁边坐下。

桌上有一盏油灯和一个烟灰碟,旁边放着一本照片簿。这本照片簿希玛兴已经看过一百万次,可是目前由于闷得慌,就又把它拉过来,第一百万零一次观看那些照片。他眼前闪过他亲爱的姊妹、褪了色的舅母和姑母、一个细腰身的军官、戴着白色压发帽的祖母、叶菲米神甫和他的妻子、一个穿着毛衣的女演员、他本人以及他那去世的妻子,她怀里抱着一只小狮子狗。……他的目光暂时停在他妻子身上……略微扬起的眉毛、惊讶的眼睛、沉重的发髻、胸前的饰针,处处都勾起了他的回忆。……

"呸!"

时钟敲了六点半。坐在长沙发上的希玛兴站起身来,从这个墙角走到那个墙角,毫无目的地在房中央站住。

---

① 一种纸牌戏。
② 阿富汗西北部的一个城市名。

"要是在火车站坐着等车,"他暗想,"那么好歹抱着一种希望:等一会儿火车就要开来,那就可以坐上车走了,可是现在呢,根本没有什么可等的……没有个尽头……逼得人简直要上吊,见鬼。……要不要开晚饭呢?不,还太早,而且也不想吃东西。……暂且吸一会儿烟吧。……"

他走到装烟草的白铁盒那边,对墙角看一眼,发现小圆桌上有个跳棋盘。

"要不要下跳棋?啊?"

希玛兴在棋盘上分别放好黑色和白色的骨制棋子,随后就在小圆桌旁坐下,自己跟自己下棋。他的右手和左手成了对手。

"你这是怎么走的。……嗯。……等一等,老兄。……那我这么走!行啊。……我们等着瞧吧,先生。……"

可是他的左手知道他的右手要往哪儿走,不久希玛兴就分不清该哪一只手走,这盘棋就乱了。

"伊留希卡!"他叫一声。

一个又高又瘦的小伙子走进来,身穿破旧油污的礼服,脚上蹬着破皮靴,包着老爷用过的靴腰。

"你在那儿干什么?"老爷问。

"没干什么……在箱子上坐着呢。……"

"过来,我们下跳棋!你坐下!"

"您说什么?……"伊留希卡笑嘻嘻地说,"这怎么行呢?……"

"过来,蠢货!你坐下!"

"不要紧,我站着就是。……"

"叫你坐下,你就坐下!要是你像根木头似的竖在那儿,你以为我会愉快吗?"

伊留希卡仍然赔着笑脸,迟疑不定地在椅子边上坐下,忸怩地眨巴眼睛。

"走棋吧!"

伊留希卡想了一想,伸出小手指把棋子顶出一步去。

"您这么走……"希玛兴开始沉思,用手托住下巴,"是这样。……好,那我这样走!你走吧,蛀虫!"

伊留希卡又走一步。

"是这样,先生。……你这个丑八怪要往哪儿走,我们可是心里有数的。……我们心里有数。……不过,你嘴里的葱臭气可真厉害!你这样走了,那我……就这样走!"

这盘棋下起来了。……希玛兴起初很得手……他吃掉对方一个个棋子,自己已经有王棋①了,只是有一种无法摆脱的想法妨碍他思考和研究棋局。……

"跟一个平等的人较量,赢了他,那才愉快,"他暗想,"这个人的社会地位要跟你不相上下才成。……即使赢了伊留希卡,在我又有什么趣味呢?赢了他也罢,不赢他也罢,反正一样:丝毫乐趣也说不上。……啊,他吃了我一个棋子,他笑了!赢了老爷就觉得愉快!当然了!别看他冒出葱臭气,可是大概巴不得叫老爷出一下丑才痛快!"

"滚出去!"希玛兴叫道。

"什么?"

"滚出去!!"希玛兴叫道,满脸通红,"他居然大模大样地在这儿坐着,这个畜生!"

伊留希卡手里的棋子掉下地,惊讶地看看东家,往后倒退,走出客厅去了。希玛兴瞧一眼挂钟:现在才六点五十分。……离吃晚饭,离夜晚,还有五个钟头光景呢。……大颗的雨点开始敲打窗

---

① 指已经走到对方的最后一道线,因而能随意走动的棋子。

子。那头黑毛母牛在园子里用沙哑的喉咙凄凉地叫着。奔腾的河水声仍然单调而忧郁,跟一个钟头以前一样。希玛兴摇一下手,往外走,身子撞在门框上,毫无目标地往他的书房走去。

"我的上帝啊!"他暗想,"别人如果感到烦闷无聊,就锯木头做活,搞招魂术①,用蓖麻籽油给农民治病,写日记,只有我才这样不幸,任什么才干都没有。……嗯,现在我该干些什么呢?干些什么呢?我是地方自治局执行处主席,荣誉调解法官,农业经营者,可是……仍旧找不出办法来消磨时间。……莫非应该看一看书?"

希玛兴往书架跟前走去,那上面堆着一些杂七杂八的书。那儿有各式各样的司法指南、旅行手册,已经散乱而书页还没裁开的《园艺》杂志、烹饪法、宗教布道书、旧杂志。……希玛兴迟疑不决地拉过一本一八五九年②的《现代人》③杂志,翻开来。……

"《贵族之家》④。……这是谁写的?啊啊!屠格涅夫写的!我读过。……我记得读过。……这篇东西讲的是什么事,我却忘了,那就不妨再读一次。……屠格涅夫写得精彩……嗯,是啊。……"

希玛兴在一张沙发上躺下,开始阅读。……他愁闷的灵魂在那个伟大作家的小说里找到了安慰。十分钟后,伊留希卡踮起脚尖走进书房里来,在老爷脑袋底下垫上一个枕头,从他胸前取下一本摊开的书。……

老爷打鼾了。……

---

① 一种迷信活动:招回死者的灵魂与活人通信息。
② 指 26 年前,因本文发表于 1885 年。
③ 1836 年至 1866 年在彼得堡出版的进步杂志,由诗人普希金创刊,这时由诗人涅克拉索夫主编。
④ 俄国作家屠格涅夫(1818—1883)的长篇小说,载《现代人》杂志 1859 年 1 月号上。

一 团 乱 麻

教堂诵经士奥特卢卡文在唱诗班席位上站着,伸出几个胖手指头,捏住一管经牙齿咬过的鹅毛笔①。他小小的前额上聚集着许多皱纹,鼻子上闪着一些斑点,从粉红色起到深蓝色止,各种颜色一应俱全。他面前放着一本《彩周②三重颂歌》,那本书的棕红色封面上放着两小张纸。其中一张写着"祈福添寿",另一张写着"超度亡灵",两个标题下面各有一长串姓名③。……唱诗班席位旁边站着一个矮小的老太婆,脸上带着操心的神情,背上背着一个小包。她在沉思。

"底下该写谁呢?"诵经士问,懒洋洋地搔着他耳朵背后的皮肤,"快点想吧,苦老婆子,我没有空闲。马上我就要去念经了。"

"我马上就想起来,亲人。……好,写吧。……要祈福添寿的上帝的奴隶有安德烈,有达丽雅和她的孩子。……有米特利,又是一个安德烈,有安契普,有玛丽雅。……"

"慢着,不要太快。……你又不是在追兔子,不用着急。"

"写完玛丽雅了?好,现在该写基利尔、高尔杰依、新死的盖

---

① 指笔尖已经用旧,不好使,必须用牙咬一咬,才能继续勉强使用。
② 基督教节日,复活节前的一个星期。
③ 指俄国正教徒在教堂里进行祈祷前,提出活着的和死去的亲友名单,要求教士在祈祷时念着这些名字祈福和超度。

拉西木的娃娃、潘捷列。……你写完去世的潘捷列了?"

"慢着。……潘捷列死了?"

"死了……"老太婆叹道。

"那你为什么要我写在祈福的名单上?"诵经士气愤地说,划掉潘捷列,把他登记在另一张小纸上,"这是怎么搞的。……你要说清楚,不要弄乱。该超度的还有谁?"

"该超度的?我马上就想出来……等一下。……好,写吧。……有伊凡,有阿芙多嘉,还有达丽雅,有叶果尔。……再写上……当兵的扎哈尔。……他八四年出外当兵,至今没有听到他的下落。……"

"那么他死了?"

"谁知道呢!他也许死了,可也许还活着。……您写上吧。……"

"可是我把他写在哪儿呢?譬如说,要是他死了,那就写在超度底下,要是活着呢,就写在祈福底下。你们这班人简直叫人莫名其妙!"

"嗯!……你,亲人啊,就把他登在两个单子上好了,将来自会弄清楚的。再者,不管你把他登在哪儿,反正在他都一样:他是个不中用的人……没什么出息。……你写完了?现在再写该超度的,有玛尔克,有列奉契依,有阿莉娜……喏,还有库兹玛和安娜……有多病的费多霞。……"

"你要超度多病的费多霞?呸!"

"你这是要超度我?你发疯了还是怎么的?"

"呸!你这个矮婆娘,把我搞糊涂了!她还没死,那你就说她还没死,用不着硬要超度她!你这是胡来!现在可好,只得把费多霞划掉,写到别的地方去……整张纸都给糟蹋了!喏,你听着,我给你念一下。……该祈福的,有安德烈、达丽雅和她的孩子,又一个安德烈、安契普、玛丽雅、基利尔、新死的娃娃盖拉……慢着,这个盖拉西木怎么跑到这儿来了?他新近死了,还要给他祈福添寿!不行,你把我搞糊涂了,苦老婆子!求上帝跟你同在,你把我简直搞糊涂了!"

诵经士摇着头,把盖拉西木划掉,写到超度的行列里去。

"你听着!该祈福的有玛丽雅、基利尔、当兵的扎哈利。……还有谁?"

"阿芙多嘉写上了吗?"

"阿芙多嘉?嗯……阿芙多嘉……叶芙多嘉……"诵经士说着,查看那两张小纸,"我记得把她写上了,可是如今,鬼才知道她在哪儿……怎么也找不着了。……啊,她在这儿!写在超度的名单上了!"

"要超度阿芙多嘉?"老太婆惊讶地说,"她嫁出去还没满一年,你就要咒她死!……喏,我的好人,这是你自己糊涂,反而朝我发脾气。你得一边祷告一边写,要是你心里有怨气,那可就招得魔鬼高兴。这是魔鬼在支使你团团转,把你弄糊涂了。……"

"等一等,不要打搅我。……"

诵经士皱起眉头,想一想,慢腾腾地在超度那张纸上勾掉阿芙多嘉。他的笔碰到"多"那个字,嗞啦一响,淌下一大滴墨水来。诵经士发窘了,搔搔后脑壳。

"这样说来,要叫阿芙多嘉从这儿滚开……"他困窘地唠叨说,"把她写到那边去。……对吧?慢着。……要是把她放在那儿,那就是为她祈福,可要是放在这儿呢,那就是超度。……这个老婆子完全把人闹糊涂了!还有个当兵的扎哈利也钻到这儿来了。……这是魔鬼把他送来的。……我什么也搞不清楚!应当重新写过。……"

诵经士把手伸进小柜子里去,从那儿取出一张八开的白纸。

"既是这样,那你就把扎哈利勾掉吧……"老太婆说,"不要去管他了,把他勾掉就是。……"

"住嘴!"

诵经士慢腾腾地把笔蘸上墨水,把两小张纸上的姓名都抄写在新纸上。

"我把那些名字统统写上了,"他说,"你就把这张纸拿到助祭神甫那儿去。……让助祭去弄明白这里头谁是活着的,谁是死了的。他在宗教学校里念过书,可是我呢,这种事情……你就是打死我,我也还是懂不了。……"

老太婆接过那张纸,拿出一枚值一个半戈比的古钱,递给诵经士,然后踩着碎步往圣坛那边走去。

生活是美好的!

写给企图自杀的人

生活是极不愉快的事,然而要使生活美好,却也不算太难。要做到这一点,光是中二十万卢布的彩票,获得"白鹰"勋章①,娶个俊俏的女人,以安分守己闻名,那是不够的,因为这些福分都不能长久存在,迟早会使人觉得平淡无奇。为了让内心不断感到幸福,甚至在忧伤悲愁的时候也不变,那就需要:(一)善于满足现状;(二)高兴地体会到"本来事情可能更糟"。这并不困难:

你衣袋里的火柴燃起来,那你该高兴,感谢上苍,幸好你衣袋里没有藏着火药库。

穷亲戚来到你别墅里,你不要脸色煞白,而要得意洋洋地高声叫道:"幸好来的不是警察!"

你手指上扎了一根刺,你该高兴地喊一声:"幸亏不是扎在眼睛里!"

如果你的妻子或者小姨练琴,那你不要发脾气,而要高兴得忘乎所以,因为你听见的是音乐,而不是胡狼的嗥叫声或者猫的音乐会。

---

① 帝俄时代八种高级勋章之一。——俄文本编者注

你该快活,因为你不是拉公共马车的马,不是科赫的"小点"①,不是旋毛虫,不是猪,不是驴,不是茨冈②拉着的熊,不是臭虫。……你该高兴,因为你腿不瘸,眼不瞎,耳不聋,口不哑,也没感染霍乱。……你该高兴,因为目前你没有坐在法庭的被告席上,没有看见面前站着一个债主,没有同图尔巴③谈稿费问题。

如果你住在不那么远的地方④,那么,你一想到你总算没发配到极远的地方⑤去,岂不感到幸运?

如果你有一颗牙痛起来,那你就要欢欢喜喜,因为你不是满口牙都痛。

你该高兴,因为你无须乎读《公民报》⑥,也无须乎坐在垃圾桶上,更不必同时娶三个老婆。……

人家把你押到警察分局去,你就该快活得跳起来,因为人家不是把你押到地狱的熊熊大火中去。

如果人家用桦树条抽你,你就该乐得踢蹬两条腿,高声叫道:"我多么幸运啊,人家总算没有用荨麻抽我!"

如果你妻子对你变了心,那你就该高兴,因为她是背叛你,而不是背叛祖国。

诸如此类,不胜枚举。……人啊,假如你听从我的忠告,那么你的生活就会成为源源不断的欢乐了。

---

① 指霍乱病菌。科赫(1843—1910),德国科学家,微生物学的创始人之一,曾发现霍乱的病因。——俄文本编者注
② 俄国一个流浪的少数民族。此处指以卖艺为生的茨冈人。
③ 1879年至1896年在彼得堡印行的周刊《图画世界》的主编和发行人。——俄文本编者注
④ 指俄国流放犯的流放地点。
⑤ 指西伯利亚,俄国苦役犯的服刑地点。
⑥ 俄国当时的一家反动报纸。

逛 公 园[①]

五月一日的白昼已经过去,这时候临近黄昏了。在索科尔尼基[②],松树的细语声和鸟雀的歌唱声淹没在嘈杂的马车声、谈话声、音乐声中。人们游兴正浓。在"旧游艺场"[③]一张茶桌旁边,坐着一对男女:男的戴着亮晃晃的高礼帽,女的戴着浅蓝色的帽子。他们面前桌子上放着一个滚沸的茶炊、一个喝空了的白酒瓶、茶杯、酒杯、一块切过的腊肠、几块橙皮等。那个男人已经喝得大醉。……他聚精会神地瞧着一块橙皮,不住地傻笑。

"你喝醉了,蠢货!"女人生气地唠叨说,发窘地往四下里看一眼,"你喝酒之前应该好好地想一想才对,不要脸的东西。现在不但别人看着你讨厌,你自己也弄得毫无乐趣。比方说你在喝茶,可是现在你哪里尝得出茶的味道? 现在你吃果糖也罢,吃腊肠也罢,反正是一个味道。……我倒费了不小的劲,带来这些好吃的东西。……"

男人脸上的傻笑换成一副极其悲伤的神情。

"玛霞,这是把人们押到哪儿去?"

"谁也没押着人走,这是他们自己在散步。"

---

① 原名是《在索科尔尼基的游逛》。
② 公园名,在莫斯科。
③ 公园内的一个地方。

"那为什么有警察在走?"

"警察?他是来维持秩序的,可是说不定也是在闲逛。……哼,你醉得这么厉害,什么事都不明白!"

"我……我没什么。……我是画家……风俗画家。……"

"住嘴!你喝醉了,那就少说废话。……你与其唠唠叨叨,不如动脑筋想一想的好。……四下里是绿树和青草,鸟雀唱出各式各样的声音。……可是你一概没看见,倒好像这儿没有你这么个人似的。……你也在看,可是就像看着一团雾。……如今画家都用心观察自然,可是你却醉得不省人事。……"

"自然……"男人说,他的头摇摇晃晃,"自然。……鸟叫……鳄鱼爬……狮子……老虎。……"

"你胡扯吧,胡扯吧。……所有的人都像人样……手挽着手散一散步啊,听一听音乐啊,惟独你不成样子。你是什么时候喝醉的?我怎么会没有留意到呢?"

"玛……玛霞,"戴高礼帽的男人脸色苍白,喃喃地说,"快一点。……"

"你要干什么?"

"我想回家去。……快一点。……"

"等一等。……等天黑了,我们再走,现在就走太丢人:你会摇摇晃晃的。……人家就会笑你。……坐着,等着吧。……"

"我坐……坐不住了!我……我要回家去。……"

男人猛的站起来,身子摇晃着,离开桌子走掉了。其他桌子旁边坐着的游人就笑起来。……那个女人窘了。……

"要是我下次再跟你一块儿出来,叫上帝把我打死就是,"她喃喃地说,扶住那个男人,"简直是丢脸。……如果我们是合法的夫妻倒也罢了,可偏偏又不是……倒像是风把你吹到我这儿来的。……"

"玛……玛霞,我们这是在哪儿?"

"住嘴!你该害臊才是,所有的人都在对你指指点点。你倒满不在乎,可我怎么受得了?如果我们是合法的夫妻倒也罢了,可偏偏……又不是。……你给我一个卢布,就数落我一个月:'我供你吃喝!我养着你!'我才不要你的钱!你那点钱我才看不上眼呢!我把心一横,到巴威尔·伊凡内奇那儿去算了。……"

"玛……玛霞……回家去……你雇一辆马车吧。……"

"好,去吧。……你顺着林荫路照直走,我在旁边走。……我不好意思跟你一块儿走。……你照直走吧!"

那个女人叫她那"不合法的"男人面对大门口,然后在他背上轻轻地推了一下。男人就往前移动,一路上摇晃身子,撞在行人和长椅上,急匆匆地朝前走去。……女人在后面跟着,注意他的行动。她心里发窘,惶惶不安。

"您,先生,要买手杖吗?"一个人手里拿着一束长短不等的手杖,对走路的男人说,"上等货……结实得很……这一根是竹子的。……"

男人呆呆地看着卖手杖的人,随后回转身,往相反的方向走去。他脸上露出恐惧的神情。

"魔鬼要把你支使到哪儿去?"女人拦阻他说,抓住他的衣袖,"喂,往哪儿走啊?"

"玛霞在哪儿?……玛……玛霞走了。……"

"那我是谁?……"

女人挽住男人的胳膊,带他往大门口走去。她满心羞愧。

"要是我下次再跟你一块儿出来,叫上帝打死我就是……"她喃喃地说,羞得满脸通红,"我这是最后一次忍受这种耻辱。……上帝惩罚我吧。……明天我就到巴威尔·伊凡内奇那儿去!"

277

女人胆怯地抬起眼睛看一下游人,料着会在他们脸上看见讥诮的笑容。可是她放眼看去,全是些醉脸。所有的人都身子摇晃,昏昏欲睡。她心里这才轻松一点了。

最后一个莫希干女人①

那年春天我在地主,一个退役的骑兵上尉陀库金家里做客,有一天早晨风和日丽,我们坐在老奶奶们常坐的那种圈椅②上,懒洋洋地瞧着窗外。我们感到烦闷极了。

"呸!"陀库金嘟哝说,"这未免太烦闷无聊了,哪怕有个法院的民事执行吏登门③,我也会高兴!"

"要不要去躺下睡一觉呢?"我暗想。

我们就思考烦闷无聊这个问题,想了很久很久,最后,我们隔着许久没有擦过而闪着虹光的玻璃窗,发现在宇宙进程中发生了一点小小的变化:大门旁边一堆去年的枯叶上,本来站着一只公鸡,时而抬起这条腿,时而抬起那条腿(它想同时抬起两条腿),忽然间,它吃一惊,像被蛇咬了一口似的,从大门口窜到旁边去了。

"有人走来了,或者坐着马车来了……"陀库金说,微微一笑,"即使魔鬼打发个客人来也好。总可以叫人高兴一点。……"

那只公鸡没有欺骗我们。先是大门口露出一个马头和一个绿

---

① 借喻一种罕见的野蛮女人。莫希干人是北美洲的一个印第安民族,由于欧洲人的殖民政策而衰亡。美国作家库柏(1789—1851)写过一本名为《最后的莫希干人》的长篇小说。
② 指一种柔软舒适的圈椅。
③ 法院人员登门,照例是涉及诉讼,是大家都想避免的坏事。

色的车辄,随后露出整个马身子,最后就露出一辆乌黑而沉重的四轮小马车,车上安着又大又难看的挡泥板,犹如准备起飞的甲虫翅膀。马车到了院子里,笨拙地往左边拐个弯,发出吱吱的尖叫声和辘辘的车轮声,往马房那边开过去。车上坐着两个人:一个是女人,另一个是身材矮小些的男子。

"见鬼……"陀库金睁大惊恐的眼睛瞧着我,搔着鬓角,嘟哝说,"这正合了那句俗语:本来没有苦恼事,魔鬼却来寻开心①。怪不得我昨天晚上梦见了炉子。"

"怎么了?这是谁来了?"

"是我的姐姐和姐夫,滚他们的。……"

陀库金站起来,烦躁地在房间里走来走去。

"就连我的心口都发凉……"他悻悻地说,"对亲姐姐缺乏亲人的感情,是有罪的,不过,您相信吗?我就是在树林里遇见强盗头子也比遇见她轻松得多哩。我们要不要躲起来?让季莫希卡去撒个谎,就说我们出门开会去了。"

陀库金大声呼唤季莫希卡。可是撒谎和藏匿已经来不及。过了一分钟,前厅里响起叽叽咕咕的说话声:一个女低音和一个男高音在窃窃私语。

"你把我衣服底襟的皱边理好!"女低音说,"你又没穿出门穿的裤子?"

"那条蓝色裤子您送给舅舅瓦西里·安契培奇了,至于那条花色裤子,您吩咐我留到冬天再穿,"男高音分辩说,"请问,这条披巾是由我给您拿着,还是放在这儿?"

房门终于开了,一个年纪四十上下的太太走进房来,穿着浅蓝色的缎子衣服,生得又高又胖,皮肉松弛。她那两颊绯红而且生着

---

① 类似我国俗谚:闭门家中坐,祸从天上来。

雀斑的脸上现出十分冷漠的傲慢神情,不知怎的,我顿时领会到陀库金为什么那样不喜欢她了。一个又小又瘦的男人踩着碎步跟在胖太太身后,穿着花色的上衣、肥大的长裤和丝绒的坎肩,肩膀窄小,胡子刮光,小鼻子发红。他坎肩上挂着一条金表链,像是挂长明灯用的那种链子①。他的衣服、动作、小鼻子,他整个不匀称的身材,处处都流露一种奴颜婢膝、猥猥琐琐的神态。……那个太太走进来,仿佛没注意到我们似的,往圣像那边走去,开始在胸前画十字。

"在胸前画十字!"她回过头来对她丈夫说。

生着小红鼻子的小男人打了个哆嗦,开始在胸前画十字。

"你好,姐姐!"陀库金等到太太祷告完结,就对她说,叹了口气。

太太庄严地微微一笑,把嘴唇送到陀库金的嘴唇跟前。

小男人也凑过去接吻。

"让我介绍一下。……这是我的姐姐奥林皮阿达·叶果罗芙娜·赫雷金娜。……这是她的丈夫多西费依·安德烈伊奇。……这是我的好朋友。……"

"很高兴,"奥林皮阿达·叶果罗芙娜拖长声音说,没有向我伸过手来,"很高兴。……"

我们坐下,沉默了一会儿。

"恐怕你没料到有客人来吧?"奥林皮阿达·叶果罗芙娜开口对陀库金说,"我自己本来也没打算到你这儿来,弟弟。喏,我是到首席贵族家去,顺路来看看你。……"

"你到首席贵族那儿去要办什么事呢?"陀库金问。

"什么事?喏,就是去告他的状!"太太朝她丈夫那边点一下

---

① 那种链子又粗又长。

头,说。

多西费依·安德烈伊奇低下眼睛,把脚缩到椅子底下,将手捏成一个空拳头,对着空拳头狼狈地咳嗽一声。

"为什么事告他的状呢?"

奥林皮阿达·叶果罗芙娜叹口气。

"他忘了他的身份!"她说,"是啊,我也到你这儿来告过他,弟弟,我还到他父母那儿去告过,我还把他带到格利果利神甫那儿去过,要神甫教训他一下,总之我自己各种办法都用过,可就是一点成效也没有!现在万般无奈,只好去惊动首席贵族先生了。……"

"可是他究竟干了些什么事呢?"

"他什么事也没干,就是记不住他的身份!固然,他不喝酒,为人安分,毕恭毕敬,可是如果他记不住他的身份,那么这些又有什么用!你看他,拱着背坐在那儿,倒像是那种求爷爷告奶奶的人,或者是个平民知识分子。难道贵族能这么坐着?你好好坐着!听见了吗?"

多西费依·安德烈伊奇伸直脖子,抬起下巴,大概这样做就是要好好坐着,然后他愁眉苦脸、战战兢兢地瞧他的妻子。小孩子犯了过错,就常常这样看人。我看出他们谈的是家务事,外人不便听,就站起来要走出去。赫雷金娜注意到我的动作了。

"没关系,您坐下!"她拦阻我说,"这些话年轻人听了有益处。虽然我们不是有学问的人,可是我们比您多活几年。求上帝让所有的人都像我们这样生活才好。……弟弟,我们顺便在你们这儿吃午饭吧,"赫雷金娜回过头去对她弟弟说,"不过今天你们这儿恐怕烧的是荤菜。看来,你也不记得今天是星期三了……"她叹口气,"那你吩咐下去,要给我们做素菜。荤菜我们是不吃的,这你就看着办吧,弟弟。"

陀库金就把季莫希卡叫来,吩咐午饭做素菜。

"我们吃过饭,就到首席贵族家里去……"赫雷金娜继续说,"我要请他管一下。他的工作就是监督贵族们不要有失体统嘛。……"

"莫非多西费依做了什么有失体统的事?"陀库金问。

"倒好像你是头一次听见似的,"赫雷金娜皱起眉头说,"况且,说实话,你本来就不在心上。……你自己就不大记得你的身份。……喏,那我们来问一问这位年轻的先生。年轻人,"她转过脸来对我说,"依您看来,要是一个有贵族身份的人跟各种下贱货混在一起,这好吗?"

"这要看是跟谁在一起了……"我为难地说。

"比方就拿商人古塞夫来说。像古塞夫这样的人,我根本不准上门,可是他倒跟商人下跳棋,到他家里去吃吃喝喝。难道他跟文书一块儿出去打猎也算是体面事?他跟文书有什么可谈的?不瞒您说,先生,文书不但不配跟他谈话,就连在他面前吱一声也不准!"

"我性格软弱……"多西费依·安德烈伊奇小声说。

"我就要叫你知道知道什么叫性格!"他妻子威胁他说,气愤地用戒指敲着椅背,"我不容许你玷污我们的姓!虽然你是我的丈夫,可我还是要羞辱你!你得明白!你是我提拔起来的!他们赫雷金家族,先生,是个衰败的家族。既然我,陀库金家的人,嫁给他,他就应当看重这一点,应当领情!不瞒您说,先生,我为他操够了心!为了给他谋到一官半职,我出过多少力!您问一问他!不瞒您说,我单为他考得文官官衔,就花掉三百卢布!我操这些心为的是什么?你这个乏货以为我是在为你操心?你别胡思乱想!我看重的是我们家族的姓!要不是这个姓,不瞒你说,你这家伙早就关进厨房里去了!"

283

可怜的多西费依·安德烈伊奇听着,一言不发,光是缩起身子,我也不知道这是因为害怕还是因为难堪。吃饭的时候,他那严厉的妻子也不容他消停。她的眼睛一刻也不放松他,盯紧他的一举一动。

"往菜汤里撒盐!汤匙没拿正!把你面前的凉菜盘推开,要不然你的袖子就碰上它了!不许眨巴眼睛!"

他在她的目光下匆匆吃东西,缩起脖子,犹如一只家兔处在大蟒的监视下。他同他妻子吃素菜,然而他不时看一下我们的肉饼,露出贪馋的神情。

"祷告!"吃完饭后,他妻子对他说,"向我的弟弟道谢。"

饭后,赫雷金娜到卧室去歇息。她走后,陀库金抓住自己的头发,在房间里走来走去。

"哎,你也真是倒霉,老兄!"他对多西费依说,不住地喘气,"我只陪她坐了一个钟头,就难受得不得了,而你一天到晚跟她在一起,那怎么受得了……唉,你这个受苦人,倒霉的受苦人啊!你成了伯利恒城里被希律杀害的婴儿①了!"

多西费依眨巴着眼睛,说道:

"我的夫人为人严厉,这是确实的,先生,不过我得日日夜夜为夫人祷告上帝才对,因为我在夫人那里没看到别的,只看到恩情和热爱。"

"无可救药的人啊!"陀库金想,摇一摇手,"想当初,他在俱乐部里发表过演说,还发明过新的播种机呢!那个妖婆活生生把这个人毁了!唉唉!"

"多西费依!"女低音响起来,"你在哪儿?到这儿来,给我赶

---

① 见《新约·马太福音》:残暴的希律王为了消灭刚诞生的耶稣而杀尽伯利恒城里的婴儿。

苍蝇！"

　　多西费依·安德烈伊奇打了个冷战,踮起脚尖,往卧室跑去。……

　　"呸！"陀库金朝着他的背影啐了一口唾沫。

在 旅 馆 房 间 里

"您听我说,我的好人!"第四十七号房间的住客,纳霞狄陵娜上校夫人,涨红了脸,唾星四溅地向旅馆老板发作道,"要么您另外给我找个房间,要么我干脆搬出您这个该死的旅馆!这儿成了强盗窝!求上帝饶恕吧,我有好几个成年的女儿,可是这儿一天到晚听见的,全是下流话!这像什么样子?一天到晚老是这样!有时候他满嘴脏话,简直不堪入耳!活像马车夫说的!幸好我那些可怜的女儿什么也没听懂,要不然就只好带着她们一块儿跑到街上去。……现在他就在说话!您听!"

"我呢,老兄,还知道一件比这更妙的事儿,"一个沙哑的男低音从隔壁房间里传过来,"你记得德鲁日科夫中尉吗?喏,就是那个德鲁日科夫,有一回要猛一下把黄球打到角上洞里去,你知道,他照例把一条腿跷得高高的。①……忽然间,不知怎么一来,发出嗞啦一响!起初大家以为他把球台上的呢子挑破了,可是定神一看,老兄,原来他那条缝得不怎么结实的裤子全开了绽!他,那个骗子,把腿跷得太高,弄得裤裆里的线缝没一处不裂开。……哈哈哈。偏巧这时候有几个女人在场……其中有那个毛头小伙子奥库

---

① 指打台球。这个人为了瞄准而向球台俯下身去,跷起腿是为了保持身体平稳。

陵少尉的老婆。……奥库陵冒火了。……他说:你怎么敢在我老婆面前撒野?紧跟着,你一言我一语地吵起来……我们那班人的脾气你知道!……奥库陵要决斗,派了助手去找德鲁日科夫,可是德鲁日科夫说:'你叫他不要发傻,告诉他……哈哈哈……告诉他,叫他不要找我决斗,去找给我做裤子的裁缝决斗吧。要知道,这事该怪他嘛!'哈哈哈。……哈哈哈!……"

上校夫人的女儿莉莉雅和米拉本来坐在窗子跟前,用拳头托住胖乎乎的面颊,这时候便低下细小的眼睛,脸红了。

"现在您听见了吧?"纳霞狄陵娜对老板继续说,"这,依您看来,没有什么关系吗?我,先生,是上校夫人!我的丈夫是军事长官!我不容许一个赶马车的几乎当着我的面说出这种下流话!"

"他,太太,不是赶马车的,而是步兵上尉基金。……他是贵族。"

"如果他把他的贵族身份忘得一干二净,讲起话来像马车夫一样,那他就应该得到更大的蔑视!一句话,您不要多讲了,请您费心想想办法吧!"

"可是我能有什么办法呢,太太?不光是您抱怨,大家都在抱怨,可是我能拿他怎么样呢?我到他房间里,开口数落他说:'汉尼拔·伊凡内奇!您敬畏上帝吧!这可丢脸啊!'那他马上朝你的脸抡拳头,说出各式各样的话来:'滚你娘的!'等等。真不像样子!他早晨醒来,对不起,只穿贴身的衣裤,一个劲儿在走廊上溜达。或者,他喝醉了酒,拿起一支手枪来,不管三七二十一,把子弹打进墙里去。他白天死命地灌酒,晚上发疯地打牌。……打完牌又打架。……闹得我都不好意思见房客的面!"

"那您为什么不拒绝那个流氓住在您这儿呢?"

"可是这样的人难道撵得出去吗?他欠下三个月房钱,我们连钱也不要,只求他赏个脸,搬出去算了。……调解法官判决,要他腾房,可是他呢,又是上诉,又是要求撤销原判,这件事就拖下来了。……说不尽的麻烦!主啊!不过话说回来,他是个什么样的人!又年轻,又漂亮,又有才学。……他不喝酒的时候,就再也找不出比他更好的人了。……有一天他没喝酒,给他的父母写信,写了整整一天呢。"

"可怜的父母!"上校夫人叹道。

"那还用说:是可怜呀!有这么个游手好闲的孩子,难道能愉快吗?人家又是骂他,又要把他从房间里赶出去,他没有一天不因为闹事而被人告发。真伤脑筋!"

"他那可怜的、不幸的妻子啊!"上校夫人叹道。

"太太,他没有成家。他怎么能娶老婆呢?他老婆要能保全住脑袋不给打破,就得感谢上帝了。……"

上校夫人从这个墙角走到那个墙角。

"您是说:他没结婚?"

"没结婚,太太。"

上校夫人又从这个墙角走到那个墙角,沉思了一会儿。

"嗯!……没结婚……"她沉思地说,"嗯!……莉莉雅和米拉,你们不要坐在窗子跟前,那儿有穿堂风!多么可惜!一个年纪轻轻的人,就这么把自己惯坏了!这都是什么缘故呢?就因为没有受到良好的影响!他没有母亲管教。……他没结婚吗?好,那么……就这么办。……劳驾,"上校夫人沉吟一下,声调柔和地继续说,"请您费心到他那儿去一趟,用我的名义要求他,就说……叫他不要再讲那样的话。……您就说,这是上校夫人纳霞狄陵娜要求他的。……您就说她带着几个女儿住在四十七号房间里……她们是从自己的庄园上来的。……"

"是,太太。"

"您就照这么说:上校夫人带着几个女儿。……让他至少来赔个礼嘛。……我们吃过午饭以后总是在家的。哎,米拉,关上窗子!"

"嗨,您,妈妈,叫那个……浪子来干什么呀?"莉莉雅等老板走后,拖长声音说,"居然去请这么一个人来!酒鬼,暴徒,穷光蛋!"

"哎,你不要这么说,我亲爱的①。……你们老是这么说,算了……你们坐好! 是啊,不管他是个什么样的人,总还是不应该看轻他。……俗语说得好:哪怕一草一木,对人都有益处。谁知道呢?"上校夫人说,叹口气,操心地端详她的女儿们,"也许你们的命运就要在这儿决定。那你们去换件衣服,说不定会有客人来呢。……"

---

① 原文为法语。

外 交 家

一 场 小 戏

九等文官的太太安娜·尔沃芙娜·库瓦尔津娜咽气了。

"现在可怎么办?"她的亲戚们和朋友们开始商议,"应当通知她的丈夫才对。他虽然同亡人不在一起生活,可是仍旧爱她。前几天他到她这儿来,在她面前跪下,一个劲儿地说:'安诺琪卡①!你到底什么时候才能原谅我那一时的迷恋?'这类的话,您知道,他说了许多。应当让他知道才是。……"

"阿利斯达尔赫·伊凡内奇!"泪痕斑斑的舅母对参加亲属会议的皮斯卡烈夫上校说,"您是米哈依尔·彼得罗维奇的朋友。劳驾,您到他机关去,让他知道这件不幸的事!……不过您,好人,不要一下子,冷不防说出口,怕他听了会出事。他有病。您要叫他先有所准备,然后再告诉他。……"

皮斯卡烈夫上校就戴上帽子,动身到铁路管理局去,那个新丧偶的鳏夫就在那儿工作。上校走进去,那个人正为一张平衡表做计算工作。

"米哈依尔·彼得罗维奇……"他在库瓦尔津桌旁坐下,擦着汗,开口说,"你好,我的好朋友! 街上的灰尘好多呀,我的天! 你

---

① 安娜的爱称。

写,你写好了。……我不打搅你。……我坐一会儿就走。……你知道,我是路过此地,我心想:米沙①不就是在这儿工作吗?我就进去一趟吧!顺便,那个……有一件小事。……"

"您坐一会儿,阿利斯达尔赫·伊凡内奇。……您等一下。……我再有一刻钟就做完,我们就可以谈一谈了。……"

"你写吧,你写吧。……要知道我没什么事,出来散散步。……我说几句话就走!"

库瓦尔津放下钢笔,准备倾听。上校把手伸进衣领里,搔了搔脖子,接着说:

"你们这儿闷热,街上却称得上是干净的天堂。……太阳可爱,微风那么和顺,你知道……鸟雀飞翔……春天来了!我顺着林荫路走动,你猜怎么着,心里畅快极了!……我是个死了妻子的人,毫无牵挂。……我要上哪儿就上哪儿。……我一高兴,就到酒馆去一趟;我一高兴,就搭上公共马车,坐一个来回。谁也不敢拦阻我。我出外,谁也不会在家里吵闹。……老兄,再也没有比独身生活更好的了。无拘无束!逍遥自在!你一面呼吸,一面感觉到你在呼吸!过一会儿我回到家里,什么事也没有。……谁也不敢问我到哪儿去。……我是我自己的主人。……有许多人,老兄,赞美家庭生活,可是依我看来,它比苦役都不如。……那些时髦的衣服啦,腰垫啦,搬弄是非啦,尖声的哭叫啦……而且常常有客人来……孩子一个跟着一个不断出世……家里的开销。……呸!"

"我马上就写好,"库瓦尔津拿起笔来说,"我做完了再谈吧。……"

"你写吧,你写吧。……如果老婆不是个母夜叉,倒还罢了,可万一她是个穿着裙子的恶魔呢?万一她是个成天价东跑西颠、

---

① 米哈依尔的爱称。

啰唆不停的娘们儿呢?……那你就要叫苦连天!拿你来打个比方吧。……当初你独身的时候,倒还像个人样,可是后来你娶了老婆,你就憔悴下来,心境忧郁了。……她闹得你在全城丢尽了脸……把你从家里赶出来。……这有什么好处呢?这样的老婆是用不着去怜惜的。……"

"讲到我们的破裂,那么责任在我,而不在她。"库瓦尔津说,叹口气。

"得了,你别说了!我可知道她!凶得很,又任性,又狡猾!她一开口说话,就像毒蛇吐出了信子;她一睁眼看人,就像一把尖刀刺过来。……讲到她,这个死人,有多么恶毒,那简直没法形容!"

"怎么会是死人?"库瓦尔津瞪大眼睛说。

"难道我说过死人?"皮斯卡烈夫醒悟过来,涨红了脸,"我压根儿就没说过这话。……你怎么了,求上帝跟你同在吧。……你的脸都白了!嘻嘻。……你要用耳朵听,不要用肚子听!"

"您今天到安娜那儿去过了?"

"我今天早晨顺便去了一趟。……她躺着呢。……她随意支使仆人。……她一会儿怪这件事干得不对,一会儿又对那件事不称心。……这个女人谁也受不了!我真不明白你是凭哪一点爱上她的,求上帝跟她同在吧。……上帝保佑,巴不得叫她跟你这个不幸的人拆开才好。……那你就可以自由自在地生活,高兴起来……另娶别人了。……得,得,我不说了!你不用皱眉头!要知道我只是随便说说的,人老了就爱唠叨。……我的意思只是说,这种事随你的便。……你要爱,就去爱她,你不要爱,就不去爱她,反正我无所谓……我是巴望你好。……她不跟你一起生活,又不愿意理睬你……这算是什么妻子呢?又生得不好看,精瘦,脾气也坏。……没有一点招人疼的。……随她去吧。……"

"您说说倒容易,阿利斯达尔赫·伊凡内奇!"库瓦尔津叹道,"爱情可不是一根毛,不是轻易就能拔掉的。"

"总得有可爱之处才能爱嘛!你在她身上看不到别的,只看到恶毒。你要原谅我这个老头子说话不中听,我就是不喜欢她。……我看不惯她!我走过她的住处,总是闭上眼睛不看她。……上帝跟她同在吧!祝她升天堂,永久安息①,反正我这个罪人……不喜欢她!"

"您听我说,阿利斯达尔赫·伊凡内奇……"库瓦尔津说,脸色变白,"您这是第二次说漏了嘴。……她是死了还是怎么的?"

"您是说谁死了?谁也没死,只是我不喜欢她,那个死人。……呸!那就是说不是死人,而是她……你的安娜。……"

"她究竟是死了还是怎么的?阿利斯达尔赫·伊凡内奇,您不要折磨我!您激动得有点奇怪,讲起话来语无伦次……您还称赞独身生活。……她死了?是吗?"

"她哪能就这样死了!"皮斯卡烈夫喃喃地说,不住地咳嗽,"你,老兄,怎么一下子说到那上头去了。……再者,就算死了又怎么样!大家都要死的,所以她也得死。……你也要死,我也要死。……"

库瓦尔津眼睛发红,泪水涌上来了。

"几点钟死的?"他轻声问道。

"扯不上什么几点钟。……你居然哭鼻子了!可是她没死!谁告诉你说她死了?"

"阿利斯达尔赫·伊凡内奇,我……我求求您。您不要怕伤我的心!"

"老兄,跟你都没法说话了,倒好像你是个小娃娃似的。我何

---

① 在谈话中涉及死人时常用的宗教用语。

尝对你说过她死了？我不是没说过吗？您干吗哭天抹泪呢？您自管去欣赏她好了，她活得好好的！我到她那儿去的时候，她正跟她的舅母相骂。……那时候玛特威神甫在做安灵祭，她却哇哇地嚷，闹得整个房子里都能听见。"

"什么安灵祭？为什么要做安灵祭？"

"安灵祭？哦，没什么……好像是代替普通祈祷的。那就是说……根本没做什么安灵祭，而是做了那么一种……其实什么也没做。"

阿利斯达尔赫·伊凡内奇前言不搭后语，站起来，扭转身去对着窗子，开始咳嗽。

"我咳嗽起来了，老兄。……我也不知道我在哪儿着了凉。……"

库瓦尔津也站起来，烦躁地在桌旁走来走去。

"您在蒙哄我，"他说，用发抖的手扯着稀疏的胡子，"现在事情才算闹明白……一切都清楚了。可是我不明白，何必来这套外交手腕！为什么不直截了当地说出口呢？她不是死了吗？"

"嗯！……该怎么对你说呢？"皮斯卡烈夫说，耸了耸肩膀，"倒不是说她死了，而是……瞧，你却已经哭了！要知道，人人都会死的！不单她一个人会死，这个世界上所有的人都会死！你与其当着人哭，还不如为死人祈祷安息的好！应该在胸前画十字！"

库瓦尔津呆呆地瞧了皮斯卡烈夫半分钟，后来脸色惨白，倒在圈椅上，痛哭失声。……他的同事们纷纷从各自的桌边跳起来，跑到他跟前来照应他。皮斯卡烈夫搔了搔后脑壳，皱起眉头。

"皇天在上，这些先生可真是麻烦！"他摊开双手，悻悻地说，"他号啕大哭……咦，请问，你哭什么？米沙，你该是清醒着吧？米沙！"他说，动手推一下库瓦尔津，"要知道她还没死！谁告诉你说她死了？刚好相反，大夫们说她还有希望！米沙！啊，米沙！我跟你说,她没死!你愿意跟我一块儿到她那儿去一趟吗?我们正好能赶上安灵祭……哎,我这是在说什么?不是赶上安灵祭,而是赶上吃午饭。米沙!我向你担保,她还活着!我说了假话,就叫上帝惩罚我!叫我的眼珠迸裂!你不信?既是这样,那我们就到她那儿去好了。……到那时候,要是我说得不对,那就随你怎么骂我都成。……我真不懂:他怎么会想到那上头去了?今天我自己就到死人那儿去过,那就是说不是到死人那儿去过,而是……呸!"

上校挥一下手,啐一口唾沫,从机关里走出去,他来到死者的住宅里,往长沙发上一躺,揪住自己的头发。

"你们自己到他那儿去吧!"他灰心地说,"你们自己去叫他对这个消息有所准备吧,不要再叫我去!我不想再干了!我刚刚对他说了几句话……我刚刚露出点口风,你们去看看他出了什么事!他死过去了!失去知觉了! ……这种事我说什么也不能再干!你们自己去吧。……"

吸血鬼之家

在一个荒芜的中等地主庄园四周，密集着二十来所消夏别墅，都是用木料草草搭成的。这当中有一所房子最高，最显眼，门前挂着一块蓝色招牌，上写"饭铺"两个字，还画着一个茶炊，在阳光下金光闪闪。地主庄园的马房、温室、谷仓夹在那些别墅的红色房顶当中，这儿那儿凄凉地露出它们歪斜的房顶，上面布满红褐色的青苔。

那是五月间一天的中午。空中弥漫着素白菜汤的气味和茶炊里木炭的焦味。管家库兹玛·费多罗夫是个高身量和上年纪的农民，上身穿着衬衫，衬衫的底襟放在裤腰外边，脚上穿着皮靴，靴腰皱出一道道褶子，他在别墅旁边走来走去，领那些租用别墅的人看房。他脸上流露出懒散而冷漠的神情：有人来租也罢，没人来租也罢，他完全无所谓。他身后跟着三个人：一个是头发棕红色的上等人，穿着交通工程师的制服，一个是生得精瘦的太太，怀着孕，一个是在中学里读书的姑娘。

"不过您的别墅的租金好贵呀，"工程师皱起眉头说，"都要四百或者三百卢布。……真吓人！您领我们看看便宜一点的吧。"

"便宜一点的也有。……便宜的别墅只剩下两所了。……请！"

费多罗夫领着租客穿过地主的花园。那儿立着些树桩,稀稀拉拉地长着些细小的云杉。只有一棵高大的树保存下来,那是挺拔的老杨树。它所以幸免于斧子的砍伐,似乎只因为要它挥泪哀悼同辈们的悲惨命运罢了。那些砖砌的围墙、亭子、山洞,如今只剩下残迹,成为砖头瓦砾、石灰和朽木了。

"这儿荒废成了什么样子!"工程师忧郁地瞧着往日繁华的残迹,说,"那么现在您的东家住在哪儿?"

"他老人家不是地主,而是商人。他在城里开一家公寓,出租带家具的房间。……请进!"

那些租客弯下腰,走进一所小小的砖房,墙上有三个小窗子,上面安着铁格子,活像监狱。他们闻到一股潮湿和霉烂的气味。这所小房只有一个四方的房间,中间有一块新隔板把它分成两间。工程师眯细眼睛瞧着乌黑的墙壁,在一堵墙上读到了铅笔的题词:"中尉菲尔杰科索夫在此死屋内患忧郁症,自杀未遂。"

"在这儿,老爷,不能戴着帽子站着。"费多罗夫对工程师说。

"为什么?"

"不能戴。这儿是墓穴,有些老爷葬在这儿。要是掀起一块地板,看一看地板底下,那就会看见棺材。"

"这可真是闻所未闻!"精瘦的太太害怕地说,"住在这儿,姑且不谈潮湿,光是疑神疑鬼就能送命!我可不愿意跟死尸住在一块儿!"

"那些死尸不会出问题的,太太。这儿埋葬的不是什么流浪汉,而是跟你们一样的上等人。去年夏天有个军界的老爷菲尔杰科索夫就在这儿,在这个墓穴里住过,觉得十分满意。他答应今年还要来,可是不知怎么,至今还没来。"

"他自杀过吧?"工程师想起墙上的题词,问道。

"您是怎么知道的？确实,有过这样的事,先生。这件伤脑筋的事是由一件小事引起的！他不知道这儿地板底下躺着死尸,祝他们升天堂吧。好,有一回,他想入非非,夜里掀开地板,想把一小桶白酒藏在底下。他掀开这块板子,定神一看,那儿放着棺材,就吓呆了。他跑出房外,拼命地喊啊叫的。他搅得所有别墅里的住客都人心惶惶。后来他开始憔悴了。要搬走,却没有钱,可是住下呢,又害怕。临了,先生,他受不住,就自寻短见了。也算是我走运,我事先已经为这个别墅从他手里预支过一百卢布,要不然他一害怕,也许就会跑掉。后来他躺着养伤,渐渐也就住惯……觉得没有什么了。……他答应还要来住,他说:'这样的奇遇我喜欢极了！'怪人啊！"

"不,您领着我们去看旁的别墅吧。"

"遵命,老爷。另外还有一所,只是差一点。"

库兹玛带着这些别墅的住客,往庄园旁边一个耸立着破旧的谷仓的地方走去。……谷仓前面有个生满杂草的池塘,池水闪闪发光,那儿还有几间地主家乌黑的堆房。

"这个地方可以钓鱼吗？"工程师问。

"您想钓多少就可以钓多少,老爷。……一季交五卢布的钓鱼费,您就可以由着性儿钓。这是说用钓竿在河里钓鱼,不过,要是您想在池塘里钓鲫鱼,那就要交一笔特别的费用了。"

"鱼是小事,"太太说,"不钓鱼也能过。那么现在来谈谈伙食吧。农民常往这儿送牛奶吗？"

"农民是不许到此地来的,太太。住别墅的人得在我们农场上买吃食。这是我们定下的规矩。我们收费不贵,太太。牛奶两瓶只收二十五戈比,鸡蛋通常是三十戈比十个,牛油是半卢布。……各种蔬菜瓜果也得在我们这儿买。"

"嗯。……你们这儿有地方采蘑菇吗？"

"要是夏天多雨,那么蘑菇也有。这可以采。每个人一季交六卢布,那就不但可以采蘑菇,甚至还可以采野果。这可以采的,太太。要到我们的树林里去,先得过一条小河。要是您乐意,您就蹚着水过河,要是不乐意呢,从一道小桥上走过去也行。过那道小桥,只要出五戈比就成了。过桥到那边去是五戈比,回来过桥也是五戈比。如果有些老爷愿意打猎,玩一玩枪支,那我们的东家是不会反对的。您爱放多少枪就放多少枪,只要身边带着收据,证明您已经交了十卢布就行。在我们这儿洗澡也挺好。岸上挺干净,河底是沙土,水深水浅各有不同,有的地方齐到膝盖,有的地方没到脖子。我们不加限制。一次交五戈比,要是按季算,那就交四个半卢布。哪怕您在水里泡一整天也没关系!"

"你们这儿的夜莺唱歌吗?"姑娘问。

"前些日子河对岸倒是有一只夜莺唱过歌,可是我的小儿子把它捉住,卖给饭铺老板了。请进!"

库兹玛带着租客走进一间破败的小堆房,墙上安着新窗子。小堆房内部用隔板分成三个小间。有两个小间里放着空的粮囤。

"不行,这儿怎么能住人!"精瘦的太太说,厌恶地看一下阴森的四壁和粮囤,"这是堆房,不是别墅。用不着再看了,乔治。……这儿一定漏雨,灌风。没法子住!"

"这儿是住人的!"库兹玛说,叹口气,"俗语说得好:这儿没有鸟叫声,锅声也能当夜莺。既然没有别墅,这个房间也可以凑合。你们不租,也自有别人租,反正将来总会有人住进来。照我看来,这个别墅你们住着再合适也没有,您不该听这个……您太太的话。别处再也找不着比这更好的了。而且我少收一点房钱也成。它的租价是一百五,那我就收一百二好了。"

"不,亲爱的,这个地方不行。再见,请原谅我们打搅了您。"

"没关系。再见。"

库兹玛用眼睛送走那些离去的别墅住客,咳嗽几声,补充说:
"您应该赏几个茶钱才是。我陪了两个钟头光景。半个卢布总不能舍不得给啊!"

废 除 了!

不久以前,那是在春汛期间,地主维威尔托夫,一个退役的准尉,设宴款待顺路来探望他的土地测量师卡达瓦索夫。他们喝酒,吃菜,议论各种新闻。卡达瓦索夫是城里人,无所不知,他讲起霍乱,讲起战争,甚至讲起消费税每一级增加一戈比。他讲得滔滔不绝,维威尔托夫听着,发出惊叫声,对每个新闻都高声叫道:"真的吗!瞧你说的!啊啊啊……"

"可是为什么您现在不戴肩章了,谢敏·安契培奇?"维威尔托夫在谈话当中顺便好奇地问一句。

土地测量师没有立刻回答。他沉默了一会儿,喝下一杯白酒,摇一下手,然后才说:

"废除了!"

"瞧你说的!啊啊啊……我平时不看报,这件事我一点也不知道。这样说来,现在文职人员不再戴肩章了?真的吗?不过,您猜怎么着,这倒也多少有点好处:当兵的就不会再把你们错看成军官老爷,对你们敬礼了。不过,老实说,这多少也有点不好。你们再也没有那种气派,那种威风!再也没有那种高人一等的神气了!"

"算了吧,这有什么关系!"土地测量师说,摇一摇手,"人的外表并不重要。戴肩章也罢,不戴肩章也罢,都是一样,只要官衔还在就行。我们倒一点也不觉得委屈。不过您才真是受了委屈,巴威尔·伊格纳契奇!我是同情您的。"

"这是从何说起?"维威尔托夫问,"谁能叫我受委屈呢?"

"我讲的是您的官衔已经废除了。准尉虽然是小官,虽然不上不下,然而他到底是祖国的仆人,军官……流过血嘛。何必把准尉的官衔废除呢?"

"这是说……对不起,您的话我没有完全听明白……"维威尔托夫结结巴巴地说,脸色煞白,瞪大了眼睛,"到底是谁把我的官衔废除了?"

"难道您没听说吗?有过一道命令,宣布准尉这个官衔完全不用了。一个准尉也不许有!把他们一扫而光!难道您没听说?凡是在职的准尉,奉命一概升为少尉,至于你们这些退役的,那就听便。您乐意做准尉就做准尉,不乐意呢,那就算了。"

"嗯。……那我现在究竟是什么呢?"

"上帝才知道您是什么。您现在变得什么也不是,成了谜,成了以太!现在您自己也闹不清您是什么了。"

维威尔托夫想问一句话,可是没能问出口。他心口发凉,膝盖往下弯,舌头转不动。他正在嚼一块腊肠,那块腊肠就此没有再嚼,留在他嘴里了。

"这样对待您是不应该的,这还用说!"土地测量师说,叹口气,"一切都好,然而这种做法我却不能赞成。现在这件事怕是已经登在外国报纸上了!啊?"

"我仍然不明白……"维威尔托夫费力地说,"如果我现在不是准尉,那我是什么人呢?什么也不是?是零?照这样说,要是我领会了您的意思的话,那么现在什么人都可以对我撒野,用'你'称呼我了?"

"这我不知道。我们呢,现在给人看成火车上的乘务员了!

前些日子,当地铁路运输局长,您知道,穿着工程师的大衣,而且照现在这样,没戴肩章,不料有个将军对他嚷道:'乘务员,火车什么时候开?'两个人大吵起来!闹了一场!这种事不可能在报纸上登载,可是话说回来……大家都知道了!纸包不住火嘛!"

维威尔托夫被这个消息吓呆,再也喝不下酒,吃不进菜。有一回他试着喝一点凉的克瓦斯定一定神,可是克瓦斯到了他喉咙里却下不去,又退回来了。

送走土地测量师以后,这个被废除的准尉就在各处房间里走来走去,开始思索。他想来想去,没有想出个所以然来。晚上他在床上躺着,唉声叹气,仍然在思索。

"你不要这么哼哼唧唧的!"他妻子阿陵娜·玛特威耶芙娜说,用胳膊肘捅他一下,"你不住呻吟,倒像要生孩子似的!也许,这并不是真事。明天你坐上马车到别人家里去问一下。草包!"

"瞧着吧,等你失去了官衔和地位,那你才会明白什么叫草包。她躺在这儿像一条大白鳝鱼,却说人家是草包!大概因为流血的不是你!"

第二天早晨,通宵没睡的维威尔托夫把他那匹浅栗色的马套在四轮马车上,出外去打听这件事。他决定到一个邻居家里去,如果有必要的话,就索性到首席贵族家里去。他坐着马车穿过伊巴契耶沃村,在那儿遇见大司祭巴福努契·阿玛里吉强斯基。大司祭神甫从教堂走回家去,愤愤地挥动他的长杖,不时回转身来对跟在他后面的诵经士嘟哝说:"你就是傻瓜,兄弟!真是傻瓜!"

维威尔托夫下了马车,走过去接受祝福。

"过节好,大司祭神甫!"他祝贺道,吻大司祭的手,"您刚做过弥撒吗?"

"对,做的是大祭。"

"哦。……各人有各人的工作!您凭神谕教化众生,我们尽我们的力量培植土地。……可是今天您为什么没戴勋章呢?"

神甫没有答话,皱起眉头,摇一下手,往前走去。

"现在禁止他们戴勋章了!"诵经士小声解释说。

维威尔托夫目送大司祭气愤地迈步走去,他的心由于一种沉痛的预感而收紧:看来土地测量师所说的消息好像是真的!

首先他坐车到他的邻居伊席察少校家去。他的马车走进少校的院子里,他看见了一幅画面。伊席察身穿长袍,头戴土耳其式圆锥形平顶帽,在院子中间站着,气愤地跺脚,挥舞胳膊。车夫菲尔卡牵着一匹瘸腿的马在他面前走来走去。

"混蛋!"少校发脾气说,"骗子!流氓!把你绞死都嫌便宜了你,该死的东西!阿富汗人!啊,您好!"他见到维威尔托夫,说,"看见您,很高兴。这件事您来说说吧!他弄伤这匹马的腿已经有一个星期了,可是一直闷声不响,这个骗子!一句话都没提过!要不是我自己看出来,这蹄子就全完了!啊?这班家伙是怎么回事?难道不该打他耳光?不该打?我问您:不该打吗?"

"这匹小马挺不错,"维威尔托夫走到伊席察跟前说,"可惜啊!您,少校,打发人去请个马医来吧。我那村子里,少校,就有个出色的马医!"

"少校……"伊席察嘟哝说,不住地冷笑,"少校!……我可没有工夫开玩笑!我的马得了病,可是您一个劲儿说什么少校少校的!活像一只寒鸦:呱呱地叫!……"

"我,少校,不明白您这话是什么意思。难道可以把贵族比作寒鸦吗?"

"那么我算是什么少校?难道我是少校?"

"那您是什么人呢?"

"鬼才知道我是什么人!"伊席察说,"取消少校已经有一年多了。那您为什么这样说?您是昨天刚生下来还是怎么的?"

维威尔托夫带着惊恐的神情看了看伊席察,开始擦掉自己脸上的汗,心里生出一种很不吉利的预感。

"不过请您容许我说一句……"他说,"我仍然不明白您的意思。……要知道少校是个不小的官品啊!"

"对!!"

"那么这是怎么回事呢?您也……什么都不是了?"

少校光是摇一下手,开始对他讲菲尔卡这个坏蛋是怎样弄伤那匹马的蹄子的。他讲得很长,最后甚至把受伤的马蹄直送到他脸跟前,蹄子的伤处已经化脓,上面粘着一层马粪。可是维威尔托夫没有听明白,他心里迷迷糊糊,瞧着一切东西就像是从栅栏里望过去一样。他糊里糊涂地告辞,登上他的马车,绝望地叫道:

"到首席贵族家去!快一点!拿鞭子抽马!"

首席贵族,四等文官亚果狄谢夫住得不远。过了一个钟头光景,维威尔托夫已经走进他的书房,向他鞠躬了。首席贵族坐在沙发上,在读《新时报》①。他看见走进来的人,就点一下头,往圈椅那边指了指。

"我,大人,"维威尔托夫开口说,"本来应当首先向您介绍我自己,可是我不知道我的官衔是什么,因此斗胆请求大人解释一下。……"

"对不起,最可敬的人,"首席贵族打断他的话说,"首先,您不要称呼我大人。我请求您!"

"您这是什么话呢。……我们是小人物。……"

"问题不在这儿,先生。这上面写着……"首席贵族说,用手指捅一下《新时报》,把它捅穿了,"这上面写着,对我们四等文官

---

① 当时俄国的一种反动报纸。

再也不能叫大人了①。这可是作为可靠消息报道的!好吧,不要就不要,先生!那就算了!您不要这样称呼我!用不着了!"

亚果狄谢夫站起来,高傲地在书房里走来走去。……维威尔托夫吐出一口气,把帽子掉在地板上了。

"要是他老人家都倒了霉,"他暗想,"那么关于准尉和少校的事也就不必再问了。我还是走掉的好。……"

维威尔托夫喃喃地说了一句什么话,走出去,却把帽子忘在首席贵族的书房里了。过了两个钟头,他回到自己家里,脸色苍白,没戴帽子,脸上带着麻木的恐惧神情。他走下马车,胆怯地看一眼天空:太阳会不会也被废除了?他妻子看到他的模样,不由得暗暗吃惊,就不住问他,可是他对她问的那些话,光摇了一下手算是回答。……

有一个星期之久,他不喝,不吃,不睡,像发了疯似的从这个墙角走到那个墙角,不断地思索。他的脸瘦下来,目光暗淡了。……他不跟别人谈话,也不为任何事找任何人。每逢阿陵娜·玛特威耶芙娜缠住他问这问那,他光是摇摇手,却不作声。……为了要他清醒过来,什么办法都想过!他们给他喝接骨木汤,让他"内服"长明灯里的油,叫他坐在烤热的砖头上,可是什么办法都无济于事,他身体日益虚弱,对世事概不过问。最后,为了开导他,他们把大司祭巴福努契请来。大司祭费了半天唇舌,向他解释说目前的世道不是要贬低人,而是要抬高人,可是他撒下的良好种子都落在贫瘠不毛的土壤上了。他收下五卢布的酬劳费,就此走掉,什么成效也没有。

沉默了一个星期以后,维威尔托夫仿佛要开口说话了。

"你为什么不说话,丑八怪?"他突然对哥萨克女人伊留希卡

---

① 按照帝俄官场的惯例,对四等以上的文官必须称呼"大人"。

发脾气说,"你对我撒野好了！嘲笑我好了！用'你'来称呼这个受屈的人好了！你幸灾乐祸吧！"

说完这些话,他哭起来,然后又沉默了一个星期。阿陵娜·玛特威耶芙娜决定给他放血。医士来了,给他放出两盘血,他似乎因而轻松了一点。放血后第二天,维威尔托夫走到他妻子睡着的床跟前,说：

"这件事,阿陵娜,我不能白白放过去。现在我横下一条心。……我的官品是我所应得的,谁也没有充分的权利来侵犯它。喏,我想出这么一个主意：我要给一个达官贵人写个呈文,下面署上名字：准尉某某,偏写上准尉。……明白吗？我要赌一赌气！偏写上准尉。……看他们怎么办！我就要赌一赌气！"

这个想法使得维威尔托夫极其满意,也眉开眼笑,甚至要求拿东西来吃了。现在他由于做出这个新决定而神清气爽,在各处房间里走来走去,恶毒地微笑着,悠然自得地说：

"就写准─尉。……我偏要赌一赌气！"

达尔戈梅斯基[①]轶事

下面是有关亚·谢·达尔戈梅斯基的两件小小的真事,全是我从他的一个崇拜者和好朋友符·巴·布-夫那里听来的。

———————

有一次,亚历山大·谢尔盖耶维奇和《旅行马车》的作者符·亚·索洛古布伯爵[②]到达莫斯科后,同一个时间在布先生的家里下榻。

有一天黄昏时分,伯爵躺在长沙发上看一本什么书,作曲家在房中央站着,正在沉思。

"你听我说,亚历山大·谢尔盖伊奇,"文学家对作曲家说,"劳驾,把蜡烛移到我近处,要不然我就什么也看不见了。……"

"现在我不得不做一件标新立异的事,"达尔戈梅斯基说,从立柜上拿起蜡烛,放在符·亚·索洛古布面前一张小桌上,"我平时总是把蜡烛放在圣像面前,现在却不得不把蜡烛放在丑相[③]面

[①] 达尔戈梅斯基(1813—1869),俄国作曲家,音乐界批判现实主义的代表人物。——俄文本编者注
[②] 符·亚·索洛古布(1813—1882),俄国作家,他的中篇小说《旅行马车》发表于1845年。
[③] 在俄语里"圣像"和"丑相"两个词在拼法和读音上都相近。

前了。……"

有一个时期多疑的达尔戈梅斯基觉得俄罗斯音乐协会里以尼·格·鲁宾斯坦①为首的莫斯科分会对他抱着敌意。他就避免同协会的会长见面,即使相遇,也用冷淡和敷衍的态度回报他所臆想的敌意。尼·格·鲁宾斯坦留意到他的朋友发生了这样的变化,却完全猜不出其中的缘故,最后归之于外人的挑拨中伤。

"我该怎么办?"有一回他同布先生谈话,大惑不解地说,"达尔戈梅斯基完全不理我了。他态度冷淡,皱起眉头像九月的天气一样,总是躲开我。……我对他做过什么错事?为什么他生我的气呢?"

"那你就对他解释一下好了。"布先生劝告说。

"这种事我哪能对他解释清楚呢?而且怎么解释呢?他老躲着我!"

"你等一下,我来安排就是。我把他约到我家里来,你就到这儿来对他解释一下。……你走到他跟前去,照这样亲热地拉住他的手,说:'我亲爱的,为什么这样冷淡呢?真的,您要知道,我素来那么喜爱您,那么尊重您的才能。……'总之,说上一套这类的话,然后就拥抱他,吻他……亲亲热热的。……他的心就会软下来了!"

尼·格·鲁宾斯坦通盘采纳了这个计划。……应当说明一下:已故的达尔戈梅斯基是不乐意同男人接吻的。

"跟女人接吻倒还马马虎虎,"他说,"至于跟男人接吻,见鬼

---

① 尼·格·鲁宾斯坦(1835—1881),俄国钢琴家和乐队指挥,俄罗斯音乐协会莫斯科分会的创办人和主持人。——俄文本编者注

去吧!"

要惹得达尔戈梅斯基生气,使得他怒不可遏,只要有一个男人悄悄地溜到他跟前,亲一下他的脸就够了。……

"傻瓜!"他就会骂道,用他的衣袖擦一下被人吻过的地方,"你这傻瓜!蠢货!"

这场会晤照计而行。

"我亲爱的!"尼·格·鲁宾斯坦拉住作曲家的手,开口说,"看在上帝面上,您说一说吧,您是为了什么事生我的气的?我对您做过什么坏事呢?正好相反,我素来喜爱您,尊重您的才能。……"

鲁宾斯坦就拥抱达尔戈梅斯基,很快地吻一下他的嘴。可是他不由得大吃一惊,因为达尔戈梅斯基非但没有心软,反而挣脱他的拥抱,从房间里跑出去,一面对着协会的会长和布先生威严地骂了一声"傻瓜"。

后来他们两个人终于和解了。于是,由布先生开玩笑而安排的这场会晤,在很长一段时间里不但惹得鲁宾斯坦发笑,也惹得达尔戈梅斯基本人发笑。

钱　　夹

有一天早晨天气晴和,三个流浪演员斯米尔诺夫、波波夫和巴拉巴依金,沿着铁路线,在枕木上走着,后来找到一个钱夹。他们打开钱夹,不由得大吃一惊,而且大为高兴,因为看见里面有钞票二十张、第二期有奖公债券①六张和三千卢布支票一张。他们先是高喊"乌拉",然后就在路基上坐下,沉湎于欢乐之中。

"可是每个人能分摊到多少钱呢?"斯米尔诺夫计算着钱数说,"我的天啊!每人五千四百四十五卢布!好朋友,这么多的钱岂不把人活活地乐死!"

"我亲爱的朋友们,"巴拉巴依金说,"我为你们高兴胜过为我自己高兴。你们从此再也不会挨饿,再也不会光着脚走路了。我为艺术高兴。……首先,弟兄们,咱们到莫斯科去,直奔阿亚②:你,伙计,给我做齐四季衣服③。……我不愿意再演庄稼汉④,我要改演大少爷和阔公子的角色了。我要买各式各样的大礼帽。大少爷是要戴灰色大礼帽的。"

---

① 这种公债券是到期还本的,另外并有中奖的机会。
② 当时莫斯科的一家著名服装店。
③ 指演员自备的行头。——俄文本编者注
④ 原文为法语。

"现在该喝点酒,吃点菜来庆贺这件喜事才好,"男一号①波波夫说,"我们差不多吃了三天干粮,现在应当吃点好的了。……啊?……"

"是啊,那倒不坏,我亲爱的朋友们……"斯米尔诺夫同意说,"钱有很多,可是没有东西吃,我宝贵的朋友们。这么办吧,可爱的波波夫,你在我们当中最年轻,最灵活,你就从钱夹里取出一张一卢布的钞票来,跑一趟,去买点吃食来,我的好天使。……那边就是村子!你看见高岗后面有个白色教堂吗?大约有五俄里远,不会再多。……你看见吗?村子挺大,你在那儿什么都能买到。……你买一瓶白酒、一磅腊肠、两个面包和一条咸青鱼吧。我们在这儿等着你,好朋友,我亲爱的。……"

波波夫取出一个卢布,准备动身。斯米尔诺夫眼里含着泪水,拥抱他,吻他三次,在他胸前画十字,叫他好朋友,天使,好人。……巴拉巴依金也拥抱他,为永恒的友谊发誓。直到他们三番四次表白过极其热情动人的衷曲后,波波夫才走下路基,迈开步子向远处乌黑的小村子走去。

"这可真是走了鸿运!"他在路上暗想,"俗语说得好:本来一个钱也没有,忽然发了一笔小财。现在我要回到我的故乡科斯特罗马城去,组织戏班子,盖一座自己的剧院。不过……如今这年月,五千卢布连一所像样的板房都盖不成。要是整个钱夹都归我所有,嘿,那就是另一回事了。……那我就会造出一座大剧院来,好得了不得。认真说来,斯米尔诺夫和巴拉巴依金哪能算是演员?他们是庸才,是戴小圆帽的蠢猪,是笨蛋。……他们有了钱,无非花在无聊的事情上,而我却会为祖国带来益处,并且使我的声名流芳千古。……那我就照这样办。……我干脆在白酒里下毒药。他

---

① 原文为法语。

们会死掉,可是另一方面,科斯特罗马城就会有一座俄国还没见识过的剧院。有一个什么人,大概是麦克-马洪①吧,说过这样一句话:为了达到目的,一切手段都是正当的②。而麦克-马洪是一个伟人呢。"

他一边走,一边这样思考,这时候他的旅伴斯米尔诺夫和巴拉巴依金却坐在那边,进行如下的谈话:

"我们的朋友波波夫是个挺好的小伙子,"斯米尔诺夫眼里含着泪水说,"我喜欢他,深深地敬重他的才能,热爱他,可是……你知道吗?这笔钱会把他毁掉的。……他要么拼命灌酒,把钱用光,要么去干坏事,弄得身败名裂。他那么年轻,对他来说,有钱还嫌太早呢,我的好朋友,我的亲人。……"

"是的,"巴拉巴依金同意道,跟斯米尔诺夫互相接吻,"这个小孩子要那么些钱有什么用?至于你和我,那就是另一回事了。……我们有妻子儿女,是稳重的人。……对我和你来说,多一个卢布就会有很大的用处。……"他顿一下,"你猜怎么着,老兄?咱们不必多谈,不要婆婆妈妈了:咱们干脆把他干掉就是!……那样一来,你和我就能每人分摊八千。我们打死他后,到了莫斯科,就说他掉在火车底下,轧死了。……我也喜欢他,热爱他,不过话说回来,艺术的利益,我认为,是高于一切的。再者,他是个庸才,跟这块枕木一样笨。"

"你这是什么话,这是什么话?!"斯米尔诺夫惊恐地说,"他多么好,多么诚实。……不过,另一方面,老实说,我的好朋友,他是十足的一头猪,是大混蛋,是阴谋家,是搬弄是非的小人,是老奸巨

---

① 麦克-马洪(1808—1893),法国反动的政治家和军事家,担任过法国总统。——俄文本编者注
② 这是英国机械唯物主义哲学家霍布斯(1588—1679)的一个公式,常被伪善者所滥用。——俄文本编者注

猾。……要是我们真的把他打死,他自己都会感激我们,我亲爱的,宝贵的。……为了不致太委屈他,我们不妨在莫斯科各报上登个动人的讣告。这也就够得上朋友的义气了。"

他们说到做到。……等波波夫从村子里带着食物回来,那两个同伴就眼里含着泪水,拥抱他,吻他,久久地对他说他是个伟大的艺术家,后来却突然扑到他身上,把他打死了。为了掩盖罪迹,他们把死人放在铁轨上。……斯米尔诺夫和巴拉巴依金把拾来的钱平分后,颇为感动,互相说了些亲热的话,开始吃喝,充分相信他们的罪行是不会受到惩罚的。……然而美德永远胜利,恶行永远受罚。波波夫放在酒瓶里的毒药毒性很强:那两个朋友还没来得及喝第二口酒,就已经倒在枕木上,断了气。……过了一个钟头,有些乌鸦在他们上边飞翔盘旋,呱呱地叫。

教训:每逢演员们眼里含着泪水讲到他们亲爱的同事,讲到友谊和相互"团结",每逢他们拥抱您,吻您,您可不要太心醉神迷啊。

乌　　鸦

　　一天傍晚,才六点钟光景,中尉斯特烈卡切夫在城里闲逛,走过一所三层楼大厦,偶尔抬头,看了一眼二楼上粉红色的窗帘。

　　"杜杜太太就住在这儿……"他想起来,"我已经很久没有到她那儿去了。要不要去一趟呢?"

　　然而在解决这个问题以前,斯特烈卡切夫从口袋里取出钱包来,胆怯地往钱包里看一眼。他在那里面只看见一张一卢布钞票,揉得很皱,有煤油气味,另外还有一个纽扣,两个戈比,别的就什么都没有了。

　　"钱太少。……嗯,那也没什么,"他暗自决定,"我进去一趟,坐一坐就走好了。"

　　过了一分钟,斯特烈卡切夫已经在前厅里站着,他的整个胸膛吸进浓重的香水味和甘油肥皂的气味。另外还有一种没法形容的气味,不过这在任何女性的所谓单人住宅里都可以闻到:那就是女人的巴楚莉①香水味和男人的雪茄烟味的混合。衣架上挂着几件女大衣和雨衣,另外还有男人的一顶亮晃晃的高礼帽。中尉走进大厅,看见那儿的景象跟去年一样:有一架钢琴,上面放着些破旧的乐谱;有一个小花瓶,里面插着些凋萎的花;地板上有些洒出来

---

① 印度和马来西亚等地所产的一种唇形科植物,叶子含有香精油。

的果子露酒的污迹。……有一道房门通到客厅,另一道门通到杜杜太太的小房间,平时她在那个房间里睡觉,或者跟一个相貌颇像奥芬巴赫①的老舞蹈教师符龙吉一块儿玩辟开②。假如往客厅里瞧一眼,就会清楚地看见一道门,门里露出一张床的边沿,床上挂着粉红色薄纱帐子。杜杜太太的"养女"巴尔勃和布兰希就住在那儿。

大厅里什么人也没有。中尉往客厅走去,在那儿却看见一个活人。那是个年轻的男人,在圆桌旁边的长沙发上坐着,摊开了四肢。他头发硬得像鬃毛,蓝色的眼睛暗淡无光,额头上冒出冷汗,他那副模样像是刚从一个他觉得又黑暗又可怕的深坑里爬出来似的。他装束考究,穿一身新的花呢衣服,衣服上还带着熨过的痕迹。他胸前挂着表坠,脚上穿着红袜子和带纽扣的漆皮鞋。青年男子用拳头支着胖脸,眼光无神地瞧着他面前的一瓶矿泉水。这个房间另一张桌子上放着好几个瓶子和一个盘子,盘里盛着橙子。

花花公子看一眼走进来的中尉,不由得瞪大眼睛,张开嘴巴。大吃一惊的斯特烈卡切夫也后退一步。……中尉费了不小的劲才认出花花公子就是文书菲连科夫,而今天早晨他还在办公室里斥责过这个文书,怪他写的公文错字连篇,把"裁夺"写成"栽夺"了。

菲连科夫慢腾腾地站起来,两只手扶住桌子。这时候他眼睛一刻也不放松中尉的脸,内心紧张得连脸色都发青了。

"你怎么会到这儿来的?"斯特烈卡切夫厉声问他说。

"我,长官,"文书结结巴巴地说,低下眼睛,"今天这儿有人过生日。……在普遍的义务兵役制度下,在所有的人一律平等的时候……"

---

① 奥芬巴赫(1819—1880),法国作曲家,古典小歌剧大师。
② 一种纸牌戏。

"我问你:你怎么会到这儿来的?"中尉提高喉咙说,"而且你穿的是什么衣服?"

"我,长官,感到自己不对,可是……如果考虑到在普遍的义务……兵役制度下,所有的人一律平等,再者我毕竟是受过教育的人,就不能穿着低级职员的制服来给巴尔勃小姐庆贺生日,所以我穿上这身符合家庭惯例的衣服,因为我是世袭的荣誉公民。"

菲连科夫看见中尉的眼神变得越发气愤,就停住嘴,低下头,仿佛等着中尉打他的后脑壳似的。中尉张开嘴,想说一句"滚开",可是这时候一个金发女人走进客厅来,穿着鲜黄色的宽大长衫,扬起眉毛。她认出了中尉,就尖叫一声,向他扑过去。

"瓦夏!军官!!"

文书看见巴尔勃(她是杜杜太太的养女)跟中尉亲热,就恢复常态,精神振作起来。他张开手指,从桌子后边跑出来,摇着手。

"长官!"他气喘吁吁地说,"我荣幸地来给这个可爱的人儿庆贺生日!这样的姑娘在巴黎也找不到!真的!一团火似的!我一下子花掉三百,给这个可爱的人儿做了件长衫过生日!长官,喝点香槟吧!为过生日的人干杯!"

"布兰希在哪儿?"中尉问。

"她刚出去,长官!"文书回答说,其实中尉不是问他,而是问巴尔勃,"一会儿就来!这个姑娘说一口法国话:阿俩康普莱奈,阿莱乌阿尔,康索美①!前些日子来了个科斯特罗马城的商人,一出手就给了她五百。……这可不简单,五百啊!我一千都肯给,不过首先要尊重我的性格!我说的对吗?长官,请!"

文书递给中尉和巴尔勃每人一大杯香槟酒,他自己喝下一杯白酒。中尉喝了酒,可是立时醒悟过来。

---

① 法语的读音,意思是"您明白吗,再见,肉汤"。

"你,我看,过分放纵了,"他说,"你走开,回机关去,对杰米扬诺夫说,叫他关你一天禁闭。"

"长官,也许,您认为我是个什么下等人吧?您是这样认为吗?主啊!可是要知道,我爸爸是世袭的荣誉公民,勋章获得者!我的教父,不瞒您说,是位将军。您认为,如果我是文书,我就是下等人?……请再喝一杯。……这种冒气的酒。……巴尔勃,干了它!你不用拘束,这点钱我还花得起。按照现代的文明,所有的人一律平等。将军的儿子或者商人的儿子跟庄稼汉一样当兵。我,长官,念过中学,念过专科学校,念过商业学校。……到处都把我开除了!巴尔勃,喝干!你把这张一百卢布的钞票拿去,派人去买一打香槟酒来!长官,再喝一杯!"

杜杜太太走进来,这个女人又高又胖,生着一张鹰脸。相貌颇像奥芬巴赫的符龙吉跟在她身后,踩着碎步走进来。过了不大的工夫,布兰希也走进来,她是个娇小的黑发女人,年纪约摸十九岁,脸相严厉,生着希腊人的鼻子,大概是个犹太人。文书又丢出一张一百卢布的钞票。

"拿去都花了吧!热闹一下子!让我把这个花瓶打碎!我太激动了!"

杜杜太太开始讲话,说是现在任何一个清白的姑娘都能找到正派的配偶,说姑娘家喝酒是不相宜的,说如果她允许她的姑娘们喝酒,那也只是因为她希望他们是正派的男人,如果他们是另一种男人,那么就连她们坐在这儿她也是不会容许的。

中尉由于喝多了酒,又由于布兰希坐在身旁而头脑发晕,他忘记那个文书了。

"音乐!"文书用气急败坏的声调嚷道,"快点奏乐!根据第一百二十号命令,我要你们跳舞!说话轻点声!"文书继续扯大嗓门嚷着,却又觉得不是他自己在嚷,而是另外什么人在嚷,"说话轻点声！我要你们跳舞！你们得尊重我的性格！跳卡楚查①！卡楚查！"

巴尔勃和布兰希同杜杜太太一起商量了一下，符龙吉老人就在钢琴旁边坐下来。跳舞开始了。菲连科夫跺着脚打拍子，眼睛盯住那四只女性的脚的动作，乐得大叫起来，像马嘶似的。

"加油啊！对！带点感情！抬起腿呀，别像冻僵了似的！"

过了一会儿，全班人马坐上几辆马车到"乐园"②去了。菲连科夫跟巴尔勃同乘一辆马车，中尉跟布兰希同车，符龙吉跟杜杜太太同车。在"乐园"里他们占据一张饭桌，叫了晚饭。在这儿菲连科夫喝得大醉，声调变得沙哑，连摇胳膊都没有力气了。他坐在那儿，脸色阴沉，眯着眼睛，仿佛要哭似的，说：

"我是什么？难道我是人吗？我是乌鸦③！什么世袭的荣誉公民……"他讥诮自己说，"你是乌鸦，不是公……公民。"

中尉已经醉得迷迷糊糊，几乎不理会文书了。只有一次他在迷雾中看见文书的醉脸，皱起眉头说：

"我看，你太放纵了。……"

然而他立刻失去思考能力，跟文书碰杯。

他们从"乐园"里出来，又到"克烈斯托夫花园"④去。在这儿，杜杜太太同那些年轻人告别，说她充分信任这两个男人的正派，说完就跟符龙吉一块儿走了。随后，他们为了提神而叫了咖啡，在咖啡里搀上白兰地和果子露酒。后来他们又叫了克瓦斯和白酒以及鱼子酱。文书把鱼子酱擦在自己脸上，说：

"我现在成了阿拉伯人，或者像是恶魔了。"

---

① 西班牙的一种民间舞蹈。
② 当时莫斯科的一家豪华的饭店。
③ 借喻"蠢货"。
④ 莫斯科的另一家大饭店。

第二天早晨中尉往他的办公室走去,感到脑袋里装满了铅,嘴巴又燥又干。菲连科夫在他的位子上坐着,穿着文书的制服,用颤抖的手把公文钉在一起。他闷闷不乐,那张脸显得不平整,像是铺路的鹅卵石。他的硬头发乱蓬蓬的,眼睛昏昏沉沉,张不大开。……他见到中尉,就吃力地站起来,叹一口气,立正行礼。中尉心里有气,再加上宿醉未醒,就扭转身去,做他自己的工作。他们的沉默持续了十分钟光景,可是后来他的眼睛遇到文书失神的眼睛,在那对眼睛里看到了一切:那红色的窗帘,那闹得人心里乱糟糟的舞蹈,那"乐园",那布兰希的侧影。……

"在普遍的义务兵役制度下……"菲连科夫喃喃地讲起来,"在教授们甚至……也要当兵的时候……在所有的人一律平等……甚至有了出版自由的时候……"

中尉本想骂他一顿,把他打发到杰米扬诺夫那儿去,然而他摇了摇手,轻声说:

"见你的鬼!"

说完,他就从办公室里走出去了。

集　　锦

有个鲁别茨-奥特卡恰洛夫伯爵,是任性胡为的俄国人,以家族古老而极度自傲,极力证明他的家族历史最为悠久。……他不满足于历史资料和他所知道的关于他祖先的种种事迹,却不知从什么地方找出两张一男一女形影模糊的旧照片,吩咐人在一张照片底下写上"亚当[①]·鲁别茨-奥特卡恰洛夫",在另一张照片底下写上"夏娃[②]·鲁别茨-奥特卡恰洛娃"。……

另一个伯爵是因个人立功而获得伯爵头衔的,有人问为什么他的轿式马车上没有印伯爵的家徽。

"那是因为我的轿式马车比我的伯爵头衔古老得多。……"

一个地主庄园的总管报告他东家说,邻居们常到他的土地上来打猎。他要求东家允许他禁止再有这类放肆的行为发生。……

"算了吧,老兄!"地主摇一下手说,"我有朋友比有兔子愉快

[①][②]　按照基督教传说,神所创造的第一个男人叫亚当,第一个女人叫夏娃,见《旧约·创世记》。

得多。"

一个精神很不集中却又喜欢提出父辈忠告的调解法官,有一回问在他那儿受审的窃贼说:

"您怎么会下决心去偷东西的?"

"肚子饿呀,老爷!要知道,饥饿甚至能把狼从树林里赶出来!"

"不对,它应该干活!"法官厉声说道。

———

地方法院检察官认出被告是他的小学同学,就顺便问一句:他知不知道其他同学的情况如何?

"除了您和我以外,所有的同学都在做苦工①。"被告回答说。

---

① 帝俄时代监狱中的一种处罚。

皮　　靴

钢琴调音师穆尔金是个脸色发黄、胡子刮光的人,鼻子上粘着鼻烟,耳朵里塞着棉花。他从公寓房间里走出来,站在过道上,用破锣般的嗓音嚷道:

"谢敏!茶房!"

要是有人瞧见他惊恐的脸色,就可能以为天花板上的灰泥砸到他身上来了,要不然就是他刚刚在房间里见到了幽灵。

"求上帝饶恕吧,谢敏!"他看见茶房向他跑过来,就嚷道,"这是怎么回事?我是个有病的人,害着风湿症,可是你却逼我光着脚出门!为什么你直到这时候还没有把皮靴拿给我?那双皮靴在哪儿?"

谢敏走进穆尔金的房间,瞧了瞧他往常安放他擦好的皮靴的地方,搔一下后脑壳:那双皮靴果然不在那儿。

"那么它们会在哪儿呢,该死的东西?"谢敏说,"昨天傍晚我好像已经擦好那双靴子,把它放在这儿了。……嗯!……昨天,老实说,我喝了点酒。……多半我把它放在别的房间里了。一定是这样,阿法纳西·叶果雷奇,放在别的房间里了!当时有那么多双皮靴,而我又喝醉了酒,糊里糊涂,鬼才分得清哪一双是谁的。……大概我放到隔壁的太太的房间里……放到女演员的房间里去了。……"

"那可好,都因为你,我现在却要去惊动那位太太!那可好,为了这么点小事,我要去叫醒一个规矩的女人!"

穆尔金不住地叹气,咳嗽,走到隔壁房间门口,小心地敲门。

"谁呀?"过了一会儿,一个女人的声音响起来。

"是我,太太!"穆尔金用悲凉的声调开口说,按照骑士同贵妇人讲话的那种姿势站在那儿。"请原谅我来打搅,太太,我是个有病的人,害着风湿症。……太太,大夫吩咐我脚上要穿暖,特别是因为我现在就要到将军夫人谢威里岑娜雅家里去调理钢琴。我不能光着脚走到她家里去!……"

"可是您有什么事?什么钢琴?"

"不是钢琴,太太,而是关于皮靴的事!谢敏这个糊涂虫擦完我的皮靴,一时弄错,放到您的房间里去了。太太,请您费心把我的皮靴拿给我!"

房间里响起了窸窸窣窣的声音、下床的声音、趿拉拖鞋的声音,这以后房门微微打开,一只女人的胖胖的小手把一双皮靴丢在穆尔金脚跟前。钢琴调音师道过谢,往他的房间走去。

"奇怪……"他一面穿皮靴,一面嘟哝说,"好像这一只不是右脚的靴子。是啊,这两只都是左脚的靴子!两只左脚的!你听我说,谢敏,这不是我那双靴子!我那双靴子有红色的拉襻,没有打过补丁,这一双却破破烂烂,没有拉襻!"

谢敏拿起那双皮靴,放到眼睛跟前,翻来覆去看了几次,皱起眉头。

"这是巴威尔·亚历山德雷奇的皮靴……"他斜起眼睛瞧着,叽咕说。

他的左眼是斜视的。

"哪个巴威尔·亚历山德雷奇?"

"是个男演员。……他每星期二都到这儿来。……看样子,他没穿他的皮靴,却把您的穿走了。……可见我把两双皮靴,他的和您的,都放在那个房间里了。伤脑筋!"

"那你拿去换来!"

"您说得好轻巧!"谢敏冷笑道,"'你拿去换来'。……可现在叫我到哪儿去找他?他已经走了一个钟头。……到野外去找风吧!"

"那么他住在哪儿?"

"谁知道!他每星期二都到这儿来,至于他住在哪儿,我们却不知道。他来了,住上一夜,然后你就得等到下个星期二。……"

"看你干的好事,你这头猪!瞧,现在我可怎么办!我现在正要到将军夫人谢威里岑娜雅家里去,你这该死的!我的脚已经受冻了!"

"要换这双皮靴也等不了多久。您先穿上这双皮靴,一直穿到傍晚,然后您到戏院去。……在那儿您找男演员勃里斯达诺夫。……要是您不愿意到戏院去,那就只好等到下个星期二。他只有星期二才到这儿来。……"

"可是为什么这是两只左脚的靴子呢?"钢琴调音师嫌恶地动手穿那双皮靴,问道。

"上帝赐给他什么,他就穿什么呗。这都是因为穷。……一个当演员的,到哪儿去找皮靴穿呢?……我说:'瞧瞧您这双皮靴,巴威尔·亚历山德罗维奇!简直是丢脸!'他就说:'你少说废话!我一说出来,管保吓得你脸色发白!我演伯爵和公爵就是穿这双皮靴!'怪人!一句话,他是个戏子。如果我是省长或者什么长官,我就会把这些演员统统抓起来,关进监牢里去。"

穆尔金不住地嗽喉咙,皱眉头,把两只左脚的靴子勉强套在脚上,一瘸一拐地往将军夫人谢威里岑娜雅家里走去。他在城里走了一整天,调整钢琴的音律,这一整天觉得全世界的人都在瞧他的脚,看他脚上那双打了补丁和歪了后跟的皮靴!除了精神上的痛苦以外,他还遭到肉体上的痛苦:一只脚磨出水泡来了。

傍晚他走进戏院。那儿在上演《蓝胡子》①。一直到最后一幕开场以前,而且多亏他认识的吹长笛的乐师说情,他才得到许可,走到后台去。他走进男化妆室,在那儿见到全体男演员。有的在换衣服,有的在搽油彩,有的在吸烟。蓝胡子跟国王包贝希站在一块儿,拿着一支手枪给国王看。

"你买下吧!"蓝胡子说,"这是我在库尔斯克城碰上好运气,花八卢布买下的。嗯,我把它让给你,只要你出六卢布就成。……百发百中!"

"你要小心点。……要知道,这枪已经装上子弹了!"

"我能见见勃里斯达诺夫先生吗?"走进来的调音师问道。

"就是我!"蓝胡子回转身去对他说,"您有什么见教?"

"请原谅我来打搅,先生,"钢琴调音师用恳求的声调开口说,"不过,请您相信……我是有病的人,害着风湿症。……大夫吩咐我脚上要穿暖。……"

"可是,说真的,您有什么事?"

"您要知道,先生……"调音师继续对蓝胡子说,"那个……昨天晚上您住在商人布赫捷耶夫的公寓……六十四号房间里。……"

"咦,你胡扯些什么呀!"国王包贝希冷笑道,"住在六十四号房间里的是我的妻子!"

"您的妻子?很高兴,先生……"穆尔金说,微微一笑,"就是她,您的妻子,亲手把他的皮靴交给我的。……他,"调音师指着

---

① 法国作曲家奥芬巴赫根据法国作家彼罗的童话《蓝胡子的七个妻子》改编的一个小歌剧。——俄文本编者注

勃里斯达诺夫说,"他从她那儿走掉以后,我发现皮靴不在了,就找起来……您知道,我就叫茶房,茶房说:'先生,我把您的皮靴放在隔壁房间里了!'他当时喝醉了酒,一时出错,把我的和您的皮靴,"穆尔金转过脸去对勃里斯达诺夫说,"都放在六十四号房间里了。可是您从他太太那儿走掉的时候,把我的皮靴穿走了。……"

"您说的都是什么话!"勃里斯达诺夫说,皱起眉头,"您是到这儿来造谣中伤还是怎么的?"

"一点也不是!上帝保佑我不干这种事!您没有听明白我的意思,先生。……我到底说的是什么?说的是皮靴!您不是在六十四号房间里过夜的吗?"

"什么时候?"

"昨天晚上,先生。"

"那么您在那儿看见我了?"

"没有,先生,我没有看见,"穆尔金极其慌张地回答说,同时坐下来,赶紧脱掉皮靴,"我没有看见,先生,可是您的皮靴,喏,就是他的太太丢给我的。……这不是我的皮靴,先生。"

"先生,您究竟有什么权利反复地说这类话?姑且不谈我,您还侮辱了那个女人,而且是当着她丈夫的面!"

后台掀起了轩然大波。国王包贝希,那个受到侮辱的丈夫,忽然满脸通红,而且用尽平生的力气,一拳头砸在桌子上,弄得隔壁化妆室里的两个女演员感到头都晕了。

"你相信这些话?"蓝胡子对他嚷道,"你相信这个坏蛋?哼哼!你要不要我把他像狗似的打死?要吗?我会把他打成一块煎牛排!我要把他剁成肉酱!"

凡是那天傍晚在夏季剧院旁边市立公园里游逛的人,至今常常讲起第四幕戏开演之前,他们看见一个光着脚的人从剧院里窜出来,沿着大道飞奔而去,那个人脸色发黄,目光充满恐惧。在他后面,有个身穿蓝胡子服装的男人追上去,手里拿着枪。至于以后出了什么事,就没有人看见了。大家只知道穆尔金同勃里斯达诺夫相识后,在床上卧病两个星期,除了说"我是个有病的人,害着风湿症"外,又加上一句话:"我是个受伤的人。"……

我 的 "她"

按照我父母和上司的权威说法,她出世比我早。他们的话对不对,另当别论,我只知道我有生以来没有哪一天不属于她,不感到处处在她的威力之下。她日日夜夜不离开我,我也没有表示过要同她分开的意思,因此这种结合是坚实牢固的。……然而您不要嫉妒,年轻的女读者!……这种打动人心的结合给我带来的,除了不幸以外,一无所有。第一,我的"她"日日夜夜不放松我一步,不容许我专心工作。她妨碍我读书,写作,游玩,欣赏自然景物。……我正在写这几行,她却老是捅我的胳膊肘,每时每刻引诱我到床上去,不下于古代的克娄巴特拉①引诱古代的安东尼②。第二,她像法国妓女一样害得我倾家荡产。我由于爱她而牺牲了一切:事业、名誉、舒适的生活。……多承她厚爱,我才穿得破破烂烂,住在租价便宜的公寓房间里,吃些乱七八糟的东西,用淡墨水写字。她吞噬了一切,一切,这个永不餍足的东西!我憎恨她,藐视她。……早就应该跟她分手了,然而我却至今没有同她分手,这并不是因为莫斯科的律师们办离婚案要收费四千。……我们目前没有孩子。……您想知道她的名字吗?行啊。……她的名字富于

---

① ② 克娄巴特拉是古埃及托勒密王朝的最后一个女王,后来同罗马的统帅和政治活动家马可·安东尼结合。

诗意,使人联想到莉莉雅、列丽雅、涅丽。……

她叫"懒惰"。

神　　经

　　建筑师德米特利·奥西波维奇·瓦克辛从城里回到他的消夏别墅里,头脑中充满刚刚经历过的招魂会①的新鲜印象。瓦克辛脱掉衣服,孤零零地在床上躺下(他的太太瓦克辛娜出外做三一节礼拜去了),不由自主地想起刚才他耳闻目睹的种种事情。认真说来,刚才并不是正式开了一个招魂会,然而这个傍晚却是自始至终在可怕的谈话中度过的。先是某某小姐无端地讲起如何猜测人的心思。后来大家不知不觉地从心思谈到灵魂,从灵魂谈到幽灵,从幽灵谈到被活埋的人。……某某先生朗诵了一个可怕的故事,讲的是死人在棺材里翻了个身。瓦克辛本人要来一个小碟,给小姐们表演应该怎样做才能同灵魂谈话。他顺便把他的舅舅克拉夫季·米龙诺维奇招来,暗自问他:"现在我该不该把那所房子转到我妻子名下?"对这个问题,他的舅舅回答说:"只要时机适当,干什么都好。"

　　"自然界有许多神秘而且……可怕的事……"瓦克辛躺在被子里暗想,"可怕的并不是死人,而是这种难解的疑团。……"

　　时钟敲了夜间一点钟。瓦克辛翻了个身,从被子里伸出头来,看一眼圣像前面那盏小灯的蓝色火苗。火苗摇摇闪闪,朦胧地照

---

① 在这种会上进行一种迷信活动:把死人的灵魂招来,与活人通信息。

着神龛和挂在床对面他舅舅克拉夫季·米龙诺维奇的大照片。

"万一我舅舅的阴魂在这种昏暗当中出现,那可怎么得了?"这个想法在瓦克辛的头脑里闪过,"不,这不可能!"

幽灵是迷信,是不够成熟的智慧的产物,然而瓦克辛仍旧把被子拉过来,蒙上他的头,把眼睛闭紧点。他脑海里闪过在棺材里翻身的死尸,掠过许多人的影子:他那死去的岳母、一个悬梁自尽的同事、一个淹死的姑娘。……瓦克辛想把那些阴郁的思想从脑子里赶出去,可是他越是用力赶,那些形象反而越鲜明,他的想法也越可怕。他不由得毛骨悚然。

"鬼才知道这是怎么回事。……我像个小孩子那么害怕。……愚蠢!"

"滴答……滴答……滴答",时钟隔着一堵墙响起来。在本村墓场的乡村教堂里,看守人在敲钟。钟声缓慢而凄凉,听着揪心。……瓦克辛的后脑壳上和脊梁上起了鸡皮疙瘩。他觉得他脑袋上方似乎有个人在呼呼地喘气,仿佛他舅舅从镜框里走出来,弯下腰凑近他的外甥了。……瓦克辛心惊胆战,难忍难熬。他吓得咬紧牙关,屏住呼吸。最后,一只小金虫飞进敞开的窗口,在他床的上方嗡嗡地飞叫,他就再也受不住,拼命拉铃,要叫人来。

"戴梅特利·奥西培奇①,您有什么事?②"过了一分钟,女家庭教师的说话声在门外响起来。

"哦,是您呀,罗扎莉雅·卡尔洛芙娜?"瓦克辛高兴地说,"您何必费心呢?加夫里拉会来的。……"

"加夫里拉,您自己,打发,进城去了。格拉菲拉,不知在哪儿,傍晚出去了。……没有人,在家。……您到底有什么事?③"

---

① 说错,应为德米特利·奥西波维奇,说明这个德国女人不大会说俄国话。
②③ 原文为德语。

"我,好女人,有话要跟您说。……那个。……可是您走进来嘛,不用拘束!我这儿挺黑。……"

身材壮实、两颊绯红的罗扎莉雅·卡尔洛芙娜走进寝室来,站住,摆出等候的姿势。

"请坐,好女人。……您要知道,事情是这样的。"瓦克辛说着,心里暗想:"我该请求她办一件什么事呢?"瓦克辛斜起眼睛看一下他舅舅的照片,感到他的心渐渐安定下来,"我,认真说来,想托您这样一件事。……明天仆人进城的时候,请您不要忘记吩咐他,要他……那个……顺便去买一点卷烟纸。……可是您请坐下!"

"卷烟纸!好!您另外还有什么事?①"

"我要……②我什么也不要了,不过……您倒是坐下呀!我会再想起点什么来的。……"

"姑娘家,站在,男人房间里,不像样。……您,我看,戴梅特利·奥西培奇,是调皮的人……开玩笑。……我明白。……为买,卷烟纸,不会叫醒人。……我明白。……"

罗扎莉雅·卡尔洛芙娜回转身,走出去。瓦克辛同她谈过话,略微定下心来,为自己这样胆小而害臊,就拉过被子来蒙住头,闭上眼睛。有十分钟光景,他觉得太平无事,可是后来那些乱七八糟的想法又钻进他的脑子里来了。……他啐了口唾沫,摸到火柴,没有睁开眼睛就点上了蜡烛。然而就连亮光也无济于事。瓦克辛那受惊的想象力使他觉得墙角上似乎有个什么人在看他,他舅舅似乎在眨眼。

"我要再拉铃叫她来,见她的鬼……"他暗自决定,"我就对她说我病了。……我要点药水。"

---

①② 原文为德语

333

瓦克辛拉铃。没有人应声。他又拉一次铃,于是,仿佛为了回答他的铃声似的,本地的墓场上响起了钟声。他满心害怕,周身发凉,一口气跑出寝室门外,在胸前画个十字,骂自己胆小,光着脚,只穿着贴身衣裤,往女家庭教师的房间飞奔而去。

"罗扎莉雅·卡尔洛芙娜!"他敲着房门,用颤抖的声音说,"罗扎莉雅·卡尔洛芙娜!您……睡了?我……那个……病了。……要药水!"

没有人应声。四下里一片寂静。

"我求求您……您明白吗?我求求您!我不明白,何必这么……死板呢,特别是如果人家……有病?您,说真的,多么一本正经①啊。在您这种年纪……"

"我要告诉,您的太太。……您不让,规矩的姑娘,消停。……当初,我住在,安齐格男爵家里,男爵到,我这儿来,要找火柴,我就,明白……我一下,就明白了,要火柴,是什么意思,我就对,男爵夫人说了。……我是个规矩的姑娘。……"

"哎,您规矩不规矩跟我什么相干?我有病……我要药水。您明白吗?我有病!"

"您的太太,是规矩的,好女人,您应该,爱她。是的②!她高尚!我不愿意,做她的情敌!"

"您是傻瓜,就是这么回事。您明白吗?傻瓜!"

瓦克辛倚着门框,把两条胳膊交叉在胸前,开始等待他的恐惧心情消散。他没有足够的勇气回到自己的房间里去,看灯光摇闪,看他的舅舅在镜框里睁着眼睛瞧他。可是照这样只穿着贴身衣服,站在女家庭教师房门旁边,无论从哪方面来看都不妥当。该怎么办呢?时钟敲了两下,他的恐惧心情却还没有消散,也没有减

---

①② 原文为德语。

轻。过道里黑沉沉的,每个角落里都好像有个乌黑的东西向外张望。瓦克辛扭过脸去对着门框,可是他顿时觉得似乎有个什么人在他后面轻轻拉他的衬衫,伸出手摸他的肩膀。……

"见鬼。……罗扎莉雅·卡尔洛芙娜!"

没有人应声。瓦克辛迟疑不决地推开房门,往房间里看一眼。贞洁的德国女人睡得很安稳。一盏小小的夜灯照亮她那沉重而显得颇为健康的身体的轮廓。瓦克辛走进房间,在房门旁边放着的一口藤箱上坐下。有个睡熟然而活着的人在旁边,他就感到心头轻松点了。

"让她去睡吧,这个德国佬……"他暗想,"我在她这儿坐一会儿。等到天亮我就走。……现在天亮得早了。"

瓦克辛一面等天亮,一面蜷起身子在藤箱上躺下,把一只手枕在脑袋下面,开始沉思。

"嘿,神经的作用真是非同小可!我这个人总算智力发达,有思考能力,可是另一方面……鬼才知道是怎么回事!甚至叫人害臊呢。……"

他听着罗扎莉雅·卡尔洛芙娜的轻微平稳的呼吸声,不久就完全定下心来。……

早晨六点钟,瓦克辛的妻子做完三一节的弥撒回来,在寝室里没找到丈夫,就往女家庭教师的房间走去,想向她要几个零钱,付给出租马车的车夫。她走进德国女人的房间,却看见一幅画面:床上睡着罗扎莉雅·卡尔洛芙娜,热得摊开了四肢,而离女家庭教师一俄丈远,她的丈夫躺在一口藤箱上,身子缩成一团,睡得平平稳稳,不住地打鼾。他光着脚,只穿着贴身衣裤。至于他妻子说了些什么话,丈夫醒来后露出一副什么样的蠢相,我要留给别人去描写。反正我是无能为力,只好放下武器了。

335

别 墅 的 住 客

在别墅区火车站的月台上,有一对新婚夫妇在散步。他搂住她的腰,她依偎着他,两个人都感到幸福。月亮从云层中探出头来,瞧着他们,皱起眉头:大概它心里嫉妒,为它那寂寞的而且谁也不需要的处女生活感到懊丧吧。纹丝不动的空气里饱含着丁香花和稠李花的香气。铁道对面,不知什么地方,有一只长脚秧鸡在叫。……

"多么好,萨沙,多么好啊!"妻子说,"真的,这简直跟做梦似的。你看,那个小树林显得多么安适而亲切!那些坚固而沉默的电线杆子多么可爱!它们,萨沙,给四周的景物添了生气,它们在说:那边,在一个什么地方,有许多人……有文明。……每逢清风轻轻地把奔驰的火车的响声送到你耳边来,难道你不感到高兴吗?"

"是的。……不过,你的手多么热!这是因为你激动,瓦丽雅。……今天我们的晚饭有些什么菜?"

"有冷杂拌汤,有子鸡。……那只子鸡够我俩吃的了。城里有人给你带来了沙丁鱼和咸鱼肉。"

月亮仿佛闻了一撮鼻烟似的,藏到云层里面去了。人类的幸福使它联想到它的孤独生涯,联想到它在树林和山谷后面那张孤零零的床。……

"火车开来了!"瓦丽雅说,"多好啊!"

远方露出三只火红的眼睛。这个小火车站的站长走到月台上来。那两道铁轨旁边,这儿那儿地闪着信号灯的灯光。

"我们把这趟火车送走,就回家去,"萨沙说,打了个呵欠,"我和你生活得真好,瓦丽雅,好得简直叫人没法相信!"

一个乌黑而可怕的庞然大物不出声地朝月台爬过来,停住了。半明半暗的车窗里闪过睡意蒙眬的脸、帽子、肩膀。……

"啊!啊!"一个车厢里传来说话声,"瓦丽雅跟她丈夫来接我们了!那就是他们!瓦丽雅!……瓦丽雅!啊!"

两个小姑娘从车厢里跳下来,搂住瓦丽雅的脖子。她们后面出现一个上了年纪的胖太太和一个又高又瘦的先生,留着白色连鬓胡子,随后是两个男中学生,身上背着行李,中学生后面是个女家庭教师,女教师后面还有个老奶奶。

"我们来了,我们来了,好朋友!"留着连鬓胡子的先生握了握萨沙的手,开口说,"也许你等急了吧!恐怕你在骂舅舅不来了!这是柯里亚、柯斯嘉、尼娜、菲法……我的孩子们!你们来吻表哥萨沙!我们全班人马都到你这儿来了,住上这么三四天。我想,我们不致给你们添麻烦吧?你可千万不要讲客气。"

那对夫妇看见舅舅和他一家人,吓得心惊肉跳。在舅舅讲话和大家互相接吻的时候,萨沙的脑海里闪过一个画面:他和他的妻子把他们的三个房间、枕头、被子统统让给客人们,那些咸鱼肉、沙丁鱼、冷杂拌汤一刹那间吃得精光,表弟们摘掉花朵,泼翻墨水,吵吵闹闹,舅母成天价讲她的病(绦虫病和心口痛),讲她在娘家原是冯·芬契赫男爵小姐。……

萨沙带着憎恨的神情瞧他的年轻的妻子,凑着她的耳朵小声说:"他们是来看你的……见他们的鬼!"

"不,他们是来找你的!"她回答说,脸色苍白,也露出憎恨和

337

气愤的神情,"这不是我的亲戚,是你的!"

说完,她转过身去对着客人们,带着殷勤的笑容说:

"欢迎!"

月亮又从云层里飘游出来。它似乎在微笑,好像心里高兴,因为它总算没有亲戚。这时候萨沙扭过脸去,免得让客人们看见他那气愤绝望的脸色,同时,给他的声调添上一种快活而温和的口气,说:

"欢迎!欢迎,亲爱的客人们!"

谈　　鱼

谈小问题的大文章

我们今天这篇非常重要的论文是献给那些不幸的别墅住客的,他们养成了习惯,喜欢在钓竿的这一头坐着,而在那一头拴上钓丝和软虫。……我们给钓鱼的人写了整整一篇论文,提供各种意见(而且不用您出钱,请注意)。为了让我们的文章多添一点严肃性和学术性,我们庄重地把它分为章节,列成条目。

(一)捕鱼要在大洋、深海、湖泊、河流、池塘里进行。在莫斯科近郊,也可在水洼和沟渠里进行。

附注:最大的鱼可在活鱼店里捕到。

(二)钓鱼必须远离居民区,否则就有钓到正在游泳的别墅住客的脚丫子之虞,要不然就会听到这样的话:"您有什么权利在这儿钓鱼?莫非您要挨一通揍?"

(三)在抛出钓钩之前,先将食饵安在钓钩上,至于用什么样的食饵,悉听尊便,要依鱼的种类而定。……钓鱼而不用诱饵也未尝不可,因为反正你是什么也钓不着的。

附注:凡姿容秀丽,坐在岸边垂钓而其目的只在于吸引求婚者注意的别墅女客,可以不用诱饵钓鱼。然而,凡是姿容不秀丽的别墅女客,则必须使用诱饵:十万,二十万,或者诸如此类①。……

(四)坐着垂钓的时候,不可摇手,不可踢腿,不可喊救命,因为鱼是不喜欢喧哗的。钓鱼无须乎特别的技术:如果漂子不动,那就是说鱼还没有上钩;假如它动了,那你就洋洋得意吧:鱼儿开始来尝你的诱饵了。倘或它一沉到底,你也不必费力去拉它,因为横竖你是怎么也拉不上来的。

———————

我们论文的这一方面,我们认为已经阐发无余(毫无遗漏)。下一次我们将详细说明一个极其重大的问题:在莫斯科混浊的水里可以捕到哪几种活蹦乱跳的鱼。

———————

在上一期《闹钟》②的《别墅专号》里,我们以不可测度的深刻性和不可思议的学术性"一举而解决了"捕鱼的方法问题。如今我们转到论文的另一部分,谈一谈鱼的种类。

在莫斯科近郊可以钓到下列各种鱼:

(一)狗鱼。这种鱼不好看,不鲜美,然而谨慎,沉稳,对它的狗鱼权利深信不疑。它一路上碰到什么就吃掉什么:鱼呀、虾呀、青蛙呀、鸭子呀、婴儿呀……无一幸免。每条狗鱼单独吃掉的鱼,远比叶果罗夫饭馆全体顾客吃掉的多。它从来也没有吃饱的时候,经常抱怨时运不佳。每逢人家向它指出它的贪婪,指出小鱼的悲惨处境,它就说:"你再对我说这种话,那你就会很快落到我的肚子里去!"不过,每逢大官对它指出这类情况,它就声明说:"哎

---

① 指俄国上层社会女方付给男方的陪嫁钱。
② 莫斯科出版的一种幽默杂志,本文发表于该杂志1885年第23和第25期上。

哎,大老爷,如今谁不吃小鱼呀? 自古以来就定下了这样的章法:我们狗鱼总得吃饱肚子嘛。"每逢有人吓唬它,说要把这种事登到报纸上去,它总是说:"我才不在乎呢!"

(二)大头鳊。它是鱼当中的知识分子。彬彬有礼,灵活敏捷,相貌英俊,生着很大的额头。它身为许多慈善团体的成员,感情丰富地朗诵涅克拉索夫的诗,痛骂狗鱼,不过它吃起小鱼来,那胃口倒也不下于狗鱼。同时它又认为消灭鮈鱼和似鲌鱼①乃是一种令人痛心的必要,一种时代的要求。……每逢人家在私下的谈话当中责备它言行不一致,它总是叹口气说:

"这是没有办法的事呀,老兄! 鮈鱼还没有成熟到可以过毫无危险的生活的地步。再者,您也会同意,要是我们不吃它们,那我们反过来能给它们什么呢?"

(三)江鳕。这种鱼沉重,笨拙,像剧院售票员那么冷漠。它以肝脏巨大闻名,由此可以断定它爱喝酒。它生活在水底的隐木下面,吃各种杂食。论本性,它是食肉的,然而有尸肉、软虫和青草可吃,也就心满意足了。"我们哪能跟狗鱼和大头鳊相比呢? 我们只能有什么就吃什么。只要能有东西吃,就谢天谢地了。"一旦上了钩,它就像一根木头似的被人拖出水来,一点抗议的表示也没有。……它对一切事情都是满不在乎的。……

(四)鲈鱼。这是一种美丽的小鱼,牙齿极尖。性情凶恶。公鱼做剧团经理,母鱼办音乐会。

(五)棘鲈。这是一种活泼伶俐的鱼,自以为大自然给了它一种"特惠权",使它借以避免狗鱼和大头鳊的袭击,可是仍然不免于常常被人捉住,烧成鱼汤。

(六)鲫鱼。它在厚层的水藻里栖息,打盹儿,等着狗鱼来吃

---

① 这两种都是小鱼。

它。它从小习惯于一种想法:只有用油把它煎过以后,它才称心。俗谚说:"海里有狗鱼,就是叫鲫鱼别打盹儿。"然而这个谚语鲫鱼却是在有利于狗鱼的意义上去理解的①。……

"我们应该夜以继日地准备让狗鱼先生满意。……没有它老人家的恩惠可不行啊。……"

(七)鲍鱼。它是当铺、下等夏季杂耍场、前厅②里的常客。它在莫斯科—库尔斯克铁路沿线任职,常给狗鱼写感谢信,日日夜夜辛苦工作,好让大头鳄能穿上熊皮大衣。

(八)斜齿鳊。这是一种小鱼,几乎害上痨病,常演跑龙套的角色而挨冻,或者给大杂志提供质量很差的译文。它们大量被狗鱼和鲈鱼吃掉。母鱼常同江鳕和冬穴鱼姘居。

(九)冬穴鱼。这是一种懒散的、流着口涎的、软弱无力的鱼,穿着墨绿色文官制服,一直任职到领养老金为止。它用一个鼻孔吸鼻烟,愚弄鲫鱼,为便秘而就医。

(十)似鲌鱼。这种鱼是用苍蝇做饵就可以捉到的。它是乞丐。

(十一)鳊鱼。它在大道旁边开小饭铺,承包工程。它装出吃素的样子。它吃完小鱼,就赶快擦一擦嘴唇,免得"老爷们"看出来。……

---

① 这个谚语的原意在于警告弱者提防强者。
② 指穷人去向富人请求资助的时候,常要在富人的前厅里等候接见。

步 步 高[①]

省政府顾问官陀尔包诺索夫有一次因公出差到彼得堡,偶尔参加芬加洛夫公爵的晚会。在晚会上,使他大吃一惊的是,他无意中遇见学法律的大学生谢波特金,这个人五年前做过他孩子的家庭教师。他在晚会上没有别的熟人,由于闲得无聊,就走到谢波特金跟前。

"您这个……那个……您怎么到这儿来的?"他问,凑着空拳头打呵欠。

"跟您一样。……"

"其实,不见得跟我一样……"陀尔包诺索夫说,皱起眉头,打量谢波特金,"嗯……那个……您的景况怎么样?"

"还可以。……我已经大学毕业,目前在波多康尼科夫手下担任特任官。……"

"是吗?这在一开头倒是不坏的。……不过……呃呃……请您原谅我提出一个唐突的问题:您担任这个职务能挣多少钱?"

"八百卢布。"

"哼!……连买烟的钱都不够……"陀尔包诺索夫喃喃地说,又用高高在上的口气讲话。

---

① 原名《上楼梯》。

"当然,要在彼得堡过不寒酸的生活,这点钱是不够的,不过,除此以外,我还担任乌加罗-杰包希尔铁路局的秘书。……这个职务使我挣到一千五。……"

"哦,哦,既是这样,当然……"陀尔包诺索夫打断他的话说,同时脸上显出一种近似眉开眼笑的神情,"顺便问一句,我最亲爱的,您是怎样跟这家的主人认识的?"

"很简单,"谢波特金淡漠地回答说,"我原是在御前大臣洛德金家里遇见他的。……"

"您……常到洛德金家里去?"陀尔包诺索夫说,睁大了眼睛。

"经常去。……我同他的侄女结了婚。……"

"同他的侄女?嗯。……了不起。……我,您知道……那个……素来希望您……素来预料您有灿烂的前途,我最尊敬的伊凡·彼得罗维奇。……"

"我叫彼得·伊凡诺维奇。……"

"那就是彼得·伊凡诺维奇。……我呢,您知道,刚才一看,瞧见一张熟人的脸。……我一下子就认出您来了。……我心想,那我就约他到我那儿去吃顿饭吧。……嘻嘻。……我想,他大概不会拒绝我这个老头子!我住在欧洲旅馆三十三号房间……下午一点钟到六点钟在家。……"

监禁人者,人监禁之[1]

一 场 小 戏

您可曾见过人怎样在驴身上装东西?照例,人总是把所有的东西都堆到可怜的驴身上,他们想到什么就装上什么,既不管数量多少,也不管东西多么笨重:厨房用品啦,家具啦,床铺啦,木桶啦,装着婴儿的口袋啦……一齐堆上去,弄得那头负着重载的驴[2]变成一团不成形的庞然大物,就连驴蹄子尖都几乎看不见了才算完事。赫拉莫夫城地方法院检察官阿历克塞·季莫费耶维奇·巴尔宾斯基,在车站上响过第三遍铃后,忙着在火车上占座位的时候,他的模样就跟那头驴有点相似。他身上从头到脚都堆满了东西。……食品包啦,帽笼啦,铁皮箱啦,小皮箱啦,盛满不知什么东西的玻璃瓶啦,女人的斗篷啦……鬼才知道还有什么东西没放在他身上!他那涨红的脸上汗如雨下,两条腿往下弯,眼睛里闪着痛苦的神情。他的妻子娜斯达霞·尔沃芙娜跟在他身后,打着一把花花绿绿的小阳伞。她是个金发女人,身材矮小,脸上生着雀斑,下巴往上翘起,眼睛凸出来,活像一条刚刚上钩、被人拖到水面上来的小狗鱼。……检察官在火车里走来走去,转了很久,终于占好座位

---

[1] 原名《被监禁的监禁者》。"监禁人者"指本文的男主人公,他是检察官,其职务就是把被告定罪,监禁起来。

[2] 原文为拉丁语。

后,就把行李都卸在座椅上,擦掉额头上的汗,往车厢门口走去。

"你这是上哪儿去?"他妻子问他说。

"我,宝贝儿,想到车站上去一趟……喝一小杯白酒。……"

"你不用胡思乱想。……坐下。……"

巴尔宾斯基叹口气,乖乖地坐下。……

"你把这个筐子抱住。……这里面装着碗盏。……"

巴尔宾斯基抱住那个大筐,愁闷地看一眼窗外。……火车开到第四个火车站,他的妻子打发他到站台上去取开水,在那儿,在饮食部旁边,他遇见了他的朋友和同事普林斯克城地方法院审判长弗里亚日金,他们两个人原是商量好一同乘车出国的。

"老兄,这到底是怎么回事啊?"弗里亚日金对他发脾气说,"要知道,这实在不像话。我们本来讲好在火车上坐在一块儿,可是魔鬼却把您支使到三等客车上去了!您何必坐三等客车!您缺钱还是怎么的?"

巴尔宾斯基摇一下手,开始眨巴眼睛。

"我现在什么都不在心上了……"他嘟哝说,"哪怕叫我坐到煤水车上去赶路也成。我心里正在琢磨,看样子,到头来我会了结我的残生……跳到火车底下了事。……您,好朋友,再也想不到我那个贤内助把我折腾成什么样子!她把我折磨得好苦,我至今还活着,倒是咄咄怪事了。我的上帝啊!天气好极了……又有这样的空气……海阔天空,自然景物美不胜收……总之,要过逍遥自在的生活,样样条件都具备。单是想到我们要出国游历,就不能不使人高兴得像牛犊似的欢蹦乱跳。……可是偏偏不行!恶毒的命运非要把这个宝贝拴在我脖子上不可!真的,命运在怎样地耍弄人啊!我为了避开我的老婆,特意想出一个借口,说我肝脏有病……想到国外去。……我整个冬天巴望自由,不管做梦也好,醒着也好,总是盼着我一个人出去。结果怎样呢?她硬要跟我一块儿走！我好说歹说,都无济于事！'我就是要去,我就是要去。'哪怕你死了,她也还是要去！得,我们就一块儿上路了。……我提议坐二等客车。……那可说什么也不行！……她说:怎能这么破费?我就给她提出种种理由。……我说我们有钱,要是我们坐三等客车,我们就丢了面子,而且三等客车又闷又臭。……她不听！省钱的魔鬼迷住了她的心窍。……现在就拿这些行李来说吧。……哎,我们带着这么一大堆东西干什么? 何必带上这许多包裹、帽笼、小箱子和其他的废物? 我们不但交行李车运走了十普特①重的行李,另外还在我们车厢里占了四张座椅。乘务员屡次要求我们腾出地方来让乘客坐,乘客们都生气了,而她就跟他们吵架。……真叫人害臊！您相信不? 我羞得就跟遭到火烧一样！要躲开她,那可休想！她一步也不让你离开她。你得坐在她身旁,膝盖上放一个老大的筐子,把它抱住。现在呢,她打发我来取开水。喏,堂堂法院检察官,提着铜茶壶走来走去,这像样子吗? 要知道,在这儿,在这列火车上,恐怕就有我的被告和见证人坐车赶路！我的威信算是完蛋了！不过呢,老兄,今后这对我倒也是个教训！这叫我明白了什么叫个人自由！往常我审案,有的时候,您知道,热心得过了头,无缘无故把人监禁起来。嗯,现在我才明白……我才尝到了滋味。……我明白什么叫把人监禁起来了！啊,我彻底明白了！"

"恐怕您很想要求交保释放吧?"弗里亚日金笑着说。

"那真乐死人了！您相信不? 尽管我穷得很,可是我情愿交出一万保证金。……可是,我得跑回去了。……恐怕她已经急坏了。……我会挨骂的！"

有一天凌晨,弗里亚日金在威尔日包洛沃车站月台上散步,在

---

① 1普特等于16.38公斤。

一辆三等客车的车窗里看见了巴尔宾斯基那带着睡意的脸。

"您过来一会儿!"检察官对他点头说,"我老婆还在睡觉,没醒过来。她睡觉的时候,我比较自由。……要我走出这节车厢,那可不行,不过,筐子倒可以暂时在地下放一放。……能够这样,就已经要谢天谢地了。哦,对了!我没告诉您吧?我有件喜事!"

"什么喜事?"

"我们的两个帽笼和一个口袋让人偷去了。……这样总算轻松一点。……昨天我们吃掉一只鹅和所有的馅饼。……我故意多吃,好让行李少一点。……我们车厢里的空气是什么空气呀!就是拿把斧子放在半空中,也掉不下地哩。……呸。……这不是旅行,是活受罪。……"

检察官回转头,愤恨地看了看他那睡熟的妻子。

"你这个野蛮的女人!"他小声说,"你这个磨人精,简直是希罗底①!我这个倒霉的人什么时候才能躲开你哟,克山契巴②?您相信不,伊凡·尼基狄奇?有的时候我闭上眼睛,想入非非:世事千变万化,假定她做了被告,落在我手心里,那会怎么样?看样子,我一定会发送她去做苦工!不过……她要醒了。……嘘。……"

检察官刹那间做出若无其事的脸相,把筐子抱在怀里。

在艾德库涅诺车站,他去取开水,神情显得快活了一点。

"又有两个帽笼给人偷掉了!"他在弗里亚日金面前夸耀说,"我们已经把所有的白面包统统吃光。……这样总算轻松点了。……"

在肯尼格斯别尔格车站,他完全变了。他早晨跑进弗里亚日

---

① 据《圣经》传说,古犹太国王希律娶其弟妇希罗底为妻,施洗约翰往谏被捕入狱,后来希罗底又挑唆希律把施洗约翰处死。在此借喻"恶妇人"。
② 古希腊哲学家苏格拉底的妻子,喜欢吵闹。在此借喻"泼妇"。

金的车厢里,往长沙发上一躺,快乐得哈哈大笑。

"好朋友!伊凡·尼基狄奇!让我拥抱你!对不起,我对你称呼'你'了,可是我太高兴,满心是恶意的快乐!我自由了!你明白吗?自由了!我妻子跑掉了!"

"这话怎么讲:她怎么跑掉的?"

"她夜间从车厢里跑出去,至今没回来。她要么是跑啊跑的,摔在火车底下了,要么也许是留在哪个车站上了。……一句话,她不见了!……我的天使啊!"

"可是你听我说,"弗里亚日金不安地说,"既是这样,就应当打个电报才对!"

"造物主可别叫我这么办!我现在感到多么自由自在,简直没法给你形容了!我们出去到月台上走一走吧……我们去自由地呼吸一阵!"

两个朋友走出车厢,在月台上走来走去。检察官迈开步子,一面呼吸,一面赞叹说:"多么好!呼吸起来多么轻松啊!难道有些人老是这样过活吗?"

"你知道吗,老兄?"他下定决心说,"我马上就搬到你的车厢里来。我们舒舒服服坐一坐,过一下独身生活吧。"

检察官一溜烟跑回他的车厢去取他的行李。过了两分钟,他走出他的车厢,然而已经不是眉开眼笑,而是脸色苍白,呆然若失,手里拿着铜茶壶了。他摇摇晃晃,用手按住心口。

"她回来了!"他遇见弗里亚日金探询的目光,摇一下手说,"原来昨天晚上她没认清车厢,一时弄错,走到别的车厢里去了。完了,老兄!"

检察官在弗里亚日金面前站住,用充满痛苦和绝望的目光瞅着他。他眼睛里流出泪水来了。他们沉默了一分钟。

"这样好不好?"弗里亚日金对他说,温柔地摸索他衣服上的纽扣,"我到你的位子上去……你自己跑掉吧。……"

"这话怎么讲?"

"你跑掉就是。……要不然,我瞧着你,我自己都要憔悴了!"

"跑掉……跑掉……"检察官沉思道,"这倒是个办法!我,老兄,就这么办:我坐上对面来的火车,逃之夭夭!事后我就对她说,我坐错了车。好,再会。……我们在巴黎见面吧。……"

我 的 妻 子

蓝胡子拉乌尔写给编辑部的信

先生：

小歌剧《蓝胡子》在您的读者当中引起了笑声，而且为洛季、切尔诺夫①先生等人创造了桂冠，可是这件事在我心里引起的感觉却只有痛心。这倒不是恼怒的感觉，不是的，而是惋惜。……我真诚地惋惜近十年来报刊和舞台蒙上一层亚当的罪恶②的绿霉，也就是弄虚作假。我不想涉及这个小歌剧的实质，甚至也不想涉及作者没有任何权利干预我的私生活和披露我的家庭秘密这一情况，我只想谈一谈观众据以形成他们对我蓝胡子拉乌尔的看法的那些细节。所有这些细节都是令人愤慨的谎言。在我提出诉讼揭穿作者的无耻谰言，揭穿连托夫斯基③先生姑息包庇这种可耻的恶行以前，先生，我认为有必要通过您的可敬的杂志对那种谎言予以驳斥。首先，先生，我根本不是像小歌剧作者任意编排的那种好色之徒。我不喜欢女人。我宁愿完全不同她们来往，可是我是人，

---

① 当时在莫斯科"隐居花园"上演该小歌剧的演员们。——俄文本编者注
② 按照基督教传说，神所创造的第一个人亚当，瞒过神而偷吃了神禁止吃的智慧果，见《旧约·创世记》。在此借喻"欺骗"。
③ 演出该小歌剧的剧团的经理兼导演。——俄文本编者注

凡是人的特性,我也都有①,难道这也能怪我?② 指导人类行动的,除了选择的权利以外,还有"必然律"。我必须在两者之中选择其一:要么做一个在报纸第一版上大登广告的医生们所极其喜爱的浪荡鬼③,要么正式结婚。这两种荒谬的办法之间没有折中的道路。我是个讲求实际的人,就选定了第二种办法。我结婚了。是的,我结婚了,而且在我的全部婚姻生活中日日夜夜嫉妒软体动物,因为它一身而兼任丈夫和妻子,从而把岳母、岳父、婆婆……都包括在它一身之内,它也就没有必要去寻找异性的伴侣。您会同意,这种种都不像是好色。这以后作者又叙述道,我总是在婚后第二天,也就是在第一夜之后④,毒死我的妻子。为了不致把这种骇人听闻的谰言强加在我的身上,作者只要查一查教堂户籍簿⑤或者我的履历表就成,可是他没有这样做,却把自己置于说谎者的地位。我毒死我的妻子不是在蜜月的第二天,也不是像作者所希望的那样由于取乐⑥,更不是一时冲动。上帝看得见,我在下定决心用吗啡或者带磷火柴款待那一个个娇小孱弱的女人之前,经历过多少精神上的痛苦,多少沉重的疑虑,多少难熬的日子和星期!驱使我要求我的医生们发善心给我毒药的,并不是任性胡闹,也不是懒散而饱足的骑士的淫欲,更不是残忍,而是一系列重大的原因和后果的综合。每逢我经历过痛苦的同居生活,又经历过长久而激烈的思索,打发人到小铺子里去买火柴的时候,在我的灵魂里爆发的不是一出小歌剧,而是整整一出庄严悲惨的歌剧(请女人们原谅我!我认为手枪对女人来说是一种过于不相称的武器。老鼠和

①④⑥ 原文为拉丁语。
② 顺便说一句,我在中学里读书的时候,拉丁语这门课程经常得5分。——契诃夫注
③ 大约暗指帝俄时代耽于冶游,身染性病而就医的人。
⑤ 那上面载有教徒们的出生、结婚、死亡等的年月。

女人照例都是用磷来毒死的)。根据下述对那七个由我毒死的妻子的性格描写,读者和您,先生,就会看清楚,促使我在家庭安宁方面破釜沉舟的原因跟小歌剧的描写多么不相同。我要按照我的妻子们在我笔记本里"洗澡、雪茄、婚姻、理发等开支"项下排列的次序描写她们。

第一名。这是个娇小的黑发女人,头发长而卷曲,一对大眼睛像是小马。她身材苗条,像弹簧那么灵活,相貌美丽。她的眼睛里洋溢着柔顺和温存,她能够经常保持沉默,这些都使我感动。沉默是一种罕有的才能,我在女人身上把它看得比一切艺术才能都高!她智力有限,见解狭隘,然而充满真诚和恳切。她往往把普希金说成普加乔夫①,把欧洲和美洲混为一谈,很少读书,十分无知,总是对各种事情大惊小怪,然而另一方面,她活了一辈子却从来也没有故意说过一句谎话,做过一个虚伪的动作:她想哭的时候就哭,想笑的时候就笑,并不顾及时间和地点。她那么自然,犹如一只愚蠢的小羔羊。母猫爱情的力量已经成了谚语,然而我敢拿任何东西来打赌,没有一只母猫爱它的公猫能够比得上这个小女人那么爱我。一连多少天,她从早到晚跟定我,寸步不离,眼睛瞧着我的脸,一刻也不放松,仿佛我额头上写着乐谱,而她就是按着这个乐谱呼吸,活动,说话似的。……有些日子,有些时候,她那对大眼睛没有看到我,她就认为她那本生活之书有一些篇页无可挽回地损失了,被删掉了。她默默地瞅着我,又惊又喜。……夜间我像最没出息的懒汉那样打鼾,如果她睡着了,她就在梦中见到我,如果她能够把睡意从她身上赶走,她就走到墙角,站在那儿祷告。倘使我是个写小说的作家,我就一定会力求听明白在那种幽暗的时辰,充满热爱的妻子们为她们的丈夫向上天所做的祷告里说些什么话,用些

---

① 俄国18世纪农民起义的著名领袖。

什么词句。她们巴望什么,她们要求什么呢?我想象得出这些祷告有多么不近情理!

在捷斯托夫①也罢,在新莫斯科②也罢,我从来也没有吃到过像她的小手烹调出来那样好的菜。她认为把肉汤烧得过咸无异于犯下死罪,把牛排煎得太老简直成了她那小小的德行的败坏。她一旦怀疑我没吃饱,或者吃得不满意,这种怀疑就成了她的一种可怕的痛苦。……不过再也没有比我害病更使她发愁的了。每逢我咳嗽,或者显出肠胃失调的样子,她就脸色煞白,额头上冒出冷汗,从这个墙角走到那个墙角,绞着手指头。……哪怕我离开她极短的时间,她也会以为我被公共马车轧死,或者从桥上掉进河里,或者中风死掉了……在她的记忆里有过多少痛苦的时刻啊!每逢我同朋友们喝过酒,"带点醉意"回到家里,在长沙发上躺下,逍遥自在,翻看加博里奥的长篇小说的时候,任凭我怎么骂她,甚至用脚踢开她,她也还是要在我头上放一块压布,给我盖上一条厚棉被,端来一杯椴树花茶③!

一只金色的苍蝇,只有在您眼前飞上一两分钟,然后……遁入太空的时候,才会使您感到悦目而愉快;如果它开始在您额头上散步,用爪子搔您的脸颊,钻进您的鼻孔里,照这样纠缠不已,根本不理睬您在挥手赶它,那您最后就会极力要捉住它,剥夺它扰人的能力了。我的妻子就是这样的苍蝇。她那么经常地注视我的眼睛,老是提防我胃口不佳,时时刻刻留意我的伤风、咳嗽、轻微的头痛,把我闹得烦死了。最后我再也忍不住了。……再者她对我的爱情也成了她的痛苦。她那种一贯的沉默和那种鸽子般温柔的眼神,说明她无力保护自己。于是我就把她毒死了。……

---

①② 莫斯科的饭馆的名字。
③ 解热的汤药。

第二名。这个女人笑口常开,脸上有两个酒窝,眯细了眼睛看人。她长得挺好,装束异常华贵,打扮得极其雅致。我的第一个妻子不言不语,喜欢安静,不爱出门,而这个女人恰好相反,她总也坐不住,爱说爱笑,活跃得很。写小说的作家会把她说成是个完全由神经构成的女人,可是我却说她是一种由等份的碱和酸构成的物体,这话一点也不会错。她是一种上等的起泡的克瓦斯,刚刚拔开瓶塞就泡沫四溅。生理学从来也没研究过急急忙忙生活的人,而我妻子的血液循环快得不亚于美国怪人所租用的专用列车,她的脉搏甚至在睡熟的时候也达到一百二十次。她不是呼吸,而是喘气,不是喝水,而是灌水。她急急忙忙地呼吸,说话,恋爱。……她的生活全然是忙于追求各种感受。她喜欢酸辣菜、芥末酱、胡椒、高大的男人、冷漠的灵魂、疯狂的华尔兹舞。……她要求我不住地放炮,放焰火,搞决斗,痛打可怜的包贝希①。……她看见我穿着家常长袍,趿拉着拖鞋,嘴里叼着烟斗,就火冒三丈,诅咒她嫁给"蠢货"拉乌尔的那一天和那个时辰。要对她讲明白如今成为她生活中心的那些事情我早已经历过,目前对我来说绒衣比华尔兹舞更合适得多,那是根本办不到的。对于我所有的论点,她一概摇手,说些歇斯底里的混话作为回答。不管愿意不愿意②,为了避免尖叫和责难,我只好跳华尔兹舞,放炮,打人。……这样的生活不久就使得我厌倦,我就打发人去找医生。……

第三名。这是个金发女人,身材苗条,生着天蓝色的眼睛。她的脸上带着听天由命的神情,同时又表现出个人的尊严。她老是梦幻地瞧着天空,随时发出痛苦的叹息声。她过着有条不紊的生活,有"她自己的上帝",老是谈到信念。凡是牵涉到她的信念的

---

① 《蓝胡子》中的一个人物。
② 原文为拉丁语。

事情,她总是极力表现得毫不留情。……

"既然胡子可以做成枕头送给穷人用,"她对我说,"那么留胡子就不正当!"

"上帝啊,她在为什么事痛苦?这是什么缘故?"我听着她的叹息声,问我自己说,"啊,这种为国为民的忧伤!"

人喜欢谜,这也就是我爱上那个金发女人的缘故。然而这个谜不久就揭了底。有一天我无意间看到金发女人的日记本,在其中读到一段妙文:"为了要搭救我那可怜的、牵连在军需案里的父亲①,我不得不作出牺牲,听从理性的呼声,嫁给富有的拉乌尔。原谅我吧,我的保罗!"后来查明,那个保罗在测量局里工作,写一些拙劣的诗。他从此再也见不到他的意中人了。……她同她的信念一起给打发见祖先②了。

第四名。这个姑娘五官端正,然而脸上老是现出恐惧和惊讶的神色。她是商人家的女儿。她带来二十万陪嫁钱,而且把她那种要命的嗜好也一起带到我家里来:她老是弹琴,唱抒情歌《我又来到了你的面前……》。每逢她没睡觉、没吃东西,她就弹琴,不弹琴就唱歌。钢琴声把我身上那些可怜的血管一根根地抽出来(现在我身上没有血管了)。她唱起她喜爱的抒情歌《我站在这儿神魂飘荡》,声音总是那么尖厉、刺耳,震得我的耳朵四分五裂,听觉器官不顶用了。我隐忍了很久,然而我对自己的怜悯迟早要占上风,于是医生来临,钢琴声就结束了。……

第五名。这个女人鼻子长,头发光滑,脸色严厉,从来也不露笑容。她眼睛近视,戴着眼镜。她缺乏审美力,不爱慕虚荣,所以喜欢装束得朴素而且古怪:黑色的裙子配上窄袖子和宽腰

---

① 原文为法语。
② 原文为拉丁语。

带。……她的全部服装都熨过,显得平整,没有一丝皱纹,没有一点粗心大意的褶痕!我喜欢她是因为她有一种与众不同的特点:她不是傻瓜。以前她在国外,在德国人那里念过书,很快就读完了保克耳①和穆勒②的全部著作,梦想做一番学术方面的事业。她专谈"学问"上的事。……什么唯灵主义者③啦,实证论者啦,唯物主义者啦,从她口中纷纷吐出来。……我头一次同她谈话的时候,我眨着眼睛,感到自己是个蠢货。她凭我的脸相猜出我蠢笨,不过她倒没有看不起我,而是恰好相反,着手赤诚地开导我,教我该怎样做才不致继续做蠢货。……聪明人如果对不学无术的人宽宏大量,总是非常可爱的!

我们从教堂里出来,坐着结婚马车回去的时候,她沉思地瞧着马车的窗外,对我讲起中国的婚礼习俗。头一夜她就发现我的颅骨很像蒙古人。她讲到这儿,顺便还教给我应当如何测量颅骨,而且证明颅相学④作为科学是毫无道理的。我听着,听着。……此后我们的生活就归结为一个听字。……她说得滔滔不绝,我呢,眨巴着眼睛,生怕露出一窍不通的样子。……如果我夜间偶尔醒过来,我就会看见她的两只眼睛凝神瞧着天花板,或者瞧着我的头颅。……

"你不要打搅我。……我在思考……"当我怀着温情去纠缠她的时候,她说。……

婚后过了一个星期,我的头脑里就产生一种信念:对我们这班人来说,聪明的女人是难处的,难处极了!老是感到自己像是在参

---

① 保克耳(1821—1862),英国自由资产阶级历史学家。
② 穆勒(1806—1873),英国资产阶级政治家、经济学家和哲学家。
③ 宗教和唯心主义哲学学说,认为心灵或精神是世界的本原和本质。
④ 一种反科学的反动理论,由奥地利医生兼解剖学家哈里(1758—1828)所创立,认为人的心理特征直接和人的头颅的外形有关。

加考试,老是看见面前现出一张严肃的脸,老是害怕说出什么愚蠢的话来,您会同意,那是极其难受的!有一次我像贼那样偷偷地溜进她的房间里,在咖啡里放进一小块氰化钾①。对这样的女人不该用火柴!

第六名。这个姑娘以她的天真纯洁的本性迷住了我。她是个可爱的孩子,没有心计。可是婚后过了一个月,我却发现她原来是个轻浮的女人,热中于时髦的服装,喜欢散布上流社会的风言风语,讲究风度气派,常常出外拜客。这个小坏包拼命挥霍我的钱,同时又严格注意小铺的赊货簿。她在时装店里花掉成百成千,却又责骂厨娘买酸模多花了一个戈比。她认为常发歇斯底里,娇滴滴地闹偏头痛,打女仆耳光,是贵妇人的气派。她嫁给我,只是因为我门第显贵罢了。她在结婚的前两天还与人私奸。有一天我给我堆房里的老鼠下毒,顺手也给她下了毒。……

第七名。她是冤枉死掉的:我给丈母娘准备下的毒药,她无意中喝掉了(我准备用阿莫尼亚水毒死我的丈母娘)。如果没有发生这件意外的事,她也许至今还活着。……

我讲完了。……我认为,先生,上述种种足以在读者面前揭露小歌剧作者和连托夫斯基先生粗制滥造、不负责任的作风,不过他们上当,多半是由于不知底细。无论如何,我等着连托夫斯基先生登报作出解释。肃此,敬请
撰安

蓝胡子拉乌尔。
批准者:安·契洪捷②。

---

① 一种剧毒的化合物。
② 契诃夫的笔名。

有知识的蠢材

一场小戏

退役的骑兵少尉阿尔希普·叶里塞伊奇·波莫耶夫戴上眼镜,皱起眉头,读道:"……某地……某区调解法官特请台端……等等,等等……以被告身份出庭,为以暴力侮辱农民格利果利·符拉索夫一案受审。……调解法官彼·谢斯契克雷洛夫。"

"这是谁发来的?"波莫耶夫抬起眼睛瞧着送信人说。

"调解法官老爷彼得·谢尔盖伊奇发来的……就是谢斯契克雷洛夫。……"

"嗯。……是彼得·谢尔盖伊奇?他约我去干什么?"

"大概是受审。……那上边写着呢,老爷。……"

波莫耶夫把传票又读一遍,惊讶地看了看送信人,耸起肩膀。

"呸。……以被告身份出庭。……这个彼得·谢尔盖伊奇可真会开玩笑!嗯,行啊,你就说:好吧!不过要让他最好准备一顿早饭。……你就说:我一定去!替我向娜达丽雅·叶果罗芙娜和孩子们问好!"

波莫耶夫签了名,然后往他内兄尼特金中尉住着的房间走去,尼特金中尉是到他这儿来度假的。

"你看看吧,彼得·谢斯契克雷洛夫给我送来一封什么样的信,"他把传票拿给尼特金,说,"他叫我星期四到他那儿去。……

你跟我一块儿去吗?"

"然而他不是叫你去做客,"尼特金把传票看了一遍说,"他是传你到法庭上去以被告的身份受审。……他要审问你。……"

"审问我?呸。……他嘴巴上的奶还没有干,就要审问我。……他还在浅水里游呢①。……这是他随便写写,闹着玩的。……"

"根本不是闹着玩!你不懂还是怎么的?这儿写得清楚:以暴力侮辱……你打了格利果利,所以要受审了。"

"你是个怪人,真的!既然我和他可以说是朋友,那他怎么能审问我呢?我和他一块儿打过牌,喝过酒,而且鬼才知道还有什么事没干过,那他怎能做审问我的法官呢?他算是个什么法官?哈哈!彼得成了我的法官!哈哈!"

"你笑吧,你笑吧,可是等到他不顾朋友交情,根据法律把你关押起来,你就笑不出来了!"

"你发疯了,老兄!既然他是我的万尼亚的教父,哪儿还谈得上什么根据法律?等我们星期四到了他那儿,你就会看见法律是怎么回事了。……"

"可是我劝你根本就不要去,要不然你就会弄得你自己和他都下不来台。……让他去缺席审判好了。……"

"不,何必缺席审判呢?我偏要去,偏要看一看他怎么审案。……我倒很想瞧瞧彼得成了个什么样的法官。……顺便说一句,我有很久没到他那里去了。……不去是不妥当的。……"

星期四波莫耶夫同尼特金一起动身到谢斯契克雷洛夫那儿去了。他们在审讯室里碰到调解法官,他正在问案。

"你好,彼得!"波莫耶夫说着,走到审判桌跟前,伸出手去同

---

① 意谓"他资格还太浅"。

360

他握手,"你在从容不迫地审案?你在故意刁难人家?你审吧,你审吧……我等一下,瞧一瞧好了。……我来介绍一下,这是我的内兄。……你太太身体好吗?"

"对……她身体好。……你们在那边坐一下……在旁听席上。……"

法官叽叽咕咕地说着这些,涨红了脸。一般说来,新做法官的人在自己的审讯室里见到熟人,总是心慌意乱的。在他们不得不审问熟人的时候,别人就会感到他们窘得简直要往地缝里钻。波莫耶夫离开桌子,同尼特金一起在前边一条长凳上并肩坐下。

"这个滑头装得多么神气!"他凑着尼特金的耳朵小声说,"你都认不出他来了!连笑脸也没有!他戴着金链子①!哎呀呀!倒好像以前在我家厨房里用墨水涂在昏睡的阿加希卡脸上的不是他。真叫人好笑!难道这样的人也能审案?我问你:这样的人也能审案?干这种事要有官品的人,要稳重的人……你知道,那才能叫人畏惧,现在呢,却随便打发个人来,说声请,你审案吧!嘻嘻。……"

"格利果利·符拉索夫!"调解法官叫道,"波莫耶夫先生!"

波莫耶夫微笑一下,往桌子那边走去。旁听席上走出一个汉子,穿着高腰身的旧上衣和花条长裤,裤腿塞在红褐色的短靴腰里。他跟波莫耶夫并排站着。

"波莫耶夫先生!"调解法官低下眼睛,开口说,"您被控告……那个……以暴力侮辱您的听差……也就是格利果利·符拉索夫。您承认您犯过这个罪吗?"

"瞧你说的!你什么时候变得这么一本正经了?嘻嘻。……"

---

① 帝俄时代法官审案时佩戴的标志。

"您不承认?"法官打断他的话说,窘得在椅子上局促不安,"符拉索夫,您说一说事情的经过!"

"很简单!我,您明白,在他老人家那儿当听差,也就是跟侍仆差不多。……当然,我们的差事苦透了,老爷。……他老人家八点多钟起床,可是我天一亮就得起来。……上帝才知道他老人家要穿皮靴还是软靴,可也说不定一整天趿拉着拖鞋。我却得把所有的鞋都擦干净:皮靴啦,软靴啦,皮鞋啦……全刷干净。……好。……这天早晨,他叫我去给他穿衣服。……我呢,当然去了。……我给他老人家穿上衬衫,穿上长裤,穿上皮靴……都穿得整整齐齐。……我就动手给他穿坎肩。……这当儿他老人家发话了:'你把梳子拿来,格利果利,'他说,'它在上衣的旁边口袋里。'好。……我就在旁边口袋里摸那把梳子,可是那把梳子像是让魔鬼吃掉,不见了!我摸呀,摸呀,说:'这儿没有梳子,阿尔希普·叶里塞伊奇!'他老人家皱起眉头,走到上衣跟前来,一伸手就把梳子取出来了,然而不是像他老人家吩咐的那样从旁边口袋里取出来,而是从胸前的口袋里取出来的。'那么这是什么?不就是梳子吗?'他老人家说着,拿起那把梳子扎我的鼻子。梳子上那些齿儿就戳破了我的鼻子。后来,那一整天,我的鼻子不住地流血。您明白,整个鼻子都肿起来了。……我有证人。大家都看见的。"

"您有什么话要为自己辩白吗?"调解法官抬起眼睛瞧着波莫耶夫说。

波莫耶夫用疑问的眼光看了看法官,然后看了看格利果利,又看了看法官,脸孔涨得通红。

"我该怎么理解这件事?"他嘟哝说,"这是开玩笑吗?"

"这根本就不是拿您开玩笑,"格利果利说,"我是凭着清白的良心跟您说话的。您不该动手伤人。"

"闭嘴!"波莫耶夫用手杖敲击着地板,说,"混蛋!废物!"

调解法官赶快摘掉链子,从桌子旁边跳起来,跑到办公室去了。

"审讯暂停五分钟!"他一边走,一边高声说。

波莫耶夫跟着他走去。

"你听着,"调解法官把两只手一拍,开口说,"你是要叫我闹笑话还是怎的?莫非你乐意听你的厨娘和听差在供词里糟蹋你,你这蠢驴?你来干什么?缺了你,我就不能定案还是怎么的?"

"我居然对他犯了罪!"波莫耶夫摊开手说,"你自己在演滑稽戏,反而生我的气!你把这个格利果利关起来,那不就……完了吗?"

"把格利果利关起来!呸!你原本是个傻瓜,到现在也还是傻瓜!怎么能把格利果利关起来啊!"

"把他关起来不就完了吗?总不能把我关起来吧!"

"现在是从前那个时代还是怎么的?他打了格利果利,却要把格利果利关起来!惊人的逻辑!那么你到底懂不懂现在的诉讼程序?"

"我从来也没打过官司,更没做过法官,不过我是这么理解的:要是这个格利果利到我这儿来告你的状,那我就把他从楼梯上推下去,好叫他回去叮嘱他的子孙千万告不得状,反正我决不容许他说出这种撒野的话来。你干脆说你是存心拿我取笑,想露一手……就是了!我的妻子看完那张传票,又看见你派人给所有的厨娘和畜生送来传票,不由得暗暗吃惊。她没料到你会干出这种事来。这可不行啊,彼得!对朋友不兴干这种事。"

"可是你要了解我的处境!"

谢斯契克雷洛夫就开始对波莫耶夫解释他的处境。

"你在这儿坐一下,"他最后说,"我去一趟,搞一下缺席判决。

363

看在上帝面上,你别出去!你一脑子的老思想,到了那儿就会胡说八道,说不定弄到非写呈文报官不可。"

谢斯契克雷洛夫走到审讯室里,着手问案。波莫耶夫则坐在办公室里一张小桌旁边,闲着没事做而翻看新填好的执行票,听调解法官劝格利果利和解。格利果利执意不肯,僵持了很久,不过最后他同意了,索取十卢布,算是补偿他受的侮辱。

"好,谢天谢地!"谢斯契克雷洛夫宣读判词后,走进办公室里来说,"幸亏这个案子就这样结束了。……好像一副千斤重担从肩头卸下来了。你付给格利果利十卢布,就可以安心了。"

"我付给格利果利……十……卢布?!"波莫耶夫愣住了,"你疯了?……"

"算了,好吧,好吧,我替你出这笔钱就是,"谢斯契克雷洛夫摇一下手,皱起眉头,"我连一百卢布都肯出,只图不惹出麻烦来就行。求上帝保佑,可别叫我审问熟人。你,老兄,与其打格利果利,不如每一次都到我这儿来,把我打一顿!这在我倒轻松一千倍。我们到娜达霞①那儿去吃饭吧!"

过了十分钟,这几个朋友在调解法官住宅里坐着用中饭,吃煎鲫鱼。

"嗯,很好,"波莫耶夫喝下第三杯酒,开口说,"你判决给格利果利十卢布,那么你把他关多少天呢?"

"我没有把他关起来。为什么要关他呢?"

"什么叫'为什么'?"波莫耶夫瞪大了眼睛说,"就因为他不该告状!难道他能告我的状?"

调解法官和尼特金就开始向波莫耶夫解释,可是他不理解,仍旧坚持己见。

---

① 娜达丽雅的爱称。

"不管你怎么说,反正彼得不宜于做法官!"他在回去的路上同尼特金谈话,叹了口气,"他是个好心人,又受过教育,那么乐于帮助人,可是……做法官却不行!他不会认真审案。……虽然我感到歉然,可是下次选举任期三年的调解法官的时候,我只好不选他了!只好这么办!……"

理想主义者的回忆

五月十日起我休假二十八天。我向我们的会计主任请准预支了一百卢布,决定无论如何也要"生活一下",痛痛快快地生活一下,以便此后十年当中单靠回忆就能过日子。

您知道所谓"生活一下"的最正确的意义是什么吗?这并不是到夏季剧场里去看一出小歌剧,吃一顿晚饭,凌晨带着醉意回到家里去。这也不是去看展览会,然后再从那儿到赛马场上,在卖马票的窗口倒空您的钱包。要是您打算生活一下,您就坐上火车,动身到另外一个地方去,闻一闻那边空气里饱含着的丁香花和稠李花的清香,欣赏一下铃兰和茉莉争先恐后地开花,让它们那种温柔的洁白和那些钻石般的露珠的闪光爱抚您的目光。在那边,地势空旷,上有蔚蓝色的苍穹,下有碧绿的树林和潺潺的小溪之类的美景,又有鸟雀和绿色甲虫做伴,那时候您才能领会什么叫生活!此外请您再加上您跟宽边的女帽、流转的媚眼和白色的小围裙的两三次幽会。……我承认,当我的口袋里揣着休假证件,又受到会计主任的慷慨相待,搬到别墅去住的时候,我所想望的就是这一切。

我听从一个朋友的劝告,租住索菲雅·巴甫洛芙娜·克尼京娜的别墅。她把别墅里一个多余的房间拨给我住,那里有桌子,有家具,有其他的舒适设备。租赁别墅的事不久就谈成了,比我料想的还要快。我到达彼烈尔沃,找到克尼京娜的别墅以后,我记得,我登上一个凉台,而且……窘住了。那个小凉台舒适,可爱,美妙,然而更可爱、更使人感到舒适的(请允许我这样形容),却是一个年轻而丰满的小女人,她在凉台上一张桌子旁边坐着喝茶。她眯细一对媚眼看着我。

"您有什么事?"

"对不起,惊动您了……"我开口说,"我……我多半走错了地方。……我要找克尼京娜的别墅。……"

"我就是克尼京娜。……您有什么事?"

我慌了手脚。……我习惯于把有房子和有别墅的女主人想成上了年纪的女人,害着风湿病,身上带着咖啡渣的气味,可是现在……却像哈姆雷特所说的,"救救我们吧,啊,天使!"原来这儿坐着的是个美妙的、出色的、惊人的、妩媚的女人。我结结巴巴,说明了我的来意。

"啊,很高兴!您坐下,请!您的朋友已经给我写过信。您要喝点茶吗?您的茶里要加鲜奶油还是柠檬?"

有一种女人(大半是金发女人),您只要跟她在一起坐上两三分钟,就会觉得自己好像在家里一样,仿佛您老早就认识她了。索菲雅·巴甫洛芙娜正是这样的女人。我还没喝完第一杯茶,就已经知道她没嫁人,靠存款的利息生活,目前在等她的舅母来做客;我还知道是什么原因促使索菲雅·巴甫洛芙娜租出一个房间。首先,单独一个人,为住别墅付出一百二十卢布,未免太破费;其次,有点害怕:说不定夜里有个贼摸进来,或者白天有个凶恶的庄稼汉闯进来!要是在角落上那个房间里住上一个单身的女人或者男人,那是无可非议的。

"不过还是男人好些!"女主人叹道,舔掉调羹上的果酱,"男人不大给人添麻烦,而且我也就不那么害怕了。……"

一句话,过了一个钟头光景,我和索菲雅·巴甫洛芙娜已经交上朋友了。

"哦,对了!"我向她告辞的时候,想起来,"我们样样都谈过了,可就是主要的事一个字也没提。您要收我多少钱呢?我在您这儿只住二十八天。……当然,在您这儿包伙食……还有喝茶等等。"

"算了,这有什么可谈的!您能给多少就给多少好了。……要知道,我不是图钱才让出这个房间的,而是……只为了多添个人。……您能给二十五卢布吗?"

我,当然,同意了。我的别墅生活就开始了。……这种生活的有趣就在于这个白昼跟那个白昼一样,这个夜晚跟那个夜晚一样。这种单调是多么可爱,那是些什么样的白昼,什么样的夜晚啊!读者诸君,我真高兴,请允许我拥抱你们吧!早晨我醒过来,根本不想上班工作的事,喝着加鲜奶油的茶。十一点钟我走到女主人那边去,对她道早安,在她那儿喝咖啡,加上多脂的热奶油。喝完咖啡,我们闲谈到吃中饭。两点钟开中饭,然而那是一顿多么好的中饭!您设想一下吧:您饿得跟狗一样,于是挨着桌子坐下,喝下一大杯露酒,吃着热气腾腾的腌牛肉拌辣根。然后您再设想一盆冷杂拌汤或者一盆菠菜汤,加上酸奶油,等等,等等。饭后,安闲地躺一会儿,看一下小说,随时一跃而起,因为女主人不时在门口闪过去,而且说:"您躺着吧!""您躺着吧!"……然后我就去洗澡。从傍晚直到深夜,我同索菲雅·巴甫洛芙娜一块儿散步。……您设想一下吧:傍晚时分,万籁俱寂,只有夜莺在歌唱,偶尔有一只苍鹭啼鸣一声,清风轻轻吹拂,把远处列车的响声隐约送到您耳边来,您同一个丰满的金发女人在树林里或者沿着铁道的路基散步,她在傍晚的凉气里卖弄风情地缩起身子,不时扭过在月光下显得发白的小脸对着您。……真是好极了!

一个星期还没有过完,您,读者,期望我发生的事情就真的发生了,而那样的事情在一篇像样的小说里是缺不了的。……我忍不住了。……我那些爱情的表白,索菲雅·巴甫洛芙娜却听得心不在焉,可以说十分冷淡,好像早就料到我会这样做似的。她光是撇了撇嘴,做出一副可爱的怪相,仿佛想说:

"这种事何必讲这么久呢,我不懂!"

二十八天像一秒钟似的闪过去了。临到我的假期结束,我心里凄凉,闷闷不乐地同别墅和索菲雅告别。我收拾皮箱,女主人在长沙发上坐着,擦她那对媚眼。我一面安慰她,一面自己也差点哭出来。我答应逢假日到别墅来探望她,冬天在莫斯科我会到她家里去拜访她。

"哦……我什么时候和你把账算一算呢,我亲爱的?"我想起来了,说,"我该给你多少钱?"

"以后再说吧……"我的"意中人"呜咽着说。

"何必拖到以后去? 俗语说得好:朋友归朋友,银钱要分清。再者我一点也不希望靠你的钱过活。你不要难为情,索尼雅①。……我该给你多少钱呢?"

"算了……没有几个钱……"女主人说,哭泣着,拉开桌子的抽屉,"以后再给也行。……"

索尼雅翻抽屉,从中取出一小张纸,递给我。

"这是账单吗?"我问,"嗯,这才好……这才好,"我戴上眼镜,"……算清账,喜洋洋,"我看了一下账单,"总数。……慢着,这是多少? 总数……可是这不对啊,索尼雅! 这儿写着'总计二百一十二卢布四十四戈比'。这不是我的账单。"

"是你的,杜多奇卡! 你仔细看一下!"

"可是……哪儿会这么多? 别墅租金和伙食费二十五卢布,

---

① 索菲雅的爱称。

这我同意。……仆人的费用三卢布,好,这我也同意。……"

"我不明白,杜多奇卡,"女主人拖着长音说,用泪痕斑斑的眼睛惊讶地瞧着我,"难道你不相信我?既是这样,你就算一算!你喝的是露酒……如果你吃饭的时候喝白酒,我就不能要这个价钱!你喝茶和咖啡是加鲜奶油的……还有草莓、黄瓜、樱桃。……另外再有咖啡。……你可没有讲定要喝咖啡,但是你天天喝!不过这都是小事,要是你乐意,我可以给你减掉十二卢布。那就只算两百吧。"

"可是……这儿写着七十五卢布,却没有标出名目,说明这是什么费用……到底是什么费用呢?"

"什么叫'什么费用'?这话说得可真妙!"

我瞧了瞧她的小脸。那张脸显得那么真诚、坦率、惊讶,我的舌头再也说不出一句话来。我就付给索尼雅一百卢布,又给她写了一张一百卢布的借据,然后把皮箱往肩上一放,就步行到火车站去了。

你们,诸位先生,有谁能借给我一百卢布吗?

假 病 人

将军夫人玛尔法·彼得罗芙娜·彼仲金娜,或者按农民们对她的称呼,彼仲契哈,十年来一直用顺势疗法①给人看病。五月间,一个星期二,她在书房里给病人看病。她面前桌子上放着一个顺势疗法药箱、一本通俗医书、一些由顺势疗法药房开出的账单。墙上挂着几个金边镜框,玻璃下面放着彼得堡某顺势疗法医生的来信,依玛尔法·彼得罗芙娜看来那个医生是很著名,甚至伟大的。墙上还挂着阿利斯达尔赫神甫的肖像,多亏这个神甫,将军夫人才得救:她从此抛弃了有害的对抗疗法②,认识了真理。病人们在前厅里坐着等候,其中大半是农民。除了两三个人以外,他们全都光着脚,因为将军夫人吩咐他们把臭烘烘的皮靴留在屋外了。

玛尔法·彼得罗芙娜已经给十个人看过病,这时候在叫第十一个:

"加甫利拉·格鲁兹吉!"

房门打开了,可是走进书房来的不是加甫利拉·格鲁兹吉,而是扎穆赫利欣,他是将军夫人的邻居,家道衰落的地主,矮小的老人,生着一对阴沉的小眼睛,腋下夹着一顶贵族的帽子。他把手杖

---

① 18世纪末德国医生哈涅曼创立的一种医疗学派:以致病于健康身体的药还治同样的病。
② 即普通的西医疗法,而顺势疗法学派认为这是同顺势疗法对立的。

371

放在墙角上,走到将军夫人面前,一句话也没说就弯下一个膝盖对她跪下。

"您怎么了!您怎么了,库兹玛·库兹米奇?"将军夫人脸孔涨得通红,惊叫道,"看在上帝面上,起来吧!"

"我活着一天,就一天不站起来!"扎穆赫利欣说,把嘴凑过去吻她的小手,"让所有的人都看见我跪着吧,我们的保护神,人类的恩人!让大家都看见好了!一个行善的仙女赐给我生命,指引我走上真理之路,照亮了我的多疑的智慧,在这样的仙女面前我不但甘愿跪下,甚至赴汤蹈火也在所不辞,我们的神医,孤儿寡妇的母亲!我的病全好了!我又活了,女神!"

"我……我很高兴……"将军夫人喃喃地说,快活得脸红起来,"这些话听着叫人愉快极了。……请坐!上个星期二您还病得很重呢!"

"是啊,病得厉害极了!回想起来都心惊胆战啊!"扎穆赫利欣坐下说,"我周身上下没有一处不害风湿症。我受了八年罪,从来也没消停过。……白天也罢,晚上也罢,活受罪,我的恩人!我到大夫们那儿看过病,到喀山去找过教授,尝试过各式各样的泥疗①,喝过矿泉水,我什么法子都试过!我为治病花光了家产,美丽的夫人。那些大夫给我带来的,却只有害处,别的什么也没有。他们把我的病赶到内脏里去了。他们只会往里赶,可是要往外赶,他们的学问就不行。……他们光要钱,那些强盗;一谈到人类的利益,他们却漠不关心。他们随随便便开个方子,你就喝吧。一句话,都是些杀人凶手。要不是您,我们的天使,我已经入土了!上星期二我从您这儿出去,回到家里,瞧着那一次您给我的小药丸,

---

① 一种利用加热的泥敷在患部的理疗方法。泥中含有气体、矿物质、有机酸、放射性物质等,用于治疗非急性炎症、风湿病等。

心想:'这种东西有什么用处呢？难道这些沙土粒,小得几乎看不见,能治好我那很重的老毛病？'我这个缺乏信心的人暗自想着,微微地笑,可是我刚把那些小药丸吃下去,就立时见效了！倒好像我本来就没病,或者我的病全消了。我妻子瞪大眼睛,不相信,说:'莫非你就是柯里亚？'我说:'是我啊。'我就跟她一块儿在圣像前面跪下,不住地为我们的天使祷告:'主啊,把我们心里的感激之情都送到她那儿去吧！'"

扎穆赫利欣用袖口擦一下眼睛,离开椅子站起来,又露出要弯下膝头跪下去的意思,可是将军夫人把他拦住,要他坐下。

"您不要感激我！"她说,兴奋得涨红脸,热情洋溢地瞧着阿利斯达尔赫神甫的肖像,"不要感激我！在这方面我只是个顺服的工具而已。……的确,这是个奇迹！八年之久的老风湿症,一粒'斯克罗弗洛左'小药丸就治好了！"

"上一次多承您给我三粒小药丸。我在吃午饭的时候吞下一粒,立时就见效了！当天傍晚吞下第二粒,第二天吞下第三粒,从那时候起病就一点也没有了！身上也不觉得痛了！我本来以为我要死了,已经给我那住在莫斯科的儿子写过信,叫他回来！神医啊,主给了您聪明才智！现在我走来走去,就像到天堂里了。……上个星期二我到您这儿来,走路还是一瘸一拐的,现在却连捉兔子都能行。……我简直可以再活一百岁呢。只有一件事不妙,那就是我们样样东西都缺。我倒是身体健康了,可是如果没法生活,身体健康又有什么用呢？贫困比疾病还要折磨人。……比方就拿这样的局面来说。……现在已经到种燕麦的季节,可要是没有种子,那怎么种呢？应当买种子才对,可是钱……谁都知道我们没有钱。"

"我给您燕麦的种子好了,库兹玛·库兹米奇。……您坐下,您坐下！您使我这么高兴,给我带来这么多快乐,所以不该由您来感谢我,倒该由我来感谢您呢!"

"您,我们的欢乐呀!主创造了这样的善心!您,小母亲,看着您行的善事,应该高兴才是!然而我们这些罪人,连可高兴的事也没有。……我们都是些渺小而懦弱的人,毫无益处……都是些小人物。……我们只在名义上是贵族罢了,实际上我们跟农民差不多,甚至还不如他们。……我们倒是住在砖房里,然而那也只是充面子罢了,因为房顶漏雨。……没有钱买木料呀。"

"我给您木料,库兹玛·库兹米奇。"

扎穆赫利欣又要了一头奶牛,另外还请求为他的女儿写一封介绍信,他打算把女儿送到贵族女子中学去读书。然后……他为将军夫人的慷慨相助所感动,情不自禁,撇着嘴,抽抽搭搭地哭了,他把手伸到口袋里去取手绢。……将军夫人看见他取出手绢来,连带把一小块红纸也从口袋里拉出来,那纸无声地落在地板上。

"我永生永世也不会忘记……"他喃喃地说,"我要叮嘱我的儿女记住这件事,还要叮嘱我的孙子也记住……一代一代地传下去。……我要说:听着,孩子们,就是她把我从棺材里救出来的,就是她……"

将军夫人把病人送走后,抬起泪水模糊的眼睛,瞧一会儿阿利斯达尔赫神甫,然后又用爱抚和崇敬的目光打量那个药箱、那本医书、那些账单、那个由她从死亡中救活的人刚才坐过的圈椅,随后她的目光停在病人丢在这里的那一小块纸上。将军夫人拾起那块纸,原来是个小纸包,她就把它拆开,看见其中有三粒小药丸,也就是上星期二她给扎穆赫利欣的小药丸。

"这就是那几粒小药丸……"她纳闷地暗想,"就连纸也是原来的那一张。……他甚至没把纸包拆开过!既是这样,他吃了什么药呢?奇怪。……他该不会欺骗我吧!"

于是将军夫人在十年行医当中第一次起了疑心。……她依次叫另外的病人进来,同他们谈论他们的病,注意到以前不知不觉滑过她耳边而没有引起她注意的那些话。病人们异口同声,仿佛商量好了似的,先是恭维她神奇的医道,赞叹她医术的精深,痛骂那些运用对抗疗法的医生们,然后,等到她兴奋得涨红脸,他们就开始提出他们的需要。有的人要一小块地以便耕种,有的人要柴火,有的人要求准许他到她的树林里打猎,等等。她瞧着向她揭示真理的阿利斯达尔赫神甫那忠厚的宽脸膛,一个新的真理开始来折磨她的心。一个令人痛苦、沉重的真理……

人真狡猾呀!

江　鳕

　　夏季的一天早晨。四周颇为寂静,只有一只蝈蝈在河岸上嚁嚁地叫,不知什么地方有只小鹰在胆怯地啼鸣。天上有些羽毛般的白云,纹丝不动,像是撒在那里的雪。……在一座正在修建的浴棚旁边,在柳丛的绿枝下面,木匠盖拉西木在河水里扑腾,他是个又高又瘦的农民,生着棕红色的鬈发,脸上满是胡子。他喷着气,喘吁吁的,使劲眯巴眼睛,极力要从柳丛的树根底下拽出一个什么东西来。他满脸是汗。离盖拉西木一俄丈远,木匠留比木站在齐脖子深的水里,那是个年轻而驼背的农民,生着三角脸,眼睛像中国人那么细。盖拉西木和留比木都穿着衬衫和衬裤。他们冻得肤色发青,因为已经在河水里泡了一个多钟头了。……

　　"你干吗老是把手捅来捅去?"驼背的留比木嚷着,抖得像在发烧似的,"你这个笨蛋!你得抓住它,抓紧,不然它就跑掉了,该死的!我说,你倒是抓住呀!"

　　"它跑不了。……它能跑到哪儿去?它藏到树根底下去了……"盖拉西木用沙哑而低沉的男低音说,这声音似乎不是从喉头发出,而是从肚子深处发出的,"它滑得很,这个鬼东西,怎么也抓不住。"

　　"你抓住它的鳃,抓住它的鳃嘛!"

　　"可是鳃在哪儿,却看不见。……慢着,我抓住一个什么东西了。……抓住的是嘴唇。……它咬我,这个鬼东西!"

"你不要拽嘴唇,不要拽,那会把它放跑的!你要抓住它的鳃,抓住它的鳃嘛!你又把你的手捅来捅去!你也真是个不明事理的庄稼汉,求圣母宽恕吧!你抓住呀!"

"'你抓住呀。'……"盖拉西木学着他的腔调说,"他倒成了司令官。……那你该走过来,自己抓,驼背的魔鬼。……你干吗站在那儿不动?"

"要是我能过去,我就抓得住。……我的个子这么矮,难道能在靠岸那边站着吗?那边水深!"

"水深也没关系。……你可以把身子浮在水面上。……"

驼子就挥动胳膊,游到盖拉西木跟前,用手抓住树枝。他刚刚试着站稳,不料连头一齐沉进水里,水面上冒出水泡来了。

"我说过这儿水深嘛!"他说着,生气地转动眼珠,"你要我骑在你的脖子上还是怎么的?"

"那你就在死树根上站着。……死树根很多,就像梯子似的。……"

驼子用脚后跟摸索到死树根,立刻伸手抓紧几根树枝,让脚在死树根上站定。……他保持住身体的平衡,在新地方站稳以后,就弯下腰,极力不让河水灌进他的嘴里,开始伸出右手,在树根之间摸来摸去。他的手缠在水藻里,在死树根表面的青苔上滑来滑去,不料碰到一只螃蟹的尖螯……

"没想到这儿还有你,魔鬼!"留比木说,恶狠狠地把那只螃蟹往岸上扔去。

最后他的手摸到盖拉西木的胳膊,再顺着胳膊往下摸,结果摸到一个又滑又凉的东西。

"喏,就是它!……"留比木微笑着说,"个头好大呀,这个鬼东西。……你张开手指头,我马上就……就抓住它的鳃。……慢着,你不要用胳膊肘撞我……我马上就抓住……马上就抓住,只要让我的手能够到它就行。……他妈的,它在死树根的紧底下躲着呢,怎么也抓不住。我摸不着它的头。……我觉得它好像只有肚子。……你快把我脖子上的蚊子拍死,它叮得人好痛!我马上就……就抓住它的鳃。……你从旁边来,推它,推!你拿手指头扎它!"

驼子鼓起腮帮子,屏住呼吸,瞪大眼睛,看来他已经用手指头钩住"它的鳃",可是这当儿他的左手揪住的那几根树枝折断了,他就失去平衡,扑通一声摔进了水里!一些圆形波纹仿佛受了惊吓似的从岸边荡开,在他落水的地方冒起水泡来了。驼子钻出水面,喷着鼻子,抓住树枝。

"你会淹死的,魔鬼,那我还得为你负责!……"盖拉西木用沙哑的声音说,"你爬出水去,滚你的!我自己来拽它!"

他们两个人开始相骂。……太阳越晒越热。阴影变得短了,像蜗牛的触角似的缩回自己的身体里去了。……高高的青草给太阳晒得冒出浓重而甜腻的香气。快到中午了,可是盖拉西木和留比木仍旧在柳丛底下扑腾。沙哑的男低音和受冻而尖细的男高音不断打破夏日的寂静。

"揪住它的鳃,揪住!慢着,我会把它推出来!可是你把你那个大拳头往哪儿扎?你得用手指头,不能用拳头,丑八怪!你从旁边来!从左边来,左边,右边是个深坑!你会给妖精当晚饭吃掉!揪住它的嘴唇!"

这时候响起了鞭子的噼啪声。……顺着平缓的岸坡,一群牲口懒洋洋地走下河来饮水,由牧人叶菲木用鞭子赶着。牧人是个年迈的老汉,只有一只眼睛,歪着嘴。他低头走路,瞧着脚旁边。先走到水边的是羊群,随后是马群,最后是牛群。

"你在它身子底下推它!"他听见留比木的说话声,"你把手指头往里伸！你是聋子还是怎么的,魔鬼？呸！"

"你们在捉什么呀,伙计们？"叶菲木叫道。

"捉一条江鳕！怎么也揪不出来！它躲在死树根底下！你从旁边来！来,来呀！"

叶菲木眯细眼睛对着那两个捕鱼人瞧了一会儿,然后脱掉树皮鞋,从肩膀上卸下小袋子,随后脱掉衬衫。他不耐烦再脱裤子,就在胸前画了个十字,张开两条又瘦又黑的胳膊稳住身体,穿着裤子走进河水里。……他在积满淤泥的河底上大约走了五十步,随后就开始游水。

"等一下,小伙子！"他叫道,"等一下,你们不要胡乱往外揪它,那样会把它放跑的。这得会捉！……"

叶菲木参加到木匠当中去,三个人呼哧呼哧地喘气,嘴里骂骂咧咧,胳膊肘撞着胳膊肘,膝盖碰着膝盖,在一处挤来挤去。……驼背留比木呛了几口水,空中就响起尖利而急剧的咳嗽声。

"赶牲口的跑到哪儿去了？"河岸上响起喊叫声,"叶菲木！赶牲口的！你在哪儿啊？你的牲口钻进园子里去了！你去赶出来,从园子里赶出来！你去赶啊！可是他到底在哪儿呢,这个老强盗？"

这时候响起几个男人的说话声,随后是女人的说话声。……地主安德烈·安德烈伊奇从地主园子的栅栏里走出来,身上穿着波斯绸的长袍,手里拿着报纸。……他带着疑问的神情往嚷叫声那边看,而嚷叫声是从河里传来的,他就踩着碎步赶快往浴棚走来。……

"这儿出了什么事？是谁在嚷？"他隔着柳丛枝子看见三个捕鱼人湿漉漉的头,厉声问道,"你们在这儿闹哄什么？"

"我们……我们在捉鱼……"叶菲木支吾道,没有抬起头来。

"我要给你点厉害,看你还捉鱼不！牲口都钻进园子里去了,他却在捉鱼!……这个浴棚什么时候才能造好,这些魔鬼?你们已经干了两天,可是你们干出来的活儿在哪儿?"

"就……就要造好了……"盖拉西木喘着气说,"夏季长得很,老爷,往后你有的是工夫洗澡。……呸。……我们在这儿怎么也降伏不住这条江鳕。……它藏在死树根底下,好像钻进了洞里似的:摸都摸不着它。……"

"有一条江鳕?"地主问道,眼睛顿时亮起来,"你们快把它拉出来!"

"那你就赏给我们半个卢布吧。……要是我们给你出了力的话。……这条江鳕个头大得很,就像老板娘。……出半个卢布值得,老爷……也算我们没白费劲。……你别揉搓它,留比木,你别捏住它,要不然你就把它弄死了!你从底下往上托!你呢,把死树根往上拽,好人……你叫什么名字来着?往上拽,不要往下拽,恶鬼!你别摆动你那两条腿啊!"

五分钟过去,十分钟过去了。……地主再也忍不住了。

"瓦西里!"他往庄园那边扭过身去,叫道,"瓦西里!你们去把瓦西里叫到我这儿来!"

马车夫瓦西里跑来了。他嘴里不知嚼着什么东西,呼呼地喘气。

"你下河去,"地主吩咐他说,"你帮他们把江鳕拽上来!……那条江鳕他们拽不上来!"

瓦西里很快地脱掉衣服,走到水里。

"我马上就拽出来……"他叽叽咕咕说,"江鳕在哪儿?我马上就拽出来。……一眨眼的工夫我就捉住它!你该走开,叶菲木!你是老年人,用不着待在这儿多管闲事!江鳕在哪儿?我马上就把它捞上来。……原来它在这儿!你们放手!"

"干什么放手!一放手还了得!你拽呀!"

"可是这么拽,难道能拽上来？应当揪住它的脑袋！"

"可是它的脑袋在死树根底下！谁都看得出来,你这傻瓜！"

"喂,你别骂街,不然要叫你倒霉！混蛋！"

"当着东家老爷的面说出这种话来……"叶菲木嘟哝说,"你们拽不上来,伙计们！它在那儿藏得太妙了！"

"你们等一下,我马上就来……"地主说,开始匆匆地脱衣服,"你们这四个都是笨蛋,连一条江鳕也拽不出来！"

安德烈·安德烈伊奇脱掉衣服,让身子凉一凉,走进水里去。可是就连他来插手,也还是无济于事。

"这个死树根得砍掉！"留比木最后做出决定,"盖拉西木,你去取斧子！把斧子拿给我！"

"你别把你的手指头砍掉！"地主听见水底下用斧子砍死树根的声音,说道,"叶菲木,你走开！等一等,我要把江鳕拉出来了。……你们不要那个……碍事。……"

死树根砍松了,略为断开一点。使安德烈·安德烈伊奇大为高兴的是,他觉得他的手指头伸到江鳕的鳃里去了。

"我就要拽出来了,伙计们！你们别挤……站住……我要拽出来了！"

水面上出现了江鳕的大脑袋,随后就出现了它乌黑的身子,有一俄尺长。江鳕沉重地摆动尾巴,极力要挣脱身子。

"不行啊。……别妄想,老兄。你给抓住了吧？哈哈！"

大家的脸上都洋溢着甜蜜的笑容。在沉默的观赏中过了一分钟。

"好大的一条江鳕！"叶菲木嘟哝说,在他的锁骨底下搔了搔,"大概有十斤[①]重哩。……"

[①] 此处指俄斤,旧俄重量单位,1俄斤等于0.41公斤,约合我国0.82市斤。

"嗯,是啊……"地主同意说,"它的肝脏一个劲儿胀大。它简直要从肚子里钻出来了。啊……呀!"

冷不防,那条江鳕突然做了个急剧的动作,把尾巴往上一翘,捕鱼人听见水声四溅。……大家都张开胳膊,可是已经迟了,那条江鳕已经逃之夭夭了。

在 药 房 里

夜深了。家庭教师叶果尔·阿历克塞伊奇·斯沃依金为了不浪费时间,从医生那儿出来后,就径直往药房走去。

"我倒像是来找有钱的情妇,或者来找铁路承包商似的,"他走上亮晃晃的、铺着贵重地毯的药房楼梯,心里暗想,"这个地方走着都害怕!"

斯沃依金走进药房,顿时笼罩在普天之下凡是药房都有的那种气味当中。科学和医学日新月异,然而药房里的气味却像物质一样永存不灭。我们的祖父就闻过这种气味,将来我们的孙子也会闻这种气味。由于时间很晚,药房里已经没有顾客了。屋里有一张亮晃晃的黄色办公桌,桌上放着一些贴了标签的小药瓶,有个高身量的先生站在桌子靠里一边,头庄严地往后仰着,脸色严厉,连鬓胡子修得很整齐,看来是药剂师。这人从小小的秃顶起到粉红色的长指甲止都经过精心的修饰,周身上下显得又熨帖,又干净,仿佛经人舔得溜光,可去举行婚礼似的。他阴沉的眼睛居高临下地看着一张放在办公桌上的报纸。他在看报。旁边,铁栅栏里边,坐着一个会计,在懒散地数零钱。有一道柜台把配药室和外面的人隔开,柜台里边,在昏暗的亮光下,有两个黑人影在蠕动。斯沃依金走到办公桌前边,把药方交给那个周身上下修饰得十分光洁的先生。那个人没有看他,接过药方,把报纸读到一个段落才停

住,然后略微往右边转过头,喃喃地说:

"甘汞两喱,糖五喱,共服十次的粉剂!"①

"是!"②从药房深处响起一个尖利清脆的嗓音。

药剂师用同样低沉平稳的声调把药水的配方念了一遍。

"是!"从另一个墙角上响起一个说话声。

药剂师在药方上写下几个字,皱起眉头,把头往后仰着,低下眼睛看报。

"过一个钟头配好。"他从牙缝里吐出这么一句话,用眼睛寻找他刚才中断的那个地方。

"不能快一点吗?"斯沃依金喃喃地说,"我实在不能多等了。"

药剂师没有回答。斯沃依金就在长沙发上坐下,开始等候。会计数完零钱,深深地叹口气,把钥匙弄得叮当响。在配药室深处,一个黑人影在大理石的研钵旁边忙碌。另一个人影摇晃一个蓝色药瓶里的药水。时钟不知在什么地方平稳慎重地敲响。

斯沃依金害着病。他嘴里滚烫,两腿和胳膊非常酸痛,沉重的头脑里有些模糊的形象漫游,类似浮云和裹紧大衣的人影。药剂师、放药罐的架子、煤气的喷嘴、立柜,他都是隔着一层薄雾看见的,至于大理石研钵单调的捶击声和时钟缓慢的滴答声,他觉得不像是发生在外界,而像是在自己的脑袋里响。……他越来越感到身体疲软,头脑昏沉,他只等了不多时候就已经感到大理石研钵的捶击声闹得他要呕吐,他为了打起精神,就决定跟药剂师谈天。……

"大概我的热病发作了,"他说,"大夫说,我得的是什么病还难于断定,不过我实在衰弱得很。……还算我走运,我是在大城市

---

① 原文为拉丁语。此处喱为药量单位,1喱等于0.062克。
② 原文为德语。

里害病。求上帝保佑,可别在乡村里碰上这种伤脑筋的事,那儿既没有医生,又没有药房!"

药剂师站住不动,把头往后仰着,读他的报。至于斯沃依金对他所讲的那些话,他既没有用话语,也没有用动作来回答,仿佛根本就没听见。……会计大声打了个呵欠,兹拉一响把火柴在裤子上擦亮。……大理石研钵的捶击声变得越来越响亮了。斯沃依金看见人家不理他,就抬起眼睛看那些放药罐的架子,开始读药罐上的字。……他面前先是闪过各式各样的"根"①:什么"千齐阿纳"啦,"平皮涅拉"啦,"托尔敏契拉"啦,"塞多阿里亚"啦,等等。随后又闪过酊剂、药油、药籽②,那些名目一个比一个深奥而古老。

"这儿一定有多少没用处的废物!"斯沃依金暗想,"这些药罐里装的都是些老掉了牙的东西,放在那儿也只是照规矩摆摆样子罢了,可这一切又显得多么庄严,多么神气!"

斯沃依金把眼睛从架子上移到放在他身旁的玻璃柜上。他看见那儿有些小橡皮圈、小圆球、注射器、牙膏罐、皮耶罗药水、阿代尔盖依木药水、化装肥皂、生发油膏。……

一个学徒系着肮脏的围裙,走进药房来,要买十个戈比的牛胆。

"请问,牛胆是做什么用的?"教师对药剂师说,由于有了谈话的题目而高兴。

斯沃依金的这个问题没有得到回答,他就开始观察药剂师那严厉、傲慢而有学问的相貌。

"都是些怪人,真的!"他暗想,"他们脸上何必做出那么一副博学的样子?他们敲人的竹杠,他们卖生发的油膏,可是你瞧着他们的脸,却会以为他们真是献身于科学的学者。他们写拉丁文,说

---

① ② 原文为拉丁语。

德国话。……他们硬装成中世纪的人。……你在健康的情况下是不会留意到这些淡漠冷酷的面孔的,可是临到你像我现在这样生了病,就会心惊胆战,因为神圣的事业落在这种没有感情、周身修饰得十分光洁的人手里了。……"

斯沃依金打量着药剂师呆板的脸相,忽然生出一种愿望,想不顾一切躺下去,远远地躲开这个世界,躲开这种有学问的相貌和大理石研钵的捶击声。……病态的疲乏控制了他的全身心。……他就走到柜台跟前,做出恳求的苦相,央告说:

"请发一发善心,让我走吧!我……我有病。……"

"马上就好。……劳驾,不要把胳膊肘支在这儿!"

教师在长沙发上坐下,把头脑里那些模糊的形影赶出去,开始观看会计怎样吸烟。

"现在刚刚过了半个钟头,"他暗想,"还得等半个钟头呢。……真难熬啊!"

不过最后总算有个身材矮小、穿着黑衣服的制药师走到药剂师跟前,把一盒药粉和一瓶粉红色的药水放在他旁边。……药剂师把报纸读到一个段落才停住,慢吞吞地从办公桌那儿走开,用手拿起药瓶,举到眼睛前面摇晃一阵。……然后写下一张服药的说明,把它拴在瓶颈上,探出身子去取图章。……

"哎,何必来这一套手续呢?"斯沃依金暗想,"这是浪费时间,而且为此又要多收几个钱。"

药剂师把药水瓶包好,拴紧,盖上图章,然后又把药粉盒如法炮制。

"请您拿好!"他最后说,眼睛没看着斯沃依金,"您到收款处去交一个卢布六个戈比!"

斯沃依金把手伸进口袋里去取钱,拿出一个卢布来,同时想起除了这个卢布外他身上连一个戈比也没有。……

"一个卢布六个戈比?"他发窘地叽咕道,"我一共只有一个卢布。我本来以为一个卢布就够了。……那怎么办呢?"

"我不知道!"药剂师一个字一个字地说,开始看报。

"既是这样,那就请您原谅。……这六个戈比我明天来补交,或者派人送来。……"

"这不行。……我们这儿不能欠账。……"

"那我怎么办呢?"

"您回家一趟,把六个戈比拿来,那您就可以把药领去了。"

"行倒是行,不过……我走路吃力,而要让别人送钱来,却又没人可派。……"

"我不知道。……这不关我的事。……"

"嗯……"教师沉思道,"好,我回家去一趟。……"

斯沃依金从药房里走出来,动身往家里走去。……他在勉强走到公寓房间之前,一路上坐下来休息过四五次。……他回到家里,在桌子上找到几个铜板,就在床上坐下休息一会儿。……不知一种什么力量把他的头拉到枕头上去了。……他躺下来,打算过一会儿就起来。……他的头脑开始昏昏沉沉,眼前尽是些模糊的形象,类似浮云和裹紧大衣的人影。……他久久地想着他必须到药房去,久久地催促他自己起床,可是他的疾病占了上风。那些铜板从他拳头里撒下地,病人开始梦见他走进药房,在那儿又跟药剂师谈起话来了。

387

马　　姓

退役的陆军少将布尔杰耶夫牙痛得厉害。他用白酒漱口,用白兰地漱口,在病牙上敷烟油子、鸦片、松节油、煤油,在脸上搽碘酒,在耳朵里塞上浸过酒精的棉花,然而所有这些办法要么无济于事,要么惹得他要呕吐。医生来了。他挖了挖那颗牙,指定他服奎宁,可是这也还是无效。医生提议拔掉病牙,然而将军一口回绝了。所有的家人,包括他的妻子、儿女、仆人,以至厨师的帮工彼契卡,都提出各自的办法。此外布尔杰耶夫的管家伊凡·叶甫塞伊奇也到他这儿来,劝他请人念咒语治一下。

"这儿,在我们县里,老爷,"他说,"十年前有过一个收税员亚科甫·瓦西里伊奇。他念咒止牙痛,称得起是头一流的能手。他常常扭过脸去对着小窗子,嘴里念念有词,啐口唾沫,牙痛就全消了!上帝赐给他这么一种力量。……"

"那么现在他在哪儿?"

"自从他被裁掉,不再做收税员以后,他就搬到萨拉托夫城去,住在他岳母家里。现在他光靠给人念咒止牙痛糊口。要是有人牙痛,就到他那儿去,一念咒就灵。……凡是萨拉托夫城的人,他就在自己家里医治;如果别的城里有人要治牙痛,他就打电报治。您,老爷,给他打个加急电报去,说明如此这般……就说上帝的奴隶阿历克塞牙痛,请予医治。至于医疗费用,您就交邮局汇去。"

"胡说！这是骗钱的勾当！"

"您不妨试一试,老爷。他是个很爱喝白酒的人,而且不跟妻子在一起生活,却跟一个日耳曼女人同居,他常常骂人,然而可以说,他是个神通广大的先生！"

"那你就打个电报吧,阿辽沙①！"将军夫人恳求道,"你不相信念咒止牙痛,可是我亲身经历过。就算你不相信,可是何妨试一试呢？反正你的手也不会因为写个电报就掉下来。"

"嗯,好吧,"布尔杰耶夫同意说,"现在不要说给收税员打电报,就是给魔鬼打电报我也干。……哎哟！我受不了！喂,你那个收税员住在哪儿？给他打电报该怎么写？"

将军在桌旁坐下,把钢笔拿在手里。

"萨拉托夫城里每一条狗都认识他,"管家说,"所以您,老爷,只要写上萨拉托夫城就能寄到。……您再写寄交亚科甫·瓦西里伊奇先生……先生。……"

"他的姓呢？"

"瓦西里伊奇……亚科甫·瓦西里伊奇……至于他的姓……瞧,我忘了他姓什么了！……瓦西里伊奇。……见鬼。……他到底姓什么呢？刚才我到这儿来的时候,还记得他的姓呢。……请您容许我想一想。……"

伊凡·叶甫塞伊奇抬起眼睛来望着天花板,努动嘴唇。布尔杰耶夫和将军夫人焦急地等着。

"是啊,姓什么？快点想啊！"

"我马上就会想出来。……瓦西里伊奇……亚科甫·瓦西里伊奇。……我忘了！其实那是个极其普通的姓……仿佛跟马有关

---

① 阿历克塞的爱称。

系。……是柯贝林①吗？不，不是柯贝林。……等一等。……莫非是热列勃佐夫②？不对，也不是热列勃佐夫。我记得，那个姓跟马有关系，然而到底姓什么，却忘得一干二净了。……"

"是热列比亚特尼科夫③吧？"

"不对，老爷。……您等一等。……柯贝里曾④……柯贝里亚特尼科夫⑤……柯别列夫⑥。……"

"这成了狗姓，而不是马姓了。是热列勃契科夫⑦？"

"不，也不是热列勃契科夫。……洛沙季宁⑧……洛沙科夫⑨……热列勃金⑩。……这都不对！"

"哎，那我该怎样给他打电报呢？你细细想一想！"

"我马上就想出来。……洛沙德金⑪……柯贝尔金⑫……柯连诺依⑬。……"

"是柯连尼科夫⑭吧？"将军夫人问。

"不是，夫人。普利斯嘉日金⑮……不，不对！我忘了！"

"见你的鬼，既是你忘了，为什么还要跑来出主意？"将军气愤

---

① 这个姓是从俄语 кобыла（音译"柯贝拉"，意思是"母马"）一词演变来的，下文中提到的"公马""公马肉"等也属这种情况。
② 公马。
③ 公马肉。
④ 牝马。
⑤ 母马肉。
⑥ 公狗。
⑦ 小公马。
⑧ 马。
⑨ 骡。
⑩ 怀胎的马。
⑪ 小马。
⑫ 小母马。
⑬ 辕。
⑭ 辕马。
⑮ 拉套的马。

地说,"你给我走开!"

伊凡·叶甫塞伊奇慢腾腾地走出去。将军捧住脸,在房间里走来走去。

"哎哟,圣徒呀!"他哀叫道,"哎哟,妈呀!哎哟,我痛得什么也看不见了!"

管家走进园子,举起眼睛望着天空,开始回想收税员的姓:

"热列勃契科夫……热列勃科夫斯基①……热列卞科②……不,不对!洛沙津斯基③……洛沙杰维奇④……热列勃科维奇⑤……柯贝梁斯基⑥。……"

过了一会儿,他又给叫到主人那儿去。

"想起来了吗?"将军问。

"没有,老爷。"

"也许是柯尼亚甫斯基⑦?洛沙德尼科夫⑧?不对吗?"

于是这所房子里的人都争先恐后地想出一个个姓来。他们逐一提到马的各种年龄、性别、品种,还想起马鬃、马蹄、马具。……在正房里,园子里,仆人的下房里,厨房里,人们从这个墙角走到那个墙角,搔着额头,寻找那个姓。……

他们不时把管家叫到正房里去。

"是达布诺夫⑨吗?"他们问他说,"那么是柯贝青⑩?是热列

---

① 孕马。
② 驹。
③④ 马。
⑤ 公马。
⑥ 母马。
⑦ 军马。
⑧ 坐骑。
⑨ 马群。
⑩ 大蹄的马。

勃夫斯基①?"

"不是,老爷,"伊凡·叶甫塞伊奇回答说,抬起眼睛,继续把心里想的说出口来,"柯年科②……康倩科③……热列别耶夫④……柯贝列耶夫⑤。……"

"爸爸!"从儿童室里发出喊叫声,"特罗依金⑥! 乌兹杰奇金⑦!"

整个庄园里闹得鸡犬不宁。将军着急,痛苦,悬了赏,说是谁能想出那个真正的姓,就给谁五个卢布。于是在伊凡·叶甫塞伊奇身后尾随着一群一群的人。……

"格涅多夫⑧!"有人对他说,"雷西斯泰⑨! 洛沙季茨基⑩!"

可是傍晚来了,那个姓仍然没有找到。电报没有发出,大家就这样上床睡觉了。

将军通宵没有睡觉,从这个墙角走到那个墙角,哼哼唧唧。……半夜两点多钟,他从正房里走出去,到管家的住处,敲了敲他的窗子。

"是不是美利诺夫⑪?"他用哭泣的声调问道。

"不,不是美利诺夫,老爷。"伊凡·叶甫塞伊奇回答说,负疚地叹口气。

---

① 怀孕的马。
② 马驹。
③ 小马。
④ 孕马。
⑤ 母马。
⑥ 马车。
⑦ 马勒。
⑧ 枣红色的马。
⑨ 快马。
⑩ 马匹。
⑪ 阉马。

"可是,这也许不是马姓,而是别的什么姓吧!"

"我说的是实话,老爷,那是马姓。……我甚至记得很清楚。"

"你啊,老兄,记性也太差了。……现在对我来说,这个姓似乎比世界上一切东西都宝贵。我痛苦极了!"

第二天早晨将军又打发人去请医生。

"让他把牙拔了吧!"他决定说,"我再也没有力量忍受了。……"

医生坐着马车来临,把那颗病牙拔掉了。疼痛马上消除,将军定下心来。医生做完工作,收下他的劳动应得的报酬,坐上他的四轮马车,回家去了。在大门外原野上,他遇见了伊凡·叶甫塞伊奇。……管家在大路边上站着,聚精会神地瞧着脚旁边,正在想什么心思。从他额头上刻着的一条条皱纹来看,从他的眼神来看,他的思想紧张而痛苦。……

"布拉诺夫①……切烈塞杰尔尼科夫②……"他喃喃地说,"扎苏波宁③……洛沙德斯基④。……"

"伊凡·叶甫塞伊奇!"医生对他说,"我,好朋友,可以在您这儿买五俄石⑤的燕麦⑥吗?我们那儿的农民倒也卖给我燕麦,可是那些燕麦太差。……"

伊凡·叶甫塞伊奇呆瞪瞪地瞧着医生,不知什么缘故古怪地笑一笑,一句话也没回答,把两只手一拍,往庄园跑去,跑得那么快,好像身后追来一条疯狗似的。

"我想出来了,老爷!"他跑进将军的书房,快活地叫道,嗓音

---

① 淡黄色的马。
② 马肚带。
③ 轭带。
④ 马匹。
⑤ 旧俄容量单位,1俄石等于209.91公升。
⑥ 马的饲料。

都变了,"我想出来了,求上帝保佑那个大夫身体健康吧！奥甫索夫①！那个收税员就是姓奥甫索夫！奥甫索夫,老爷！您就给奥甫索夫打加急电报吧！"

"去你的！"将军轻蔑地说,对着他的脸做了两次侮辱的手势,"我现在用不着你的马姓！去你的吧！"

---

① 在俄语中,这个姓与燕麦读音相近。

时 运 不 济！

上午九点多钟，两个地主加久金和希洛赫沃斯托夫，坐着马车去参加本区调解法官的选举会议。天气好得很。两个朋友走过的那条路上一片碧绿绵延不断。路旁立着两排老桦树，树上新生的树叶在低声细语。道路左右两旁伸展着茂盛的草场，响彻了鹌鹑、田凫、鹬鸟的叫声。在蓝色的远方，在地平线上，这儿那儿有几个白色教堂和配着绿色房顶的地主庄园。

"应该把我们的主席①带到这儿来，按住他的脑袋叫他瞧一瞧……"加久金嘟哝说，他是个身体肥胖、头发斑白的地主，戴着肮脏的草帽，系着松散的花领结，这时候他们的马车绕过一道小桥，不住地颠动，整个车身吱嘎作响。"我们的地方自治局造出桥来，纯粹是为了要人绕着它走过去。在上次地方自治局会议上，杜勃列威伯爵说得对，他说地方自治局造出桥来是为了要测验人的智力：谁要是绕着桥走，谁就是聪明人；谁要是走上这道桥，因而像经常发生的那样摔断了脖子，谁可就是傻瓜了。这全怪主席不会办事。如果我们的主席换上另一个人，而不是醉汉，不是贪睡的人，不是草包，那就不会有这样的桥。这儿需要一个明白事理、精力充沛、口齿锋利的人，比方说，像你这样的

---

① 指帝俄时代各县的地方自治局执行处主席。

人。……魔鬼却支使你去竞选调解法官!说真的,你该去做主席的候选人才对!"

"不过你等着瞧吧,"希洛赫沃斯托夫谦虚地说,他是个高身量的人,头发棕红,戴着新的贵族帽子,"等到今天我落选,那就不管我愿意不愿意,只好去做主席的候选人了。"

"你不会落选的……"加久金打个呵欠说,"我们需要受过教育的人,可是讲到大学生,我们全县总共只有一个,那就是你!不选你还能选谁?人家早就这样决定了。……只是你不该去做调解法官。……你做主席才更合乎需要。……"

"反正一样,朋友。……调解法官挣两千四[1],主席也挣两千四。调解法官自管坐在家里审案,主席却要不时坐上马车到执行处去,受颠簸之苦。……调解法官不知要轻松多少,再说……"

希洛赫沃斯托夫没有说完。……他忽然不安地扭动身子,目光盯住前面的道路。随后他脸色通红,啐口唾沫,把身子往后一靠。

"我早就知道会这样!我的心觉出来了!"他喃喃地说,脱下帽子,擦掉额头上的汗,"我又要落选了!"

"怎么回事?为什么?"

"难道你没看见奥尼西木神甫坐着车子迎面来了?这错不了。……你在路上遇见这么个人,就可以拨转马头往回走了,因为这是不会有什么好结果的。这我知道得很清楚!米契卡[2],拨转马头往回走吧!主啊,我故意早点出来,免得碰见这个伪君子,可是偏偏不行,他闻出我要来了!他的鼻子可真是厉害!"

"得了,你别说了!你这是想入非非,真的!"

---

[1] 指年薪两千四百卢布。
[2] 马车夫的名字。

"我不是想入非非！要是在路上遇见教士，就一定凶多吉少。每逢我坐上马车去参加选举，他总要坐着马车出来迎我。他老了，只有一口气，应该死了，可是心眼还这么歹毒，连造物主都不容！怪不得他二十年找不到好差事！可是他究竟什么缘故要跟我为难？就因为我的思想方式他不满意！我的思想他不喜欢！有一回，你知道，我们在乌里耶夫家里做客。吃过饭后，当然，我有了点酒意，就在钢琴旁边坐下，不假思索，扯开嗓子唱了两支歌：《草浸酒》和《我们当着一切正人君子的面大跳轮舞吧》。他听了就说：'他也不怕有失官体，有这样的思想就不配做法官。我绝不让他当选！'从那时候起他每一次都坐着马车来迎我。……我为此跟他吵过架，而且换一条路走，可是这都无济于事！我一坐上马车出来，他就闻到味儿了。……有什么法子呢？现在只好往回走！反正我是选不上了！这是一清二楚的事。……以前那些次我都落选了，原因何在？就因为他作怪！"

"得了，别说了，你是个受过教育的人，大学毕业，可是居然像妇道人家那样迷信。……"

"我倒不是迷信，不过我总感到有一些预兆：只要我每月十三日动手做什么事情，或者碰见这个人，那么事情的结局总是不妙。这一切，当然，都是胡闹，无稽之谈，不能信以为真，可是……你来解释一下，为什么事情总是按预兆指出的那样发生呢？你也没法解释嘛！依我看来，迷信大可不必，然而，为了妥当起见，也不妨听从那些该死的预兆。……我们回去吧！不管是我还是你，老兄，都会落选的，而且车轴还会断掉，或者打牌要输钱。……你等着瞧吧！"

这时候一辆农民的大车跟这辆四轮马车碰头了。大车上坐着一个矮小衰迈的教士，头上戴着一顶由于年深月久而颜色发绿的宽边高礼帽，身穿帆布法衣。两辆车相遇，他就脱掉帽子，点头行礼。

"这样做不好,神甫!"希洛赫沃斯托夫说,摇一下手,"这种阴险行径跟您的圣职不相称!是啊!为这种事,临到末日审判,您得受到报应! ……我们回去吧!"他转过脸对加久金说,"我们用不着白跑一趟。……"

可是加久金不同意回去。……

当天傍晚这两个朋友坐着马车回家去。……他俩脸色红得发紫,抑郁不乐,犹如天气变坏以前的晚霞。

"我不是早就跟你说过应该回去!"希洛赫沃斯托夫抱怨道,"我早就说过嘛。你为什么不听呢?还说是迷信!现在看你还信不信!他们,那些坏蛋,非但不选我们,而且还要笑我们,那些该死的东西!他们说:'你在你的地界开了一家酒馆!'对,我就是开了一家酒馆!这跟外人有什么相干?我就是开了酒馆,不错!"

"没关系,过一个月你就会当选主席……"加久金安慰他说,"今天他们故意不选你,就是要将来选你做主席。……"

"你唱得跟夜莺那么好听!你这个阴险的家伙,老是安慰我,其实头一个存心投反对票的就是你!今天赞成票一张也没有,全是反对票,可见你,朋友,投的也是反对票。……多谢多谢。……"

过了一个月,这两个朋友坐着马车顺着同一条路去参加地方自治局执行处主席的选举会议,然而这回不是上午九点多钟动身,而是六点多钟就出发了。希洛赫沃斯托夫在四轮马车里坐不安稳,心惊胆战地瞧着那条道路。……

"他没料到我们这么早就出来,"他说,"不过我们还是得赶紧走。……鬼才知道他这个人,说不定他有暗探!赶车,米契卡!快点! ……昨天,老兄,"他转过脸对加久金说,"我派人给奥尼西木神甫送去两口袋燕麦和一斤①茶叶。……我想给他点好处，叫他心软下来，可是他收下礼物，对费多尔说：'替我问你东家好，谢谢他送的礼，不过，'他说，'你告诉他：我是收买不了的。慢说送燕麦，他就是送金子也动摇不了我的想法。'你看他这个人如何？不过你等着就是。……你一坐车出门，就会碰见那个胖魔鬼。……把车赶快点，米契卡！"

四轮马车驶进了奥尼西木神甫住的村子。……路过他家院子的时候，两个朋友往大门里看了一眼。……奥尼西木神甫正在那辆大车旁边忙碌，急着把马套上车去。他用一只手扣上腰带，用另一只手和牙齿把皮马套装到马身上去。……

"你迟喽！"希洛赫沃斯托夫说，哈哈大笑，"你的暗探报告了你，可是你迟了！哈哈！你落空了！怎么样，有苦说不出吧？这就叫收买不了！哈哈！"

四轮马车驶出村子，希洛赫沃斯托夫感到脱离危险了。他高兴起来。

"嗯，将来在我的治理下，就不会有这样的桥！"未来的主席开始夸口说，挤了挤眼睛，"我要把他们抓得紧紧的，那些包工头！将来在我的治理下，就不会有这样的学校！我一发现哪个教员是酒鬼或是社会主义者，我就不客气地说：'请滚蛋，老兄！你马上就给我滚！'在我的治理下，地方自治局的医生就不敢穿红衬衫！我，老兄……你，老兄……你快点赶车，米契卡，免得再遇见别的教士！……嗯，看样子，我们会顺利到达。……哎呀！"

希洛赫沃斯托夫忽然脸色煞白，像被蛇咬了一口似的跳起来。

"兔子！兔子！"他叫道，"一只兔子穿过了大路！啊啊……见它的鬼，巴不得它死了才好！"

---

① 此处指俄斤。

399

希洛赫沃斯托夫摇一下手,低下了头。他沉默一会儿,想了想,然后用手摩挲着苍白而冒汗的额头,小声说:

"看来,时运不济,我挣不到那两千四了。……往回走,米契卡!时运不济啊!"

迷　路　人

　　这是别墅区,笼罩在漆黑的夜色里。村子里的钟楼上敲响了一点钟。有两个律师,柯齐亚甫金和拉耶夫,从树林里走出来,往别墅走去,两个人的心情都异常畅快,身子微微摇晃。

　　"好,荣耀归于造物主,我们总算走到了……"柯齐亚甫金说,喘了口气,"在我们这种带点酒意的情况下,从小车站出来,居然步行了五俄里,真是了不起的大事。我累坏了! 好像故意捣乱似的,出租马车连一辆都没有。……"

　　"好朋友,彼嘉……我支持不住了! 如果再过五分钟我还不能上床睡觉,我觉得我就会死掉。……"

　　"上床睡觉? 得了吧,老兄,那可不成! 我们先要吃顿晚饭,喝点红葡萄酒,然后才能上床睡觉。我和薇罗琪卡不会让你睡的。……我的老兄,结了婚,家里有个妻子可真是好事! 这一点你不懂,冷酷无情的灵魂! 待一会儿我回到家里,身子劳乏,筋疲力尽……我那满腔热爱的妻子就会迎接我,招呼我喝茶,张罗我吃饭,为了报答我的辛劳,报答我的爱情而用她那对好看的黑眼睛瞧着我,那么温存,那么亲热,于是,我的老兄,什么劳累啦,撬锁盗窃案啦,高等法院啦,上诉部门啦,我就统统丢在脑后了。……好得很!"

　　"可是……我这两条腿好像要断了。……连走都走不

401

动。……我嘴里也渴得很。……"

"好,我们现在就到家了。"

两个朋友走到一座别墅跟前,在靠边的窗子前面站住。

"这个小别墅挺好,"柯齐亚甫金说,"明天你就会看见这儿风景多么好!窗子里漆黑。可见薇罗琪卡已经躺下,不愿意再等了。她躺在那儿,大概很难过,因为我直到现在还没回来。……"他用手杖推推窗子,窗子就开了,"她的胆量倒不小,躺在床上不关窗子。"他脱掉斗篷,把它连同皮包一起丢进窗子里,"好热!我们索性唱个小夜曲,逗她笑一下。……"他就唱起来,"月亮在夜晚的天空浮游。……清风微微吹拂……清风轻轻流动。……你唱呀,阿辽沙!薇罗琪卡,要我给你唱个舒伯特①的小夜曲吗?"他唱起来,"我的歌呀……带着祈祷飞翔。……"歌声由于一阵剧烈的咳嗽而中断,"呸!薇罗琪卡,你叫阿克辛尼雅②来给我们把旁门打开!"他停了一下,"薇罗琪卡!别懒,起来吧,亲爱的!"他站在一块石头上,往窗子里看,"薇罗琪卡,我的小亲亲,小薇罗琪卡……小天使,我的再好也没有的妻子,你起来,叫阿克辛尼雅给我们打开旁门!反正你也没有睡着!小亲亲,真的,我们疲倦极了,浑身没有一点力气,根本顾不上开玩笑。要知道我们是从火车站步行到这儿的。你倒是听见没有?哎,见鬼!"他试着往窗子里爬,可是掉下来了,"说不定这样开玩笑,我们的客人会感到不愉快!你,薇罗琪卡,我看,仍旧跟从前那样是个贵族女子中学学生,老是调皮。……"

"说不定薇拉③·斯捷潘诺芙娜睡着了!"拉耶夫说。

"她没睡着!她大概希望我大吵大闹,惊动所有的邻居!我

---

① 舒伯特(1797—1828),奥地利作曲家。
② 女仆的名字。
③ 上文的薇罗琪卡是薇拉的爱称。

已经开始生气了,薇拉! 哎,见鬼! 你扶我一把,阿辽沙,我爬进去! 你是个坏丫头,女学生,就是这么回事! ……你扶我一把!"

拉耶夫呼哧呼哧地喘着气,扶柯齐亚甫金上去。那一个就爬进窗子里,消失在房间的黑暗当中。

"薇罗琪卡!"过一分钟拉耶夫听见了说话声,"你在哪儿啊? 魔鬼。……呸,我这只手不知摸着了什么脏东西! 呸!"

这时候响起窸窸窣窣的声音、拍翅膀的响声和母鸡的惊叫声。

"这是怎么搞的!"拉耶夫听见了说话声,"薇拉,我们的这些鸡是从哪儿来的? 见鬼,这儿的鸡好多呀! 这是一篓子火鸡! ……它啄了我一口,坏蛋!"

有两只鸡呼啦一声从窗子里飞出来,扯开嗓门嘎嘎地叫,顺着街道飞奔而去。

"阿辽沙,我们走错地方了!"柯齐亚甫金带着哭音说,"这儿都是些鸡。……我大概认错了房子。……滚你们的,在这儿飞来飞去,这些该死的东西!"

"那你快点出来! 听明白了吗? 我口渴得要死!"

"我马上就出来。…… 我就要找着我的斗篷和皮包了。……"

"你点一根火柴!"

"火柴在我的斗篷里。……我真倒霉,钻到这儿来了! 所有的别墅都一模一样,黑夜里鬼才分得清。哎哟,一只火鸡在我腮帮子上啄了一口! 坏蛋。……"

"你快点出来,要不然人家会以为我们偷鸡了!"

"我马上就出来。……那件斗篷怎么也找不着。这儿倒是堆着很多旧衣服,可就是闹不清我的斗篷在哪儿。你把火柴丢给我!"

403

"我没带火柴!"

"不用说,这局面糟透了!这可怎么办?无论如何也不能丢掉斗篷和皮包,非找到不可。"

"我就不懂怎么会连自己的别墅也认不出来,"拉耶夫生气地说,"这个醉鬼。……要是我早知道会出这样的事,我说什么也不会跟你一块儿来。那我现在就会待在家里,睡得踏踏实实;现在可好,闹得人头昏脑涨。……我累极了,又口渴……我的脑袋晕晕乎乎!"

"我就来,我就来……你死不了。……"

一只大公鸡呱呱地叫着飞过拉耶夫的头顶。拉耶夫深深地叹气,绝望地摇一下手,在石头上坐下。他的灵魂渴得燃烧起来,他的眼皮合在一起,他的头往下耷拉。……过了五分钟,十分钟,最后二十分钟,可是柯齐亚甫金还在跟那些鸡闹个不停。

"彼嘉,你快要完事了吗?"

"马上就完。我那个皮包本来已经找到,可是现在又丢了。"

拉耶夫用拳头支着脑袋,闭上眼睛。鸡的叫声越来越响。这个空别墅的住客们纷纷飞出窗外,拉耶夫觉得它们像猫头鹰似的在他头顶上空的黑暗中盘旋。它们的叫声在他耳朵里成了一片钟声,他满心害怕。

"这个畜生!"他想,"他请我来做客,应许请我喝葡萄酒和酸牛奶,结果我什么也没喝着,反而不得不从火车站步行到这里,听这些鸡叫。……"

拉耶夫愤愤不平,把下巴缩进衣领里,头放在他的皮包上,渐渐定下心来。疲倦占了上风,他开始昏昏睡去。

"皮包找到了!"他听见柯齐亚甫金得意洋洋的喊叫声,"我马上就会找到我的斗篷,然后就完事大吉,我们可以走了!"

可是后来他在睡梦中听见了狗叫声。起初是一只狗叫,后来又一只叫起来,随后第三只也叫了。……狗叫声同鸡叫声混在一起,成了一种古怪的音乐。有个人走到拉耶夫跟前来,问一句什么话。随后他听见有人从他的头顶上方爬进窗子里去,发出了敲打声,嚷叫声。……一个女人,系着红色围裙,站在他身旁,手里拿着提灯,问了一句什么话。

"您没有权利说这种话!"他听见柯齐亚甫金的说话声,"我是律师柯齐亚甫金,法学候补博士。这就是名片!"

"我要您的名片干什么用!"不知什么人用沙哑的男低音说,"您把我的鸡统统赶出去了,您把鸡蛋都踩烂了!您看看您干的好事!不是今天就是明天,那些小火鸡就要钻出蛋壳,您却把它们踩死了。那么,先生,我要您的名片干什么用?"

"您没有权利不让我走!是啊!我不容许!"

"我想喝水……"拉耶夫暗想,极力睁开眼睛,同时觉得窗子里有个什么人从他的头顶上方爬出来。

"我是柯齐亚甫金!我的别墅就在此地,这儿的人全认得我!"

"我们不认识什么柯齐亚甫金!"

"你跟我说什么?去把村长叫来!他认得我!"

"您不用冒火,乡村警察马上就来。……当地所有的别墅住客我们都认识,可是从来也没见过您。"

"我在腐败村的别墅里已经住过五年了!"

"咦!难道这儿是腐败村吗?这儿是瘦弱村,腐败村是在右边,在火柴厂后边。离这儿大约有四俄里远呢。"

"见鬼!原来我走岔了道!"

人的叫声和鸡的叫声,同狗的叫声混杂在一起。在这乱七八糟的杂音中,响起了柯齐亚甫金的声音:

"不许您这么说!我付钱就是!您要明白您是在跟谁打

交道！"

　　最后那些声音总算渐渐停息。拉耶夫感到有人拍他的肩膀了。

猎　　人

一个溽暑闷热的中午。天上连一小片云也没有。……青草被太阳晒得枯萎，显得灰心绝望：即使下上一场雨，它也不能发绿了。……树林静悄悄的，纹丝不动，似乎用树梢眺望远方，或者等一件什么事似的。

林间空地的边沿上，有个四十岁上下的男子懒散地走着，脚步蹒跚，这人高身量，窄肩膀，身上穿一件红衬衫和一条原是地主穿的、已经打了补丁的裤子，脚上穿着大皮靴。他沿着大路慢腾腾地走去。右边是绿色的林间空地，左边伸展着成熟的黑麦地，金黄色的海洋一直蔓延到地平线。……他脸色发红，满头大汗。一顶白色便帽大模大样地戴在他那漂亮的、生着金发的脑袋上，便帽上有骑手用的直帽檐，显然是慷慨的地主少爷送给他的礼物。他的肩头搭着一个猎物袋，里面装着一只揉成了团的黑雷鸟。男人手里拿着双筒枪，已经扳起枪机。他眯细眼睛瞧着他那只又老又瘦的狗，它跑在前面，在灌木丛里嗅着。四下里静悄悄的，一点声音也没有。……所有的活物都热得躲起来了。

"叶果尔·符拉绥奇！"猎人忽然听见一个轻微的说话声。

他吃了一惊，回头看去，皱起了眉头。在他身旁，仿佛从地里钻出来似的，站着一个脸色苍白的农妇，年纪三十岁上下，手里拿着镰刀。她凝视着他的脸，腼腆地微笑着。

"哦,是你,彼拉盖雅!"猎人说,站住,慢腾腾地扳下枪机,"嗯!……你怎么到这儿来了?"

"我们村里的妇女到这儿来做工,我也就跟她们一块儿来了。……我是来做短工的,叶果尔·符拉绥奇。"

"原来是这样……"叶果尔·符拉绥奇含糊地说了一句,慢慢地往前走去。

彼拉盖雅在他身后跟着。他们默默地走出大约二十步。

"我已经很久没有见到您了,叶果尔·符拉绥奇……"彼拉盖雅说,温柔地瞧着猎人耸动的肩膀和肩胛骨,"自从复活节您到我们的小屋来喝了些水以后,我就一直没有见到过您。……复活节那次您只来了一会儿就走了,而且那一次上帝才知道是怎么回事……您喝得醉醺醺的。……您骂我一阵,打了我一顿,后来就走了。……我一直等啊,等啊……我的眼睛都要望穿了,一直在等您。……哎,叶果尔·符拉绥奇,叶果尔·符拉绥奇!您总也该来一趟才是!"

"我到你那儿去干什么啊?"

"嗯,当然,没有什么要您干的事,不过呢……总有个家嘛。……您也该看一看家里过得怎样。……您是一家之主。……哟,您已经打到一只雷鸟了,叶果尔·符拉绥奇!那您就坐一坐,歇一会儿。……"

彼拉盖雅一面讲着这些话,一面像个傻姑娘似的痴笑,抬头看着叶果尔的脸。……她的脸洋溢着幸福的神情。……

"坐一坐吗?也好……"叶果尔用冷淡的口气说,在两棵成长着的杉树中间一小块地方坐下,"你站着干什么?你也坐下!"

彼拉盖雅稍稍离开他一点,在向阳的地方坐下来,为她自己的欢乐害臊,抬起一只手捂住她那微笑着的嘴。在沉默中过了两分钟光景。

"您总也该来一趟才是。"彼拉盖雅轻声说。

"去干什么呢?"叶果尔叹道,脱掉帽子,用袖子擦了擦发红的额头,"根本就没有必要。去一两个钟头,无非是浪费时间罢了,反而搅得你心神不定。可是要我经常住在村子里,我的灵魂却受不了。……你自己知道,我是个过惯了好日子的人。……我要有床睡,要好茶喝,要斯斯文文地谈谈天……各式各样讲究的东西我都要,可是你们那个村子里却只有穷苦和煤烟。……我连一天也过不下去。……比方说,假定上面下命令,一定要我在你那儿住下,那我就会放一把火烧掉那间小屋,要不然就把自己弄死。我从小就爱过舒服日子,这是没有办法的。"

"现在您住在哪儿?"

"我住在地主德米特利·伊凡内奇家里,做一名猎人。我给他的饭桌添上点野味,不过他养着我大半是……为了取乐。"

"您干的不是正业,叶果尔·符拉绥奇。……在别人,打猎是玩乐,可是在您,却成了手艺……成了正经的行当了。……"

"你不懂,傻娘们儿,"叶果尔说,沉思地瞧着天空,"你从来也不了解我是个什么样的人,你一辈子也不会了解。……按你的看法,我是个糊里糊涂而误入歧途的人,可是也有些明白事理的人,就认为我是全县数一数二的好射手。那些地主老爷领会这一点,他们甚至在杂志上发表文章讲到我呢。在打猎这一行里没有一个人比得上我。……讲到我厌恶你们村子里的活儿,那倒不是因为我贪舒服,也不是因为我高傲。我从很小的时候起,你知道,除了玩枪养狗以外,别的行当一概没干过。人家夺走我的枪,我就拿起钓鱼竿;人家夺走我的钓鱼竿,我就赤手空拳去打猎捕鱼。喏,我还贩卖过马,我一有钱,就到各处市集上去活动。你知道,要是一个庄稼汉迷上打猎或者贩马,那就跟犁头断了缘分。如果人一心向往自由,那你怎么也没法叫他放弃它。同样,要是一个老爷当上

409

演员,或者迷上别的艺术,他就永世也不会做官或者做地主了。你是个妇道人家,你不懂,不过这种事应该懂。"

"我懂,叶果尔·符拉绥奇。"

"既然你想哭,可见你没懂。……"

"我……我没哭……"彼拉盖雅说,扭过脸去,"这是罪过,叶果尔·符拉绥奇!您跟我这个不幸的人总也该一块儿过一天才是。我已经嫁给您十二年了,可是……可是我们俩一回也没有相亲相爱过!……我……我没哭。……"

"相亲相爱……"叶果尔喃喃地说,搔一搔手,"根本就谈不到什么相亲相爱。我们只不过名义上是夫妻罢了,难道我们真的是夫妻?在你的眼里,我是个野人,在我的眼里呢,你是个傻娘们儿,什么也不懂。我们怎么能做夫妻呢?我是个自由自在的人,过惯了好日子,玩玩乐乐,你呢,是个打短工的,穿着树皮鞋,住在脏地方,弯着腰干活。我自己认为我在打猎这一行里是头一把手,可是你总可惜我没出息。……这怎么能配成对呢?"

"可是话说回来,我们是明媒正娶的,叶果尔·符拉绥奇!"彼拉盖雅哭着说。

"我们结婚不是出于本心。……难道你忘了?这得怪谢尔盖·巴甫洛维奇伯爵……和你自己。伯爵看见我的枪法比他强,嫉妒我,就整整灌了我一个月的酒;一个人喝醉了酒,慢说是叫他举行婚礼,就是叫他改信别的宗教,也可以办到。他不管三七二十一,为了报复我就叫我娶了你。……一个猎人娶了个喂牲口的丫头!你明明看见我喝醉了,为什么嫁给我?要知道你不是农奴,你可以反抗嘛!嗯,当然,一个喂牲口的丫头嫁给一个猎人,算是走了运,可是你也得思前想后才对。喏,现在你只好伤心,哭哭啼啼。伯爵不过是开了个玩笑,可是你就得哭……拿脑袋撞墙了。……"

紧跟着是沉默。有三只野鸭飞过林间空地的上空。叶果尔瞧着它们,目送它们飞去,到后来它们变成三个几乎看不见的小点,远远落到树林后边去了。

"你靠什么生活?"他问,把眼睛从鸭子移到彼拉盖雅身上。

"眼下我打短工,到冬天我就从育婴堂里领回一个小娃娃来,喂他吃牛奶。他们每个月给我一个半卢布。"

"哦。……"

随后又是沉默。收割过的田地上响起了轻柔的歌声,可是那支歌刚唱开头就停住了。天气热得使人唱不下去。……

"人家说您给阿库丽娜盖了一所新的小木房。"彼拉盖雅说。

叶果尔没有说话。

"那么,您看上她了。……"

"这也是你的时运,你的命!"猎人说,伸了个懒腰,"你看开点吧,可怜虫。可是,再见了,我净顾说话,把时间也忘了。……今天傍晚我还得赶到包尔托沃村去。……"

叶果尔站起来,伸个懒腰,把枪挎在肩膀上。彼拉盖雅站起来。

"那么您什么时候到村子里来?"她轻声问道。

"还是不去的好。我清醒的时候绝不会去,我喝醉了去,也于你没有什么好处。我喝醉了爱发脾气。……再见!"

"再见,叶果尔·符拉绥奇。……"

叶果尔把帽子戴在后脑壳上,吧嗒了一下嘴,招呼他的狗,便继续赶路了。彼拉盖雅站住不动,瞧着他的背影。……她瞧着他那活动的肩胛骨,漂亮的后脑壳,懒洋洋、漫不经心的步子,她那对眼睛就充满了忧郁和温柔的爱抚。……她的目光打量着她丈夫细高的身影,爱抚它,温存它。……他仿佛感到了她的目光似的,停住脚,回过头来看。……他沉默不语,彼拉盖雅从他的脸容,从他那耸起的肩膀看出来他有些什么话要对她说。她就胆怯地走到他跟前,用恳求的眼光瞧着他。

"给你!"他说,扭回身去。

他给了她一张揉皱的一卢布钞票,很快地走开了。

"再见,叶果尔·符拉绥奇!"她心不在焉地接过那张钞票,说。

他顺着一条又直又长如同拉紧的皮带般的道路走去。……她站在那儿脸色苍白,纹丝不动,犹如一尊塑像,用目光盯住他的每一步路。可是后来,他衬衫的红色同他裤子的黑色混在一起,他的脚步渐渐看不清楚,那条狗跟他的皮靴也不能截然分开了。她看得清的只有那顶便帽,可是……忽然,叶果尔猛的往右转弯,走进林间空地,那顶便帽就也消失在一片苍翠当中了。

"再见,叶果尔·符拉绥奇!"彼拉盖雅小声说着,踮起脚尖,想再看一眼他的白色便帽。

必 要 的 前 奏

一对刚行完婚礼的年轻夫妇从教堂里走回家去。

"喂,瓦莉雅,"丈夫说,"你抓住我的胡子,使足力气揪它。"

"上帝才知道你胡想些什么!"

"不,不,请吧!我要求你!不要讲客气,你动手揪吧。……"

"算了,你这是何苦呢?"

"瓦莉雅,我要求你……简直是命令你!要是你爱我,就抓住我的胡子揪它。……这就是我的胡子,揪吧!"

"说什么也不行!叫一个人痛苦,而我爱这个人又胜过爱我的生命……那我不干,永世也不干!"

"可是我求求你!"新婚的丈夫开始生气了,"听明白了吗?我求求你,而且……我命令你!"

最后,经过长久的推脱,大感不解的妻子才把小手伸进她丈夫的胡子里,用足力气揪了一下。……她丈夫连眉头也没皱。……

"你再也想不到,我一点也不觉得痛!"他说,"真的,不痛!喏,等一等,现在该我来揪你了。……"

丈夫抓住他妻子鬓角上的几根头发,使劲一揪。他妻子大声尖叫。

"现在,我的伴侣,"丈夫总结说,"现在你才看出我比你强壮坚韧许多倍。这在你是必须知道的,日后你举起拳头打我,或者口口声声说要挖出我眼珠的时候,要想起这一点。……一句话,妻子要怕丈夫!"

凶　　犯

法院侦讯官面前站着一个身材矮小、异常消瘦的庄稼汉,穿一件花粗布衬衫和一条打过补丁的裤子。他那生满毫毛和布满麻点的脸,以及藏在突出的浓眉底下、不容易让人看见的眼睛,都露出阴沉的严峻神情。他脑袋上的头发无异于一顶皮帽子,很久没有梳过,纠结蓬乱,弄得他像一个蜘蛛,越发显得阴沉了。他光着脚。

"丹尼斯·格里戈里耶夫!"侦讯官开口说,"你走过来一点,回答我的问题。本月七日,铁路看守人伊万·谢苗诺夫·阿金佛夫早晨沿线巡查,在一百四十一俄里处,碰见你在拧掉一个用来连结铁轨和枕木的螺丝帽。喏,这就是那个螺丝帽!……他把你连同螺丝帽一起扣住。事情是这样的吗?"

"啥?"

"这件事是像阿金佛夫所说的那样吗?"

"当然,就是那样。"

"好。那你为什么拧掉螺丝帽?"

"啥?"

"你不要啥啊啥的,你要回答我的问题:为什么你拧掉螺丝帽?"

"要是没有用处,俺才不会去拧它呢。"丹尼斯声音沙哑地说,斜起眼睛看着天花板。

"那么你要这个螺丝帽做什么用?"

"螺丝帽?俺们拿它做坠子……"

"这个俺们是谁?"

"俺们,老百姓呗……就是克里莫沃村的庄稼汉。"

"听着,老乡,你不要对我装傻,要说正经的。这儿用不着撒谎,说什么坠子不坠子的!"

"我一辈子也没撒过谎,现在撒啥谎……"丹尼斯嘟哝说,眨巴着眼睛,"再说,老爷,能不用坠子吗?要是你把鱼饵或者蚯蚓安在钓钩上,难道不加个坠子,钓钩就能沉到水底?还说俺撒谎呢……"丹尼斯冷笑道,"鱼饵这种东西,要是漂在水面上,还顶个啥用?鲈鱼啦,梭鱼啦,江鳕啦,素来在水底上钩。要是鱼饵漂在水面上,也许只有鲶鱼来吃,不过那样的事也不常有……俺们的河里就没有鲶鱼……那种鱼喜欢大河。"

"你跟我讲鲶鱼干什么?"

"啥?咦,您自己在问嘛!俺们那儿,连地主老爷也这么钓鱼。就连顶不济的孩子,没有坠子也不去钓鱼。当然,也有那种不明事理的人,嗯,他们没有坠子也要去钓鱼。傻瓜办事就说不上什么章法了……"

"这么说来,你拧下螺丝帽就是为了要拿它做坠子?"

"不为这个还为啥?又不是拿来当羊拐子①玩!"

"可是要做坠子,你尽可以用铅块、子弹壳……钉子什么的……"

"铅块在大路上可找不着,那得花钱去买。讲到钉子,那东西不中用。再也找不着比螺丝帽更好的东西了……它又重,又有个窟窿眼。"

---

① 一种儿童游戏用具。

"他老是装傻!好像他昨天刚生下地或者从天上掉下来似的。难道你就不明白,蠢材,这样拧掉会惹出什么乱子来吗?要不是看守人看到,火车就可能出轨,很多人就会丧命!你会害死很多人!"

"天主保佑别出这种事才好,老爷!为啥害死人呢?难道俺们不信教,或者是坏人?谢天谢地,好老爷,俺们活了一辈子,慢说是害死人,就连那样的想法也没有过……求圣母拯救和宽恕吧……您这是说的啥呀!"

"那么依你看来,火车是怎么翻的?你拧掉两三个螺丝帽,火车就翻了!"

丹尼斯冷冷地一笑,怀疑地眯细眼睛瞧着侦讯官。

"得了吧!俺们全村的人拧螺丝帽已经有年月了,天主一直保佑我们,现在却说火车出事……害死人了……要是俺把铁轨搬走,或者,比方说,把一根大木头横放在铁轨上,嗯,那就说不定火车会翻掉,可是现在……呸!一个螺丝帽罢了!"

"可是你要明白:螺丝帽是用来把铁轨钉紧在枕木上的!"

"这个俺们明白……俺们又不是把所有的螺丝帽都拧掉……还留着不少呢……俺们办事可不是不动脑筋的……俺们明白……"

丹尼斯打了个呵欠,在嘴上画一个十字①。

"去年此地就有一列火车出了轨,"侦讯官说,"现在才明白这是什么缘故……"

"您说啥?"

"我说,去年有一列火车出了轨,现在才明白那是什么缘故……我懂了!"

---

① 按迷信说法,魔鬼在人们打呵欠时进入口中,画十字是为了驱邪。

"您受教育就为的是懂事,俺们的恩人……主才知道该叫谁懂得事理……喏,您评断事情,就说得出道理来,可是那个看守人也是个庄稼汉,啥也不懂,揪住俺的脖领,拉着就走……你先得讲理,然后才能拉人嘛!俗语说得好,庄稼汉长着庄稼汉的脑筋……还有一件事您也要记下来,老爷:他动手两次,打俺一个嘴巴,当胸又给了俺一拳。"

"先前搜查你家的时候,又找着一个螺丝帽……你是在什么地方把它拧下来的,在什么时候?"

"您说的是放在小红箱子底下的那个螺丝帽吗?"

"我不知道放在你家里什么地方,反正是搜到了。你是在什么时候把它拧下来的?"

"那不是俺拧下来的,那是伊格纳希卡送给俺的,他就是独眼谢苗的儿子。俺说的是小箱子底下那一个。院子里雪橇上的那一个,是俺跟米特罗凡一块儿拧下来的。"

"哪一个米特罗凡?"

"就是米特罗凡·彼得罗夫呗……难道您没听说过?他在俺们村子里编渔网,卖给地主老爷们。那种螺丝帽,他可要的多。编一个渔网,估摸着,总要用十来个……"

"你听着……刑法第一千零八十一条说:凡蓄意损坏铁道,致使铁路运输发生危险,而肇事者明知此种行为将造成不幸后果……听明白了吗?明知!你不可能不知道拧掉螺丝帽会造成什么后果……当判处流放及苦役刑。"

"当然,您知道得多……俺们都是些无知无识的人……难道俺们能懂吗?"

"你全懂!你这是撒谎,装佯!"

"撒谎干啥?要是您不信,您就到村子里去打听好了……不用坠子只能钓着似鲌鱼。鲌鱼最差不过了,可是就连它,缺了坠子也还是钓不着。"

"你再讲一讲鲶鱼吧!"侦讯官微笑着说道。

"鲶鱼俺们那儿没有……俺们把没有坠子的钓丝漂在水面上,安上蝴蝶做饵,倒有大头鳇来上钩,不过就连那样的事也少有。"

"好,你别说了……"

随后是沉默。丹尼斯站在那儿,不时换一只脚立定。他瞧着铺有绿呢面的桌子,使劲眨巴眼睛,好像他眼前看见的不是呢子,而是太阳。侦讯官很快地写着。

"俺该走了吧?"丹尼斯沉默了一会儿问道。

"不。我得把你看押起来,再送到监狱里去。"

丹尼斯不再眨巴眼睛,拧起浓眉,探问地瞧着那个文官。

"怎么会要俺去坐监狱?老爷!我可没有那个闲工夫,我得去赶集。叶戈尔欠着我三个卢布的腌猪油钱,我得跟他要……"

"别说了,不要碍我的事。"

"要俺坐监狱……要真是做了坏事,那就去吧,可是现在……啥原故也没有……俺犯了啥王法?俺觉得,俺没偷过东西,也没打过人……要是您,老爷,疑心俺欠缴了税款,那您可别听信村长的话……您去问常任委员先生好了……他,那个村长,是个没有良心的人……"

"别说了!"

"俺本来就没说啥……"丹尼斯嘟哝说,"村长造了假账,这俺敢起誓……俺们是弟兄三个,那就是库兹马·格里戈里耶夫,叶戈尔·格里戈里耶夫,和俺丹尼斯·格里戈里耶夫……"

"你碍我的事……喂,谢苗!"侦讯官叫道,"把他押下去!"

"俺们是弟兄三个,"丹尼斯一面由两个强壮的兵押着,走出审讯室,一面嘟哝说,"弟兄不一定要替弟兄还钱……库兹马没给钱,那么你,丹尼斯就得承担……这也叫法官!俺们的东家是个将军,已经死了,祝他升天堂吧,要不然他就会给你们这些法官一点厉害看看……审案子要知道怎么个审法,不能胡来……哪怕用鞭子抽一顿也可以,只要有凭有据,打得不屈就成……"

在 车 厢 里

交　　谈

"朋友,您要不要吸雪茄烟?"

"谢谢①。……这是很好的雪茄烟!这样的雪茄烟多少钱十支?"

"说真的,我不知道,可是我想,价钱很贵……要知道,这是哈瓦那②产品!我刚才在火车站上喝了一瓶艾尔·德·贝尔德利③,吃了些安抽鱼,然后吸这样一支雪茄烟,倒也很不坏呢。扑④!"

"您的表链坠好大!"

"嗯,是啊。……值三百卢布!如今,您要知道,吸完这支雪茄烟后,喝上点莱茵葡萄酒倒也不坏……比方说,希洛斯-姚汉尼斯堡第八十五点五号,十卢布一瓶的。……啊?要不然就喝点红葡萄酒也成。……讲到红葡萄酒,我喝克罗-德-乌弱-微-塞

---

① 原文为法语。
② 古巴首都,出产上等雪茄。
③⑤ 法国的一种葡萄酒。
④ 喷烟的声音。

克①,或者克罗-德-鲁阿-柯尔通②。……不过,要是喝布尔冈③的产品,那就一定得喝沙木贝尔腾第三十八又四分之三号。这是布尔冈的酒当中最补养身体的一种。……"

"请原谅我提出一个唐突的问题:您大概是本地的大地主,或者您是……银行经理吧?"

"不,哪儿是什么银行经理!我是某地海关的仓库主任。……"

———————

"我的妻子读《新闻报》④和《新时报》,我自己却喜欢莫斯科的那些报纸。我早晨看报,傍晚叫我的女儿念《俄罗斯古代》⑤或者《欧洲通报》⑥。老实说,我对这类厚杂志不大喜欢,就把它们拿给朋友们去读,我自己多半只看看插图就算了。……我读《田地》《世界》⑦……嗯,当然,还读滑稽刊物。……"

"莫非您订阅所有这些报纸和杂志吗?大概您在经办图书馆吧?"

"不,先生,我是邮局的收信员。……"

———————

"当然,马作为交通工具是无论如何也比不上铁路的,可是,老兄,马也是好东西。……比方说,三套马的马车准备下五六辆,让女人们坐上去,然后吆喝一声:啊,你们,马呀,我的马呀,奔驰

---

① ② 法国的葡萄酒。
③ 法国的一个葡萄酒产地。
④ 在彼得堡出版的一种自由主义报纸。
⑤ 在彼得堡出版的一种历史月刊(1870—1918)。
⑥ 在彼得堡出版的一种"历史、政治、文学"月刊。
⑦ 即《世界画报》,在彼得堡印行,每周一期。

吧,比鹰再飞得快些!马车就跑起来,一路上迸出点点的火花!一溜烟跑出三十俄里远,然后再回来。……比这更好的乐子再也想不出来了,特别是在冬天。……您知道,有过这样一件事。……有一回我吩咐人备好十辆三套马的马车……我家里当时来了客人。……"

"对不起……大概您自己有个养马场吧?"

"不,先生,我是消防队长。……"

―――――

"我不贪利,不爱财……什么钱财不钱财,滚它的!……我为它,这种肮脏货,吃足了苦头,不过我仍然说,而且以后还会这么说:钱是好东西!嗯,每逢你跟一个市民这么面对面站着,忽然觉得你手心里有一种触到钞票的感觉,试问还能有比这更愉快的吗?……你觉得手心里有一张钞票,火花就会在你的血管里奔流不息了。……"

"您大概是大夫吧?"

"哪儿的话!我是区警察局长。……"

―――――

"乘务员!我这是在哪儿?!我是跟什么人待在一块儿?!我是活在哪个世纪?!"

"可是您自己是什么人?"

"制靴业的工匠叶果罗夫。……"①

―――――

① 指这个人喝醉了酒,因为俄语里常说"醉得像鞋匠一样"。

423

"不管您怎么说,我们这些作家的劳动是沉重的!"他庄严地叹了口气,"怪不得我们的同行①,涅克拉索夫说:我们的命运颇有不祥之处②。……不错,我们得到大笔的钱,大家都知道我们……荣誉是我们的命运,然而……这都是一场空。……荣誉,按我的一个同行的话来说,乃是瞎子的破衣烂衫上一块颜色鲜艳的补丁。……这种工作是那么沉重而困难,您相信不,有时候我恨不得把荣誉和金钱之类的东西换成庄稼人的命运。……"

"请问您在哪儿发表文章?"

"我在《光芒》③上写些讨论欧洲问题的文章。……"

"我的丈夫每星期六都要到大臣家里去,撇下我一个人留在家里。……有一个星期六,菲金伯爵突然派人来了,要我丈夫去一趟。'无论如何非去不可!您就是从地里挖,也得把您丈夫挖出来交给我们!'真有这么厉害的人。……我就说:叫我上哪儿去给您把我丈夫找来呢?刚才他到大臣家里去了,从那儿出来后,说不定他就到赫龙斯卡雅-扎彼亚达雅公爵夫人家里去了。……"

"啊啊。……夫人,您的丈夫在哪个部里任职?"

"他干理发那一行。……他是个理发师。……"

---

① 原文为法语。
② 引自俄国诗人涅克拉索夫的诗《在病院里》。——俄文本编者注
③ 在彼得堡出版的一种附有插图的周刊,是一种反动的黑帮刊物。——俄文本编者注

青年人和爸爸

当代的事
一场小戏

"我听说您就要结婚了!"在别墅的舞会上,彼得·彼得罗维奇·米尔金的一个朋友对他说,"那么您什么时候举办婚前的酒会①呢?"

"您是从哪儿听说我就要结婚的?"米尔金涨红了脸说,"这是哪个混蛋对您说的?"

"大家都在说嘛,再者根据各种迹象也看得出来。……不用再瞒着了,老兄。……您以为我们什么都不知道,其实您的事我们都看得很透,知道得很透!嘻嘻嘻。……根据各种迹象就可以看出来。……您成天价在康德拉希金家里坐着不走,在那儿吃中饭,吃晚饭,唱抒情歌曲。……您只跟娜斯千卡·康德拉希金娜一个人散步,您带了花去也只送给她一个人。……我们全看见了,先生!前几天我碰见康德拉希金家的爸爸本人,他说你们的事已经水到渠成,只等您从别墅搬到城里去,就马上办喜事。……这不是挺好吗?求上帝保佑吧!与其说我为您高兴,还不如说我为康德拉希金高兴。……要知道这个可怜人有七个女儿呢!七个!这是

---

① 指新郎在结婚前夕与平日的游伴告别而举行的酒会。

闹着玩的？求上帝保佑,哪怕嫁出一个也是好的。……"

"真见鬼……"米尔金暗想,……"这已经是第十个人对我谈起我跟娜斯千卡结婚的事了。他们根据什么来推断的呢？见他们的鬼！就根据我天天在康德拉希金家里吃饭,跟娜斯千卡一块儿散步。……不,现在该止住这些流言了,是时候了,要不然,一不留神可就真结了婚,该死的！……明天我就去跟那个蠢货康德拉希金解释一下,免得他空抱希望,然后我就一走了事！"

在上述谈话以后第二天,米尔金走进七等文官康德拉希金别墅的书房里,感到心慌意乱,有点害怕。

"您好,彼得·彼得罗维奇！"主人迎着他说,"您过得怎么样？您觉得烦闷无聊了吧,天使？嘻嘻嘻。……娜斯千卡马上就回来。……她跑到古塞夫家里去了,一会儿就回来。……"

"我,认真说来,不是来找娜斯达霞①·基利洛芙娜的,"米尔金嘟哝说,慌张地搔搔眼皮,"我是来找您的。……我有话要跟您谈。……不知什么东西掉进我的眼睛里去了。……"

"那么您打算谈些什么呢？"康德拉希金眯着眼睛说,"嘻嘻嘻。……可是您为什么这样慌张,亲爱的？唉,男人呀,男人！你们这些年轻人,真叫人没办法！我知道您打算跟我谈些什么！嘻嘻嘻。……早就该说了。……"

"认真说来,在某种程度上……您要知道,事情是这样:我……我是来跟您告别的。……明天我就动身走了。……"

"这话怎么说:动身走了？"康德拉希金瞪大眼睛问。

"很简单。……我就要走了,就是这么回事。……请容许我对您的殷勤款待道谢……您的女儿也都那么可爱。……我永世也忘不了那些时光……"

---

① 即上文娜斯千卡(爱称)的本名。

"对不起……"康德拉希金涨红了脸说,……"我不大了解您的意思。……当然,每个人都有权利走掉……您想干什么就可以干什么,不过,先生,您……这是临阵脱逃。……这不老实,先生!"

"我……我……我不知道这怎么会是临阵脱逃。"

"您整个夏天老是往我这儿跑,吃饭,喝酒,引得人生出希望来,在这儿一天到晚跟那些丫头闲扯,可是忽然间,拍拍屁股,说是要走了!"

"我……我没有引人生出希望。……"

"当然,您没有求婚,不过您的行动在朝着哪一条路上走,岂不是很明白吗?您每天来吃饭,到晚上就挽着娜斯千卡的胳膊一块儿散步……莫非这一切都是无意中发生的?只有存心求婚的男人才天天来吃饭,如果您不是个存心求婚的男人,难道我会供您吃喝?是啊!这不老实!我听都不要听!请您费神求婚吧,要不然我就要……那个了。……"

"娜斯达霞·基利洛芙娜是个很可爱的……好姑娘。……我尊敬她,而且……我也不想找一个比她更好的妻子了,可是……我同她在信念和见解上不一致。……"

"理由就是这个吗?"康德拉希金说,微微一笑,"仅仅是这个吗?可是,我亲爱的,世界上难道能找到一个跟丈夫的见解相同的妻子吗?哎,年轻人呀,年轻人!阅历太浅,阅历太浅呀!年轻人一发表什么议论,那就,真的……嘻嘻嘻……简直要臊得人脸红。……现在见解不一致,可是您自管生活下去,所有那些小摩擦自然就消灭了。……马路新修好,是不能行车的,不过等到略为走过几趟车,也就万事大吉了!"

"话是不错的,可是……我配不上娜斯达霞·基利洛芙娜。……"

"配得上,配得上！胡说！你是个挺好的小伙子！"

"您不知道我的种种缺陷。……我穷。……"

"胡说！您挣薪水嘛,这就要谢天谢地了。……"

"我是个……酒鬼。……"

"不对,不对,不对！……我一次也没见您喝醉过酒！……"康德拉希金摇着手说,"年轻人免不了要喝酒。……我自己也年轻过,常常喝过头。这是难免的。……"

"不过要知道,我有狂饮症。我有这种遗传性的毛病！"

"我不信！这么两颊绯红的人,忽然说有狂饮症！我不信！"

"你骗不了他,这个魔鬼！"米尔金暗想,"嘿,他多么急于把女儿嫁出去！"

"我不但害着狂饮症,"他接着说,"另外我还有别的恶习。我接受贿赂。……"

"亲爱的,如今谁不接受贿赂啊？嘻嘻嘻。……这有什么大惊小怪的！"

"再者,我也没有权利结婚,因为我不知道自己的命运究竟如何。……我一直瞒着您,不过现在您应当知道这件事了。……我……我正要为盗用公款案受审。……"

"受审？"康德拉希金说,怔住了,"嗯,是啊……这是个新闻。……我不知道这件事。的确,在不知道自己命运如何的时候,是不能结婚的。……那么您盗用的公款很多吗？"

"十四万四千。"

"哦……数目不小！是的,确实,这件事有西伯利亚的味道①。……这样,我那个丫头就要白白地遭殃了。……既是这样,那就没有办法,求上帝保佑您吧。……"

---

① 意谓：你可能被判流放西伯利亚。

米尔金自由地喘了口气,探过身去拿帽子。……

"不过,"康德拉希金想了想,接着说,"要是娜斯千卡爱您,她就可能跟随您一块儿到那边去。如果她怕牺牲,那还算什么爱情呢?况且托木斯克省①是个富饶的地方。在西伯利亚生活,老兄,比在这儿好。要不是有一家子人,我自己也愿意去。您可以求婚!"

"好一个说不通的魔鬼!"米尔金暗想,"他情愿把她的女儿嫁给恶魔,只要他的肩膀能松一点。"

"不过事情还不止于此……"他接着说,"我受审不单是因为犯了盗用公款罪,而且还因为犯了伪造文书罪。"

"反正一样!反正是同样的惩罚!"

"呸!"

"您为什么这样大声啐唾沫?"

"没什么。……您听我说,我还没有把实情完全向您揭开。……您不要强逼我告诉您我生活中的秘密……那可是个可怕的秘密!"

"我倒不想知道您的秘密!那都是些小事!"

"不是小事,基利尔·特罗菲梅奇!要是您听到……您知道我是个什么人,您就会避之唯恐不及了。……我……我是个逃亡的苦役犯!!"

康德拉希金像是被蛇咬了一口似的,从米尔金身边跳开,他愣住了。他呆呆地站了一会儿,一言不发,纹丝不动,用充满恐惧的眼睛瞧着米尔金,然后倒在圈椅上,呻吟道:

"这我没有料到……"他哼哼唧唧地说,"我把一个什么人搂在怀里了!您去吧!看在上帝面上,您走吧!让我以后再也不要

---

① 在西伯利亚。

见到您！哎哟！"

米尔金拿起帽子,为他的胜利洋洋得意,往门口走去。……

"等一下!"康德拉希金止住他说,"可是为什么您至今没有被捕呢?"

"我用的是别人的姓名。……要逮捕我很困难。……"

"也许,您会照这样一直活到去世那天,谁也不知道您是个什么人。……您等一下!反正现在您是个诚实的人,您早已改悔了。……好吧,上帝保佑,您自管结婚好了!"

米尔金出了一身汗。……要再撒个谎,而且比逃亡的苦役犯还厉害,那可是办不到了,只剩下一个办法:丢脸地跑掉,也不说明逃跑的理由。……他正准备往门口溜去,忽然他的头脑里闪过一个主意。

"您听我说,您还没知道全部实情!"他说,"我……我是疯子,失去理智的人和疯子是禁止结婚的。……"

"我不信!疯子讲话不会这么有条有理。……"

"您这样说,可见您不明白!难道您不知道许多疯子只在某种时候发疯,平时跟一般人没有什么不同吗?"

"我不信!您不要再说了!"

"既是这样,我就请大夫开个证明,拿给您看!"

"证件我相信,可是您的话我不相信。……哪有这样的疯子!"

"过半个钟头我就把证件给您送来。……现在,再见。……"

米尔金抓起帽子,赶紧跑出去。过了五分钟光景,他走进他的朋友菲丘耶夫医生家里。可是,活该他倒霉,他走进去的时候,医生刚同他的妻子发生过一场小口角,此刻正在整理他的发型①。

---

① 原文为法语。

"我的朋友,我有件事求你!"他对医生说,"事情是这样的……有人死乞白赖地逼着我结婚。……为了逃避这场灾难,我想出一个办法,就是证明我是个疯子。……这倒有几分像是哈姆雷特的方法。……疯子,你明白,是不能结婚的。……请你看在朋友分上,给我开个证明,就说我是个疯子!"

"你不打算结婚?"医生问。

"说什么也不干!"

"既是这样,我就不给你开证明,"医生摸着头发说,"谁不想结婚,谁就不是疯子,而且正好相反,是最聪明的人。……将来,等你要结婚的时候,好,那你就来找我开证明。……那时候事情很清楚,你真的发疯了。……"

客　人

一　场　小　戏

　　私人律师节尔捷尔斯基的眼皮要合上了。大自然已经沉入黑暗之中。微风渐渐停息,鸟雀的合唱已经沉寂,牲畜纷纷安歇。①节尔捷尔斯基的妻子早已回房安寝,仆人也都睡了,所有的活物都已经安眠,唯独节尔捷尔斯基虽然眼皮上像是压着三普特重的东西,却不能到寝室去。问题在于他家里坐着一个客人,这人是附近别墅里的住客,退役的上校彼烈加陵。自从他吃过午饭来到这里,在长沙发上坐下以后,一次也没有站起来过,仿佛粘在那儿,动弹不得了。他坐在那儿,用带鼻音的沙哑声调讲起一八四二年在克列明楚格城里一只疯狗怎样咬他。他讲完了,又从头讲起。节尔捷尔斯基狼狈不堪。为了把客人撵走,他什么法子都试过了!他不时看一下怀表,又说他头痛,屡次从客人坐着的房间里走出去,可是任什么办法都不见效。客人毫不理解,继续讲那条疯狗。

　　"这个老家伙会一直坐到明天早晨才走!"节尔捷尔斯基生气地暗想,"这样的蠢货!嗯,要是他真的不懂普通的暗示,那就只好用比较粗鲁的方式了。"

　　"您听我说,"他开口说,"您知道我为什么喜欢别墅生活吗?"

---

① 这三句话摘自俄国作家克雷洛夫的寓言诗《驴和夜莺》。——俄文本编者注

"为什么呢?"

"就因为在这儿可以生活得有规律。在城里很难遵守什么固定的生活秩序,可是这儿恰好相反。我们九点钟起床,三点钟吃中饭,十点钟吃晚饭,十二点钟睡觉。我素来十二点钟就上床。求上帝保佑我别晚睡:第二天一准会闹偏头痛!"

"真的吗?……人一养成习惯,的确就会这样。以前,您要知道,我有个熟人,姓克留希金,是个步兵上尉。我是在谢尔普霍夫城同他相识的。嗯,这个克留希金……"

上校结结巴巴地讲起克留希金来,吧嗒着嘴唇,用肥手指头比划着。已经敲过十二点,时针在往十二点半移过去,可是他仍旧在讲。节尔捷尔斯基出了一身汗。

"他不明白!蠢货!"他生气地暗想,"莫非他以为他的来访会使我快乐吗?是啊,怎样才能把他撵走呢?"

"您听我说,"他打断上校的话说,"我该怎么办呢?我的喉咙痛得厉害!今天上午,魔鬼把我支使到一个熟人家里去,不料他的孩子得了白喉症,躺在床上。我多半受传染了。是啊,我觉得我受传染了。我害白喉症了!"

"真会有这样的事!"彼烈加陵平心静气地带着鼻音说。

"这可是危险的病!不但我自己得了病,而且我还可能传染别人。这种病最容易传染人!但愿我不致把病传染给您才好,巴尔费尼·萨维奇!"

"传染给我?嘻嘻!我在伤寒病院里住过,尚且没有传染上,在您这儿倒会传染上啊!嘻嘻!……我这把老骨头,老兄,什么病也传染不上。老年人的生命力强。我们那个旅里有个挺老的小老头,就是特莱班中校……祖先是法国人。嗯,这个特莱班……"

彼烈加陵就开始叙述特莱班生命力之强。时钟敲了十二点半。

433

"对不起,我要打断您的话,巴尔费尼·萨维奇,"节尔捷尔斯基呻吟道,"您几点钟上床睡觉?"

"有的时候两点,有的时候三点,也有干脆不睡的时候,特别是如果陪好朋友坐着,或者风湿病发作了。今天,比方说,我就要到四点钟再睡,因为我晚饭前睡了一大觉。我能根本不睡。在战争时期我们一连几个星期不睡觉。真有过这种情况。当时我们驻扎在阿哈尔齐赫附近。"

"对不起。我却总是十二点就睡。我九点钟起床,所以不得不早睡。"

"当然。早起对人的身体大有好处。嗯,事情是这样……当时我们驻扎在阿哈尔齐赫附近。……"

"鬼才知道我是怎么回事。我身上一阵发冷,一阵发热。我的病发作以前,总是这个样子。应当告诉您,有时候我神经方面犯一种奇怪的病。老是夜里十二点多钟发作……白天倒不发病……忽然脑子里响起来:嗡嗡嗡。……我就神志不清,跳起来,随手抓起一件东西往家里人身上扔。抓到一把刀子就扔刀子,抓到一把椅子就扔椅子。现在我身上发冷,多半就是病要发了。这病总是从身上发冷开头的。"

"哎呀。……您该治一治才是!"

"我治过,可是无济于事。……我能做的只限于在发病前不久预先警告熟人和家里人,要他们走掉,至于治疗,我早就放弃了。……"

"啧啧。……这个世界上什么病没有啊!又是鼠疫,又是霍乱,又是各式各样的神经病。……"

上校摇着头,沉思起来。紧跟着是沉默。

"我来给他念一念我的作品吧,"节尔捷尔斯基暗想,"我那儿放着一本长篇小说,那是以前我在中学里写的。……说不定它倒能起点作用。……"

"哦,顺便提一句,"节尔捷尔斯基打断彼烈加陵的沉思说,"您愿意我来给您念一下我的作品吗?那是我在闲暇的时候胡乱写出来的。……那个长篇小说分五部,有前言和尾声。……"

节尔捷尔斯基没等到对方答话就跳起来,从书桌抽屉里取出一本颜色发黄的旧稿本,封面上写着几个大字:《巨浪。共分五卷的长篇小说》。

"这回他一定会走了,"节尔捷尔斯基翻看他青年时代的罪恶①,暗自巴望着,"我一定要念到他哇哇地大叫为止。……"

"好,您听着,巴尔费尼·萨维奇。……"

"遵命。……我喜欢听。……"

节尔捷尔斯基念起来。上校把一条腿架在另一条腿上,坐得舒服点,做出严肃的脸相,分明准备听很久,而且认真地听。……朗诵者从景物描写念起。等到时钟敲了一点钟,景物才让位给城堡的描写,这篇小说的男主人公瓦连青·勃连斯基伯爵就住在那里。

"能在这样的城堡里住一住才好!"彼烈加陵赞叹道,"写得多么好啊!我真想坐在这儿听上一辈子!"

"你等着就是!"节尔捷尔斯基暗想,"你会哇哇地叫起来的!"

到一点半钟,城堡才让位给男主人公漂亮的相貌。……两点钟整,朗诵者用有气无力的低沉声调念道:

"'您问我希望什么?我希望在那边,在远方,在南方的苍穹下,您的小手会在我的手心里娇滴滴地颤抖。……只有在那边,我的心才会在我心灵大厦的拱顶下跳得更活泼。……爱情啊,爱情!……'不行,巴尔费尼·萨维奇……我没有力气了。……我

---

① 指他写得很拙劣的作品。

累得要命!"

"那您就放下!明天您再把它念完吧,现在我们来谈谈天好了。……是啊,我还没跟您讲我们驻扎在阿哈尔齐赫附近的事呢。……"

节尔捷尔斯基筋疲力尽,往长沙发的椅背上一靠,闭上眼睛,开始听。……

"所有的办法我都试过了,"他暗想,"任什么子弹都射不透这头剑齿象①。现在他要一直坐到四点钟去了。……主啊,现在我情愿付出一百卢布,只求马上能让我躺下睡觉。……啊,对了!我要向他借钱!好办法。……"

"巴尔费尼·萨维奇!"他打断上校的话说,"我又要打断您的话了。我打算求您帮个小忙。……事情是这样:近来我在别墅里住着,开销大极了。我已经一个小钱都没有了,而收入却要到八月底才有。"

"不过……我在您这儿坐得太久了……"彼烈加陵喘吁吁地说,用眼睛寻找他的帽子,"现在已经两点多了。……哦,您说什么来着?"

"我想找人借上两三百卢布。……您知道有这样的人吗?"

"我怎么知道?不过……现在我该告辞了。……祝您身体健康。……替我问候您的太太。……"

上校拿起帽子来,往房门口迈出一步。

"您上哪儿去啊?"节尔捷尔斯基得意洋洋地说。……"我还想求您帮忙呢。……我知道您心肠好,指望……"

"明天再谈吧,现在我要到我妻子那儿去了!大概她在等她亲爱的朋友,等得心都焦了。……嘻嘻嘻。……再见,天使。……

---

① 一种古代生物,皮坚肉厚。

该睡了!"

彼烈加陵赶快握一下节尔捷尔斯基的手,戴上帽子,走出去。主人胜利了。

思　想　家

　　炎热的中午。空中没有一点声音,没有一点活动。……整个自然界好似一个极其庞大而又被上帝和人们忘却的庄园。典狱官亚希金的住宅附近有棵老椴树,在那棵树低垂的叶子底下放着一张三条腿的小桌,亚希金本人和他的客人,政府委派的县立学校校长彼木佛夫,坐在小桌旁边。两个人都已经脱掉上衣,解开坎肩的纽扣。他们的脸汗涔涔,红彤彤,显得挺呆板,两张脸表情达意的能力被炎热剥夺了。……彼木佛夫的脸色十分疲惫,委顿,眼睛无精打采,下嘴唇耷拉下来。不过从亚希金的眼睛里和额头上,倒还可以看出点头脑在活动的样子,看来他在想一件什么事。……两个人互相瞧着,默默无言,而且不住地喘息,用手拍苍蝇,借此表达他们的痛苦。桌上放着一瓶白酒、一块又老又硬的熟牛肉、一个装着灰色盐末的空沙丁鱼罐头。他们已经喝过第一杯、第二杯、第三杯白酒了。……

　　"是啊!"亚希金开口说,他的声音来得那么突然,吓得那条离桌子不远正在睡觉的狗打个冷战,夹起尾巴跑到一旁去了,"是啊!不管您怎么说,菲里普·玛克西梅奇,在俄语里,多余的标点符号太多了!"

　　"何以见得呢?"彼木佛夫谦虚地问道,从酒杯里捞出一个苍蝇翅膀,"虽然标点符号很多,然而它们各有各的意义和地位。"

"得了吧！你们那些标点丝毫意义也没有。无非是自作聪明而已。……有的人写一行字,竟安上十个标点符号,自以为聪明。比方说,副检察官美利诺夫在每个字后面都加上逗点。这是干什么？'先生',然后加个逗点,'本人于某月某日巡查监狱',又是个逗点,'发现',又是个逗点,'犯人们',又是个逗点……呸！看得你眼花缭乱！再者书里也是如此。……什么分号啦,冒号啦,各式各样的引号啦。简直叫人读得难受。有的大少爷觉得点上一个点不过瘾,索性点它一整行。……这是干什么？"

"学问要求人这样做……"彼木佛夫说,叹口气。

"学问。……这是精神错乱,不是什么学问。……他们是想用这些来炫耀……唬人。……比方说,任何一种外国语都没有ъ① 这个字母,俄语里却有。……请问,它有什么用？写 хлеб② 这个字,用 ъ 也罢,不用 ъ 也罢,岂不都是一样？"

"上帝才知道您在说些什么,伊里亚·玛尔狄内奇！"彼木佛夫生气地说,"这个词怎么能用 e 这个字母？这样的说法,叫人听着都不愉快。"

彼木佛夫喝下杯子里的酒,气愤地眨巴着眼睛,把脸扭到旁边去。

"为了这个 ъ,我还挨过打！"亚希金接着说,"我至今都记得,有一回教员把我叫到黑板跟前去,要我默写'Лекарь③ уехал в город'④。我不假思索,写了个 Лекарь,用的是 e。他就打我。过了一个星期,他又把我叫到黑板跟前去,又要我写'Лекарь уехал в город'。这一回我写 ъ 了。可他又打我。'这是为什么,伊凡·

---

① 俄语里的一个旧字母,发音近于另一个字母"e",现已废弃不用,改用"e"。
② 当时写作"хлъб"。
③ 当时写作"лъкарь"。
④ 意为"医生进城去了"。

佛米奇？您饶了我吧,可是您自己不是说过这儿该用ъ吗?'他就说:'那一次是我弄错了。昨天我读某科学院院士的一篇文章,讲的是лекарь这个字当中的ъ,我同意那个院士的见解。我打你是我的职责所在。……'得,我就又挨了一次打。如今我的瓦修特卡也为ъ这个字母吃苦,他的耳朵老是肿着。……如果我是个大臣,我就要禁止你们这班人用这个ъ来折腾人。"

"再见,"彼木佛夫叹道,眯巴着眼睛,穿上他的上衣,"我听不下去,如果关于学问……"

"得了,得了,得了……他居然生气了!"亚希金说,抓住彼木佛夫的袖子,"要知道我是随便说说的,只不过找个谈话的题目罢了。……算了,我们还是坐下来喝酒吧!"

受了侮辱的彼木佛夫就坐下喝酒,把脸扭到一旁去。紧跟着是沉寂。厨娘费奥娜端着一木盆污水从两个喝酒的人面前走过。接着就响起了泼水声和一只浇了满身水的狗的尖叫声。彼木佛夫那张没有生气的脸越发无精打采了,仿佛它马上就要热得溶化,流到下面坎肩上去似的。亚希金额头上聚集着皱纹。他专心瞧着那块又老又硬的牛肉,思考着。……有一个残废人走到桌子跟前来,阴沉地斜起眼睛看了看酒瓶,瞧出瓶里已经空了,就又送来一瓶。……他们就又喝酒。

"是啊!"亚希金忽然说。

彼木佛夫打了个哆嗦,惊恐地瞧着亚希金。他料着亚希金又要发表谬论了。

"是啊!"亚希金又说一遍,沉思地瞅着酒瓶,"照我的看法,学问也有许多是多余的!"

"这话怎么讲?"彼木佛夫轻声问道,"哪些学问您认为是多余的呢?"

"一切学问都多余。……一个人的学问越多,就越是自命不

440

凡。他也就越高傲。……我恨不得把所有那些……学问统统绞死。……得了,得了……他居然生气了!这个人啊,真的,也太容易生气,叫人连话都没法说了!我们坐下,喝酒吧!"

费奥娜走过来,气愤地把胖胳膊肘往两边伸,在两个朋友面前放下一个大钵,里面盛着青菜汤。响亮的喝汤声和吧嗒嘴唇声开始了。三条狗和一只猫出现了,仿佛从地底下钻出来似的。它们站在桌子跟前,深情地瞧着那两张咀嚼的嘴。在汤以后又端来一大钵牛奶粥,费奥娜极其凶狠地把它往桌上一放,震得桌上的汤匙和面包皮掉下了地。在吃粥前,两个朋友默默地喝酒。

"世界上的东西一概是多余的!"亚希金突然说。

彼木佛夫把手里的汤匙掉在膝盖上,惊恐地瞧着亚希金,想提出抗议,然而他的舌头由于喝了酒而不大灵便,又被黏稠的粥裹住,动不得了。……他本想照往常那样问一句:"这话怎么讲?"结果却只发出含混不清的声音。

"一切都是多余的……"亚希金接着说,"学问也罢,人也罢……监狱也罢,苍蝇也罢……粥也罢……就连您也是多余的。……虽然您是好人,信仰上帝,不过就连您也是多余的。……"

"再见,伊里亚·玛尔狄内奇!"彼木佛夫喃喃地说,极力要穿上上衣,但他的手却怎么也找不到袖子。

"现在我们吃饱了,喝足了,可是这都是为了什么?什么也不为。……一切都是多余的。……我们一个劲儿地吃,可是自己也不知道这是为了什么。……得了,得了,他居然生气了!要知道我只是随便说说的……要找个谈话的题目罢了!您要上哪儿去?我们坐一会儿,谈一谈……再喝点酒吧!"

紧跟着是沉寂,只有碰杯的声音和酒后的打嗝声打破这种寂静。……太阳已经开始往西落下去,椴树的阴影越来越长。费奥娜走过来,鼻子里呼呼地响,使劲挥动臂膀,在桌旁铺好一块不大的地毯。两个朋友默默地喝下最后一杯酒,在地毯上躺下,彼此背对背,开始睡觉。……

"谢天谢地,"彼木佛夫暗想,"今天他总算没有扯到上帝创造世界的问题上去,没有扯到教士们身上去,要不然听的人连头发都会竖起来,连圣徒听了都受不了。……"

马和胆怯的鹿[①]

夜间两点多钟。菲勃罗夫夫妇没有睡着。他翻过来,覆过去,不时地吐唾沫。她是个又小又瘦的黑发女人,躺在那儿纹丝不动,沉思地瞧着敞开的窗口,窗外已经出现冷清而严峻的曙光了。……

"我们没法睡觉了!"她叹道,"你想呕吐吗?"

"是的,有一点。"

"我不懂,瓦夏,你每天都像这样回到家里,怎么就不觉得厌烦呢?没有一天晚上你不难过的。丢脸啊!"

"得了,你原谅我吧。……我不是出于本心。我在编辑部里喝了一瓶啤酒,后来又在'乐园'里略微多喝了点。你原谅我吧。"

"何必要人家原谅呢?你自己就应当感到厌恶,感到不好嘛。不住地啐唾沫,打嗝儿。……上帝才知道这像个什么样子。天天晚上都是如此,天天晚上!我不记得你什么时候清醒着回来过。"

"我并不想喝酒,可是不知怎么,那酒自己就灌进我的嘴里来了。我这个职务也真是该死。我成天价在城里东奔西跑。这儿喝一杯白酒,那儿喝一点啤酒,要不然,冷不防遇见一个爱喝酒的朋

[①] 引自俄国诗人普希金的长诗《波尔塔瓦》。原句是:"一辆板车上不能同时拴一头马和一只胆怯的鹿"。——俄文本编者注

友……弄得你非喝不可。有的时候,你不跟一个混蛋喝上一瓶白酒,那就什么消息也弄不到手。今天,比方说,为了弄到火灾的消息,就不能不跟保险公司的代理人喝一通。"

"是啊,这个该死的职务!"黑发女人叹道,"你该丢掉这个职务才是,瓦夏!"

"丢掉?那怎么行!"

"很可以这么办。如果你是个真正的作家,能写出优秀的诗篇或者小说,那就该另当别论,可是你却是个小小的记者,专写些有关盗窃和火灾的新闻。你写出来的东西那么无聊,有的时候叫人读着都害臊。要是你挣的钱多,比方说一个月两三百,倒也罢了,可是你一个月不过挣那倒霉的五十卢布,而且就连这点钱也不能按时领到。我们生活得贫苦而肮脏。我们的住处有洗衣房的气味,四周围全住着些工匠和淫荡的女人。成天价只听见些下流话和下流歌。我们没有家具,没有床单、桌布。你穿得不像样,寒酸,所以女房东对你说话不客气。我比缝衣女工都不如。我们吃的东西不如打短工的。……你在偏僻的地方找一家小饭铺吃点乱七八糟的东西,而且就连这样的吃食大概也不是由你自己出钱,至于我……只有上帝才知道我吃的是什么。是啊,如果我们是些大老粗,没有受过教育,那么,过这样的生活我也就认命,可你是贵族,一个大学毕业生,会说法国话。我是在贵族女子中学里毕业的,过惯了好日子。"

"你等着吧,卡秋莎,等到《夜盲报》约我去主持新闻栏,那我们就可以换个方式生活了。那时候我就去租公寓的房间。"

"这事你已经答应我三年了。可是就算他们真的把你约去,那又有什么意思呢?不管你挣多少钱,反正你会统统拿去买酒喝的。你不会跟你那些作家和演员断绝来往!不过,你猜怎么着,瓦夏?我该给我那住在图拉城的舅舅德米特利·费多雷奇写封信。他会给你在一家什么银行里或者税务机关里谋个好差事。那就好了,瓦夏!那你就会像别人那样去上班,到每月二十日领薪水,这样一来就称心如意了!那我们就可以租下一所独门独院的房子,又有干草棚,又有贮藏室。在那边一年花两百卢布就能租到一所挺好的房子。我们就买些家具、餐具、桌布,雇个厨娘,每天正正经经吃饭。你每天下午三点钟下了班,回到家里,看一眼饭桌,饭桌上已经摆好干净的盆子和刀叉、小红萝卜、各式各样的冷荤菜。我们养鸡、养鸭、养鸽子,买一条奶牛。在内地,要是生活不铺张,也不灌酒,那么这些东西只要一年有一千卢布收入就可以办到。我们的孩子也不会像现在这样受不了天气潮湿而病得要死,我也不必时常往医院里跑。瓦夏,我凭上帝的名义请求你,我们到内地去生活吧!"

"在那边跟一些野蛮人相处,会闷死的。"

"那么难道在这儿就过得快活吗?我们没有社交生活,也没有朋友。……讲到穿戴整齐、略略体面的人,你跟他们也只有事务上的来往,没有一个到我们家里来拜访的。有谁到我们家里来过?嗯,有谁呢?只有克丽奥佩特拉·谢尔盖耶芙娜。照你的看法,她是个名流,写有关音乐的小品文,可是照我的看法,她做人家的姘妇,是个放荡的女人。是啊,一个女人怎么能喝白酒,而且当着男人的面脱下胸衣呢?她写文章,经常说到诚实,可是去年她向我借去一个卢布,至今没有还给我。另外,常来找你的还有你喜爱的那个诗人。你因为认识这样的名人而引以为荣,不过你凭良心说说看:他配受到这种尊重吗?"

"他是个极其诚实的人!"

"不过他身上使人喜爱的地方却很少。他到我们这儿来也只是要灌一通酒罢了。……他一面喝酒,一面讲些下流的掌故。前天,比方说,他就喝醉酒,在这儿地板上睡了一夜。还有那些演员!当初我做姑娘的时候,倒是崇拜这些名流的,可是自从我嫁给你以后,我见到剧院就有气。他们老是喝得醉醺醺的,为人粗野,在女人面前举止不当,态度傲慢,穿着溅了污泥的长筒靴。这班人非常难于相处!他们总是带着很响而又沙哑的笑声讲些掌故,可是我不明白,你听了那些掌故有什么可乐的?你对他们有点巴结的味道,仿佛那些名流跟你结交,是给了你面子似的。……呸!"

"别说了,劳驾!"

"不过在那边,在内地,就会有文官、中学教员、军官到我们家里来。那些人都受过教育,为人温和,不会自命不凡。他们喝一阵茶,如果你拿出白酒来,他们也只喝上一小盅,然后就走掉。他们既不会吵吵闹闹,也不会讲那种掌故,大家都那么稳重,客气。他们,你知道,总是坐在圈椅上和长沙发上,讲各式各样的事情,然后使女给他们送来加了果酱的茶,另外还送来面包干。喝完茶,大家就弹钢琴、唱歌、跳舞。那真好啊,瓦夏!十一点多钟仆人端上来清淡的冷荤菜:腊肠啦、干酪啦、中饭留下来的烤肉啦。……晚饭后,你出去送太太们回家,我留在家里收拾。"

"这种生活是乏味的,卡秋莎!"

"如果家里乏味,那你就到俱乐部去,或者去散步也成。……你在此地散步不会遇见熟人,出于无奈而经常灌酒,可是在那边,不管你遇见谁,人人都认得你。你想跟谁谈话就可以跟谁谈话。……教员啦、法官啦、医生啦,总会有人跟你谈天,而且谈得很有意思。……那边对受过教育的人很感兴趣,瓦夏!你在那儿会成为头一流的人物呢。……"

卡秋莎把她的幻想讲了很久。……窗外的铅灰色渐渐变成白色。……夜晚的寂静不知不觉让位给早晨的活跃。那个记者没有睡着,他在听,不时抬起沉重的头来吐唾沫。……忽然,出乎卡秋莎意外,他猛的一动,从床上跳下了地。……他脸色苍白,额头冒出汗来。……

"我非常想呕吐,"他打断卡秋莎的幻想说,"你等一等,我去一下就来。……"

他把被子披在肩膀上,赶快从房间里跑出去。他发生了一件不愉快的麻烦事,这是喝醉酒的人每到早晨都很熟悉的。过了两分钟光景,他走回来,面色苍白,神态疲惫。……他的身子有点摇晃。……他脸上现出厌恶、绝望,几乎是恐怖的神情,好像他刚刚明白他的生活环境十分不像样子。在他眼前,白昼的亮光照出了他房间里的寒酸和肮脏,他脸上的绝望神情也就变得越发明显了。

"卡秋莎,你给舅舅写信吧!"他喃喃地说。

"真的吗?你同意了?"黑发女人得意地说,"明天我就写,而且我向你担保你会有好差事的!瓦夏,你这话……不是说着玩的吧?"

"卡秋莎,我求求你……看在上帝面上。……"

卡秋莎又开始讲她的幻想。她听着自己的说话声,渐渐睡着了。她梦见一所独门独院的房子,她养的鸡鸭在院子里迈着稳重的步子走来走去。她瞧见鸽子从天窗里探进头来看她,听见奶牛哞哞地叫。四下里静悄悄的:既没有隔壁的房客,也没有沙哑的笑声,甚至听不见羽毛笔那种可憎的和急匆匆的写字声。瓦夏规规矩矩,气度轩昂地绕过花圃,往旁门走去。他去上班。她的灵魂里充满恬静的感觉,什么愿望也没有,什么也不去想。……

将近中午,她醒过来,心情极其舒畅。那场梦对她起了良好的作用。可是后来,她揉揉眼睛,瞧着不久以前瓦夏不住翻身的地方,于是本来涌上她心头的那种欢乐的感情突然消失,就像一颗沉重的子弹飞走了似的。瓦夏已经走掉,他要到夜深才会回来,喝得大醉,就跟昨天、前天……往常……一样。她又会幻想,他的脸上又会掠过厌恶的神情。

"用不着给舅舅写信了!"她叹口气,暗自想道。

生　意　人

他是掮客,交易所的黑经纪人,舞蹈的指挥者,代售商,傧相,教父,在葬礼中受雇哭灵的人,诉讼代理人。伊凡诺夫认为他是个死心塌地的保守主义者,可是彼得罗夫却认为他是个不堪救药的虚无主义者。他为别人的婚事高兴,给孩子们带糖果来,颇有耐性地同老太婆们聊天。他素来装束入时,头发梳成卡普尔发型①。他不肯多讲话。他有一本很大的记事册,秘密地收藏着。现在我们来摘录其中的几段:

"为招待公爵的听差吃饭而破费五卢布二十个戈比。洛左沃—塞瓦斯托波尔铁路的股票已经售出,然而亏损十四个戈比。"

"切勿忘记把那种叫做'王妃'的新的单人牌戏教会狄陵娜伯爵夫人:先从一叠牌里抽出十二张来,摆成一个圆形,余下的牌依次随意放在那十二张牌当中的这张或那张上,不必顾到牌的花色,直到红桃皇后出现为止,等等。要顺便向她提起彼嘉·西伏兴,说明他有意进入掷弹兵团。在那儿还要同女仆奥丽雅商量一下商人的妻子维布兴娜的衣服式样。"

"叶雷京为说媒的事少给我七个卢布。同一天在洗礼宴上,

---

① 当时一种流行的发型,因法国男高音歌唱家卡普尔(1839—1924)梳这种发型而得名。——俄文本编者注

我监视库曾,用自由派的论调同他谈论政治,然而没有发现什么可疑之处。只好等一阵再说。"

"工程师富宁盼咐我给他的新情妇租一所住宅,要求我把旧情妇,即叶连娜·米海洛芙娜,转让给另外什么人。我应允在八月二十日以前办妥这两件事。"

"赫雷津娜公爵夫人为索回她写给斯科托夫中尉的情书而愿意付出一千卢布。我要讨价五千,让价到三千,然而无论如何不把信件全部退还给她。那封描写花园里幽会的信,将来要单独卖给她。"

"我到法庭上去做证人。我空口答应检察官说要送他些钱,因此,临到辩护人同我为难的时候,审判长就袒护我。"

"切勿忘记,要给保险公司代理人杨凯尔一个耳光,不准他再胡说。"

"昨天在布卡欣家里玩文特的时候,大家都盯住我。我只得做一做样子,输掉十五卢布。我仍然挨一个耳光。"

"古辛托我付给《猪叫报》二十五卢布,作为他们没有刊登审讯记录的报酬。给他们十卢布也就够了。……"

题　　解

《游猎惨剧》
真　事

最初发表在《每日新闻报》一八八四年第二一二、二一三、二一九、二二六、二三三号(八月四日、五日、十一日、十八日、二十五日)，第二四一、二四七、二五四、二六一号(九月二日、八日、十五日、二十二日)，第二七五、二八二、二八九、二九六号(十月六日、十三日、二十日、二十七日)，第三〇三、三一〇、三一七号(十一月三日、十日、十七日)，第三三一、三三八、三四五、三五三号(十二月一日、八日、十五日、二十三日)，以及一八八五年第二十六号(一月二十七日)，第四十五、五十四号(二月十六日、二十五日)，第六十一、六十二、七十五、八十号(三月四日、五日、十八日、二十三日)，第九十五、九十八、一〇二、一〇七、一一一号(四月九日、十二日、十六日、二十一日、二十五日)。

该小说署名前后不尽相同：一八八四年第二一二、二一三、二一九号上(即前三号)署名"安托沙·契洪捷"，自一八八四年第二二六号起到最后一号上署名"安·契洪捷"，但一八八四年第三一七号上署名"契洪捷"，一八八五年第七十五、一〇七号上未署名。

该报刊载《游猎惨剧》时还刊载一些质量低劣的作品，如《黑夜的女王》《当代惨剧》《弑父的凶手》《以血还血》《蜡制的女人》

《杀兄犯》《女僵尸》等。契诃夫在一八八四年《花絮》杂志第四十七期上发表的《莫斯科生活花絮》一文中对这类鄙俗作品的特点评述道："说来可怕，天下居然有这样可怕的头脑，杜撰出这样可怕的作品，如《弑父的凶手》《惨剧》等。杀人啦，吃人肉啦，上百万的输赢啦，幻影啦，冒充的男爵啦，城堡的遗址啦，猫头鹰啦，骷髅啦，梦游者啦……总之，鬼才知道在那种昏沉而醺醉的思想逞威下还有什么东西没写出来！……情节可怕，人物可怕，逻辑和结构可怕，然而最可怕的是生活的知识。……"

《游猎惨剧》虽然是按情节惊险的犯罪小说格式写成，却根本不同于充斥该报的那些耸人听闻的小说。契诃夫用犀利的讽刺笔调描绘了八十年代俄国内地的日常生活。契诃夫以他固有的技巧描写了县城"上流社会"中那种毫无价值的兴趣和精神的空虚。作者对小说主人公那种瞒过外人耳目的内心生活和精神世界做了细致的观察，这与他在上述小品文中所说的"我们的小说作者们十分在行的"心理效果截然不同。在对俄国景物的亲切、动人而又简洁的描写中，已经可以依稀认出未来的契诃夫。不过主要的是这个作品里已经出现了契诃夫日后创作中占重要地位的主题，即关于美的毁灭、庸俗化、破坏的主题（这表现在小说中青年女主人公的形象上）。《游猎惨剧》中奥尔迦的形象是与契诃夫日后的小说《阿莉雅德娜》中女主人公的形象互相呼应的。

关于《每日新闻报》的情况，契诃夫的弟弟米哈依尔·巴甫洛维奇在回忆录《在契诃夫周围》中追述道："哥哥安东发表小说《游猎惨剧》……讲定他每周应当领稿费三卢布。可是报纸撰稿人来到报馆编辑部，要领到这笔收入，往往得等了又等。

"'您在等什么？'报纸发行人终于问道。

"'喏，领那三卢布。'

"'我没有钱。也许，您愿意要戏票或者新裤子吧？'"

后来,一八九六年八月六日,契诃夫在写给柯诺维采尔的信上说:"每逢我在这份可爱的报纸①上看到我的姓名,我总有一种感觉,仿佛我吞下了一只海蜇似的。"

《节日的义务》

最初发表在一八八五年一月三日《娱乐》杂志第一期上,署名"安·契洪捷"。

现在保存着该小说的校样一份,内容与杂志原文相同。

《上尉的军服》

最初发表在一八八五年一月二十六日《花絮》杂志第四期上,署名"安·契洪捷"。一八八六年这篇小说经作者压缩,并略加修改后,收入在彼得堡出版的作者的小说集《形形色色的故事》,一八九一年该书再版时,作者又把这篇小说加以压缩,并作了文字上的修改,此后自一八九二年至一八九九年印行第三版至十四版时,该小说未作更动。后来,契诃夫将该小说略加修改后,收入他自编的文集第二卷。

《花絮》杂志主编列依金每到年初和年底赶上杂志征求订户时,总是特别关心来稿要有新的题材,他向契诃夫再三提出这方面的要求,契诃夫在一八八四年十二月二十三日的回信中说:"细节已经想好,然而小说一时还不能成篇。"可是十二月二十六日小说《上尉的军服》已经到了列依金手里,他写信给契诃夫说:"这篇小说确实太长,写得也不怎么精彩,不过我不想退稿,如果您允许的话,我来设法加一加工,删削一下。"

后来,一八八六年一月四日,契诃夫写信给也在写作的大哥亚

---

① 契诃夫在朋友当中把这份报纸叫做《每日害人报》。——俄文本编者注

历山大·巴甫洛维奇说:"此外,请你也不要容许别人删削和加工你的小说。……要知道,如果每一行都可以看出列依金的手笔,那太不像话。……讲到不让人家删改,那是困难的,比较容易的倒是利用一种现成的办法,就是自己把作品压缩到最大限度①,自己来加工。你越是压缩得厉害,人家倒越经常发表你的作品。……"

《在首席贵族夫人家里》

最初发表在一八八五年二月九日《花絮》杂志第六期上,有副标题《故事》,署名"安·契洪捷"。一八八六年作者将该小说略加修改,删去副标题后,收入在彼得堡出版的作者的小说集《形形色色的故事》,一八九一年该书再版时作者又将该小说稍加文字上的修改,此后自一八九二年至一八九九年印行第三版至第十四版时未再改动。后来,作者将该小说收入他自编的文集第三卷。

作者的弟弟米哈依尔·巴甫洛维奇在回忆录《在契诃夫周围》中,说到他的哥哥喜欢到好客的叔父米特罗方·叶果罗维奇家里去拜访:"正是在那所小房子里,安东·契诃夫观察到某些情况,后来他把这些情况写在像《在首席贵族夫人家里》那一类小说里。"

一八八七年俄国书报检查官恩盖尔加尔特禁止该小说供民间阅读,理由如下:"作者对安灵祭及祈祷式的态度颇为轻慢,竟然描写司祭及助祭喝得大醉。"

一九〇一年八月二十七日女演员克尼碧尔在写给契诃夫的信上说:"刚才我们这儿开了个契诃夫晚会。我们在苏黎世认识的那个女朋友带着二十岁的儿子在这儿坐着,她在国外听到许多有

---

① 原文为拉丁语。

关你的消息,可是你的作品她读得很少。萨沙大叔就使她大开眼界。他朗诵了《在首席贵族夫人家里》《神经》《在昏暗中》《文特》《低音提琴手的故事》,大家都笑得要命。我呢,越发体会到你那细腻而优美的文笔了。"

《活的年代表》

最初发表在一八八五年二月二十三日《花絮》杂志第八期上,署名"安·契洪捷"。该小说收入契诃夫的小说集《形形色色的故事》(圣彼得堡,一八八六年至一八九九年,共出十四版)。后来,契诃夫又将该小说收入他自编的文集第二卷。

《公务批语》

最初发表在一八八五年三月二日《花絮》杂志第九期上,署名"无脾人"。

现在保存着该小说的校样,内容与杂志原文相同。

《人同狗的谈话》

最初发表在一八八五年三月九日《花絮》杂志第十期上,有副标题《一场小戏》,署名"无脾人"。一八八六年契诃夫将该小说删去副标题后,收入在彼得堡出版的作者的小说集《形形色色的故事》。

该小说的手抄本保存下来,内容与杂志文字相同,上有作者亲笔批语:"不收入全集。安·契诃夫"。

《在澡堂里》

该小说最初发表时,其中两章分别作为独立作品刊登,署名"安·契洪捷"。小说第一章发表在一八八五年三月九日《花絮》

杂志第十期上，标题为《在澡堂里》；第二章发表在一八八三年《闹钟》杂志第四十二期上（十月二十九日经书报检查机关批准），副题为《关于女人》。

一八九九年，该小说第一章经契诃夫略加修改后，发表在莫斯科出版的《纪念别林斯基》文集上，同时该文集又收了契诃夫的另外两篇小说《演说家》和《疏忽》。

一八九八年六月二十四日契诃夫寄出该小说第一章，并附去一封写给文集主编之一叶甫烈莫夫的信，信中说："兹寄上短篇小说三篇供纪念别林斯基的文集刊用。如果您认为可用，请冠以总名《三篇小说》或《小作品》，并排列如下：（一）《演说家》，（二）《疏忽》，（三）《在澡堂里》。请费心尽可能将校样于八月十日寄来，不胜感激。"

后来，契诃夫将两章合在一起，以《在澡堂里》为题，收入他自编的文集第一卷。

契诃夫将该小说收入文集以前，对第二章大加删削，并作文字上的修改。例如，其中的独白，从"如今的男人都给惯坏了……"起到"……就这么回事"止，发表在《闹钟》中的原文如下：

"如今的男人都给惯坏了，愚蠢，一脑子的邪思想。他们专喜欢连哄带骗，处处捞便宜。他们捞不到好处连一步路也不肯走！从前大家办事都抢着付钱，如今办事却处处拿钱。你好心好意待承他，他却敲你的竹杠。喏，就连结婚也肚子里打算盘。他心想：我一结婚就可以捞着一笔钱。他不能白白结婚。他要是不缺钱，就干脆不结婚，跟各式各样的烂污货，什么法国女人啦，浪荡的娘们儿啦，勾勾搭搭，直到老死，这样可以省点钱。这种人该挨一顿打才是，可又没有人打他们。……这都不去说它。你把我的钱拿去就是。不过你总该娶我的孩子嘛！可是事情往往糟糕得多。……有的时候他们来求婚只是为了取乐而已。……就跟到戏园子去看戏,看杂耍一样,甚至比那还要有意思。……他们一来二去,眼看就要结婚了,可是一到节骨眼上,该提亲了,他可就打退堂鼓……另找别的姑娘去求婚了,鬼东西!做个有娶亲资格的男人倒挺不错。……自有人供他吃,待他亲热,借给他钱用,哪里有这样快活的日子?得,他就索性做下去,一直做到老,做到死。有的时候人家是因为有新派思想而不结婚……总是跟女人私奸之类的,呸!……还有些人不结婚是因为胆小……因为误会……因为愚蠢。……愚蠢的人自己也不知道自己要什么,于是挑剔个没完:这个他嫌不好,那个他又觉得不行。……他好不容易找着个高尚的姑娘,一个劲儿地来来去去……眼看就要结婚了,后来突然间,无缘无故搞出些鬼名堂,闹得你只有张开嘴,摊开双手的份儿!他说:'我可不能跟您女儿缔结良缘,因为她跟我不是一号人,配不上。'那么你这个混小子,干吗来求亲?'哦。……我本来以为配得上的。'她哪点配不上你?莫非她没长着脑袋?他昏了头,自己也不知道自己要什么。……又愚蠢又胆小。……喏,就拿第一个向达霞求亲的男人卡达瓦索夫教师来说。他是中学教员,还是个九等文官,挺不错,长相满漂亮,待人宽宏大量。……各种学问他都背得烂熟,在哈尔科夫城或者基什尼奥夫城一个什么大学里毕的业……会说法国话,又会说德国话……一句话,精通数学!他虽说精通数学,其实……是个傻瓜。"

  小说中彼希金所讲的有关第三个向达霞求婚的男人的话也略加压缩。

  作者还把发表在《闹钟》杂志上的原文中最后一句话"他的肚子变得通红"删掉了。

  现在保存着从杂志上剪下的小说第一章,并经契诃夫修改过。

《新进作家应遵守的规则》

纪念日赠言——代邮

最初发表在一八八五年《闹钟》杂志第十二期上(三月二十日经书报检查机关批准),未署名。《闹钟》第十二期是庆祝该杂志创刊二十年的专号。

契诃夫逝世后,在一九〇四年七月十八日出版的《闹钟》杂志第二十七期上,以《契诃夫的篇页》为总名,重新发表了这篇作品和"一八八五年安·契洪捷在本刊举行的庆祝会上的发言《散文作家的祝酒词和致敬词》",同时还登了讣告。

讣告的结尾说:"为了'回忆'这位珍贵的撰稿人,我们在这里重新发表大约二十年前在《闹钟》上登载的契诃夫的两篇不大的文章,这两个优秀样品表现了契诃夫独特的幽默,涉及契诃夫视为神圣的俄国作家的生活和活动。"

现在保存着该作品的校样,内容与杂志原文相同。

《小人物》

最初发表在一八八五年三月二十三日《花絮》杂志第十二期上,署名"安·契洪捷"。该小说收入一八八六年在彼得堡出版的契诃夫小说集《形形色色的故事》,一八九一年略加修改后收入该小说集第二版,嗣后自一八九二年起到一八九九年止印行第三版至第十四版时未再更动。后来,作者将该小说稍加修改后,收入他自编的文集第三卷。

《节钱》

摘自内地一个贪赃者的日记

最初发表在一八八五年三月二十三日《花絮》杂志第十二期上,署名"无脾人"。

现在保存着该小说的校样,内容与杂志原文相同。

《半斤八两》

最初发表在一八八五年三月三十日《花絮》杂志第十三期上,有副标题《故事》,署名"安·契洪捷"。一八八六年契诃夫将该小说删去副标题后,收入在彼得堡出版的作者的小说集《形形色色的故事》。

一八八五年三月十五日或十六日《花絮》杂志主编列依金在写给契诃夫的信上针对这篇小说写道:"您的小说《半斤八两》已经付排,由书报检查机关批准,将在复活节后发表。这篇小说,就它的内容来说,无论在复活节前还是在复活节当中都不宜于发表,它会不合时宜,不过等到复活节后第一周过去,人们开始争先恐后地办婚事的时候,它在我们刊物上就会成为一篇应时①的小说了。"

《〔呈报〕》

最初发表在一八八五年三月三十日《花絮》杂志第十三期"怪事集锦"栏内,署名"无脾人"。

现在保存着该小说的校样,内容与杂志原文相同。

《无望》

素　描

最初发表在一八八五年《闹钟》杂志第十五期上(四月十八日经书报检查机关批准),署名"安·契洪捷"。

一八八五年四月二十六日《花絮》杂志主编列依金在写给契

---

① 原文为法语。

诃夫的信上责难道:"我见到您的小说在《闹钟》上出现,心里很不好受。何必呢?莫非《花絮》不能登它?"同年四月二十八日契诃夫回信说:"我不能不给《闹钟》写东西。……我在那儿预支了一百卢布供别墅的开支用。……在夏季四个月当中我得还清这笔债。……不过,凡是适合《花絮》登载的东西,我并没有寄到那边去。该吃瓜的得瓜,该吃豆的得豆。……"

《一团乱麻》

最初发表在一八八五年四月二十七日《花絮》杂志第十七期上,署名"安·契洪捷"。一八八六年契诃夫将该小说稍加修改后,收入在彼得堡出版的作者的小说集《形形色色的故事》,一八九一年再在文字上略作修改后收入该书第二版,此后自一八九二年至一八九九年印行第三版至第十四版时未再改动。后来契诃夫对该小说再加修改后收入他自编的文集第二卷。

一九〇四年二月俄国书报检查官维尔沙京在写给俄国出版总署署长的呈文中声称:"该小说预定在票价低廉的音乐会上公开朗诵。本人审查该小说后,认为不宜于批准朗诵,因该小说嘲笑教堂秩序,对正教仪式缺乏应有的敬意,为此谨请大人裁夺是幸。"该呈文上写有批示:"同意。"

托尔斯泰将该小说列入契诃夫最佳小说名单中(请参看第二卷小说《假面》题解)。

《生活是美好的!》

写给企图自杀的人

最初发表在一八八五年四月二十七日《花絮》杂志第十七期上,署名"无脾人"。

《逛公园》

最初发表在一八八五年《闹钟》杂志第十七期上（五月二日经书报检查机关批准），原题名是《在索科尔尼基的游逛》，有副标题《一场小戏》，署名"我哥哥的弟弟"。

后来契诃夫准备将该小说收入他自编的文集，并更换题名，删去副标题，内容稍有改动。

《最后一个莫希干女人》

最初发表在一八八五年五月六日《彼得堡报》第一二二号《短文》栏内，署名"安·契洪捷"。该小说经作者略加修改后，收入在彼得堡出版的作者的小说集《形形色色的故事》（一八八六年彼得堡版），一八九一年再加修改后收入该书第二版，此后自一八九二年至一八九九年该书印行第三版至第十四版时，未再改动。后来作者将该小说再加修改后收入他自编的文集第三卷。

从这篇小说起，契诃夫开始为《彼得堡报》陆续写稿。该报主编胡杰科夫有心向契诃夫约稿，一八八五年四月二十六日《花絮》杂志主编列依金在写给契诃夫的信中转达该报主编胡杰科夫约稿的建议说："胡杰科夫对我提起想向您约稿。您愿意每星期一给《彼得堡报》写篇小说吗？正巧那天我不给他们写东西。"

同年四月二十八日契诃夫回信说："关于《彼得堡报》的事，我决定同意，并对您不胜感激。我会非常准时地把小说寄到那边去。……"

《在旅馆房间里》

最初发表在一八八五年五月十八日《花絮》杂志第二十期上，原名《各有各的爱好……》，并有副标题《一场小戏》，署名"安·契洪捷"。

后来,契诃夫将该小说更改题名,删去副标题,并作文字上的修改后,收入他自编的文集第一卷。

《外交家》
一场小戏

最初发表在一八八五年五月二十日《彼得堡报》第一三五号《短文》栏内,署名"安·契洪捷"。

一八八五年五月九日契诃夫写信给《花絮》杂志主编列依金说:"我没有收到《彼得堡报》。我已经寄到那儿去的两篇小说①下落如何,我一无所知。如果您能请他们把报纸寄来,我将感激万分。"

同年五月十九日列依金回信给契诃夫说:"您那两篇小说已在《彼得堡报》上发表了,可是我简直想阻止它们发表,而且我很懊悔把您推荐给那家报纸。就连现在我也还是懊悔,因为我相信以后您为《彼得堡报》忙碌就不会准时给《花絮》写稿了。《花絮》必须经常保留您的一篇小说待用,这一点您是知道的。"

《吸血鬼之家》

最初发表在一八八五年五月二十四日《彼得堡报》第一三九号《短文》栏内,署名"安·契洪捷"。

该小说留下手抄本一份,上有作者的题词:"不收入全集。安·契诃夫。"该手抄本内容与报上原文相同。

《废除了!》

最初发表在一八八五年五月二十五日《花絮》杂志第二十一

---

① 即《外交家》和前面的那篇《最后一个莫希干女人》。

期上,有副标题《故事》,署名"安·契洪捷"。一八八六年作者将该小说略作文字上的修改,并删去副标题后,收入在彼得堡出版的作者的小说集《形形色色的故事》。后来,作者将该小说收入他自编的文集第二卷。

该小说收入文集时,作者又作过文字上的修改,例如删去如下的描写:"……他把后脑勺搔得那么用劲,手指甲竟然扯下来几绺头发","维威尔托夫的头脑里一片漆黑,像地窖里一样","……他本能地举起拳头捶一下马车夫的脊梁"。作者还删掉俚俗的用语:"是啊,这可比不得公羊打喷嚏","他完全傻了眼"。姓氏"波德基狄谢夫"改为"亚果狄谢夫","油饼吃光村"改为"伊巴契耶沃村"。

契诃夫将该小说寄给《花絮》后,担心小说的命运,于一八八五年四月二十八日写信给《花絮》主编列依金说:"四月二十一日,星期日,我挂号寄给您一篇很长的小说《废除了!》莫非您没收到?如果您没收到,请写一封两三行的信告诉我。……要么是我一时疏忽,把地址写错了,要么是邮局遗失了。……我再说一遍,我是挂号寄出的。……我有两篇小说,即《各有各的爱好……》和《废除了!》在您那儿。……请您把我的东西都寄到沃斯克列先斯克①来,连同那封有关《废除了!》的命运的信。……那么请把有关《废除了!》的情况告诉我吧。"

彼得堡书报检查委员会根据书报检查官斯瓦特科夫斯基的呈文禁止该小说发表:"契诃夫的这篇小说嘲笑政府关于取消少校及准尉军衔、禁止教士在教堂做礼拜时佩戴勋章的法令,同时对有关四等文官不得享有'大人'称号的传说加以讥讽。为此,小说描写在乡村居住的退役准尉及少校自以为失去原有地位,而首席贵

---

① 当时契诃夫住在莫斯科附近的沃斯克列先斯克城。

族自以为失去'大人'称号。本书报检查官认为此种讽刺作品不宜由书报检查机关批准发表，认为该小说对政府法令横加嘲笑，理应禁止刊登。……"五月一日该委员会批示："《废除了!》一文不准发表。"

一八八五年五月二日列依金在写给契诃夫的信上通知他小说被查禁的消息说："您问我您的小说《废除了!》的命运如何，可是关于它的命运我已经通知您了。显然，我的信遗失了。在那封信上我……通知您《花絮》遭到书报检查机关可怕的打击。……为了心安，我要埋怨书报检查官，埋怨委员会和出版总署，然而那也只是为了心安而已，因为我是断然不会从中得到乐趣的。"

同年五月九日契诃夫回信说："我看完您那封讲到小说《废除了!》的命运的信，差点放声大哭。……能把它交给《彼得堡报》去发表吗？也许那家报纸会觉得它合用。"

经列依金大力疏通后，书报检查机关终于批准该小说发表了。一八八五年五月十九日列依金写信给契诃夫报告这个消息说："您的小说《废除了!》已经由第三级书报检查人员批准。它是由卡特科夫的亲信，出版总署署长费奥克契斯托夫亲自审阅的，结果完全出人意外，批准发表了。"

《达尔戈梅斯基轶事》

最初发表在一八八五年《闹钟》杂志第二十期上（五月二十四日经书报检查机关批准），署名"安·契"。

契诃夫的弟弟米哈依尔·巴甫洛维奇在回忆录《在契诃夫周围》中说，关于达尔戈梅斯基的事是基塞列娃讲给契诃夫听的，她是莫斯科皇家剧院剧目处处长别吉切夫的女儿，达尔戈梅斯基常到别吉切夫家里去。"……契诃夫一家人在玛丽雅·符拉季米罗芙娜周围坐下，听她讲柴可夫斯基、达尔戈梅斯基……的事。"

《钱夹》

最初发表在一八八五年《闹钟》杂志第二十期上(五月二十四日经书报检查机关批准),有副标题《寓言》,署名"我哥哥的弟弟"。

后来,契诃夫在校样上对该小说作了修改,显然准备收入他自编的文集,结果却未收入。校样内容比杂志原文略有增补,但删去了副标题。

在《闹钟》杂志上,该小说最后一句是"教训:每逢三个人一块儿走路,您要极力避免拾东西才对。"

《乌鸦》

最初发表在一八八五年六月一日《花絮》杂志第二十二期上,原名是《披着乌鸦羽毛的孔雀》,有副标题《故事》,署名"安·契洪捷"。后来,作者将该小说收入他自编的文集第二卷,并更改题名,删去副标题,作过文字上的修改。

最大的修改和删削是在小说结尾,从"他闷闷不乐"起。杂志上的原文如下:"他闷闷不乐,那张脸像是秋季阴雨天的马路,他的硬头发乱蓬蓬的,眼睛昏昏沉沉,张不大开。……他见到中尉,就吃力地站起来,叹一口气,立正行礼。中尉心里有气,再加上宿醉未醒,就走到他跟前,张开嘴,想斥责他一顿,可是……临到他的眼睛遇到文书失神的眼睛,他的话却没说出口。……他在那对眼睛里看到了一切:那红色的窗帘、那闹得人心里乱糟糟的舞蹈、那乐园、那秀塞达(在文集里,这个名字改为布兰希)的侧影。……

"'嘿,秀塞达溜掉了!'文书低声说,'她从马车上跳下去了!'

"中尉醒悟过来,皱起眉头,提高喉咙叫道:

"'你怎么敢说这种话?我问你!'

"'在普遍的义务兵役制度下……'菲连科夫喃喃地讲起来,'在教授们甚至……也要当兵的时候……在所有的人一律平等……甚至有了出版自由的时候……'

"他们沉默了一分钟。……

"'可是,长官,您为什么把她放走了?换了科斯特罗马城的商人,就不会放她走。……那是耍花招,真的。'

"'别说了……'中尉干巴巴地说着,走到一旁去了。……"

一八八五年五月九日契诃夫把小说寄给《花絮》杂志,附去一封写给列依金的信,信上说:"现在寄上我住进别墅后的头一个产品。麻烦您在小说《孔雀》的空白处填写彼得堡的那类娱乐场所的名字,我不知道它们叫什么,只写上'某地'字样。"

同年五月十九日列依金在回信上说,他是"提心吊胆地"把小说付排的,他预料"书报检查官不会允许把它发表。您自己想想看:您描写的是妓院啊"。

《集锦》

最初发表在一八八五年六月一日和六月八日《花絮》杂志第二十二和二十三期上,署名"无脾人"。

现在保存着该作品的校样一份,内容与杂志原文相同。

《皮靴》

最初发表在一八八五年六月三日《彼得堡报》第一四九号《短文》栏内,有副标题《一场小戏》,署名"安·契洪捷"。

后来,契诃夫将该小说收入他自编的文集第一卷,事前删去副标题,并作过文字上的修改,更动个别的句子,从旅馆仆役的讲话中删去八十年代幽默文学所特有的"老百姓"的说法,如将"演戏的"改为"演员","戏园子"改"戏院","个个儿"改为"每个"等。

《我的"她"》

最初发表在一八八五年《闹钟》杂志第二十二期《钟声》栏内（六月六日经书报检查机关批准），署名"我哥哥的弟弟"。

现在保存着该小说校样一份，内容与杂志原文相同。

《神经》

最初发表在一八八五年六月八日《花絮》杂志第二十三期上，有副标题《故事》，署名"安·契洪捷"。一八八七年契诃夫将该小说删去副标题，略加修改后，收入他在莫斯科出版的小说集《无伤大雅的话语》，后来，契诃夫又将该小说收入他自编的文集第一卷。

契诃夫将该小说收入文集时，作过修改，除更动个别的词外，还在小说中间部分删去若干行。在"我会再想起点什么来的……"后，原文是这样：

"瓦克辛开始考虑还应该再请托点什么事情，可是好像故意捣乱似的，所有家里的事偏偏已经盼咐过，要想出什么新花样却不容易。在沉默中过去了一分钟。

"'今天傍晚天气挺好，您知道。……要是整个夏天……都是这样的天气，那……会使人很高兴。……罗扎莉雅·卡尔洛芙娜，您没出去走走吗？'

"'您有什么事？我要睡了……'①

"'您反正有的是工夫睡觉，现在……那个……您坐下呀！'"

托尔斯泰认为《神经》是契诃夫最佳作品之一（请参看第二卷《假面》的题解）。

---

① 原文为德语。

《别墅的住客》

最初发表在一八八五年六月十五日《花絮》杂志第二十四期上,原题名是《请务必注意!》,有副标题《可怕的事故》,署名"无脾人"。作者将该小说收入他自编的文集第一卷。

该小说收入文集时,作者更改题名,删去副标题,略加删削,并在文字上稍加修改。在原文中,小说结尾,在"讲她在娘家原是冯·芬契赫男爵小姐……"之后,是这样:

"萨沙没有想很久,就揪住头发,哀叫着,扑到火车底下。这时候瓦丽雅也疯了。月亮从镶着花边的云里探出头来。……它微微地笑,暗自高兴,因为它总算没有亲戚。"

《谈鱼》

谈小问题的大文章

最初发表在一八八五年《闹钟》杂志第二十三期《别墅的闹钟》栏内(六月十四日经书报检查机关批准),署名"我哥哥的弟弟"。

一八八五年五月十九日《闹钟》杂志编辑库烈平写信给契诃夫,要求他寄些"写别墅生活的作品"来,契诃夫就把这篇作品寄去作为回答。

现在保存着该小说的校样和作品第二部分的手抄本(内容与杂志原文相同),上有作者的题词:"不收入全集。安·契诃夫。"

《步步高》

最初发表在一八八五年六月十五日《花絮》杂志第二十四期上,署名"无脾人"。

《监禁人者,人监禁之》

一场小戏

最初发表在一八八五年六月十七日《彼得堡报》第一六三号《短文》栏内,署名"安·契洪捷"。

现在保存着该小说的手抄本(内容与杂志原文相同),上有作者题词:"不收入全集。安·契诃夫。"

《我的妻子》

蓝胡子拉乌尔写给编辑部的信

最初发表在一八八五年《闹钟》杂志第二十四期上(六月二十日经书报检查机关批准),署名"安·契洪捷"。

该小说是应《闹钟》杂志编辑列文斯基的约请写成的。一八八五年六月六日列文斯基收到该小说后,写信给契诃夫说:"谨为《我的妻子》道谢。请再给我们写点这类东西。"

现在保存着该小说的手抄本(内容与杂志原文相同),上有作者的题词:"不收入全集。安·契诃夫。"

《有知识的蠢材》

一场小戏

最初发表在一八八五年六月二十三日《彼得堡报》第一六九号《短文》栏内,署名"安·契洪捷"。

现在保存着该小说的手抄本(内容与杂志原文相同),上有作者题词:"不收入全集。安·契诃夫。"

《理想主义者的回忆》

最初发表在一八八五年《闹钟》杂志第二十六期上(六月二十七日经书报检查机关批准),原题名是《别墅的怪事》,有副标题

《理想主义者的回忆》,署名"我哥哥的弟弟"。

该小说改换题名为《理想主义者的回忆》后,曾列入作者自编的文集篇目单(由契诃夫亲笔写成)。后来契诃夫还在该小说付排后印出的校样上进行过文字上的修改,但结果该小说未收入文集。

《假病人》

最初发表在一八八五年六月二十九日《花絮》第二十六期上,有副标题《故事》,署名"安·契洪捷"。一八八六年作者将该小说删去副标题后,收入在彼得堡出版的作者的小说集《形形色色的故事》。后来作者又将该小说收入他自编的文集第一卷,事前作过文字上的修改,删去当时人们所熟悉的东西,如《索科洛夫医书》和几期《字谜》等,此外还删去村子的名称("挨打的奴仆村")。

《江鳕》

最初发表在一八八五年七月一日《彼得堡报》第一七七号《短文》栏内,有副标题《一场小戏》,署名"安·契洪捷"。一八八六年作者将该小说略加修改,删去副标题后,收入在彼得堡出版的作者的小说集《形形色色的故事》,一八九一年该书印第二版时契诃夫又将该小说作了文字上的修改,此后自一八九二年起至一八九九年止印行第三版至第十四版时,未再改动。后来,作者将该小说收入他自编的文集第二卷。

契诃夫的弟弟米哈依尔·巴甫洛维奇在回忆录《安东·契诃夫和他的题材》一书中写道:"我清楚地记得在巴勃金诺,木工们怎样造浴棚,他们在工作时间怎样钻进水里去捉江鳕。"莫斯科近郊的巴勃金诺庄园属基塞列夫所有,一八八五、一八八六、一八八七年夏天契诃夫在那里居住。

《在药房里》

最初发表在一八八五年七月六日《彼得堡报》第一八二号《短文》栏内,有副标题《一场小戏》,署名"安·契洪捷"。一八八六年作者对该小说略加修改,删去副标题后,收入在彼得堡出版的作者的小说集《形形色色的故事》。

现在保存着该小说的手抄本(内容与杂志原文相同),上有作者题词:"不收入全集。安·契诃夫。"

《马姓》

最初发表在一八八五年七月七日《彼得堡报》第一八三号《短文》栏内,有副标题《一场小戏》,署名"安·契洪捷"。后来,作者将该小说收入他自编的文集第二卷。

该小说收入文集时,契诃夫取消副标题,并作了文字上的修改和删削。

改动最大的是小说的中间部分:寻求"马姓"。自"你给我走开!"起到"……搔着额头,寻找那个姓"止,杂志原文如下:

"伊凡·叶甫塞伊奇慢腾腾地走出去。将军捧住脸,在房间里走来走去。

"'刚刚有一线希望,'他哀叫道,'不料这也完了!合该我倒霉,他偏偏把这个姓忘了!哎,到底是姓什么?姓什么呀?你们去问问伊凡·叶甫塞伊奇,莫非是康科夫①?很可能就是康科夫!'

"这当儿管家走进园子,抬起眼睛望着天空,开始回想收税员

---

① "康科夫"以及下文设想的那个收税员的姓均是从俄语中各种马的名称演变而来的,请参阅这个短篇正文中的注。

的姓：

"'热列勃契科夫……热列勃科夫斯基……热列卞科……不，不对！洛沙津斯基……洛沙杰维奇……柯贝梁斯基……呸！'

"'是康科夫吗？'将军的使者问他道。

"'不是的。……康科夫……康斯基……康纽霍夫……'

"管家由'马房'联想到几个姓后，啐口唾沫，走回他的厢房，在床上躺下，开始思索。到吃饭时候，他给叫到主人那儿去。

"'想起来了吗？'将军迎着他问道，将军正歪着头，极力不让滚烫的白菜汤碰到他那颗病牙。……'快点说！'

"'没想起来，老爷。……'

"'也许是柯尼亚甫斯基？洛沙德尼科夫？不对？呸！'

"'是洛沙德尼奇科夫吗？'女家庭教师想出了这个姓。

"那些吃饭的人争先恐后，想出一个个姓来。他们逐一提到马的各种年龄、性别、品种，还想起马鬃和马蹄，列举各种马具，可是都没找到那个真正的姓。饭后，整个庄园上的人都为这个姓忙个不停。……"

一九一〇年俄国作家包果拉兹（笔名"唐"）在纪念契诃夫诞生五十周年的文章《在契诃夫故乡》中写道："《马姓》也是塔干罗格①的趣事，不过作者作了改动。塔干罗格城郊有两个居民，都家道殷实，赫赫有名，姓热列勃佐夫和柯贝林。有一次他俩碰巧同时在同一个旅馆住下，旅馆里的黑板上就把这两人的姓并列在一起，写得特别大。我记得，塔干罗格城的人都为此发笑。"

《时运不济！》

最初发表在一八八五年七月十三日《花絮》杂志第二十八期

---

① 契诃夫的故乡。

上,署名"安·契洪捷"。一八八六年契诃夫将该小说收入在彼得堡出版的作者的小说集《形形色色的故事》。

《花絮》主编列依金收到该小说后,于一八八五年七月十一日写信给契诃夫说:"您那篇描写地主和神甫奥尼西木的小说有几个地方被书报检查官改得一塌糊涂,后来我提出申诉,经第二级,即书报检查委员会审查,才算全文通过。"

现在保存着自《花絮》杂志上剪下的该小说一份,上有作者的题词:"不收入全集。安·契诃夫。"

《迷路人》

最初发表在一八八五年七月十五日《彼得堡报》第一九一号《短文》栏内,有副标题《一场小戏》,署名"安·契洪捷"。一八八六年契诃夫将该小说略加修改,删去副标题后,收入在彼得堡出版的作者的小说集《形形色色的故事》。后来,契诃夫又将该小说收入他自编的文集第一卷,事前又作过文字上的修改。

《猎人》

最初发表在一八八五年七月十八日《彼得堡报》第一九四号《短文》栏内,有副标题《一场小戏》。一八八六年契诃夫删去该小说副标题后,将它收入在彼得堡出版的作者的小说集《形形色色的故事》,一八九一年该书印第二版时,作者将该小说删去一句(在小说结尾"……用目光盯住他的每一步路"后,原文还有一句:"过了好久,她还看得见他"),此后该书自一八九二年至一八九九年印行第三版至第十四版时,未再更改。后来,作者将该小说收入他自编的文集第三卷。

一八八六年初,三月二十五日,契诃夫接到俄国著名作家格利戈罗维奇的来信,高度评价这位青年作家的作品,特别是小说《猎人》。格利戈罗维奇写道:"大约一年前,我偶尔在《彼得堡报》上读到您的小说,它的题名现在我已经想不起来,我只记得:使我感到震惊的是它那与众不同的特征,主要的是在人物描写和景物描写方面那种卓越的忠实和真切。……我相信,您有天赋,足以写出一些优美的真正艺术作品。……请丢开那种赶时间的写作吧。……"

一八八六年三月二十八日契诃夫在写给格利戈罗维奇的回信上说:"只要有一些纯粹外部性质的原因,就足以使人对自己不公正,极端怀疑,极端不信任了。我现在回想起来,在我这里这类原因是十分多的。……在这以前我对自己的文学工作一直极其轻率,漫不经心,马马虎虎。我想不起我有哪一篇小说是用一天以上的工夫写成的,您喜欢的那篇《猎人》我是在浴棚里写成的!我写小说好比新闻记者写火灾消息:随随便便写下去,心不在焉,一点也没有顾到读者,也没有顾到自己。……"

两个星期以后,四月十一日,契诃夫在写给他叔父米特罗方·叶果罗维奇的信上说:"俄国有一位大作家德·瓦·格利戈罗维奇,您可以在您那本《当代活动家》里找到他的照片。我跟他素不相识,可是前不久突然接到他写来的一封信,有一又二分之一印张那么长。格利戈罗维奇是个非常受人尊敬而且享有盛名的人,所以您想象得到我那种愉快的惊奇是什么样子了!……信很长,我没有工夫把它全抄下来,等我们日后见面,我会给您念一遍。这封信很动人。博物馆尚且重视这种人的信,我怎能不重视呢?……我的回信感动了这个老人。我接到他的另一封长信和一张照片。他的第二封信写得好极了。"

俄国作家拉扎烈夫-格鲁津斯基在回忆录中援引契诃夫的话说:"据说,我的《猎人》在《彼得堡报》发表后,格利戈罗维奇就去找苏沃陵①,开口说:'阿历克塞·谢尔盖耶维奇,您得约契诃夫写稿! 请读一读他的《猎人》吧。不约他写稿可是罪过啊!'苏沃陵就写信给库烈平,库烈平就来约我写稿,得意洋洋地对我申明说,现在要把我弄到《新时报》去了。"

《必要的前奏》

最初发表在一八八五年六月二十日《花絮》杂志第二十九期上,署名"无脾人"。

《凶犯》

最初发表在一八八五年七月二十四日《彼得堡报》第二百号《短文》栏内,有副标题《一场小戏》,署名"安·契洪捷"。一八八六年该小说删去副标题后,收入在彼得堡出版的作者的小说集《形形色色的故事》,一八九一年该书印第二版时,该小说曾略加改动,自一八九二年至一八九九年该书印行第三版至第十四版时,未再修改。后来作者又将该小说收入他自编的文集第三卷。

俄国作家吉里亚洛甫斯基在回忆录《莫斯科和莫斯科人》一书中说,丹尼斯·格利果利耶夫的原型是莫斯科郊外克拉斯科沃村的农民尼基达·潘求兴。吉里亚洛甫斯基写道:"安东·巴甫洛维奇极力向尼基达解释说,拧掉螺帽是不行的,这可能造成翻车事故,然而尼基达对这些话完全不理解。……由于这次相遇,后来就产生了《凶犯》这篇小说。契诃夫那著名的笔记本里记载着尼基达的原话,这篇小说也收进去了。"

托尔斯泰把《凶犯》列为契诃夫的最佳作品之一(请参看第二卷《假面》的题解)。

---

① 《新时报》的主编兼发行人。

高尔基写道:"托尔斯泰……带着父辈的慈爱心情热爱安东·巴甫洛维奇这个人,也热爱他这个文学工作者,常常拿他跟莫泊桑相比,赞叹他那优美真实的描写手法,列举契诃夫那些卓越而深刻的作品如《伤寒》《宝贝儿》《神经错乱》《凶犯》《决斗》和另外许多作品作为青年文学工作者写作的榜样。"(《高尔基和契诃夫:书信、论文、谈话》,莫斯科一九五一年版)

《在车厢里》

交　谈

最初发表在一八八五年七月二十七日《花絮》杂志第三十期上,署名"安·契洪捷"。

《青年人和爸爸》

当代的事

一场小戏

最初发表在一八八五年七月三十一日《彼得堡报》第二〇七号《短文》栏内,署名"安·契洪捷"。

现在保存着该小说的手抄本(内容与报上原文相同),上有作者题词:"不收入全集。安·契诃夫。"

《客人》

一场小戏

最初发表在一八八五年八月五日《彼得堡报》第二一二号《短文》栏内,署名"安·契洪捷"。

现在保存着该小说的手抄本(内容与报上原文相同),上有作者题词:"不收入全集。安·契诃夫。"

《思想家》

最初发表在一八八五年八月十日《花絮》杂志第三十二期上,署名"安·契洪捷"。该小说收入作者的小说集《形形色色的故事》(彼得堡版,自一八八六年至一八九九年共印行十四版)。

后来,作者将该小说收入他自编的文集第二卷,事前略作文字上的修改。

从一八八五年七月十一日《花絮》主编列依金写给契诃夫的信上可以看出,该小说最初题名为《哲学家》。

《马和胆怯的鹿》

最初发表在一八八五年八月十二日《彼得堡报》第二一九号《短文》栏内,有副标题《一场小戏》,署名"安·契洪捷"。一八八六年作者将该小说略作文字上的修改,删去副标题后,收入在彼得堡出版的作者的小说集《形形色色的故事》。

现在保存着该小说的手抄本(内容与报上原文相同),上有作者题词:"不收入全集。安·契诃夫。"

《生意人》

最初发表在一八八五年八月十七日《花絮》杂志第三十三期上,署名"无脾人"。